극
해

＊이 책은 아르코문학창작기금 수상작가의 작품입니다.

극해

임성순 장편소설

은행나무

* **차례**

프롤로그 6

1부

출항 17

필리핀으로 가는 길 27

사해 36

포경 51

해체 57

사육제 66

복종 71

피격 87

표류 95

항로 102

여자 114

도화선 127

극해 135

암흑 142

빙점 148

2부

반란 159

처형 165

파국 178

정육 196

비밀 202

금고 225

함정 233

절단 247

경야 255

업보 269

포식 292

무간지옥 304

먼빛 309

작가의 말 316

프롤로그

흑청색 바다는 어디까지가 하늘이고 어디까지가 바다인지 구분되지 않았다. 밤바다에 어둠이 내려 사방을 집어삼켰고 바람은 짙푸른 빙벽 같은 파도를 밀고 와 뱃머리에 짓이겼다. 뱃머리에 부딪힌 파도는 그때마다 폭발하듯 포말을 일으켜 선수 전체를 휘감았다. 물방울이 채 씻겨 나가기도 전에 또 다른 파도가 밀려왔고, 다시 마스트 높이만큼 물보라가 치솟았다. 골에서 마루로, 마루에서 골로 너울을 타고 넘을 때마다 용골과 늑재는 삐거덕거렸고 외벽의 철판들은 상처 입은 짐승처럼 신음소리를 냈다.

사내들은 침대에 누워 있었다. 서 있을 곳조차 없는 낮고 좁은 선실은 위아래로 나뉘어 3층짜리 침대로 빼곡히 차 있었다. 한 사람이 비스듬하게 서 있을 수 있을 정도로 좁은 통로에는 선원들이 벗어놓은 낡은 신발들로 가득했다. 바닷물에 젖은 신발들은 눅눅하고 고약한 악취를 풍겼다. 선실 안은 찌든 비린내와 사내들의 몸에서 뿜어져나오는 암내로 가득했고, 선저에 올라오는 감수의 시궁창 냄새까지 뒤섞였다. 선실의 악취는 그 안에 있는 사람을 압도하는 것만 같았다. 그러나 가혹한 노동과 열악한 환경으로 등이 굽고 비쩍 마른 그들에게 냄새 따윈 아무런 의미도 없었다. 그들의 온 신경은 지금 한 곳에 집중되어 있었다. 사내들의 시선이 향하는 끝에는 헝클어진 곱슬머리에 기름때가 찌든 옷을 입은, 왜소한 체구의 사내가 서 있었다. 원래 흰색이었을, 때가 탄 셔츠의 등판에는 검붉은 핏자국이 있었고 테이프를 칭칭 감은 부러진 뿔테 안경을 쓴 그의 얼굴은 나이를 짐작할 수 없을 만큼 비쩍 말라 있었다. 창백한 안색은 어찌 보면 병색이 완연한 것 같았지만 눈빛만은 예리하게 날이 서 있었다. 그는 날카로운 눈빛으로 자신을 바라보는 사내들을 둘러보았다.

"첫 조부터 일어나세요."

그는 선실의 출입문에 서서 나지막이 말했다. 그러자 출구 쪽 침대에 누워 있는 사내들부터 자리에서 일어났다. 입구 앞에 서 있던 뿔테 안경은 옆으로 비켜섰다. 그러고는 자신의 옆에 있는 침대에서 고래 해체칼을 집어들었다. 고래 해체칼은 1미터 남짓의 목봉 끝에 날이 선 칼날이 달려 있는 형태였다. 뿔테 안경은 집어든 고래 해체칼을 가장 앞에 서 있는 사내에게 넘겼다. 마치 짧은 언월도처럼 보이는 칼을 받은 사내는 결연한 표정으로 선실 밖으로 나섰다. 뒤이어 일어난 사내는 작살을 받았다. 나무 끝에 달린 작살의 날은 거꾸로 뒤집어진 갈고리처럼 걸쇠가 있어서 여차하면 찔러넣는 것 외에도 끌어당기는 용도로 쓸 수 있었다. 그는 때가 낀 나무자루를 꽉 움켜쥔 채 뿔테 안경을 쓴 사내에게 고개를 끄덕여 보인 후 역시 선실 밖으로 나섰다. 그렇게 차례로 사내들은 뿔테 안경에게 다양한 날붙이들을 건네받았다. 다섯 명의 사내가 선실 밖으로 나가자 뿔테 안경은 이렇게 말했다.

"계획대로 진행될 겁니다. 다음 조는 우리가 돌아올 때까지 준비하고 계십시오."

말을 마친 뿔테 안경은 돌아섰다. 돌아선 사내의 등판에는 온통 피가 배어나와 있었다. 그리고 자신은 식칼을 집어들었다.

선실 밖으로 나온 여섯 명의 사내는 아무 말 없이 서로의 눈을 보았다. 바람과 파도소리가 거셌다. 말은 필요 없었다. 이미 계획을 세워둔 터였다. 눈빛을 주고받은 그들은 고개를 끄덕이고 예정대로 움직이기 시작했다. 모두 맨발로 소리 없이 통로를 따라 이동했다. 하갑판에서 상갑판으로 이어지는 계단 앞 백열등이 수명을 다해 깜빡이고 있었다. 껌뻑거리는 누런 불빛이 혈색이 창백한 사내들의 얼굴을 훑고 지나갔다. 가장 앞에 선 뿔테가 상갑판으로 이어진 격실문을 열자 차가운 바람이 밀려왔다. 뒤따라 흰 포말들이 싸리눈처럼 쏟아졌다. 뿔테는 그 물결을 고스란히 뒤집어썼다. 축 젖어 늘어진 머리를 젖혀 넘긴 그는 입을 굳게 다물고 앞으로 나갔다. 사내들 역시 말없이 그를 따랐다. 그렇게 선교 옆 통로 문으로 나온 그들은 흔들리는 갑판의 통로를 따라 배의 후미로 이동했다. 7, 8미터가 훌쩍 넘는 파도는 모두를 집어삼킬 만큼 거셌다. 사내들은 난간을 움켜쥐고 조심스럽게 통로를 따라 이동했다. 그들이 멈춰 선 곳은 선교 상부로 올라가는 계단과 이어진 격실문 앞이었다. 가장 앞에 선 뿔테 안경이 격실문의 창 너머로 복도를 살폈다. 상급선원들만 이용하는 선실로 내려가는 계단이 있는 문 앞 통로에는 아무도 없었다. 그러자 뿔테 안경은 손잡이를 돌려 격실문을 열었다. 이미 바닷물에 폭삭 젖은 여섯 명의 사내들이 빨려들어가듯 문 안으로 들어갔다. 젖은 맨발들이 계단을 내려갈 때마다 강철로 된 발판에선 탁, 탁 하는 낮은 울림이 들렸다. 계단을 내려간 사내들은 식당 앞 복도에 멈춰 섰다. 복도는 어두웠고, 좁은 실내에는 사내들이 뿜어내는 비린내가 진동했다. 젖은 사내들의 몸에서 바닷물이 뚝뚝 떨어져 바닥 여기저기에 자국을 남겼다. 뿔테가 고개를 끄덕였다. 그러자 사내들은 어둠 속으로 몸을 숨겼다. 어둠은 어머니처럼 사내들을 감싸주었다. 뿔테는 무릎을 꿇어 계단의 비탈이 만들어내는 어둠 속에 자신을 감췄다. 문 앞에 서 있던 유난히 광대가 튀어나온 비쩍 마른 중년의 사내가 빛에 홀로 남았다. 어둠 속에서 뿔테의 목소리가 울렸다.

"자네만 믿네."

튀어나온 광대는 대답 대신 고개를 끄덕였다. 그는 짧은 한숨을 쉬곤 때가 전 꼬질꼬질한 작업복으로 코를 닦았다. 그러고는 식당에서 상급 선원 선실이 있는 복도로 이어지는 격실문을 열었다. 문 너머는 다른 세계였다. 방수제가 칠해진 복도에는 꺼진 등도 악취도 없었다. 매끈한 통로를 걸으며 광대가 나온 사내의 발걸음이 조심스러워졌다. 그는 발소리를 죽여 복도를 따라 걸어간 후 쭉 늘어선 문들 중 하나에 섰다. 그는 고개를 숙여 깊이 심호흡하고 마른침을 삼킨 다음 문을 두드렸다. 태연한 척하려 했지만 입쇼리가 굳어 있었디. 문 너머에서는 아무런 소리도 들리지 않았다. 그러자 사내는 다시 문을 두드렸다. 문 너머로 인기척이 들렸다. 나지막이 중얼거리는 욕설이 파도소리와 섞여 희미하게 들렸다. 잠시 부스럭거리는 소리가 들리더니 선실문이 한 뼘만큼 열렸다.

"뭐야."

털부숭이 사내가 빼꼼히 얼굴을 내밀었다. 구레나룻부터 턱까지 온통 수염으로 뒤덮인 사내는 떡진 머리를 쓸어넘기며 짜증이 뚝뚝 떨어지는 표정을 하고 있었다.

"갑판장님. 저기, 주방장님이랑, 해부장님이 부식창고에서 화투 한판 하시자고 하는데요."

광대는 특유의 친근감 있는 유들유들한 말투로 말했다.

"그 새끼들은 질리지도 않나. 빚부터 갚을 생각하지."

털북숭이의 목소리에는 졸음이 묻어 있었다.

"안 하신다고 전할까요?"

털북숭이는 하품을 했다. 결정을 못한 것인지 잠시 말이 없었다. 광대가 눈을 가늘게 떴다. 털북숭이는 이마를 긁적였다.

"가야지."

"그럼 당장 오시랍니다."

"바로?"

"위스키 한 병을 벌써 깠습니다."

"이 새끼들, 누가 지들 맘대로……"

털북숭이의 표정이 변했다. 그는 복대를 맨 바지를 추켜올리더니 코를 쿵 하고 풀고는 문을 열었다.

"앞장서."

"네."

광대는 앞장서서 상급선원 선실 복도를 가로질러 식당이 있는 격실 문을 향했다. 문밖으로 나선 털북숭이의 몸집은 거대했다. 만삭의 임산부처럼 배가 볼록 나온 그는 앞선 광대의 사내보다 키도 한 뼘쯤 더 컸고, 어깨도 떡 벌어졌으며 팔뚝의 굵기는 비쩍 마른 광대의 허리 굵기만 했다.

"너도 끼는 거야?"

"헤헤, 제가 어떻게 감히, 조센징 주제에."

이런 말을 주고받는 사이 두 사람은 식당으로 이어지는 격실문 앞에 섰다. 광대는 힘겹게 레버를 돌려 격실문을 열었다. 식당 쪽 복도는 계단 위에 달린 백열등이 빛의 전부였으므로 사방에 어둠이 고여 있었다. 광대가 어둠 속으로 발을 들여놓자 어둠이 살기로 파르르 떨렸다. 털북숭이가 고개를 삐쭉 내밀었다.

"식당엔 불 꺼진 거 같은데?"

"부식창고에 있다니까요. 요새 일등항해사가 눈에 불을 켜고 싸돌아다니지 않습니까."

"하긴, 그 새끼는 나서기 좋아해서."

털북숭이가 몸을 반쯤 식당 쪽 복도 안으로 내밀었다. 순간 광대가 돌아서 그의 양팔 옷소매를 잡아당겼다. 잡아당긴다고 끌려올 거구의 털북숭이는 아니었지만, 마침 격실문의 높은 문턱을 넘고 있었던 탓에 중심을 잃고 앞으로 쓰러질 듯 끌려왔다. 거의 동시에 문 옆에 숨어 있던 청년이 튀어나와 한쪽 팔로 그의 목을 감았다. 곱상한 인상에 하얀 피부의 얼굴에는 아직 소년티가 남아 있었다. 털북숭이는 놀랐지만 겁에 질렸다기보다는 당혹스럽고 화난 표정이었다.

"이게 뭐하는……"

짜증이 섞인 털북숭이의 목소리는 채 끝까지 나오지 못했다. 그 순간 계단 밑의 어둠 속에서 번쩍이는 칼날이 일제히 튀어나왔던 것이다. 차가운 날붙이들은 갑판장의 몸뚱이 속으로 빨려가듯 들어갔다. 털북숭이는 눈을 치켜떴다. 그의 입에서 신음소리가 나오려 했지만 청년이 다른 손으로 입을 틀어막았다. 칼자루에서 둔탁한 소리가 났다. 털북숭이의 몸뚱이가 활어처럼 파닥였다. 죽어가는 생명체가 내는 마지막 생기가 청년의 품 안에서 선명하게 꿈틀댔다. 박혔던 칼날이 뽑히자 몸뚱이는 다시 튀어올랐다. 벽을 따라 피가 튀며 비릿하고 역한 악취가 통로에 가득 찼다. 사내들의 체취와 흥분한 땀 냄새, 피비린내, 죽어가는 사내의 공포가 뒤섞여 만들어내는 살인의 냄새였다. 죽어가는 털북숭이를 받치고 있던 청년의 입가에 미소가 떠올랐다. 붉은 칼날이 다시 몸속으로 빨려들어갔다. 털북숭이는 또 한 번 생의, 혹은 죽음의 맥동을 했다. 청년은 그의 귀에 나지막이 속삭였다.

"괜찮아요. 다 끝나가니까."

날붙이들이 또 한 번 뽑혔다, 꽂혔다. 핏방울이 청년의 얼굴에 튀었다. 털북숭이는 더 이상 경련하지 않았다. 다만 날이 꽂히는 순간의 둔탁한 소리와 함께 미세하게 꿈틀거릴 뿐이었다. 목을 감은 청년의 팔에 힘줄이 두드러졌다. 털북숭이의 거구가 무너지듯 청년의 방향으로 넘어졌다. 청년은 그의 체중을 받치기 위해 입을 막았던 팔을 겨드랑이에 끼고 받쳤다. 이미 털북숭이는 절명했지만 선원들의 칼질은 멈추지 않았다. 무게를 이기지 못한 청년은 뒷걸음질쳤다. 복도 구석에 고여 있는 어둠이 피비린내에 울렁거리고 있었다. 죽은 털북숭이의 몸뚱이가 무너지듯 흘러내렸다. 청년은 더는 버티지 못하고 그와 함께 쓰러졌다. 바닥은 온통 흘러내린 피로 미끈거렸다. 청년은 그 핏속에 누워 눈을 감은 채 가쁜 숨을 가다듬었다. 뿔테 안경이 입을 열었다.

"그만하세요. 죽었으니까."

날붙이를 들었던 사내들의 번쩍이던 눈빛이 다시 흐려졌다. 피투성이가 된 청년이 일어섰다. 털북숭이는 예의 믿을 수 없다는 표정으로 눈을 치켜뜬 채 죽어 있었다.

"서두릅시다. 갑판장의 시체는 끌고 올라가 바다에 버리세요. 나머지는 여기 피 좀 닦고요. 다음 사람이 기다리니까."

뿔테 안경은 콧잔등에 걸린 안경을 밀어올리며 이렇게 말했다. 뿔테 안경의 안경알 위에 청년의 모습이 비쳤다. 피를 뒤집어쓴 청년의 입꼬리가 올라갔다. 그것은 차갑고 환희에 찬 미소였다.

1부

출항

'환송! 제4차 남방개발 대표단'

9월 하늘은 높고 화창했다. 현수막이 바람에 펄럭였다. 포구를 따라 도열한 군악대가 연주하는 가운데 동원된 학생들이 교복을 입고 일장기와 욱일기를 흔들었다. 바람이 강하게 분 탓에 군악대의 브라스 음은 자꾸 이지러졌다. 단상 위에 서 있는 해군 대좌의 목소리 역시 바람에 흩어져 제대로 들리지 않았다. 단상의 맞은편에 늘어선 선원들은 대좌의 연설에도 불구하고 자기들끼리 이야기를 나누느라 정신이 없었다. 대좌는 인상을 찌푸릴 뿐 별다른 제재를 가하지 않았다. 어차피 민간인들이었고, 대부분이 돌아오지 못할 터였다. 서른다섯 척이나 출항했던 지난 제3차 남방개발 대표단에서 돌아온 배는 고작 세 척이었던 것이다.

연설 이후 가족과의 작별 인사가 있었다. 뒤쪽에서 구성하던 가족들이 나와 선원들을 포옹하고 이별을 했다. 갑판장은 조금은 홀가분한 기분으로, 너무 늙어버려 작은 원숭이처럼 쪼그라든 노모와 작별 인사를 했다. 노모는 주름진 손으로 갑판장의 솥뚜껑 같은 손을 붙잡고 눈물을 찔끔거렸다. 울컥, 갑판장은 짜증이 났다.

몇 번이나 죽을 고비를 넘기며 지난 남방개발 대표단에서 간신히 돌아왔다. 그러나 그렇게 돌아온 집은 텅 비어 있었다. 마누라가 사내와 눈이 맞아 도망간 것이었다. 오사카에서, 혹은 도쿄에서 봤다는 풍문이 있었다. 쫓아가봤지만 소용없었다. 늙은 어머니는 애를 낳지 않은 탓이라 했지만, 그 역시 원해서 갖지 않은 게 아니었다. 일 년 중 열한 달을 바다에 나가 있었으므로 애가 설 틈이 없었다. 어쩌면 다른 놈팡이의 새끼를 임신하고 덜컥 겁에 질려 달아난 건지도 몰랐다. 빚을 갚아주고 데려온 술집 작부였으므로 그만하면 할 만큼 한 셈이라고 갑판장은 스스로를 위로했다. 어쨌든 덕분에 다시 노모와 함께 살게 되었다. 관절염이 심한 늙은 어머니는 밤이면 앓는 소리를 했다. 갑판장은 그 소리가 듣기 싫어 해가 지면 습관처럼 술집을 찾았다. 그렇게 지난번 항해로 받은 돈이 찔끔찔끔 사라지자 다시 바다로 나가는 수밖에 없었다.

노모는 복대를 내밀었다. 천인침이었다. 붉은 실로 천 번 땀을 뜬 천이나, 속옷, 복대를 칭하는 말로, 천인침을 지니면 총알에 맞지 않는다는 말도 안 되는 미신이 남자를 전쟁터에 보낸 여자들 사이에 있었다. 더 웃긴 일은 부녀회 같은 곳에서 마을 주도로 천인침 만들기 모임 같은 것도 여는 모양이었다. 전시라 쌀 한 톨이 귀한 마당에 여자들이 모여서 이런 짓거리를 하다니, 갑판장은 믿을 수 없었지만, 어머니 말로는 나라에서 권하는 모양이었다. 갑판장은 빼앗다시피 거칠게 복대를 받았다. 마누라는 만들어주지도 않았던 천인침을 늙은 어머니가 내밀자 고맙기도 하고 화가 나기도 했던 것이다. 노모의 눈에는 눈물이 고여 있었다. 갑판장은 애써 고개를 들어 자신이 탈 유키마루를 찾았다. 밝은 햇살에 눈이 부셨다.

정박된 배의 갑판에 늘어서 있는 선원들이 보였다. 가족들이 찾아온 일본인 선원들과는 달리 조선인과 대만인 선원들은 배의 갑판에 남아 있었다. 그들이 어중이떠중이라는 건 서 있는 모습만 봐도 알 수 있었다. 젖비린내 나는 애송이부터 등이 굽은 중늙은이까지, 저 무리를 끌고 바다에 나가야 한다고 생각하니 벌써부터 머리가 지끈거렸다. 배에는 늘 뜨내기들이 타기 마련이었다. 특히 짧게는 반년, 길게는 2, 3년씩 나가 있어야 하는 원양어선들의 경우 선원의 태반은 늘 처음 배를 타는 신임이었고, 그렇게 처음 타는 이들 중 열의 일곱은 항해가 끝나면 뒤돌아보지 않고 배를 떠났다. 그럼에도 이번만큼 신출내기가 많은 경우는 갑판장에게도 처음이었다. 전쟁 때문에 배를 탈 줄 아는 선원들이 죽어나간 탓이었다. 유키마루도 지난번 나갔던 팔라우에서 기관보와 나이 많은 선원 몇이 죽었다. 그들을 생각하면 분통이 터졌다. 그들 하나가 저기 서 있는 조선인 네댓 명의 역할은 충분히 할 터였다. 말도 통하지 않는 외지인들과 항해해야 한다는 것은 단순히 호불호의 문제가 아니었다. 순간의 실수, 찰나의 방심으로 죽을 수 있는 바다에서 노무 업체에서 긁어모은 늙다리나 근로 보국대 출신 애송이들과 함께해야 한다는 것은 미친 짓이었다. 설상가상으로 어쨌든 배를 타면 저들 대부분을 그가 관리해야 했다. 제대로 서 있지도 못하는 얼뜨기들을 선원 구실하게 만들 수 있는 시간은 필리핀에 도착하는 딱 일주일뿐이었다. 아마 목적지에 도착할 때까지 뱃멀미조차 떨쳐내지 못할 터였다. 바다는 기다려주지 않는 법이다. 일주일 만에 그들을 선원으로 만들 수는 없지만,

바다보다 자신을 무서워하게 만드는 것은 가능했다.

붉은 피가 흘러나와 갑판 위에 떨어졌다. 명치끝에 발이 꽂혔다. 검게
탄 대만인 하나가 갑판에 코를 박았다.

"개새끼들! 선장님이 말씀하시는데 그따위로 서 있어?"

갑판장은 이렇게 외치며 쓰러진 대만인을 한 번 더 걷어찼다. 사내는
신음소리를 내며 갑판 위를 굴렀다.

시모노세키의 모습이 시야에서 사라지자 선장은 선원들을 모아놓고
짧은 훈시를 했다. 대일본제국을 위한 극기의 마음가짐과 대동아공영에
대한 이야기였다. 미리 공문으로 내려온 훈시의 내용은 포구에서 대좌
가 떠들던 이야기와 크게 다르지 않았다. 아직 배의 분위기를 파악하지
못한 신입 선원들은 선장이 이야기하는 동안 잡담을 주고받았다. 그 모
습을 보자 갑판장은 가슴이 두근거렸다. 이제부터 해야 할 일에 흥분을
감출 수 없었던 것이다. 그들이 지루해하는 것도 당연했다. 사실 바다에
고기를 잡으러 온 이들에게 극기나 보국타령은 뜬구름 잡는 이야기일
뿐이었다. 그러나 당연하다 해서 그래도 된다는 의미는 아니었다.

'가축을 부리려면 먼저 고삐부터 채워야지.'

갑판장은 이런 생각을 하며 선원들의 가장 뒤쪽으로 천천히 걸어 돌
아갔다. 다른 상급선원들에게도 눈짓했다. 상급선원들은 신참들의 뒤쪽
으로 흩어져 이내 늑대들이 양 떼를 감싸는 형국이 되었다.

훈시는 천황폐하에 대한 만세 삼창으로 끝났다. 선장은 공문을 꼬깃
꼬깃 접어 주머니에 넣었다. 그러고는 선원들을 휙 둘러보았다. 선장은
일등항해사에게 고개를 끄덕이고서 선교 상부에서 선교로 이어지는 계

단을 따라 내려갔다. 아무도 말은 하지 않았지만, 그 목례가 신호였다. 갑판장은 허리춤에서 나무 몽둥이를 꺼냈다. 다른 상급선원들은 역시 마찬가지였다. 풋내기들은 물정 모르고 처음 나온 항해에 들떠 있었다. 갑판장은 신이 나서 옆 사람과 무언가를 떠드는 대만인을 첫 표적으로 정했다. 그에게 곧장 다가가 뒤통수를 나무 몽둥이로 후려갈겼다. 딱 하는 소리와 함께 사내의 인상이 찌푸려졌다. 화가 난 그는 뒷머리를 움켜잡고 갑판장을 노려보았다. 갑판장은 그런 그에게 싱긋 미소를 지어 보였다.

"아직 네가 어떤 상황인지 모르지."

갑판장은 사내의 얼굴에 전력을 다해 몽둥이를 꽂아넣었다. 코피가 터졌다. 눈빛의 분노는 어느새 공포로 바뀌었다. 그럼에도 그는 자신이 왜 맞고 있는 것인지 이해하지 못하는 것 같았다. 이해를 바라고 한 일이 아니니 그럴 수밖에. 그래서 명치를 걷어찼다. 사내가 꼬꾸라졌다.

풋내기들의 머릿수는 상급선원들보다 딱 두 배 많았다. 필리핀에 도착해 현지인을 충원하면 세 배가 될 예정이었고, 그전에 이들을 길들여 둬야 했다. 공포란 전염성이 있었다. 처박힌 대만 놈의 꼴을 보고 주변에 있는 얼간이들이 겁에 질렸다. 그것이 이들을 묶을 족쇄였다. 여기저기에서 다른 상급선원들이 휘두르는 몽둥이에 맞은 신입들의 신음소리가 들렸다. 풋내기들은 금세 갑판의 구석으로 몰렸다. 갑판장은 뒤처진 사내 하나의 허벅다리를 걸어 넘어뜨렸다. 일어나려는 그의 뒤통수를 몽둥이로 후려갈기고 그를 짓밟고 올라서 외쳤다.

"지금부터 선미 갑판으로 열 셀 때까지 모인다! 하나, 둘, 셋."

갑판장의 목소리에 맞춰 그들은 달리기 시작했다. 서로 밀고 뒹구며 선교 양쪽으로 난 통로로 먼저 빠져나가기 위해 악다구니를 벌였다. 그는 이 순간이 가장 좋았다. 겁에 질린 사내들이 달아나는 꼴은 언제 봐도 유쾌한 구석이 있었다. 갑판장은 이 멋진 꼴을 더 극적으로 만들기 위해 무리 뒤에 처진 놈들의 등짝을 몽둥이로 사정없이 내리쳤다. 몽둥이가 몸통을 파고들 때마다 사내들은 꽁지에 불이 붙은 닭처럼 펄쩍 뛰어올랐다. 갑판 여기저기가 신출내기들이 흘린 피로 얼룩졌다. 갑판장은 핏자국 하나를 신발로 문질렀다. 조를 짠 후 가장 먼저 갑판 청소부터 시켜야지. 그는 이런 생각을 하며 자신의 윗입술을 혀로 핥았다. 선미 갑판의 크레인 옆에서는 일등항해사가 온 순서대로 사람들을 세 줄로 세우고 있었다. 멍들고 터진 신참들은 조금이라도 앞에 서기 위해 가쁜 숨을 몰아쉬며 밀고 당겼다. 갑판장은 피가 묻은 나무 몽둥이를 손에 들고 뒷짐을 진 채 천천히 걸어가며 그 광경을 감상했다. 개만도 못한 종자들. 그는 떨어진 핏자국 위에 침을 뱉었다.

밀리고 흔들리는 줄이 어느 정도 자릴 잡았을 때, 갑판장은 일등항해사 옆으로 걸어갔다.

"앉아! 개새끼들아."

말이 채 끝나기도 전에 사람들은 일제히 그 자리에 주저앉았다.

"지금 같은 줄에 선 사람을 잘 기억해라. 앞으로 같은 조니까!"

갑판장의 말이 끝나자 뭉툭한 콧날, 눈 끝이 늘어진 동그란 눈 그리고 이마가 넓은, 무던하게 생긴 일등항해사가 일본어로 또박또박 말을 이었다.

"안녕하십니까. 저는 일등항해사 스기야마 다케로라고 합니다. 이렇게 함께 배를 타게 되어서 영광입니다. 여러분은 앞으로 세 조로 나뉩니다. 한 조가 작업하면, 나머지 조는 학습하고, 또 한 조는 잘 겁니다. 정식으로 필리핀에 도착해 조업을 시작하면 조를 다시 짤 겁니다. 그전까지 선원으로서 배워야 할 것이 많습니다. 힘든 시간이 되겠지만 갑판장님의 지도 하에 열심히 배우면 한 사람 몫을 하는 훌륭한 선원이 되실 수 있을 겁니다."

갑판장과 대비되어 그의 정중한 말투는 신참들에게 생경하게 느껴졌다. 그는 미소를 지으며 안주머니에서 무언가를 꺼냈다. 세로로 네 번 접은 종이의 정체는 명령서였다. 그는 사람들이 볼 수 있게 종이를 펼쳐 들었다. 종이 우측엔 금박의 테 같은 것이 있었고, 빼곡한 글자가 적힌 끝의 좌 하단에는 붉은 도장이 큼지막하게 찍혀 있었다.

"이건 시모노세키 선박운영위원회로 보낸 제국 해군의 징집요청서입니다. 이 요청서에 따라 여러분을 포함한 유키마루는 국가 총동원령에 의거 징집 대상이 되었습니다. 영광스러운 대일본제국 해군의 군속의 지위를 부여받아 복무하게 되는 것을 영광으로 생각하시기 바랍니다. 박수!"

어안이 벙벙한 신참들은 몽둥이를 든 상급선원들과 눈이 마주치자 뒤늦게 눈치를 보며 박수를 쳤다.

"우리는 필리핀 바다에 가서 해군의 식량 공급을 담당합니다. 구체적인 계약 내용은 여러분이 하신 계약서의 내용과 일치합니다. 다만 계약 종료 기간을 해군에서 원하는 대로 갱신할 수 있을 뿐이지요. 그렇지만 걱정하실 필요는 없습니다. 남방개발 대표단의 활동 기한은 1년으로 정해져 있으니까요."

그는 펼쳤던 종이를 주섬주섬 다시 접었다. 자신들이 징용된 군속이라는 걸 모르는 선원들은 웅성거렸다. 그도 그럴 것이 저들 중 절반은 일본수산과 계약한 노무 업체에서 선원 모집으로 들어온 이들이다.

이들은 자신을 군이 아니라 회사 소속으로 알고 있었다. 나머지 반은 근로 보국대로 징용을 피해 자원한 이들이었다. 전쟁을 피해 원양어선에 지원했는데 애초의 목적과는 반대로 전쟁터로 끌려가는 셈이었다. 그러니 동요할 수밖에. 갑판장은 인상을 찌푸렸다. 저들에게 전쟁보다 무서운 게 있다는 걸 상기시켜줄 필요가 있었다.

"그럼 내년에 시모노세키로 돌아갈 때까지 모두 무사 항해할 수 있도록 협조 부탁드립니다."

그는 선원들에게 고개 숙여 인사한 후 갑판장을 바라보았다. 갑판장은 건성으로 그에게 인사를 했다. 전달 사항을 말한 일등항해사는 선교로 올라갔다. 이제 자신의 시간이었다. 갑판장은 일등항해사가 서 있던 자리에 섰다. 그의 모습만으로도 웅성거리는 목소리들이 조용해졌다. 멍들고 터진 겁에 질린 눈동자들이 일제히 그를 향했다.

"나는 갑판장이고 내 이름은 고토 히로시라고 한다. 딱 한 번만 말할 테니 잘 들어라."

손에 들고 있는 피 묻은 나무 몽둥이로 자신의 손바닥을 내리쳤다.

"주위를 봐라."

그는 몽둥이로 바다를 가리켰다. 무리는 지시에 따라 얼뜬 표정으로 주위를 둘러보았다. 왜 그런 명령을 내렸는지 이해하지 못하는 멍청한 얼굴들이 쭉 늘어서 있었다. 갑판장은 싸늘한 미소를 지으며 몽둥이로 제일 앞에 앉아 있던 사내의 이마를 통, 하고 때렸다. 머리가 반쯤 벗겨진 억울한 인상의 사내는 머리를 감싸쥐었다.

"뭐가 보이냐?"

"모르겠습니다."

가뜩이나 불쌍해 보이는 사내의 얼굴은 더욱 울상이 되었다. 갑판장은 조금 더 세게 한 번 더 이마를 때렸다.

"목소리 더 크게! 뭐가 보이냐고?"

"배가 보입니다."

남방개발 대표단의 배들이 선단을 이뤄 유키마루 주변에 떠 있었다. 갑판장은 인상을 쓰며 더 세게 이번엔 옆머리를 때렸다.

"그거 말고!"

"바다가 보입니다."

머리가 벗겨진 사내는 고통스러운 표정으로 머리를 양손으로 감싸 잡았다.

"그래, 바다다. 그게 무슨 뜻인지 아나?"

갑판장은 싸늘한 조소를 머금은 채 선원들을 훑어보았다. 다들 반사적으로 그의 시선을 피했다.

"무슨 뜻인지 아냐고!"

버럭 소리를 지르자 선원들은 기어들어갈 듯한 목소리로 답했다.

"모르겠습니다."

"말 안 듣는 새끼들은 죽여서 바다에 던져도 아무도 모른다는 거다."

눈앞의 아직 채 소년티가 가시지 않은 청년이 마른침을 꿀꺽 삼켰다.

"왜? 믿어지지 않나? 너희 같은 새끼들은 바다에 처넣고 육지에 가서 이렇게 말하면 된다. 그 새끼 밤에 오줌 싸다 발을 헛디딘 모양입니다. 믿어지지 않는다면 한번 개겨봐라. 내가 본보기로 태평양 밑바다에 뭐가 있는지 확실히 구경시켜줄 테니까. 물론 너희들이 죽으면 가족들에게 돈을 줘야겠지. 그런데 너희 몸값은 필리핀에서 잡히는 참치라는 커다란 물고기 한 마리 값도 안 된다. 그러니 너희를 죽여버리고 갯값 물어주는 셈 치고 참치 한 마리 더 잡으면 된다는 얘기다. 갑봉에 뚝뚝히 새겨둬라. 너희 목숨 따위는 이 배에서 아무런 값어치도 없어. 너희들은 그냥 고깃덩어리다. 그 이상도 그 이하도 아니야. 그러니까 살고 싶다면, 똑바로 정신 차려!"

갑판장은 미소를 지었다. 미소는 일종의 선언이었다. 내가 너희의 악몽이라는. 이것이 그에게 주어진 역할이었고, 그가 쭉 해왔던 일이었다. 그리고 필요하다면 더한 짓도 기꺼이 할 용의가 있었다.

필리핀으로 가는 길

    제4차 남방개발 대표단이 호위 선단과 합류한 것은 출발한 지 이틀째 새벽, 사세보 앞바다에서였다. 합류한 배들은 호위 선단이란 이름이 민망할 정도로 초라한 구성을 하고 있었다. 대부분은 병력이나 탄약을 수송하는 수송함이었다. 무장이라고는 기관포 한두 정이 고작인 상선 안에는 필리핀 전선으로 가는 징용병과 탄약, 무기 들이 가득 차 있었다. 진짜 군함이라 부를 수 있는 것은 유키마루보다 조금 큰 정형과 병형 해방함 두 척이 전부였다. 원래 네 척이 사방에서 호위하는 것이 원칙이었지만 전시에 그런 원칙이 제대로 지켜질 리 없었다. 해방함들은 고각포와 기관포, 폭뢰발사기로 무장한 800톤급 호위함들이었다. 유키마루를 타기 전까지 바다라곤 본 적 없는 대부분의 풋내기 선원들에게 자그마나 군함의 등장은 나름 색다른 구경거리일 터였지만 다들 그럴 정신이 없었다. 전날 밤부터 바람이 불고 파도가 높아진 덕분에 하나

둘 뱃멀미를 하는 사람들이 생기기 시작해 호위 선단이 합류했을 무렵에는 제대로 서 있는 사람이 없었던 것이다. 풋내기 선원들은 전날 맞아 여기저기 붓고 멍들고 혹이 난 꼴로 곳곳에서 구역질을 해댔다. 현기증과 구역질이 짧게는 일주일에서 길게는 한 달간이나 계속되었다. 토한 놈은 화장실 청소를 한다고 정해놓았기에 이 무렵 화장실은 늘 깨끗했다. 등화관제 탓에 창이란 창은 모두 검은 천으로 둘러놓았고, 덕분에 밤이 되면 배 안은 찜통이나 다름없었다. 그러나 풋내기 선원들의 상황 따윈 상관없이 일정은 일등항해사가 짜놓은 대로 돌아갔고, 해야 할 일을 못하는 사람에겐 어김없이 주먹질과 매질이 이어졌다.

안경을 추켜올리는 사이 머리 위로 파도가 쏟아졌다. 선생은 균형을 잡지 못하고 선체에 몸을 부딪쳤다. 그리고 그대로 구토를 했다.
"이 새끼, 고등 보통에서 멀미 안 하는 법은 안 가르쳐준 모양이지."
갑판장은 선생의 엉덩이를 걷어찼다. 선생은 그대로 자신이 토한 토사물 위에 코를 박았다. 고개를 들자 쓰고 있던 검은 뿔테 안경알에 온통 토사물이 묻어 있었다. 갑판장은 그 모습을 보고 낄낄거렸다.
"더러운 조센징 자식. 오늘은 네놈이 화장실 청소다."
선생은 안경을 벗어 소중하게 소매로 닦았다. 하지만 이내 다시 구역질했다. 위를 누군가 주먹으로 쥐어짜고 있는 것 같았다. 정말이지 배를 타기 전까지는 자신이 이런 처지가 되리라고는 상상조차 하지 못했었다.

선생이 배를 탄 이유는 돈 때문이었다. 돈이 없는 이유는 직업을 잃었기 때문이고, 직업을 잃었던 것은 전쟁 때문이었다. 동경 유수의 대학

문학부를 졸업한 그는 1년 전만 해도 전문학교의 조선어과 조교수였다. 그러나 1년 전, 새로운 교육령이 내려오며 조선어과가 폐지되었다. 다른 조선어과 선생들은 없는 자리를 만들어 전직을 할 수 있었지만 그는 학교에서 쫓겨났다. 총독부에 찍혔던 그에게까지 자리가 나오지 않았던 것이다.

문학부에서 조선어가 없어질 것이라는 소문은 일찌감치 있었다. 이미 몇 년 전부터 보통학교에서 조선어 과목이 폐지되며 그런 조짐이 있었던 것이다. 다급해진 조선어과 교수들은 총독부에 줄을 대기 시작했다. 그 결과가 학도병 자원을 독려하는 지방순회 강연이었다. 그가 존경하던 작가를 포함해 유명한 교수들이 대거 참여하는 커다란 행사였다. 선생 역시 딱히 거부할 생각은 없었다. 새파란 청년들을 사지로 모는 것이 즐거운 일은 아니었지만, 그가 하지 않아도 누군가는 할 일이었다. 더구나 학도병 자원을 하지 않더라도 징용으로든, 근로 보국대로든 젊은이라면 누구나 2, 3년 안에 전쟁터로 끌려갈 터였다. 한갓 양심 때문에 자신의 경력을 포기할 생각은 정말이지 추호도 없었다.

하지만 강연이 있는 부산에 가기 위해 경성역 대합실에 갔을 때, 그는 발걸음을 돌리고 말았다. 표를 끊어 개찰구를 향해 가고 있을 때 한 학생이 대합실 의자에 앉아 도스토옙스키의 《백치》를 읽고 있었던 것이다. 교모를 눌러 쓴 채 풀 먹인 깃이 날처럼 서 있는 흰 셔츠를 입고 있는 학생은 마치 세상과 뚝 떨어져 있는 것만 같았다. 선생은 얼음처럼 굳어버렸다. 동경에서 유학하던 시절, 문학도입네 하고 목에 힘을 주고 다녔던 시절, 그도 꼭 저런 모습이었다. 어딜 가든 책을 들고 다녔고, 틈만 나면 누군가와 논쟁하고 목소리 높여 외쳤다. 인간이 무엇이고, 선이 무엇이며, 인생이 무엇이고, 정의가 무엇인지에 대해 밤새도록 떠들었다. 아비

지가 도박으로 만석꾼 재산을 다 들어먹지 않았다면 평생 그런 뜬구름 같은 소리만 떠들며 살아갔을지도 몰랐다. 돌이켜보면 아무것도 모르던, 치기를 주체하지 못하던 시절이었다. 그가 이제 강당에 모아놓고 대일본 제국의 황광일우를 위해 목숨을 바치라고 말할 대상은 바로 자신이었다. 그 치기 넘치고 아무것도 모르던 젊은 자신이었던 것이다. 기차의 출발을 알리는 기적소리가 들렸다. 하지만 도저히 발이 떨어지지 않았다.

그 결과, 조선어과가 사라지고 책상이 치워진 후, 다른 일자리를 찾았지만 아무도 써주지 않았다. 전쟁이 길어지며 문학부 출신들은 잉여 취급을 받았고, 총독부의 눈 밖에 난 경력은 낙인처럼 따라붙었다. 날품이라도 해보려 했지만 그놈의 자존심이 허락하지 않았다. 집에 돌아가면 부인과 아이를 볼 낯이 없었다. 그깟 양심이, 그깟 자존심이 뭐라고.

그래서 배를 타기로 결정했다. 그가 입을 열지 않으면 외항선에서는 동경에서 대학을 졸업한 경력 따위 아무도 모를 터였다. 일본수산에 제출하는 이력서에는 정명구란 이름과 나이 그리고 보통학교 졸업의 학력만 적었다. 노무회사에서 주는 계약금을 받아 빚을 갚고 나자 가장 구실을 하는 것 같았고, 가슴 속 깊이 뿌듯했다.

하지만 미처 생각하지 못했던 것이 있었다. 그의 말투나 행동은 하나같이 먹물티가 났던 것이다. 선상 생활을 시작하자마자 닭장에 섞여 있는 오리처럼 천덕꾸러기가 되었다. 정확한 일본어, 고급스러운 어휘, 젠체하는 말투, 굼뜬 동작 그리고 뿔테 안경…… 첫날 이미 조롱 섞인 투로 모두들 그를 선생이라 부르기 시작했다. 얼마나 배웠느냐는 말에 고등보통을 졸업했다고 거짓말을 했다. 그런 그를 학교라는 곳에 가본 적 없는 갑판장은 집요하게 괴롭혔다.

"아이구, 인텔리한 조센징께서 학교도 못 나온 놈의 지시를 들으려니 구역질이 나오시나?"

갑판장은 안경을 닦는 선생의 뒤통수를 후려치며 말했다. 선생은 화를 낼 기력도 없었다. 아니, 차라리 이대로 죽어버리고 싶었다. 진심으로 경성역에서 기차를 타지 않은 것을 후회했다. 그리고 대학 졸업 후 조선에 있는 가족을 위해 귀국을 결정했던 자신의 어리석음을 후회했다. 아니, 그 이전에 문학부를 입학한 세상물정 모르던 자신을 원망했고, 만석꾼 집안의 재산을 도박으로 말아먹은 아버지가 원망스러웠으며, 조선인으로 태어난 것을 원망했다. 그때 누군가 그에게 대걸레를 내밀었다. 정섭이었다. 정섭은 작은 목소리로 속삭였다.

"심호흡을 해보세요. 그럼 좀 낫더라고요."

정섭은 조선인들 중 가장 어린 막내였다. 곱상한 얼굴에 아직 솜털이 빠지지 않은 소년이었던 그는 상업학교 졸업 후 징용을 피해 근로 보국대로 자원했다고 했다.

"너도 재수 옴붙었다. 전쟁 피하자고 여기까지 와서 전쟁터에 가는 게 뭐냐?"

선실에서 나란히 침대를 배정받은 첫날 밤, 윤용이 정섭에게 이렇게 말했다.

"괜찮습니다. 그래도 총을 잡으면 사람을 죽여야지 않습니까. 저는 겁이 나서 그런 건 못하니까 차라리 여기가 낫습니다."

이렇게 말한 후 정섭은 환하게 웃었다. 선생은 생각했다. 순박한 아이구나. 학교에 종종 그런 아이들이 있었다. 몸은 멀쩡하게 어른이 되었어도 소년티가 남아 있는 아이들, 말끔하게 세탁해 잘 다듬이질 해놓은 광목천 같은 아이들이 드물게 있었다. 사내들이란 여섯 살만 되어도 영역 다툼을 하는 법이기에 그런 보기 드문 아이들을 선생은 좋아했다. 그러나 전쟁은 그런 아이들조차 사지로 내몰았다. 그리고 그들을 사지로 내몰았던 것은 자신 같은 어른들이었다.

창마다 두꺼운 검은 천이 드리워진 선실은 한밤에도 열기가 가시지 않았다. 기온이 올라갈수록 선실 안은 온갖 악취로 가득 찼다. 기관실 아래 있는 빌지 탱크에서 올라온 악취와 찜통더위 탓에 흘리는 땀 냄새가 선원들의 체취와 섞여 묵직하게 해수처럼 고여 있었다. 그래도 몸은 물먹은 솜처럼 무거웠으므로 다들 침상에 눕기 무섭게 잠이 들었다. 하지만 편히 잘 수 있는 날도 금세 끝나버렸다.

대만 해협에 접어들기 시작하자 미군의 잠수함 공격이 시작되었다. 밤마다 빈틈없이 등화관제를 했지만, 잠수함은 늘 귀신처럼 선단을 찾아내 늑대처럼 주위를 맴돌았다. 잠망경이 만들어내는 항적을 찾기 위해 선원들은 돌아가며 마스트 위에 있는 망루에서 견시를 섰다. 하지만 그것만으론 공격을 막을 수도 대비할 수도 없었다.

첫 희생양은 나미마루였다. 나미마루는 백 톤급의 일개 목선으로 사실 잠수함의 공격 대상이 되긴 작았다. 그러나 운 나쁘게 탄약 운반선 바로 옆을 항해하고 있었다. 그래서 탄약 운반선이 어뢰에 맞았을 때, 그 안에 무엇이 들었는지 모른 채 나미마루는 선원들을 구조하기 위해 다가갔다. 그리고 밤바다를 환하게 밝히는 폭발이 있었다. 나미마루는 그렇게 흔적도 없이 말 그대로 증발해버렸다. 나미마루의 기관장은 갑판장의 고향 친구였다. 정형 해방함이 바쁘게 사라진 잠수함을 찾아 돌아다니는 동안 유키마루는 구조 작업에 참여했다. 하지만 구조할 것은 많지 않았다. 폭발이 컸던 탓에 남아 있는 것은 고작 나뭇조각 몇 개, 불에 탄 구명정, 흘러나온 기름으로 불이 붙은 바다가 전부였다. 갑판장은 친구의 이름을 목놓아 불렀다. 하지만 그 목소리는 밤바다에 이내 흩어졌다.

선장에게는 새로운 구조 지침이 내려왔다. 공격당한 배에 너무 접근하지 말라는 명령이었다. 침몰로 선원들이 바다에 빠지면 최소 100미터의 거리를 두고 그들이 다가올 때까지 기다리라는 명령이었다. 나미마루의 불행한 운명을 생각하면 그 명령은 합리적인 것처럼 보였다.

징용병으로 가득 찬 기쿠마루가 어뢰에 맞은 것은 다음 날 자정 직후였다. 기쿠마루는 부산항에서 승선한 500명의 학도병을 필리핀 전선으로 이송하고 있었다. 선미에 어뢰를 맞은 기쿠마루는 하갑판부터 물이 차며 천천히 침몰했다. 선창에 있던 학도병들은 우르르 갑판으로 올라왔다. 하지만 명령 탓에 침몰해가는 기쿠마루 주위에서 다른 배들은 기다릴 뿐이었다. 배를 나란히 대고 구조한다면 틀림없이 대부분의 젊은이들을 구할 수 있었지만 다들 명령에 충실했다. 보다 못한 선생은 선교로 달려가 항의했지만 돌아온 것은 갑판장의 주먹이었다.

500여 명의 젊은이들이 바다에 뛰어들어 살기 위해 헤엄치는 장면은 일견 장관이었다. 문제는 조선에서 배를 탄 그들의 태반이 헤엄칠 줄 모른다는 것이었다. 물론 구명의를 입은 청년들도 있었다. 하지만 대부분은 자다 일어나 무작정 바다로 뛰어든 탓에 속옷 차림의 맨몸이었다. 다른 배들이 있었음에도 한 시간 동안 100여 명의 학도병들이 익사했다. 파도 치는 바다에서 100미터를 헤엄칠 수 있느냐 없느냐가 그들의 운명을 갈랐다. 선단의 그 많은 배 중 단 한 척도 명령을 어기지 않았다. 선생은 유학 시절 느꼈던 일본인들의 성격을 다시 한 번 확인한 기분이었다. 그들은 한 번 정해진 룰을 어기는 법이 없었다. 그것이 아무리 부당해도.

젊은 시절 선생은 그것이 발전한 나라의 국민의식이라고 믿었었다. 우리가 식민지가 된 것도 어쩔 수 없지. 선생은 그들을 보며 그런 열패감마저 가지고 있었다. 그런데 지금 그 놀라운 국민성이 열여섯에서 스물 사이의 아이들 100여 명을 죽이고 있었다. 그나마 남은 배들이 구명정과 구명대를 던져주지 않았더라면, 떠다니는 부유물이 없었다면 틀림없이 그 두 배는 더 죽었을 터였다.

선생은 갑판으로 끌어올린 어린 학생들을 보니 마음이 복잡했다. 아직 솜털이 채 가시지 않은 아이들은 생쥐처럼 홀딱 젖어 겁에 질려 떨고 있었다. 내선합일을 위해 황국신민으로서 일사보국하라는 동료들의 강연이 만들어낸 결과였다. 이 그럴듯한 말을 쉽게 바꾸자면 우리가 진짜 일본인이 되고 일본에게 차별받지 않으려면 젊은 너희들이 전쟁터에 나가 죽으라는 뜻이었다. 저 밤바다 건너편 어딘가에서 그들은 그 강연 덕에 월급을 받으며 자신의 삶을 영위해갈 터였다. 밤바다를 아무 의미 없이, 그저 목숨을 건지기 위해 헤엄치다 죽어야 하는 젊은이들의 운명 따윈 꿈조차 꾸지 못하리라. 선생은 입안이 썼다. 애국이란 그럴듯한 말로 그들을 사지로 내몬 이들은 결코 단죄받지 않으리라는 것을 잘 알고 있기 때문이었다. 다른 이들의 피로 애국을 외치는 이들은 세상이 바뀌어도 자기 자리를 지킨다는 걸 그는 식민지를 살아가며 이미 뼈저리게 배운 터였다.

유키마루가 루손 섬 북단에 위치한 아파리 항에 도착한 것은 시모노세키에서 출발한 지 닷새째 되는 아침이었다. 남방개발 대표단의 대부분은 조업을 위해 마닐라 만 방향으로 이동한 가운데 유키마루만이 호송선단과 함께 아파리 항에 정박했다. 필리핀 선원들을 태우기 위해서였다. 선단의 대부분을 차지하는 200톤 전후의 목조선들은 충원이 필요 없었지만, 그 배들보다 세 배쯤 큰 유키마루는 스무 명이 조금 넘는 선원들로 제대로 조업할 수 없었다. 일등항해사는 일찌감치 남방개발대표단에 선원 보충을 신청해두었다. 원래는 필리핀에서 열 명 정도의 충원이 있을 예정이었지만 전시였으므로 일이 예정대로 돌아갈 리 없었다. 인원도 고작 일곱이었고, 해군에서 데려온 그들은 대만인이나 조선인들처럼 형식적인 계약도 없었다. 그들 모두는 아파리 인근에서 농사를 짓는 농민이나 근처 산악지역에 사는 화전민들이었다. 그들은 아파리 주둔군에게 항일운동을 한다는 이유로 잡혔던 사람들로 대부분 완장을 찬 이들의 눈 밖에 나 고발을 당한 이들이기도 했다. 당연히 무고였으므로 조사를 한다고 혐의가 나올 리 없었다. 혐의점을 찾을 수 없자 해군에서는 그들을 재판 대신 근로 보국대로 돌렸다.

문제는 새로 탄 필리핀인들이 말이 통하지 않는다는 것이었다. 네 명은 일로카노어를 할 줄 알았고, 셋은 삼발어를 썼다. 다행이라면 그들 중 각각 한 명씩이 간단하게나마 영어를 할 줄 알았다. 하지만 유키마루의 상급선원들 중에서 영어를 할 줄 아는 사람은 없었다. 전쟁 전 유키마루는 제국의 영토 밖에서 조업해본 적이 없었으니까. 선생이 갑판장 밑에서 항해부로 진급한 것은 그 때문이었다. 선생만이 배에서 일본어와 영어, 조선어를 할 줄 알았을 뿐만 아니라 대만인들과도 필담을 나눌 수 있었던 것이다. 갑판장에게 얻어맞는 일은 면했지만 그렇다고 처우가 크게 좋아진 것은 아니었다. 어쨌든 그는 유키마루에서 가장 낮은 급의 선원이었고, 일개 조센징일 뿐이었으니까.

사해

마닐라 앞바다에서 시작된 유키마루의 조업은 가혹할 수밖에 없었다. 선원들은 필요한 수에 비해 부족했고, 아파리 항에 들른 탓에 일정도 밀렸다. 무엇보다 유키마루란 배 자체가 애초에 트롤 어선이 아니었다. 유키마루는 원래 1920년대 남빙양에서 포경 붐이 불 때, 노르웨이에서 건조된 600톤급 디젤 포경선이었다. 얼어붙은 바다에서 조업하기 위해 뱃머리가 쇄빙선 형태로 제작되었고, 빠른 속도를 내기 위해 두 쌍의 디젤 엔진까지 내장했다. 당시엔 나름 첨단 기술이 집약된 배였다. 그러나 여러 이유로 건조 직후 홋카이도에 있는 한 포경 회사에 헐값에 팔려왔다. 이후 일본수산에 인수되어 조선의 동해와 캄차카 반도를 오가며 귀신고래와 혹등고래를 잡던 배는 결국 태평양 전쟁이 발발하자 징발 대상이 되어 특설감시선으로 팔라우 등지의 남방 전선 일대에서 감시선 임무를 수행했다. 그리고 태평양 전쟁이 한창일 때 팔라우에서 피격된 후 시모노세키에서 트롤선으로 개조되어 남방개발 대표단에 차출된 것이다.

그 때문에 선장 이하 상급선원들 모두 조업을 하는 데 미숙했다. 어장을 찾고, 트롤을 던지고 언제 걷어올려야 하는 등 모두 경험의 문제였다. 그러나 작살포를 가지고 고래를 잡던 유키마루 선원들이 그런 경험이 있을 리 만무했다. 설상가상으로 배의 톤수에 맞춰 해군에서 일방적으로 할당한 어획량은 가혹할 정도로 많았다. 대부분 200톤 미만의 목선들로 이뤄진 선단에서 유키마루만 만재 배수량이 세 배였고, 따라서 할당량도 세 배였다. 말단 선원부터 선장까지 계약금을 제외한 임금 대부분은 보합이라 불리는 어획량에 따른 성과급으로 받게 되어 있었다. 할당 어획량 미달은 곧 돈을 받을 수 없다는 뜻이었고, 보합 비율이 높은 상급선원들에게는 할당량을 채울 수 없다는 말은 급료를 거의 받을 수 없다는 뜻이기도 했다.

때문에 갑판장은 선원들을 쥐어짰다. 선원들은 잠도 제대로 자지 못했고, 한가하게 밥 먹을 시간도 없었다. 사소한 실수에도 폭력이 뒤따랐고, 벌로 선창 안 철제 캐비닛에 감금되었다. 아직 뱃멀미조차 그치지 않은 많은 선원들의 눈가에는 멍이 가실 날이 없었다. 특히 어리숙했던 상구는 갑판장에게 맞아 어금니가 빠지는 일도 있었다.

"어떻게 오게 된 거요?"

상구를 불러놓고 언젠가 선생이 물었다. 선생보다 두 살 어린 상구는 이미 마흔을 코앞에 두고 있었고, 전쟁 때문에 억지로 끌려올 나이는 아니었던 것이다.

"우리 수리조합에서 한 명 가야 한다고 할당이 나와서요."

상구는 배시시 웃으며 답했다. 선생은 미간을 찌푸렸다. 재작년부터 태평양 전쟁의 전황이 심상치 않게 돌아가는 모양인지 각 단체마다 자원 할당이 나왔다. 공식적인 것은 아니었다. 다만 각 단체에서 총독부에 군대나 근로 보국대에 자원한 인원을 보고 해야 했다. 그가 가르치던 전문학교도 자원 인원을 확인하고 보고해야 했다. 누구도 그 보고가 자원을 강요한다는 의미라고는 말하지 않았지만 정말 의미가 없다면 보고를 해야 할 이유조차도 없었다.

"아니, 할당 나온다고 갈 나이가 아니지 않습니까."

대개 할당은 젊은 사람들을 보냈다. 처자식이 있는 사람들은 그래도 먹고살게 해주는 것이 이 불의한 시대 나름의 인정이었던 것이다.

"조합 어르신들이 불러놓고 그러더라고요. 원래 상놈 자식이었던 널 수리조합에 끼워주었으니 이런 때 보은해야 하는 거 아니겠느냐고."

"그래서 대뜸 온다고 한 겁니까?"

"네."

선생은 입맛이 썼다. 학창 시절 일본에서는 수평사 운동이, 조선에서는 형평사 운동이 한창이었다. 이미 갑오개혁으로 신분제가 철폐되었지만, 그것은 어디까지나 말뿐이었다. 호적에도 아직 신분에 대한 기록이 남아 있었고, 특히 농촌에서는 반상의 차별이 여전했다. 그것을 바꾸자고 일어난 것이 형평사 운동이었다. 물론 신분을 바꾸자는 그들에게는 아카(빨갱이)란 이름의 딱지가 붙었다. 그리고 총독부로부터 탄압받았다. 그로부터 십여 년이 지났지만 시골에서는 아직 반상의 질서가 여전했다. 만석꾼이던 할아버지는 선생의 가문이 형조판서까지 지낸 누구와 이조 참판을 지낸 누구의 후손이라는 것을 들먹이기 좋아했다. 물론 할아버지도 말직이나마 종구품의 벼슬이 있긴 했다. 실은 민씨 일가에 줄을 서서 산 이름뿐인 벼슬이었지만 말이다. 모르긴 해도 그 잘난 족보도 망한 어느 가문에서 사들인 것이 틀림없으리라. 따라서 상구를 배에 태운 그 사람들은 먼 나라에 존재하는 특별한 사람들은 아니었던 셈이다. 살아 있다면 틀림없이 자신의 할아버지도 그랬을 테니까.

"사람 좋은 것도 정도가 있지, 그렇다고 이런 험한 곳에 남이 등 떠민다고 옵니까."

"이 정도일 줄 몰랐죠. 그리고 어차피 누군가는 해야 할 일 아닙니까."

선생은 한숨을 쉬었다. 좋은 사람이었다. 그러나 좋은 사람이 이용당하기 더할 나위 없이 좋은 시절이었다.

필리핀에서의 조업은 나쁜 시절이라 부르기에도 고약했다. 어군이 나타나면, 밥을 먹다가 달려가야 했고, 트롤을 갑판에 부리고 나면 선어실도 없는 배의 후미 선창에 모여 선원들이 직접 일일이 물고기를 골라야 했다. 온몸에 물고기 비늘이 덮이도록 일했지만 할당량은 좀처럼 채워지지 않았고, 조업의 가혹함은 날이 갈수록 더해갔다. 두어 시간 눈을 붙이고 나와 이틀씩 날밤을 새우는 일이 예사였다. 선생은 손가락 마디마디가 모두 부어올랐고, 만덕은 팔에 커다란 종기가 생겼으며, 정섭은 이마가 찢어지는 큰 상처를 입었다. 갑식은 새끼손가락이 부러졌으나 제대로 치료받지 못했고, 상구는 발목부터 사타구니까지 새빨갛게 부어올랐다. 하급선원들 중 한두 구데쯤 아프지 않은 사람은 없었다. 오직 갑판장에게 잘 살랑거린 윤용만이 탈장을 핑계로 조업에서 빠질 수 있었다. 나이가 많은 필리핀 선원 하나는 기침을 달고 살았고, 눈이 유난히 크고 둥그렇게 생겨서 겁이 많아 보이는 장용이란 이름의 대만인은 트롤 그물에 쓸려 한 뼘만큼 팔뚝 살점이 떨어져나갔다.

선원들이 아프기 시작하자 작업 능률은 더 떨어졌고, 떨어진 능률을 선장은 갑판장의 매질과 줄어든 휴식 시간으로 벌충했다. 그렇게 다친 사람은 더 늘어났고, 선원들은 위태로운 실수를 저지르기 시작했다. 이를테면 선생은 졸다가 내려가는 트롤 그물을 묶은 밧줄에 발목이 딸려갈 뻔했다. 갑판장이 그 모습을 보고 선생의 가슴팍을 걷어찼기 망정이지, 아니었으면 트롤망과 함께 심해로 끌려갔을 터였다. 선생은 얼떨떨한 기분이었다. 그가 싫어하는 갑판장에게 목숨을 빚진 셈이었으니까. 하지만 그런 상황에 처할 정도로 그를 몰아붙인 것도 다름 아닌 갑판장이었다. 언제, 누가 사고로 죽거나 쓰러져도 이상하지 않을 지옥 같은 날들이었다.

갑작스러운 귀항 명령이 떨어진 것은 조업 한 달 만인 10월 중순이었다. 선원들은 쉴 수 있다는 생각에 다들 기뻐했다. 귀항지로 정해진 것은 그들이 처음 출발했던 아파리 항이었다. 그리고 일반 포구가 아닌 주둔 해군의 정박지로 귀환하라는 명령이었다. 이유를 알 수 없었지만 유키마루는 선단을 이탈해 루손 섬 북부로 올라갔다.

선원들은 전원 선내 대기를 하는 가운데 해군 기술자들이 와서 배를 개조했다. 그들은 유키마루의 통신실의 통신장비를 전부 바꾼 후, 뒤쪽 격벽을 뚫어 가솔린 발전기를 넣고, 연돌 앞쪽에 커다란 안테나를 세웠다. 수십 명이 들락거린 끝에 이틀 만에 개조가 끝났다. 무슨 일인지 알 수 없었지만, 군에서 유키마루에 중요한 일을 맡기려 하는 것이 틀림없었다. 개조가 끝나자 해군 장교 하나와 하사관 둘이 탑승했다. 출항할 때까지 모두 선내 대기를 해야 했지만, 자느라고 정신없던 탓에 누구도 불만 따위는 표하지 않았다. 배가 정박지를 빠져나올 때까지도 누구도 목적지가 어디인지, 무엇을 해야 하는지 알지 못했다.

　임명식이 있었던 것은 카미권 섬과 바부안 섬 사이에서였다. 유키마루는 정식으로 해군의 특설 공작선으로 임명되었다. 선원들을 모아놓은 채 장교가 임명서를 읽었고, 모두 박수를 쳤지만, 특설 공작선이 무엇인지 아무도 알지 못했다. 선장은 입안이 썼다. 특설 감시선이라면 팔라우에서 해본 적이 있었다. 어선으로 위장한 채, 혹은 어선으로 조업을 하면서 정찰을 하는 배를 특설 감시선이라고 했다. 하지만 이번에는 공작선이었다. 공작선이므로 무언가 공작을 할 것이 틀림없었지만, 공작이란 이유로 그 무언가가 무엇인지는 선원들에게 비밀이었다. 그것은 선장도 예외가 아니었다. 군속이라 해도 유키마루의 선장이라면 적어도 소좌 대우는 받도록 정해져 있었다. 그러나 설명해줘야 할 군인들은 일등항해사에게 목적지를 지시한 후, 통신실에 처박혀 나오지 않았다. 선장은 이 모든 것이 마음에 들지 않았다. 해군이 어디까지나 그들의 고용주였고, 이 전쟁 시기에 국가를 위해 멸사봉공의 마음으로 제국을 위해 임무를 수행하는 것도 나쁘지 않았다. 다만, 돈이 되지 않는다면 그것은 다른 차원의 문제였다. 그는 이미 너무 많은 것을 천황과 제국의 성전을 위해 바쳤던 것이다.

　월급 선상 10년 끝에 대출을 끼고 자신의 배를 처음 마련한 것은 쇼와 10년(1935년)이었다. 중고 목선이었지만, 그에게는 꿈의 실현이었다. 많은 것을 바라진 않았다. 자신의 배로 고래를 잡고, 그렇게 번 돈으로 대출을 갚고, 그가 바다에 나갈 수 없을 때까지 파도를 타고 넘은 후, 배를 임대 놓고 노후를 보장받을 생각이었다. 그런데 쇼와 13년 국가총동원령이 내려오면서 모든 꿈은 산산이 부서졌다.

조선에서 고래를 잡고 있었다는 이유로 그의 배는 상하이 남쪽으로 남하하는 제국 해군의 건보트로 차출되었다. 당시만 해도 선장은 그것이 영광이라 믿었다. 제국의 위대한 성전을 위해 신민으로서 그 정도는 당연한 의무라 생각했던 것이다.

그리하여 포경포 자리에 기관포로 무장한 채 이듬해 홍콩을 향해 남하하는 제국 해군의 일원으로 전쟁에 참여했다. 빛나는 전과를 세워 제국에 기여하리라 생각하면서. 그러나 정작 배는 상하이에 도착하지도 못했다. 이른 새벽 상하이 앞바다를 향해 나아가고 있을 때 그의 배를 국민당 측 감시선으로 착각한 아군의 오발로 배가 침몰하고 말았던 것이다.

아직 징용선과 관련한 법령이 정비되기 이전이었으므로 배의 보상과 관련된 모든 것이 허공에 붕 떠버렸다. 선박운영위원회가 생겨 징용선과 관련한 보상이 체계적으로 시작된 것은 3년 후의 일이었다. 관련 규정이 제대로 없다는 것을 이용, 해군은 그의 배를 폐급 목선으로 분류, 형식상의 금액만 주었을 뿐이었다. 보험 역시 전쟁피해란 이유로 나오지 않았다. 선장에게 남은 것은 배를 사기 위해 짊어졌던 부채뿐이었다. 그리하여 은퇴했던 회사로 다시 돌아가 월급 선장이 되었다. 그렇게 타게 된 것이 유키마루였던 것이다.

유키마루가 이전에 참가했던 팔라우 일대에서의 조업은 미군의 공격이 워낙 거셌으므로 보합으로 임금을 받는 선장의 입장에서는 큰 재미를 보지 못했었다. 목숨을 걸어가며 거둔 소득이 전쟁 전 소득의 반도 되지 않았다. 그래서 선장은 유키마루를 트롤선으로 무리하게 개조했다. 필리핀 근해는 비교적 안전했고, 트롤선이라면 안정적으로 조업할 수 있을 것이 틀림없었으니까. 하지만 현실은 기대와 달랐다. 특설 공작선이 되지 않나 또 내부적으로 할당량은 너무 많았고, 인원은 부족했으며, 선원들은 풋내기에다 서로 말이 통하지 않았다. 그런데 또다시 차출까지 당한 것이다. 선장은 생각했다. 이번에는 선박운영위원회에 꼭 따지리라. 이제 찬바람을 맞으면 무릎이 아팠고, 아침이면 어깨가 뭉쳐 일어나기 힘들었다. 제발 이번에는 빚을 갚고, 고향에 돌아가 낚시라도 하며 조용히 살고 싶었다. 그런데 바다는, 제국은 그런 그를 가만히 내버려두지 않았다. 그뿐만 아니라 선원이란 놈들도 하나같이 아무런 도움이 되질 않았다. 조업을 쉴 수 있으니 좋은 것이 아니겠냐고 수군거리는 선원들을 선장은 바다에 처넣어버리고 싶었다. 이 꼴 저 꼴 다 마음에 들지 않았으므로 그는 배를 일등항해사에게 맡긴 채 선장실에서 나오지 않았다.

배는 그물을 내린 채 멈췄다. 물론 바다 밑으로 던진 트롤에 물고기 따위는 없었다. 선원들은 갑판에 올라가 조업을 하는 척, 일종의 연기를 했다. 날씨는 더할 나위 없이 화창했고, 햇볕은 따뜻했다. 선원들은 모르고 있었지만, 시시각각 전쟁의 먹구름이 유키마루를 향해 다가오고 있었다. 아무도 모르고 있었지만, 유키마루는 세계 최대의 해전 한가운데에 있었던 것이다.

훗날 레이테 해전이라고 불리게 되는 이 전투는 미군이 필리핀에 상륙하는 것으로 시작되었다. 이미 1년 전부터 일본의 대본영에서는 미군의 필리핀 상륙에 대비해 결전을 준비하고 있었다. 그 계획은 필리핀 남단에서 두 갈래로 전함들이 진격하는 가운데 본토에서 출진한 항모들

이미 해군 주력을 루손 섬 북부로 유인하고, 남부에서 올라온 주공군이 상륙한 미군을 해안에서 포격해 섬멸하겠다는 작전이었다. 그리고 유키마루의 임무는 본토에서 출발한 유인함대의 정보를 무선으로 미군에게 흘리는 것이었다. 그물을 드리운 채 군인들이 통신실에서 무전만 보내고 있었던 것은 바로 그 때문이었다. 하지만 이미 작전은 대본영의 계획대로 돌아가지 않고 있었다. 남방에서 올라오는 주력은 미군에게 들통나 공격받고 있었고, 본토에서 출발한 유인함대를 향해서도 미국의 7함대가 다가오고 있었다.

유키마루 선원들이 상황이 심상치 않게 돌아가고 있다는 것을 깨달은 것은 이튿날 아침이었다. 하늘을 까맣게 덮은 비행기 무리가 남쪽에서 북쪽 하늘로 몰려갔던 것이다. 외눈이지만 시력은 누구보다 좋았던 포수가 망루에서 외쳤다.

"적이다!"

유키마루의 선원들은 겁을 먹었지만, 남쪽 하늘에서 나타난 그들은 유키마루를 무시한 채 북쪽으로 올라갔다. 비행기가 사라지자 선원들은 갑판 여기저기에 모여 웅성대기 시작했다.

"얼마나 간 거야?"

"기백 대는 되려나. 아주 까맣게 모기떼 같드만."

"저렇게 많은데 이길 수 있으려나."

"무슨 쓸데없는 소릴. 황군 앞에 저놈들은 파리 목숨이지. 진주만을 생각해보라고. 진주만을."

풋내기 선원들은 이렇게 떠들었지만, 상급선원들은 말이 없었다. 그들은 이미 팔라우 공세와 트럭 섬의 대공습을 겪은 터였다. 섬 일대의 바다가 불타올랐던 그 공습에서 적의 뇌격기들은 사신 그 자체였다. 수

십 척의 징용된 배들과 전함들이 열심히 저항했지만 고작 하루 만에 다들 바닷속으로 침몰하고 말았던 것이다. 본토로 돌아왔을 때 그 엄청난 패배가 신문에는 고작 한 단짜리 기사에 지나지 않았다는 사실에 다들 말문이 막혔다.

수평선 너머로 비행기들이 사라진 지 십여 분쯤 흐르고 나서부터 북쪽 수평선 너머에서 마치 봉화를 피우는 것처럼 하나, 둘, 검은 연기 기둥이 피어올랐다. 아무도 말하지 않았지만 그 연기 기둥이 무얼 의미하는지 다들 알고 있었다. 그 뒤로 새까만 파리떼 같은 적기들이 두 차례나 더 남쪽에서 나타나 북쪽 하늘로 사라졌다. 마지막 비행기 무리가 나타났다 사라진 정오 무렵, 드디어 통신실에서 장교가 나왔다. 그는 창백한 얼굴로 북상을 명령했다. 위장 조업을 하고 있던 유키마루는 그물을 걷고 북상하기 시작했다.

처음은 검은 기름띠로 시작되었다. 누군가 마치 바다에 기름을 부어버린 것처럼 거대한 기름띠가 나타났다. 뒤이어 책상, 목재, 의자, 구명대 같은 것들이 천천히 밀려왔다. 더 북상하자 좀 더 큰 물건들도 떠내려왔다. 갑판의 목재, 부서진 구명정, 그리고 문짝 같은 것들이 기름층이 깔린 바다로 밀려왔다. 쓰레기 더미를 헤치고 더 북쪽으로 올라가자 넘실대는 파도 위로 구명조끼를 입은 사람들이 보이기 시작했다. 처음엔 조난자라 생각하며 그들을 구하기 위해 접근했다. 사지를 움직이는 그들의 모습은 멀리서 봐도 살아 있는 것처럼 보였다. 유키마루의 선원들이 갈고리를 이용해 떠내려오던 선원 하나를 건져내려 했다. 그러나 끌어올리던 중간에 그들은 화들짝 놀라 갈고리를 놔버렸다. 건지려던 사내의 하반신이 없었던 것이다. 뒤이어 수많은 시신늘이 밀려오기 시작했다. 몸뚱이가 멀쩡한 시신은 하나도 없었다. 몇몇은 불에 타 검게 변해 있었고 몇몇은 사지가 떨어져나가 있었다. 그들이 산 사람처럼 움찔거리는 이유는 상어 때문이었다. 때마침 몰려든 상어떼들에게 살점을 뜯길 때마다 시신들은 마치 살아 있는 것처럼 요동쳤다. 광활한 바다는 사방이 그런 시신들로 덮여 있었다. 선원들은 아무 말도 할 수 없었다. 지옥이 바로 자신들의 눈앞에 있었으니까.

좀 더 북상하자 수평선 너머에서 올라오던 연기의 정체를 알 수 있었다. 반쯤 기울어 검은 연기를 뿜어내며 침몰하고 있던 항모 한 척과 마주쳤던 것이다. 갑판이 반쯤 기울어진 채 느릿느릿, 검은 연기를 뿜는 항모의 모습은 멀리에서 봐도 처연해 보였다. 정찰기들은 죽어가는 짐승의 최후를 기다리는 독수리떼처럼 주위를 맴돌았다. 황혼을 등지고 필연적으로 다가올 파멸로부터 마지막 힘을 짜내 달아나는 항모의 갑판에는 부상자들이 누워 있었고, 선원들은 꺼지지 않는 화재를 진압하기 위해 발버둥치고 있었다. 큼지막한 구멍이 뚫린 갑판 아래선 검은 연기가 하늘 높이 솟아올랐고, 배의 항적을 따라 긴 기름띠가 마치 피를 흘리고 있는 것처럼 번져나갔다. 일등항해사가 그들을 돕기 위해 항로를 바꾸려 하자 장교는 그대로 북진할 것을 명령했다.

"도와줘야 하는 거 아닙니까?"

"미군의 전함들이 북상 중이다. 치요다는 적을 유인하는 임무를 수행 중이다."

독수리떼 같은 정찰기가 남쪽 하늘에서 다시금 나타났다. 정찰기는 유키마루를 무시한 채 치요다를 향해 날아갔다. 반파된 구축함 하나가 마치 마지막 의무를 다하겠다는 듯 치요다 곁을 지키고 있었다. 그러나 갑판 여기저기에 구멍이 뚫리고, 선미 역시 무너져내린 구축함의 모습은 예정된 파멸의 예감을 더욱 확신시켜줄 뿐이었다.

한 시간 반 남짓이 지나고 바다가 붉게 물들어갈 무렵 수평선 너머에서 엄청난 굉음과 함께 커다란 구름이 치솟아올랐다. 아무도 말하지 않았지만 모두 알고 있었다. 치요다의 최후였다. 망루를 지키고 있던 포수는 백태가 낀 눈을 비볐다. 팔라우 생각이 떠올랐던 것이다.

포수는 평생 고래를 잡았다. 일본의 가장 큰 고래잡이 마을 중 하나인 타이지에서 태어난 그는 글을 배우는 것보다 먼저 포경선을 탔다. 구구단을 외우기도 전에 고래가 뿜는 물기둥만을 보고도 고래의 종류를 맞출 수 있었고, 수염이 나기도 전에 작살을 들고 자신의 키보다 큰 돌고래를 잡았다. 원래 타이지에서 목선을 타던 그가 조선으로 고래를 잡으러 가기 시작한 것은 스무 살 무렵이었다. 일본 여기저기에 식민지로 진출하는 원양어업 회사가 생겼고, 뒤따라 포경선들도 해외 진출에 박차를 가했다. 그때부터 그는 오가사와라 제도, 필리핀, 조선, 북해도, 캄차카 반도까지 10여 년간 고래를 잡을 수 있는 곳이라면 어디든지 따라갔다. 아내를 생과부로 만들고 아이들이 자라는 걸 보지 못했지만 그래도 그에게는 고래가 있었다. 포수에게는 고래를 쫓는 순간만이 살아 있음을 실감하는 시간이었다. 유연한 몸뚱이로 우아하게 헤엄치며 달아나는 고래의 등판에 작살을 찔러넣어보지 않은 사람은 그 순간의 짜릿함을 절대 알 수 없었다.

남극으로 떠나기로 한 것도 그 때문이었다. 포수는 일본 최초의 모선식 포경선을 타고 남극으로 떠났다. 베테랑 중의 베테랑들로 구성된 선단이었고, 그들 중에서도 그는 최고였다. 그곳에서 그는 캐쳐 보트를 타고 셀 수 없을 만큼 많은 고래를 잡았다. 만약 그 시절 조금만 성실하게 돈을 모았더라면 조그만 포경선 하나쯤은 살 수 있었으리라. 태평양 전쟁과 함께 남극 철수가 결정될 때까지 포수는 그의 인생에서 가장 빛나는 황금기를 그 동토에서 보냈다. 지갑은 두둑했고, 사냥할 고래는 어디나 널려 있었으며, 한여름 남극의 태양은 지지 않았다.

그러나 전쟁이 시작되자 모든 것이 바뀌었다. 그가 타던 모선식 포경선은 가장 먼저 군에 징발되어 유조선으로 개수되었고 유조선에서 그가 할 수 있는 일이라곤 견시병이 고작이었다. 포경선을 탈 때 포수는 가장 대접받는 선원이었지만, 이제 그는 고작 하늘이나 보며 적기가 나타나는지를 감시하고 있을 뿐이었다. 그나마 그것도 트랙 섬 공습까지였다. 그가 탔던 모선은 연료 운반선이었으므로 뇌격기의 표적 일 순위였고, 집중 공격을 받았다. 그는 가장 먼저 배를 포기했고 덕분에 목숨을 건졌지만, 지난 몇 년간 같이 일했던 선원 대부분은 폭발에 휘말려 불귀의 객이 되고 말았다.

시신들로 가득한 불타는 바다에 떠돌고 있는 그를 건져준 것이 유키마루였다. 포수는 유키마루가 마음에 들었다. 어쨌든 포경선이었으니까. 그러나 유키마루에서도 운은 따라주지 않았다. 후퇴한 팔라우에서 뇌격기의 기총 세례를 받아 몇 명의 선원들이 죽었을 때, 그는 한쪽 눈을 잃었다. 파편을 맞았던 왼쪽 눈이 하얗게 변한 것이다. 의사는 외상성 백내장이라고 했다.

그래도 포수는 다시 유키마루에 돌아왔다. 자식들은 장성했고, 전시이지만 먹고살 돈이 부족한 것도 아니었다. 그에게는 포경선을 타는 일을 빼면 인생에서 아무것도 남지 않았기에. 죽기 전에 단 한 번만이라도 그는 다시 고래의 등판에 작살을 찔러넣고 싶었다.

포수는 밀려오는 죽은 군인들의 시체를 보며 남극의 바다를 떠올렸다. 여름이면 남극 앞바다로 혹등고래들이 크롤새우를 먹기 위해 새까맣게 몰려왔다. 수평선 끝이 고래들이 뿜어내는 물기둥으로 뿌옇게 보일 정도였다. 캐쳐 보트를 타고 한번 나갈 때마다 두세 마리씩 배에 달고 모선으로 돌아왔다. 모선이 시간당 처리할 수 있는 고래의 양은 정해져 있었고, 몇 대의 캐쳐 보트들이 나가면 결국 잡은 것들 중 작은 고래들은 바다에 버려야 했다. 그래도 포수는 최선을 다했다. 돈이 되지 않더라도, 설사 죽은 고래를 그냥 바다에 버리더라도, 고래 피로 붉게 물든 바다를 보면 최선을 다했다는 생각에 뿌듯한 마음이 들곤 했던 것이다. 그런데 죽은 수병들의 시신이 그때 고래들처럼 눈앞에 펼쳐져 있었다. 포수는 꼭 짚어 말할 수 없었지만, 찜찜한 마음이 들었다.

그렇게 훗날 레이테 해전이라 이름붙은 전투는 끝났다. 대본영의 원대한 계획은 보기 좋게 빗나갔고, 제국 해군은 괴멸 직전의 피해를 입었다. 크고 작은 피해를 입은 채 본토로 귀환하는 함대를 따라 유키마루도 본토로 향했다. 레이테 해전의 패배로 일본은 필리핀의 제해권을 상실했고, 따라서 유키마루가 마닐라로 돌아갈 길도 막혀버린 것이다. 그뿐만 아니라 더 이상 바다에 선단을 풀어놓을 수 없었으므로 남방개발 대표단도 해체되었다. 민간 어선들은 모두 졸지에 선박운영위원회 소속에서 해군 직속의 군속으로 신분이 변화했다. 선장실에 틀어박힌 선장은 혼란에 휩싸였다. 이제 다시금 조업 중 피해를 보상해줄 마지막 안전장치가 사라진 셈이었다. 해군이 자신에게 어떤 짓을 했었는지 기억하고 있던 그는 잠을 못 이루고 선장실을 맴돌았다.

반면, 유키마루의 선원들은 본토로 돌아가는 것은 아닌가 하는 기대에 차 있었다. 시체가 가득한 바다를 거슬러오르는 경험은 끔찍한 것이었고, 말은 하지 않았지만 모두의 정신을 피폐하게 만들었다. 선원들은 자신들이 끼어든 이 전쟁이 얼마나 참혹한 것인지 뒤늦게 깨달았다. 이미 할당량을 채우지 못했으므로 이 전쟁 중인 바다에서 큰돈을 벌 가능성은 전혀 없어 보였다. 이대로 돌아가는 것이 그나마 목숨을 보전할 수 있는 길이 아니겠냐는 의견이 대다수였다. 특히나 억지로 끌려오다시피 한 근로 보국대 출신 선원들은 더했다.

그러나 오키나와 앞바다에서 새로운 명령이 하달됐다. 오가사와라 제도로 이동해 특설 감시선 업무를 수행하라는 것이었다. 선원들이 모두 실망한 가운데 포수만이 환호성을 질렀다. 오가사와라 제도에는 고래가 있었다.

포경

바다는 투명했다. 너무나 투명해 수면 아래 도망치는 혹등고래의 등에 달라붙어 있는 따개비마저 볼 수 있었다. 일렁이는 물결 아래 도망치는 고래의 모습은 너무나 크고 거대한 탓에 비현실적이기까지 했다. 꼬리지느러미를 유연하게 내젓는 혹등고래의 유영은 우아하고 아름다웠다. 수심이 깊지 않았기에 고래는 깊이 잠수할 수 없었다. 만의 입구에서 포수가 고래를 발견했고, 고래는 먼 바다로 도망치려 했지만, 세 개의 섬이 만나는 해협의 수심은 고래가 달아나기엔 너무 얕았다. 혹등고래가 노래하기 위해서 섬 가까이 노여드는 것이라고 말했던 것은 포수였다. 고래에 관한 한 그의 말에는 한 치도 어긋남이 없었다. 먼 바다로 도망칠 수 있다면 희망이 있겠지만, 검고 거대한 꼬리지느러미의 힘찬 몸놀림도 북유럽에서 만든 두 쌍의 디젤 엔진을 이길 순 없었다. 검은 그림자는 거의 절망적으로 거대한 몸을 몇 번 틀어 방향을 바꿨나. 부드

럽고 빠른 턴은 우아한 무용수의 몸짓을 연상시켰다. 그때마다 작살포를 잡은 포수는 큰 목소리로 방향을 외쳤고, 선교 상부에 있는 전망대에서 키를 잡고 있는 선장은 포수의 외침에 맞춰 타륜을 돌렸다. 포경선은 고래를 잡을 때, 뱃머리의 포수와 의사소통하기 용이하도록 선교 상부에 타륜이 하나 더 있었다. 고래를 따라잡기 위해 유키마루는 측현이 수면에 스칠 듯 급격한 방향 전환을 했고, 그때마다 포수 옆에 서 있던 정섭은 바다에 빠지지 않기 위해 선수 난간을 움켜잡아야 했다. 파도가 난간 너머로 넘어들 듯 넘실거렸고, 뱃머리를 때린 파도는 물방울로 흩어져 얼굴에 부딪혔다. 검고 거대한 짐승의 절망적인 뒷모습이 조금씩 뱃머리와 가까워졌다. 이제는 너무나 가까워져 흰 얼룩이 있는 등지느러미와 혹처럼 움푹 솟은 호흡공, 그리고 그 주변에 난 크고 작은 돌기와 상처들, 흉터들마저 구분할 수 있었다. 포수는 서두르지 않았다. 손바닥을 바지에 쓱 문지른 후 포를 고쳐잡았다. 그리고는 오른쪽 눈을 조준경에 바짝 들이밀었다. 왼쪽 눈은 백태가 낀 채 멀어 있었으므로 감을 필요가 없었다. 그는 침착하게 혹등고래의 검은 등이 조준경을 가득 채울 때까지 기다렸다.

펑!

포신을 따라 포연이 흩어졌다. 흰 연기가 시야를 가렸다. 매캐한 화약 냄새가 코를 찔렀다. 작살포 밑에 동그랗게 말려 있던 밧줄이 파르르륵 소리를 내며 풀렸다. 바닷바람에 연기가 흩어지자 뿌연 포연 너머로 고래의 모습이 보였다. 투명한 바닷물 주위로 폭발하듯 붉은 피가 흩어졌다. 포수는 손을 들었다.

"엔진 반속!"

선장은 송화구에 대고 소릴 질렀다. 배는 속력을 줄였다. 작살이 박힌 자리에선 붉디붉은 선혈이 샘처럼 울컥울컥 솟구쳤다. 작살이 고래의 몸에 박히면서 또 한 번 폭발하며 네 개의 날이 벌어졌다. 그렇게 날이 벌어진 작살이 고래의 내부를 휘저으며 상처는 치명적인 것이 되었다. 하지만 고래는 멈추지 않았다. 치명적인 상처조차 멈춰 세우지 못할 만큼 고래는 거대했던 것이다. 밧줄이 더욱 빠른 속도로 풀렸다. 상처 틈새로 바닷물이 밀려들어가면 고래는 더 이상 잠수할 수 없었다. 검은 등이 붉은 피로 번들거렸다. 쉴 새 없이 흘러나온 피는 고래가 헤엄치는 방향을 따라 긴 붉은 항적을 만들어냈다. 화약 냄새에 피비린내가 섞였다. 피 섞인 바닷물이 뱃머리에 부딪혀 흩어졌다. 고래는 몸에 박힌 밧줄을 끊기 위해 몸을 오른편으로 틀었다. 왼쪽 지느러미가 수면 위로 치솟아 바닷물을 때렸다. 선홍색 바닷물이 얼굴에 튀었다. 고래와 이어진 밧줄이 바이올린의 현처럼 팽팽해졌다. 정섭은 고래의 눈을 보았다. 고향 집 축사의 점박이처럼 맑고 흠 없는 눈이었다. 포수는 오른손을 내밀었다.

"총."

하지만 고래와 눈을 맞추고 있던 정섭은 그 소리를 미처 듣지 못했다.

"총!"

고함에 정신을 차린 정섭은 자신이 들고 있던 38식 소총을 포수에게 건네주었다.

철컥, 노리쇠를 당기는 소리가 유난히 크게 들렸다. 공이가 물러나며 6.5밀리 납탄이 약실로 밀려올라왔다. 포수는 심호흡했다. 고래의 몸부림은 더욱 심해져 피가 섞인 바닷물이 포수의 얼굴에 사정없이 튀었다. 갑판에서 작살포를 새로 장전하기 위해 두 명의 선원이 작살과 장약을 들고 선수로 달려왔다. 포수는 주먹을 들어 멈추라고 신호했다. 깅긴은 하려던 선원들이 자리에 멈춰 섰다. 고래 앞에서는 선장도 포수의 명령을 따라야 했다. 나무로 만들어진 개머리판이 그의 비쩍 마른 어깨를 파고들었다. 고래가 몸부림치자 뱃머리에 로프가 쓸리며 하얗게 연기가 피어올랐다. 마찰열로 올이 타는 것이다. 누런 마닐라삼 자락이 몇 가닥 끊어지며 사방으로 벌어졌다. 그럴수록 고래의 상처는 더욱 커져 피와 거품이 뒤섞인 분홍색의 물거품을 만들어냈다. 피를 뒤집어쓴 포수의 얼굴은 마치 수라와도 같았다.

"괜찮아. 이제 아프지 않게 해줄게."

포수는 아이를 달래는 것처럼 이렇게 중얼거렸다. 큰 눈으로 고래는 자신을 죽이려는 사람들을 응시했다. 고래의 눈빛은 바다의 물빛만큼이나 맑고 투명했다.

탕!

총성이 울렸다. 혹처럼 솟은 고래의 호흡공 뒤에서 피가 솟구쳤다.

팅.

갑판에 떨어진 탄피가 또르르 굴러 정섭의 발끝에 부딪혔다. 탄피에선 아직 연기가 나고 있었다. 몸부림을 치던 고래가 갑자기 심호흡이라도 하는 듯 몸을 살짝 뒤로 젖혔다. 머리가 하늘을 향했다. 그리고 한숨이라도 쉬는 것처럼 그대로 근육이 이완되며 거대한 몸뚱이가 수면을 때렸다. 피가 섞인 바닷물이 사방으로 튀었다. 정섭과 포수는 뱃머리에서 그 물결을 고스란히 뒤집어썼다. 포수가 주먹을 쥐고 팔을 크게 흔들었다.

"엔진 정지!"

기관실을 향해 외치는 선장의 목소리가 쩌렁쩌렁하게 울렸다. 고래의 치켜뜬 눈에서 생명의 빛이 꺼져갔다. 이내 피가 섞인 바닷물 아래로 가라앉았다. 포수는 고개를 돌려 정섭을 바라보았다. 백태가 껴 보이지 않는 포수의 왼쪽 눈이 오히려 빛나는 것만 같았다.

"자."

그는 정섭에게 들고 있던 38식 소총을 던졌다. 넋을 놓고 있던 정섭은 팔을 벌려 간신히 총을 받았다. 총구는 아직 따뜻했다. 포수는 의기양양하게 돌아섰다.

"뭐해! 바다 밑으로 가라앉으면 말짱 꽝이야! 빨리 꼬리에 밧줄 걸고 배에 호스 박아!"

포수는 안면에 미소를 머금은 채 채근하듯 작살을 든 선원들에게 말했다. 처음 고래를 잡아 어쩔 줄 모르던 선원들은 갈고리와 밧줄을 들고 해부장을 따라 선수로 달려왔다. 정섭은 고개를 돌려 죽은 고래를 바라보았다.

"하! 한 발 더 쏠 줄 알았더니."

해부장은 대단하다는 투로 말했다.

"먹을 놈인데 고기가 상하면 안 되지. 솜씨가 한창때 같진 않지만, 작살을 두 번 쏠 정도로 녹슬진 않았다고."

"솜씨가 녹슬긴. 총 한 방으로 고래 뇌를 맞추기가 쉽나."

"남극에서 잡은 고래가 몇 마린데. 매년 못 잡아도 백 마리씩 잡았다고. 눈감고도 고래 몸뚱이 안에 뭐가 있는지 다 보인다니까."

해부장과 포수의 웃음소리가 갑판에 울렸다. 선원들은 길고리를 걸어 고래를 좌현 쪽으로 당겼다. 긴 세로줄 무늬가 있는 흰 배를 드러내며 고래가 뒤집어지고 있었다. 투명한 에메랄드 같았던 바다는 어느새 온통 핏빛이었다. 선원들은 긴 갈고리를 내려 꼬리를 찍은 후 꼬리지느러미에 밧줄을 감았다. 모처럼 돈이 되는 일을 한 선장은 크게 웃은 후 라륜을 일등항해사에게 맡겼다. 그리고 큰소리로 외쳤다.

"이렇게 고래를 잡을 수 있게 된 황은에 감사드리며 오늘 저녁에는 첫 고래잡이를 감사하는 축제를 열 거다!"

선원들은 기쁨에 차 환호성을 질렀다. 출항 후 석 달 만에 먹는 고기였다.

"피를 뽑아야 맛있지."

해부장은 아이처럼 들뜬 목소리로 외치며, 언월도처럼 생긴 해체용 칼을 고래의 목에 박아 고래의 정맥을 절단했다. 선원들은 갈고리를 걸어 고래 꼬리에 밧줄을 묶은 후, 배에 공기 주입구가 달린 작살을 꽂아넣었다. 공기를 불어넣어 죽은 고래가 바닷속으로 가라앉는 것을 막기 위해서였다. 그렇게 고래의 몸뚱이를 배의 좌현에 매달았다. 유키마루의 항로를 따라 긴 꼬리처럼 붉은 핏자국이 남았다. 푸른 바다 위로 이어진 붉은 길이었다. 정섭은 레이테 해전에서 보았던 바다가 떠올라 몸을 부르르 떨었다.

해체

    바다는 붓으로 그린 것처럼 긴 붉은 띠가 그려져 있었다. 그 자국 끝에 고래가 있었다. 시멘트로 만들어진 경사로를 따라 올라온 고래는 양철지붕 아래 나무바닥이 깔린 해체장 위에 놓였다. 고래가 자리를 잡자 작업복을 갈아입은 해부장이 나타났다. 벗겨진 이마에 머리띠를 묶은 채 목에 수건을 두르고 검은 장화를 신은 그는 살진 배에 복대를 감고 허리춤에 숫돌을 달고 있었다. 누렇게 변색된 러닝셔츠엔 구멍이 나 있었고, 국방색 작업복 바지에는 오래전 묻은 피가 검은 얼룩처럼 변해 있었다. 상급신원들은 다들 고무로 만든 방수 앞치마를 입고 있었지만 그는 입지 않았다. 날카로운 작은 나이프는 복대 뒤춤에 꽂아두고 손에는 고래 해체칼을 들고 있었다. 작은 키 탓에 1미터 남짓의 나무 봉에 50센티미터 정도 되는 날카로운 칼이 달려 있는 해체칼을 들고 있는 그의 모습은 어찌 보면 우스꽝스러웠다. 마치 출정을 준비하는 옛날 장수가 언월도를 들고 있는 것처럼 보였던 것이다. 그는 해체칼의 목을 움 켜쥔 채 연신 신경질적으로 숫돌에 날을 갈았다. 날이 무뎌서라기보다 는 고래를 해체하기 전 계획을 세우며 반사적으로 하는 일종의 습관이 었다. 기분 나쁠 정도로 끈적한 눈빛으로 죽은 고래를 보며 입술을 스윽 핥은 해부장은 침을 한번 뱉은 후 날을 고쳐잡았다. 그리고 성큼성큼 고 래 몸뚱이를 타고 머리 위로 걸어올라갔다.

해부장은 부락민 출신이었다. '히사베츠부라쿠'라 불리는 부락민은 일본의 최하층의 계급이었다. 조선의 천민들이 지역민으로 같은 공간 에 살았던 것에 비해, 일본의 경우 최하층민들이 따로 마을을 이루고 사는 경우가 많았고, 따라서 그들을 부락민이라 불렀다. 해부장은 그중 '에타'라 불리는 도축과 가죽공업을 주로 하는 부락 출신이었다. 메이지 유신 이후 신분제가 철폐되긴 했지만 그들은 신평민이라 불리며 여전 히 차별을 받았다. 해부장의 할아버지는 귀에 못이 박히도록 신분을 지 킬 것을 강조했다. 할아버지는 그를 무릎 위에 앉혀놓고 메이저 정부 시 절 해방령 발표 당시 이야기를 들려주었다. 해방령이 발표되자 에타가 자신들과 같은 신분이란 사실에 격분한 이웃 마을 사람들이 찾아와 마 을에 불을 지르고 그들을 폭행했던 것이다. 그리하여 할아버지는 그에 게 절대로 네 신분 수준 이상의 것을 원하지 말라고 가르쳤다.

그러나 할아버지의 당부도 그의 젊은 혈기를 어쩌지 못했다. 해부장 의 나이 열여덟 살에 부락민에 대한 차별을 철폐하는 수평사 운동이 시 작되었다. 부락에 붙어 있던, 누군가 손으로 쓴 수평사 선언문을 읽는 순간 해부장은 오래전부터 가슴을 꽉 막고 있던 것의 정체를 깨달았다.

전국에 흩어져 있는 부락민들이여 단결하라.

오랜 세월 학대받은 형제들이여, 지난 반세기 동안 우리를 위해 많은 사람들이 온갖 방법으로 전개한 운동이 이렇다 할 성과를 조금도 거두지 못한 것은 우리와 사람들이 그 모든 운동을 통해 언제나 인간을 모독했기 때문에 내려진 벌이다. 그리고 인간을 망치는 것과도 같았던 이들 운동이 도리어 많은 형제를 타락시켰음을 상기한다면, 지금 우리 가운데서 인간에 대한 존경을 바탕으로 스스로를 해방시키기 위한 집단운동이 일어나게 된 것은 오히려 필연적이다.

형제여, 우리의 선조는 자유와 평등을 갈망하고 실행하는 사람들이었다. 비열한 계급정책의 희생자이자 남성적 산업의 순교자였다. 짐승의 가죽을 벗기는 보수로 우리 인간의 생가죽은 벗겨지고, 짐승의 심장을 가르는 대가로 인간의 따뜻한 심장이 찢기며, 조소의 침으로 얼룩져야 했던 저주의 밤 그 악몽 가운데서도, 당당할 수 있는 인간의 피는 마르지 않았다. 그렇다, 우리는 그 피를 이어받아 인간이 신을 대신하는 시대를 만난 것이다. 희생자가 스스로의 낙인을 떨쳐낼 때가 왔다. 순교자가 스스로의 면류관을 축복할 때가 왔다.

우리가 천민이라는 사실에 긍지를 느낄 수 있는 때가 온 것이다.

우리는 결코 비굴한 말과 겁먹은 행동으로 조상을 욕되게 하거나 인간을 모독해서는 안 된다. 인간 세상이 냉혹할 때 그것이 얼마나 차가운지, 인간을 망치는 일이 무엇인지 잘 아는 우리는 여기 인생의 널성과 빛을 긴

심으로 갈구하고 예찬하는 바이다.

수평사는 이렇게 태어났다. 인간 세상에 열정 있으라, 인간에게 빛이 있으라.

이 선언문이 고향을 등지게 했다. 그리고 그후 5년간 그는 차별 없는 세상을 위해 한 몸을 바쳤다. 그러나 면류관이 그려진 수평사 깃발에 열정을 바친 5년은 아무 보답도 받지 못했다. 그가 속한 단체는 좌우로 분열했고, 남는 것은 무의미한 논쟁들뿐이었다. 차별의 시선은 여전했고, 세상은 꿈쩍도 안 했으며, 오히려 자신의 이름에는 아카라는 꼬리표만 붙었을 뿐이었다.

다이쇼 15년, 그는 양쪽 어디에도 가지 않기로 결정했다. 세상을 바꿀 수 없다면 자신을 바꾸면 되는 일이었다. 그 해, 그는 이름을 훔쳤다. 농민운동으로 알게 됐던 폐병 걸린 빈농의 시신을 화장해 자신의 고향으로 보내고, 자신은 그의 이름으로 살았다. 그리고 시모노세키로 향했다. 대륙이나 반도로 넘어가 낭인으로 살아가면 기회를 잡을 수 있을까 싶어서였다. 그러나 도항을 위해 찾아갔던 항구에서 신분 보증 문제가 발목을 잡았다. 대신 그가 택한 길은 고래를 해체하는 일이었다. 포경선은 외항선이면서도 신분 검사가 철저하지 않았으므로 대륙이나 반도로 넘어가기 쉬우리라는 계산에서였다.

그렇게 시작한 고래 해체일은 의외로 해부장의 적성에 맞았다. 아무도 하려 하지 않는 일이었으므로 벌이는 좋았고, 소를 잡는 것을 보고 자랐으므로 도축에 대한 거부감도 없었다. 고래를 해체하는 일은 적어도 배 안에서는 대접받는 일이었다. 일하기 시작한 지 채 10년이 되지 않아 그는 고래 해체의 달인이 되었고, 남극으로 향하는 포경선에서 해부장이 되었다.

신분이 자신의 것이 아니었으므로 그는 집을 갖거나 결혼을 하거나 자식을 낳는 위험을 무릅쓸 수 없었다. 그리하여 자신의 욕망을 최대한 단순화시켰다. 성욕을 위해 여자를 샀고, 바다를 집 삼았으며, 술이 유일한 친구였다. 그는 더 이상 부락민이 아니었고, 능력 있는 해부장이었지만, 실은 모두 거짓일 뿐이었다. 불안은 계속 그를 놔주지 않았다.

오직 칼을 든 순간에만 해부장은 모든 것을 잊을 수 있었다.

해부장은 먼저 날을 고래목에 박아 동그랗게 몸체를 따라 한 번 돌렸다. 정맥을 잘라뒀음에도 피는 아직 남아 있었다. 피는 나무바닥을 따라 배수로로 흘러내렸다. 해체장에는 고래 피비린내가 진동했다. 목 주변을 칼로 둘러 그은 후 해부장은 몸통으로 돌아가 지느러미들을 잘랐다. 꼬리와 등, 좌우측의 지느러미를 잘라내자 선원들이 소중하게 받아서 미리 준비해둔 나무상자에 담았다. 일본인들에게 별미로 꼽히는 부위였다. 구경하던 선장은 입맛을 다셨다. 갑판장의 지시에 따라 지느러미를 담은 상자들에는 얼음이 채워졌다. 지느러미를 자르고 나자 해부장은 결을 따라 고래의 피부를 세로로 잘랐다. 딱 해체장에 쌓여 있는 나무상자의 가로 넓이 간격으로 날을 박아 그어내린 그는 권양기를 준비시켰다. 결을 따라 자른 고래 피부와 지방을 들어올려 갈고리를 끼우고 권양기로 당기기 시작하자 두께 40센티미터는 족히 되어 보이는 고래 지방과 피부가 통째로 벗겨지듯 딸려나왔다. 하얀 고래 지방 아래 속살은 사람과 같은 선홍색이었다. 잘라낸 지방과 피부 덩어리에는 조선인 선원들이 달라붙어 다시 상자에 담을 수 있는 크기로 잘라냈다.

가로 넓이가 자로 잰 듯 정확했기에 세로 크기만 맞춰 자르면 됐다. 피는 거의 다 빠졌는지 더 이상 나오지 않았다. 배수로에선 여전히 피비린내가 났지만 고래에서 나오는 특유의 진한 기름향에 이내 가려졌다. 그 향은 포유류의 기름 냄새답게 독했지만 동시에 묘하게 매혹적인 농축된 바다향 같은 것이 어려 있어 비리거나 역하지는 않았다. 일단 피부와 지방층을 벗기고 나자 희번덕한 선홍빛의 고래 속살만이 남았다. 벗긴 자리 중간중간에 울혈 같은 것이 있었지만, 피를 빼둔 탓인지 심하지는 않았다.

"이거 보세요."

일등항해사는 자르고 있던 피부와 지방 덩어리 하나를 정섭에게 내밀었다. 흰 지방 속에서 엄지손가락 굵기의 빨판이 달린 검은 촌충 같은 것이 있었다. 빨판의 안쪽 입에는 톱니 모양의 이빨이 원형으로 나 있다. 기생충의 크기는 거의 작은 뱀만 했다.

"고래는 기생충도 큽니다."

정색하는 어린 정섭을 보며 그는 즐거운 듯 말했다.

조선인들에게는 첫 고래 해체였고 작업 속도는 느린 편이었다. 하지만 해부장은 고래를 수백 마리는 족히 해체한 베테랑이었다. 그는 바지춤을 끌어올린 후 손에 침을 뱉었다. 그러고는 고래 해체칼을 고쳐잡아 흉골과 늑골 사이에 칼을 집어넣어 가슴을 열었다. 고래 기름향이 더욱 진해졌다. 너무 진해서 머리가 어지러울 지경이었다. 해부장은 척추를 따라 가슴근육을 먼저 떼어낸 후 육지동물의 갈빗살에 해당하는 부위를 뼈 사이로 날을 집어넣어 해체했다. 갈비뼈를 들어내자 고래의 내장과 장기들이 모습을 드러냈다. 하지만 해부장은 그것들을 그대로 둔 채 복부로 내려갔다. 척추를 기준으로 해체용 칼을 집어넣어 바짝 도려내며 뱃살을 들어내자 내장이 쏟아질 듯 위태롭게 매달려 있다가 바닥으로 흘러내렸다.

"허, 뱃살이 실하네."

해부장은 입맛을 다셨다. 그리고 그제야 처음으로 해체용 칼을 내려놓았다. 믿기 힘든 일이었지만, 그는 커다란 고래를 언월도처럼 생긴 고래 해체용 칼 한 자루만을 가지고 해부하고 있었다. 그는 다른 선원들에게 뱃살을 넘겨주기 전, 뒤춤에 꽂아두었던 작은 단도로 뱃살 한 줌을 잘라 입에 넣고 우물우물 씹었다. 막 잘라낸 생고기였던 탓에 입술에 피가 묻었다. 하지만 그는 쩝쩝거리며 생고기를 씹은 후 꿀꺽 삼켰다.

"따끈따끈한 이 맛에 고래를 잡는다니까."

해부장은 작은 칼을 고쳐잡고는 장기와 내장을 분리해내기 시작했다. 내장에 있는 소화액이나 담즙에 있는 것이 쏟아지지 않기 위해 작은 칼로 신중히 작업해야 했다. 잘라낸 고래의 내장은 너무 길고 커서 갈고리에 달아 권양기로 끄집어냈다.

고래의 반신이 해체됐을 때쯤, 해부장은 척추와 경추에 해체용 칼을 집어넣어 머리를 분리해냈다. 잘린 고래의 머리부는 일등항해사의 담당이었다. 그는 배당받은 조선인들에게 지시를 내려 아래 뇌와 수염, 볼살 등 각 필요에 따라 옆에서 따로 해체작업을 진행했다. 일등항해사는 고래의 두개골 앞쪽에서 포수가 쏜 탄환을 찾아냈다. 형태를 알아볼 수 없을 정도로 찌그러진 탄환을 포수에게 내밀자, 한 발사국 떨어져서 작업을 구경만 하고 있던 포수는 아이처럼 웃었다.

고래의 해체는 각 상급선원의 지시 하에 해부장이 적당히 조율하는 동시에 다른 작업이 같이 이뤄졌다. 고래는 너무나 컸고, 해야 할 작업도 너무나 많기 때문이었다. 이를테면 한쪽 면 작업이 끝나기 선엔 바닥

면에 있는 반대편의 피부와 지방을 잘라낼 수 없었다. 고래를 통째로 들어올릴 수 없었던 것이다. 해부장은 고래를 굴리기 편하도록 한쪽 면부터 지방을 벗겨가며 작업을 했고, 서서히 고래의 몸체를 뒤집는 동안 큼지막하게 잘라 끄집어낸 각 부위들은 갑판장의 지시 아래 나무상자에 넣어 보관할 수 있는 크기로 잘려졌다. 처음 작업해보는 조선인들은 고래 살의 온도에 놀라는 눈치였다. 피부와 지방을 자를 땐 알지 못했지만, 일단 그 내부를 열면 고래 살은 뜨끈뜨끈했다. 고래 속살은 사람의 체온보다 10도쯤 높았다. 그래서 겨울에 고래를 해체하면 해체장은 사방이 뿌얀 김으로 덮이곤 했다.

지루하고 반복적인 작업 끝에 거대한 고래의 사체는 차츰 작아졌다. 그리고 마침내 해체장에는 고래의 척추만 남았다. 해부장은 중간, 중간 뼈를 자를 때마다 숫돌을 가지고 날을 갈았을 뿐 작업을 멈추는 법이 없었다. 움직일 때마다 허리에 매단 숫돌이 달랑거리는 해부장의 뒷모습은 흡사 《장자》에 나오는 소 잡는 포정 이야기를 연상시켰다. 내장을 손볼 때만 빼고 해체칼 한 자루로 집채만 한 고래를 해체한 것이다. 그의 머릿속에는 고래의 종류와 크기별로 해부도가 들어 있었고, 마치 손바닥 뒤집듯 고래를 해부할 수 있었다. 그럼에도 작업이 끝나는 데 다섯 시간이 넘게 걸렸다. 고래는 그만큼이나 거대했다. 어둑어둑한 해체장에 발전기를 돌려 불을 켠 채 작업을 끝마치고 나자 군부대에서 부대장이 술을 가지고 왔다. 군인들도, 선원들도, 오랜만에 맛보게 될 고기 맛에 들떠 있었다.

"혹등고래는 뱃살이 최고야. 육회가 따로 없지."

"진짜 별미는 볼때기 살이랑, 꼬리지느러미를 데친 거죠."

"캬, 고 오들오들한 살에 사케 한 잔이면 끝이죠."

이렇게 상급선원들이 떠들고 있을 때 복대를 풀고 나타난 해부장은 큰소리로 의기양양하게 말했다.

"잘 들어둬. 고기 맛이란 게 어떻게 처리하냐에 따라 달려 있는 거란 말씀이야. 돼지든, 소든, 고래든 다 마찬가지라고. 그런 의미에서 이 고래 맛은 전적으로 이 몸의 솜씨 덕분이라고."

그는 으스댄 후 숫돌이 달린 허리띠와 피 묻은 칼을 옆에 있던 조선인에게 맡겼다. 그러고는 일본 선원들과 군인들을 태운 트럭에 올라탔다. 트럭은 고래 고기를 싣고 마을에 하나뿐인 보통학교 운동장으로 향했다. 조선인들과 대만인, 필리핀인들로 이뤄진 하급선원들은 남아서 착유실로 고래 지방을 옮기고 해체장을 청소했다. 공습 때문에 거의 켜는 법이 없는 백열등이 줄줄이 켜진 해체장의 나무바닥 틈새에는 고래 피가 스며들어 있었다. 선원들은 그 바닥에 바닷물을 뿌린 후 무릎을 꿇고 앉아 솔로 싹싹 닦았다.

나무바닥에는 해체용 칼과 갈고리들이 만든 생채기들이 여기저기 흉터처럼 남아 있었다. 얼마나 많은 고래들이 이곳에서 해체된 걸까. 하급선원들의 인솔을 위해 남아 있던 일등항해사는 생각에 잠겼다. 지치지마에 처음 거주한 사람들은 100여 년 전 포경선 선원들이라 했다. 얼마나 오래된 것인지 알 수 없는 나무바닥의 흔적들을 보자 크고 작은 상처들이 가득했던 고래의 지느러미가 떠올랐다.

해체장에서 바다로 이어지는 경사로의 끝에 솔을 든 정섭이 서 있었다. 정섭은 바다를 보고 있었다. 그가 바라보는 밤바다는 어둠에 덮여 있었다. 백열등 빛이 닿는 곳까지 해체장에서 흘러나온 고래의 피가 바다로 번져가고 있었다. 숭고해 보이기까지 한 광경이었다. 백열등의 필라멘트가 하얗게 달아올랐다가 갑자기 번쩍이며 끊어져버렸다.

사육제

해체장에서 정리 작업이 끝나고 발전기를 끄자 어둠이 섬을 뒤덮었다. 마을에는 촛불 하나 켜 있지 않았다. 이미 반년 전에 민간인의 철수가 시작된 이후 섬의 마을들은 텅 비어 있었다. 하급선원들은 달빛에 의지해 인적 하나 없는 인가들을 지나 산비탈을 올랐다. 초행 길이었지만 군인들이 있는 학교의 위치를 찾아내는 일은 어렵지 않았다. 지상에 빛이라곤 오직 학교 운동장 한가운데 군인들이 피워놓은 거대한 모닥불뿐이었고, 그 빛이 능선을 따라 일렁거리고 있었던 것이다.

뒤늦게 도착한 하급선원들은 일본인들 뒤편, 운동장 구석에 자리를 잡았다. 곳간에서 인심난다는 말처럼 집채만 한 고래를 잡은 직후였으므로 하급선원들의 몫으로 나온 고기도 제법 많았다. 전골과 데친 지느러미, 그리고 구운 고래 고기 약간과 붉은 살이 배급됐다. 물론 차이도 있었다. 군인들과 일본인들은 술을 마셨지만 하급선원들에게 술은 없었다. 고기만 해도 황송한 일이었다. 필리핀에서 트롤 조업을 하는 동안 반찬이라고는 채소 절임이나, 매실 장아찌, 묽은 된장국 정도가 전부였다. 잡은 고기를 빼돌리거나 손을 대면 어김없이 몽둥이가 먼저 나왔다. 그런데 고기라니. 냄새만으로도 선원들의 뱃속에 찌르르 회가 동했다.

"자! 어서 먹자고요. 뭐해요. 얼른 앉지 않고."

만덕이 유난히 큰 목소리로 말했다. 그는 필리핀에서 몇 번이나 고기를 훔쳐먹다 맞았던 전력이 있었다. 한 덩치 하는 그가 갑판장의 장화에 밟히면서도 꾸역꾸역 날생선을 씹어삼키던 모습은 괴이하기까지 했다. 식탐이 공포나 폭력보다 강할 수 있다는 걸 만덕은 증명한 셈이었다. 그의 안에서는 늘 허기가 활활 타올랐던 것이다.

만덕의 가장 오래된 기억은 불에 타고 있는 숲이었다. 아버지는 등걸 위에 발을 얹은 채 곰방대를 물고 있었고, 어머니는 포대기에 그를 업은 채 숲을 바라보고 있었다. 숲은 넘실거리는 불길에 삼켜지며 흰 연기를 먹구름이 낀 하늘 위로 뿜어냈다. 아버지는 통제할 수 없이 불이 나는 걸 막기 위해, 비 오기 직전에 불을 놓곤 했다. 굶주린 짐승처럼 닥치는 대로 집어삼키는 넘실거리는 불꽃의 혀는 어린 만덕의 눈동자에 낙인처럼 남았다. 만덕은 자신의 꺼지지 않는 허기가 그 때문이라 생각했다. 화전민의 생활은 늘 고단하고 배고팠다. 너와집 주변의 숲을 태워 아버지와 그가 손마디가 굵어지고 허리가 굽도록 나무뿌리를 뽑아내어 만든 밭에서 내는 소출로는 긴 겨울을 간신히 넘기는 것이 고작이었다. 봄이 되면 옥수수 싹이 트기도 전에 광이 비었다. 그러면 숲으로 들어가 입에 넣을 수 있는 건 뭐든 집어넣는 수밖에 없었다.

허기만큼이나 키가 자랐고, 자란 키만큼이나 허기는 커졌다. 만닉이 간신히 허기에서 벗어난 것은 스무 살이 되었을 무렵이었다.

그런 그의 앞에 고기가 있었다. 만덕은 사양하지 않았다. 마치 고래를 통째로 씹어삼킬 것처럼 탐욕스럽게 입안에 밀어넣었다. 다른 선원들도 자리에 앉기 무섭게 먹기 시작했다. 처음엔 맛을 볼 틈도 없었다. 뱃속에 거대한 검은 구멍 하나가 있어서 무작정 고기를 집어던져넣는 것 같았다. 빈속에 고기가 들어가자 찌릿하고 위가 한 번 틀어지고 가슴이 턱 막혔지만, 그래도 선원들은 손은 멈추지 않았다. 여기저기서 가슴을 두드리는 선원들이 있었다. 빈속에 서둘러 먹은 탓에 위가 놀란 것이었다. 그래도 선원들은 입에 욱여넣고 씹는 것을 멈추지 않았다.

하급선원들 중에서 배를 타기 전까지 고래 고기를 먹어본 사람은 아무도 없었다. 맛이 생소할 법도 했지만 맛을 따지는 건 선원들에게 사치였다. 그렇다고 고래 고기가 꼭 못 먹을 음식은 아니었다. 붉은 살은 전체적으로 쇠고기와 비슷한 맛이었고 제주에서 온 선원은 그 맛이 딱 말고기 맛이라고 떠들어댔다. 고래의 내장을 넣어 데친 전골은 돼지 내장과 머릿고기를 푹 고아 만든 전골과 유사했기에 진한 기름 맛을 좋아하는 사람들은 순식간에 그릇을 비웠다. 다만 누린내가 돼지의 그것과는 전혀 달랐다. 고래의 누린내는 포유류 고기 특유의 비릿함과 멍게에서 나는 진한 바다향이 뒤섞여 비위를 건들지만 묘하게 중독성이 강했다. 비위가 약한 몇은 전골 국물을 넘기지 못했지만, 일단 고래 고기 맛을 본 대부분의 선원들은 그 역함에 환장했다. 지난 석 달간 선원들은 지방은 고사하고 식용유 한 방울도 맛볼 수 없었다. 엉덩이에 기름기가 쭉 빠져 앉아만 있어도 엉치뼈가 시큰거리던 그들은 거부할 수 없는 천상의 맛이었다. 다행인지 불행인지 고래 요리들은 하나같이 기름졌다.

타닥거리며 장작이 타올랐다. 불꽃이 바람에 흩어졌다. 거대한 장작이 무너져 불길의 높이가 낮아지자 주변은 한층 어두워졌다. 숯향과 흰 연기가 바람에 실려 사방으로 퍼져나갔다. 밤이 깊어지자 사병들은 열을 맞춰 부대로 돌아갔다. 그들이 떠난 자리 안쪽으로 조선인과 대만인, 필리핀 선원들이 사이좋게 자리를 잡았다. 운동장 단상 쪽에 커다란 천막을 쳐놓은 장교들은 술에 취해 몇몇은 웃통을 벗었고, 몇몇은 부나비처럼 모닥불에 모여들었다. 사령관과 부관들은 단상 위쪽에 상을 차려놓고 그 모습을 내려다보고 있었다. 술 취한 선장에게서 남는 술통 하나를 얻어온 갑식은 선원들의 영웅이 되었다. 도쿄 유라쿠초의 도박장에서 일했다던 갑식은 언제나 일본인들에게 잘 살랑거린 탓에 조선인들에게는 미움을 받았지만, 이때만큼은 다들 그의 이름을 연호했다.

순배가 돌고 건배를 했지만 대부분 첫 잔도 채 비우지 못했다. 기름이라곤 구경도 못한 장에 고기가 들어가자 다들 탈이 나버렸던 것이다. 섬의 낡은 보통학교 화장실은 칸도 많지 않았고 어두웠다. 선원들 몇이 자리를 잡고 들락날락하자 금세 줄이 생겼다. 기다릴 수 없는 사람들은 어두운 수풀 속으로 들어갔다.

정섭도 마찬가지였다. 화장실 앞에 갔으나, 비비 꼬이는 다리를 주체할 수 없었다. 그 역시 운동장의 비탈 위로 올라갔다. 아래쪽에는 이미 먼저 온 선원들이 자리잡고 있었던 것이다. 비탈 위에서 그는 엉덩이를 까고 기름에 놀란 내장이 요동치는 동안 멍하니 앉아 운동장의 모습을 바라보았다. 운동장에는 모닥불을 중심으로 역광을 받은 사내들이 서 있었다. 기이한 광경이었다. 인간 형상을 한 검은 실루엣들이 커다랗게 타오르는 붉은 불길 주변을 맴돌고 있었고, 그들이 만드는 그림자는 사방으로 이지러지고 일렁거리며 붉은 기운을 흩어버렸다. 빛이 그림자를 따라 뭉치고, 흩어지기를 반복하는 동안 불티는 타닥거리며 연기를 따라 허공으로 치솟았고, 연기는 검은 하늘에 회청색으로 녹아들어갔다. 정섭의 눈에는 이 모든 것이 마치 원시 부족의 제의처럼 보였다.

사육제였다. 술잔을 든 젊은 장교들은 모닥불 앞에 둘러앉아 노래를 불렀고, 한 늙은 장교는 훈도시만 입은 채 머리에 부채를 꽂고 춤을 췄다. 모두의 얼굴은 모처럼의 고기 맛과 알코올, 그리고 모닥불의 열기로 불콰하게 달아올라 있었다. 일렁이는 빛과 그림자가 뒤섞여 그들의 얼굴은 마치 가면들을 얽어놓은 것 같았다. 사그라지는 모닥불빛은 더욱 붉은색으로 변했다. 정섭은 부르르 몸을 떨었다. 갑자기 이 모든 광경이 무섭게 보였던 것이다. 불에서 뿜어져나오는 불빛과 불을 둘러싼 군인들의 그림자가 땅바닥에 흩어지는 모습은 마치 욱일기의 모습과도 같았다. 욱일기는 돌고 돌고 또 돌았다. 그 욱일기 밑에서 설사를 참을 수 없는 조선인들과 대만인들, 필리핀 사람들이 아래로는 질질거리면서도 언제 또 먹을 수 있을지 모를 고기를 다시 꾸역꾸역 입으로 집어넣고 있었다. 하늘엔 어느새 먹구름이 드리워 별빛을 가렸다. 어둠이 보통학교 운동장을 중심으로 둥그렇게 감싸, 운동장 전체가 거대한 고래 뱃속 같았다. 단 하나의 꺼져가는 모닥불에 기대어 사람들은 웃고, 울고, 토하고, 싸우고, 앞과 뒤로 쏟아냈다. 모든 희로애락이 고래 고기 한 점 때문에, 고래 뱃속 같은 어둠 속에서, 고래고래 소리 지르며 펼쳐지고 있었다. 맞은편 단상에 자리 잡고 있는 사령관의 모습을 본 것은 바로 그때였다. 그는 붉은 불빛을 받으며 만족스러운 표정으로 술에 취한 자신의 부하들과 일본인 선원들을 내려다보고 있었다. 그것은 먹음직스러운 먹이를 바라보는 포식자의 표정이었다. 정섭은 고개를 돌려 나뭇잎 몇 장을 따 뒤를 닦았다. 멀리 밤바다가 어둠에 잠겨 있었다. 바람이 불어왔다. 습했다. 비가 몰아칠 모양이었다.

복종

그 해 연말까지 유키마루는 네 마리의 고래를 잡았다. 지치지마는 겨울이면 고래가 찾아오는 것으로 유명했고, 고래들은 식량뿐만 아니라 기름도 줬다. 선원들은 근해로 나가서 고래를 잡았고, 해부장과 선생, 그리고 정섭만 섬에 남아서 낚시를 했다. 당번병의 부탁 때문이었다. 공식적으로는 방어기지 지원 임무였지만, 실은 기지 방위 사령관의 안줏거리를 잡는 일이었다. 착유실에서 기름을 짜는 날에만 낚시하지 않았다. 잘라놓은 지방을 커다란 무쇠 압력솥에 넣고 불을 때 고래 기름을 짰다. 이곳에서는 고래 기름에 크레오소트를 섞어 등유 대신으로 사용했다. 기관장은 실린더에 찌꺼기가 낀다고 좋아하지 않았지만, 석유 보급이 끊긴 탓에 그마저도 부족했다.

1월에는 혹등고래들이 회유하기 위해 섬에 몰려왔고, 유키마루는 여덟 마리를 더 잡았다. 기름을 공급한다는 이유로 유키마루에 대한 대접도 나쁘지 않았다. 이오지마로 가는 보급선들이 지치지마에 빠짐없이 들렀기에 물자도 풍부했고, 섬이라 도망갈 곳이 없다는 이유로 일과가 끝나면 텅 빈 민가들이 늘어선 마을을 자유롭게 돌아다닐 수도 있었으며, 전쟁의 와중에도 고기를 먹을 수 있었다. 보급선을 노리며 때때로 찾아오는 폭격기 탓에 자주 공습이 있어서 방공호를 뻔질나게 드나들어야 한다는 것만 빼면 어떤 의미에서는 조선에 있던 때보다 풍요롭고 평화로운 시기였다.

정섭은 선생을 졸졸 따라다녔다. 평생 고향을 떠난 적 없었던 그에게 지치지마는 너무나 낯선 세계였다. 1월에도 따뜻한 기후와 이국적인 풍광은 분명 매혹이었지만, 그 밤 이후 정섭은 어쩐지 그것들이 모두 겉모습뿐인 것 같았다. 어쩌면 이곳에 오기 전 보았던, 시신으로 가득한 바다 때문인지도 몰랐다. 마을 사람 전부의 이름과 얼굴을 알던 세계에서 정섭은 분명 너무 멀리 와 있었고, 의지할 사람 하나 없었다. 그런 그에게 선생은 낚시하는 법부터 수영하는 법까지 가르쳐주었다. 해부장이 둘을 담당하긴 했지만, 낮에는 착유실에서 낮잠을 잤고, 밤이면 섬의 군인들과 술로 흥청거린 탓에 얼굴조차 보기 힘들었다. 사령관의 안줏거리를 잡는 임무가 있긴 했지만, 바꿔 말하면 고기만 잡으면 뭘 해도 상관이 없다는 뜻이었다. 조황이 좋은 날이면 볕이 뜨거운 한낮에 두 사람은 바다에 들어가 알몸으로 수영을 하곤 했다. 섬의 남쪽에 있는 만은 인적도 없고, 수심도 얕아서 수영을 하기에 좋았다. 풍광 또한 바닥이 훤히 보이는 투명한 바닷물에 모래사장이 금빛으로 반짝거리는 아름다운 곳이었다. 그러나 만에서 조금 더 나아가면 침몰한 석탄 운반선이 투명한 수면 아래로 고스란히 보여 이곳이 결코 낙원이 아님을 상기시켰다. 작년 여름, 잠수함의 공격에 침몰해 100여 명이 죽었다는 배는 거대한 무덤이나 다름없었지만 에메랄드 빛 바다 아래선 너무나 아름다웠다. 곤충이 죽어 있는 호박처럼 기묘한 아름다움을 간직한 배를 볼 때마다 선생은 오싹한 매혹을 느꼈다.

정섭은 그곳에서 낚시의 손맛을 배웠다. 사방이 논뿐인 평야에서 자랐던 그는 낚싯줄을 따라 전해지는 팽팽한 긴장감을 생전 처음 경험해보았다. 생과 사가 온전히 한 줄에 걸려 있었고, 그 살아남기 위한 몸부림이 손끝에서 장력으로 고스란히 느껴졌다. 정섭은 처음으로 포수가 고래를 보며 짓는 표정의 의미를 이해할 수 있었다. 그것은 다른 이의 생을 움켜쥔 자만이 느낄 수 있는 명징한 권력의 맛이었다. 물론 순간의 느낌을 즐기기 위해서는 먼저 기다리는 법을 배워야 했다.

"사람이 죽으라는 법은 없나봐요."

갯바위에 낚싯대를 드리운 채 정섭은 선생에게 말했다.

"왜?"

속옷만 입고 있던 선생은 자리에서 일어나 바지를 입었다.

"그렇게 처음엔 유키마루에서 일하는 게 힘들었는데, 지금은 이런 때도 오잖아요."

수평선 끝에서는 뭉게구름이 몰려오고 있었다.

"그러네."

"적들도 요즘은 공습이 뜸하고요."

"기우일 뿐이겠지만, 적들이 공격해오지 않는 데는 이유가 있을 거같다."

"무슨 이유요?"

선생은 손그늘을 만들어 먼 수평선 끝을 보며 말했다.

"글쎄. 태풍 불기 직전이 가장 고요하다고들 하니까."

　선생의 예측은 정확히 들어맞았다. 달이 바뀌자 미군의 이오지마 공격이 시작되었다. 자연스럽게 지치지마에 대한 공습도 아침저녁으로 계속되었고, 이오지마를 향하던 보급선도 더 이상 오지 않게 되었다. 보급이 끊기자 섬에는 이상한 긴장감이 감돌기 시작했다. 방위군은 미리 파두었던 지하 땅굴로 숨어버렸고, 유키마루는 고래를 잡는 일보다 정찰임무가 우선시 되었다. 보급함이 더 이상 오지 않게 되면서 오가사와라 제도의 근해에 대한 정보가 전무했고, 군은 그 공백을 유키마루처럼 침몰해도 전력에 영향이 없는 배를 투입하는 것으로 막으려 했던 것이다. 연락 업무를 담당한다는 이유로 상등병조가 배에 타기 시작한 것도 그때부터였다. 배의 선미 갑판에 92식 기관총이 설치되었고, 기관총좌에 스무 살도 채 되지 않은 정섭 또래의 사병 둘이 배치되었다. 그러나 낚시 임무는 계속되었다. 기지 사령관의 술자리가 오히려 전보다 늘어났던 것이다.

　그날은 방어가 잡혔다. 처음엔 조황이 영 형편없었다. 선생과 함께 갯바위에 낚시를 드리웠으나 점심이 되도록 입질이 오지 않았다. 정섭은 조금 초조했다. 물고기를 잡지 못하면 빈손으로 방공호에 올라가야 했고, 그러면 당번병의 긴 불평을 들어야 했다.
　이오지마가 공격받기 시작하면서 기지 방어 사령관은 매일 술을 마셨다. 그 때문에 매일 안주가 필요했다. 술에 취한 기지 방어 사령관은 늘 사소한 것을 트집 잡아 아랫사람을 괴롭혔기에 요새 안 군인들은 모두 예민한 상태였다. 어떤 의미에서 요새의 평화는 그의 손에 달려 있는 셈이었고, 따라서 다른 장교들이 주는 압박도 심했다.

뙤약볕 속에서 자리를 지키고 있던 끝에 오후 늦게 정섭의 손에 씨알 굵은 방어가 잡혔다. 잡은 고기의 손맛은 제법 묵직해서 기분이 더욱 좋았다. 정섭은 양동이에 방어를 담아서 요새로 이어지는 비포장도로를 따라 걸어갔다. 기지로 들어가는 중간의 검문소를 지나자 정섭은 도로의 왼편에 바짝 붙었다. 요새 입구로 가는 길목에는 미군 포로들이 있던 것이다. 지치지마에서 유키마루의 선원들보다 마른 사람들이 있다면 바로 그들이었다. 지치지마를 공습하러 왔다가 격추되어 생포된 미군 포로들은 맑은 날이면 막사 밖으로 나와 마치 시체처럼 널브러져 있었다. 제대로 배급을 주지 않는 탓인지 뼈밖에 남지 않은 그들의 모습에서 정섭은 두려움을 느꼈다. 그래서 포로들이 있는 오두막 근처에 오면 늘 길의 반대편에 바짝 붙어서 올라갔다. 그날은 다행히 포로들이 밖에 나와 있지 않았다. 노역을 간 모양이었다. 미군 공습으로 항만 시설이나 길이 부서지면 군에서는 복구를 미군 포로에게 시켰다. 그들이 노역하는 모습을 멀리서 보면 마치 일하는 해골 같았다.

요새 입구의 검문소에서 다시 보초와 마주쳤지만, 그에게 말을 걸기도 전에 문을 열어주었다. 공습 전에는 정섭에게 나이는 얼마냐, 오늘은 뭘 잡았냐 물어보는 사병들이 더러 있었지만 요새로 이동한 후에는 아무도 말을 걸지 않았다. 다들 눈빛 자체가 변해 다른 사람이 되어버렸던 것이다. 정섭은 그 이유를 알고 있었다. 기지사령관이 화를 내면, 장교들은 사병들을 폭행했고, 사병들의 눈에는 독기가 오르는 것이다. 필리핀에서 조업을 하던 자신들의 모습과 하나도 다를 바 없었다. 기지사령관에 선장을, 장교에 일본인을, 사병에 외지인으로 이뤄진 하급선원을 대입하면 유키마루와 찍어낸 듯 똑같았다. 사령관은 끊임없이 그것이 정신이며 극기라고 말했다. 그리고 모든 불리함은 극기로 극복할 수 있다고 주장했다. 갑판장도 똑같은 소리를 귀에 인이 박이도록 했었다.

그렇게 요새의 입구까지 가면 긴 지하 터널을 따라 이동해야 했다. 사령관이 있는 지휘부는 산을 관통한 반대편 사면에 있었기에 길고 어둡고 축축한 터널을 따라 이동해야 했다. 유키마루가 오기 몇 달 전까지 조선인, 중국인, 만주인으로 이뤄진 근로 보국대가 이 기지를 팠다고 했다. 그들은 유키마루가 오기 두 달 전쯤 이오지마에 지하 기지를 파기 위해 떠났다. 정섭은 긴 지하 터널을 지날 때마다 이 길을 판 조선인들이 지금 이오지마에서 무얼 하고 있을지 궁금했다.

통로의 끝까지 가면 반대편 사면으로 이어진 사령관의 벙커가 있었다. 정섭은 양동이를 들고 그곳에 도착했다. 당번병에게 안주를 인계하고 곧바로 돌아갈 예정이지만 때마침 벙커의 회의실에 장교들이 모여 연회를 하고 있었다. 연회는 연회였지만, 분위기는 침울했다. 연회가 벌어진 이유가 사령관의 변덕 때문이었던 것이다.

한 달 가까이 이오지마의 전투가 계속되자 사령관은 초조했다. 그래서 모처럼 미군의 전파 방해가 없는 아침나절, 사령관은 대본영에 이오지마를 지원하냐는 전문을 보냈다. 대본영에서 돌아온 답은 아주 간단했다.

직속상관의 명령을 기다려라.

기지 사령관의 직속상관은 오가사라와 제도 방어 사령관이었다. 그는 한창 전투 중인 이오지마에 있었고, 연락이 두절된 지 2주가 넘은 상태였다. 생사와 관계없이 아마도 영영 답이 없을 가능성이 컸다. 울화가 터진 사령관은 점심 무렵부터 영관급 장교들을 모아놓고 술을 마시고 있었다. 그때 그곳에 정섭이 나타난 것이었다. 연회의 시중을 보는 당번병을 기다리는 동안 정섭은 꼼짝없이 방어가 든 양동이를 들고 회의실 구석에서 기다려야 했다.

"부건빌이랑 뉴기니에 보급이 끊어졌다며."

"네. 그곳은 여기랑 달리 보급이 끊어진 지 한참 되어서 인육까지 먹는답니다."

"허, 아군의 인육을 먹는 겁니까?"

"전선 사령관이 식량이 떨어지면 적들의 인육이라도 먹으라고 명령했던 모양이야. 어쨌든 싸우려면 뭐라도 먹어야 하니까."

이미 몸을 똑바로 가누지 못할 정도로 취한 사령관이 갑자기 큰 소리로 장교들의 대화에 끼어들었다.

"그래. 그게 무사의 근성이야. 옛날부터 진짜 사무라이는 전쟁터에서 식량이 떨어지면 적의 살을 먹고 피를 마시며 싸웠지. 사무라이 정신으로 싸우면 양키들은 도망가게 되어 있어. 양놈들은 덩치만 크지, 다들 겁쟁이니까."

사령관은 자리에서 일어나 차고 있던 일본도를 빼들었다.

"보이나. 내가 이곳에 오기 전, 고향의 장인이 내 무운을 빌며 떠날 때 직접 만들어준 거지. 흐흐, 요새 나오는 공장에서 찍어낸 칼과는 격이 달라. 단번에 적을 벨 수 있는 진짜 직도, 무사혼이 담긴 칼이라고."

칼날이 빛을 받아 번득였다. 그는 자리에서 일어나 허공에 대고 칼을 휘둘렀다. 윙, 하고 공기가 잘리는 소리가 나자 박수가 터져나왔다. 장교들이 하나같이 칼에 대한 찬사를 아끼지 않았다. 사령관의 상기된 일굴엔 자부심이 번져나왔다. 그 순간 정섭과 사령관의 눈이 마주쳤다. 정섭은 재빨리 고개를 숙였지만, 이미 늦었다.

"또 물고기인가."

손에 든 양동이를 본 사령관은 붉게 충혈된 눈으로 정섭을 쏘아보았다. 정섭은 자신의 모습이 차라리 사라지길 바랐다. 그러나 이뤄질 수 없는 바람이었다. 사령관은 정섭을 향해 곧장 다가왔다. 정섭과 사령관 사이에 있던 장교들이 마치 썰물처럼 물러섰다. 양동이를 들고 있는 정섭의 손이 떨렸다.

"너는 물고기밖에 못 잡나?"

정섭은 마른침을 삼키고 떨리는 목소리로 답했다.

"죄송합니다."

"발음이 이상한데?"

"조선인입니다."

뒤늦게 상황을 눈치챈 당번병이 달려와 답했다. 테이블에 앉아 있는 장교들의 시선이 모두 정섭에게 꽂혔다.

"조센징. 흐흐. 겁쟁이들. 제국의 기생충들."

그는 한 손에 칼을 들고 미소를 띤 채 정섭에게 물었다.

"조센징! 고래는 어떻게 된 거냐? 난 고기를 먹고 싶다고. 피가 떨어지는 붉은 살코기 말이다."

칼날은 정섭을 향하고 있었고 푸르스름하게 선 날은 예리하게 빛났다.

"못 알아듣나? 물고기는 지겹다고!"

정섭의 가슴이 경련하듯 떨렸다. 사령관의 입꼬리가 올라갔다.

"내 명령이 우습나? 붉은 살코기를 구할 수 없다면 네놈이라도 식탁에 올라가야 할 거 아니야!"

그는 벌레라도 보는 듯한 표정으로 정섭의 얼굴을 노려보다가 군화발로 양동이를 걷어찼다. 정섭은 양동이와 함께 뒤로 나뒹굴었다. 바닷물과 함께 방어가 바닥에 쏟아졌다. 정섭의 눈앞에서 방어가 파닥였다. 사령관은 돌아섰다.

"안주 하나도 제대로 못 구해오다니 정신이 썩어 있어! 썩어 있다고! 무능한 놈들."

그는 신경질적으로 이렇게 외쳤다. 장교들은 사령관의 눈을 피해 시선을 바닥으로 떨궜다. 방어는 살아남기 위해 몸부림쳤다. 지느러미를 파닥이며 요동칠 때마다 양동이에서 흘러나온 물이 정섭의 얼굴에 튀었다. 정섭은 몸을 일으켜 바닥에 넙죽 엎드렸다.

"아! 그래."

사령관이 갑자기 멈춰 섰다.

"좋은 생각이 났어."

사령관은 오른손에 들고 있던 칼을 바라보더니 미소를 지었다. 정섭의 목울대는 퍼덕이고 있었고, 방어 역시 입을 뻐끔거리며 아가미를 벌름거렸다. 아가미 안쪽의 붉은 살이 유난히 선명했다.

"칼을 시험해봐야겠다."

사령관은 고개를 돌려 정섭을 내려다보았다. 정섭은 더욱 낮게 엎드렸다. 사령관은 피식 코웃음을 쳤다.

"가서 포로를 데려와! 양키 놈을 데려오라고."

고개를 돌려 옆에 있던 소좌를 바라보며 말했다. 소좌는 무슨 뜻인지 알겠다는 표정으로 미소를 지으며 답했다.

"숯불을 준비시키겠습니다."

"그래, 그래. 네놈은 눈치가 있다니까."

사령관은 자리로 돌아갔다. 정섭은 떨리는 손으로 헐떡이는 방어를 양동이에 담았다. 당번병이 물걸레를 가지고 왔다. 정섭은 비틀거리며 간신히 벽 쪽으로 물러섰다. 자리로 돌아간 사령관은 조용히 빈 술잔을 채워 단숨에 비웠다. 말석에 있던 한 장교가 입을 열었다.

"제가 일직사령이라 이제 내려가봐야 할 것 같습니다."

"안주가 곧 올 텐데 연회를 즐겨야지. 연회를. 어차피 우리는 대기만 하는 부대 아닌가. 직속상관의 명령을 기다려라! 흐흐. 명령이다. 내가 허락하기 전까지 아무도 근무 서지 마."

싸늘한 침묵이 회의실을 감돌았다. 분위기를 바꾸기 위해 소좌와 위관급 장교 몇이 사령관을 치하하는 시답지 않은 아부를 했다. 그리고 몇 마디 만담 같은 재담이 돌고 나자 술자리는 다시 시끌벅적한 원래 분위기로 돌아와 있었다. 다만 그 바닥에 어떤 팽팽한 긴장감이 흐르고 있었다. 무슨 일이 일어날지 모두 알고 있었지만, 차마 말할 수 없는 그런 분위기였다.

15분쯤 후, 명령을 받아 나갔던 소좌가 미군 포로 하나를 묶어왔다. 눈은 가린 채였고, 양팔은 뒤로 돌려 철사가 묶여 있었다. 비쩍 마른 포로는 겁에 질려 있었다. 그는 포로를 무릎 꿇게 했다.

"사령관님이 직접 하시겠습니까?"

소좌가 물었다. 그러자 사령관은 귀찮다는 표정으로 소좌에게 칼을 넘겼다.

"군복에 피가 튀면 안 되지. 그리고 내가 직접 자르면 목이 떨어지는 걸 볼 수 없지 않나."

"네. 그럼 검도 사범 출신인 타무라 군을 부르겠습니다."

그는 칼을 넘기고 자신의 잔을 들었다. 소좌의 명령을 받아 달려나갔던 당번병이 머리를 빡빡 민 일등병조 하나를 불러왔다. 소좌는 칼을 넘겼다. 일등병조는 무릎을 꿇고 있는 포로와 칼을 번갈아 바라보고는 입을 일자로 앙다문 채 고개를 끄덕였다. 사령관은 자리에서 일어났다.

"안주가 왔으니 건배를 해야 할 거 아니야."

그의 말에 다들 잔을 들었다. 소좌가 고개를 끄덕이자 일등병조는 칼을 뽑았다.

"대일본제국의 무한한 영광과 천황폐하의 무병장수를 위하여!"

칼을 치켜들었다. 날이 빛을 받아 번쩍였다.

"건배!"

잔이 부딪혔다.

"건배!"

복창하는 목소리에 맞춰 푸르게 선 날은 반원의 호를 그렸다. 불빛에 빛나는 칼날의 움직임은 마치 초승달 같은 잔광을 남겼다. 잘린 목이 떨어졌다. 경동맥에서 심장의 박동에 맞춰 힘차게 피가 뿜어져나왔다. 무표정한 일등병조의 얼굴에 피가 흩뿌려졌다. 뒤이어 목이 없는 포로의 몸뚱이가 무너지듯 쓰러졌다. 장교들이 일제히 우레와 같은 박수를 쳤다. 박수가 잦아들자 사령관이 기대에 찬 눈빛으로 물었다.

"어때, 칼은 쓸 만한가?"

기다리고 있던 소좌가 일등병조에게 무명천을 내밀자 그는 무릎을 꿇고 칼을 수평으로 뉘인 채 날을 쓰윽 닦았다. 흰 천에 선연한 붉은빛이 번졌다. 일등병조는 칼을 돌려 날의 끝을 잡고 자루를 눈앞에 가져갔다. 그리고 한쪽 눈을 감아 날의 끝을 유심히 가늠해 보았다.

"정확히 목뼈를 벴는데도 이가 나가지도 날이 상하지도 않았습니다."

얼굴의 절반이 튄 피로 덮여 있던 일등병조는 무감한 목소리로 납쌨다. 사령관은 호탕하게 웃었다. 일등병조는 우아하고 절제된 동작으로 칼을 칼집에 꽂았다.

"좋아, 좋아. 그게 어떤 칼인데. 명검이지. 명검이야. 그럼 어서 안주를 구워오게."

사령관은 군의관에게 명령했다. 군의관이 믿어지지 않는다는 표정으로 주변 장교에게 자신에게 내린 명령인지 되물었다.

"사카베 군. 자네 말이야."

사령관은 군의관을 호명했다. 자신에게 내린 명령이라는 것이 확실하자, 군의관은 미적미적 자리에서 일어나 쓰러진 미군 포로에게 다가갔다. 그리고 당번병이 가져온 식칼을 받아 미군 포로를 썰기 시작했다. 뒤이어 숯불이 든 화로가 나왔다. 당번병은 테이블 옆에 쪼그려앉아 화로에 부채질을 했다. 숯이 하얗게 타올랐다. 고래 기름 등잔이 테이블 위에 여러 개 켜져 있는 탓에 주변은 더할 나위 없이 밝았다. 고래 기름으로 불을 켜면 고래 특유의 바다향이 났다. 등유의 탁한 연기와는 비교할 수 없는 고급스러운 향이었다. 그 향에 피비린내가 섞였다. 정섭은 고래를 해체하던 순간이 떠올라 부르르 몸을 떨었다. 이곳에선 사람이 해체되고 있었다. 고래처럼 살이 갈리고 내장이 쏟아졌다. 테이블 주변엔 등이 많았지만 어떤 어둠이라고밖에 부를 수 없는 무언가가 빛 속에서 짙어졌다. 허공 속에서 떠오른 어둠은 점점 커졌다. 그리고 모든 것을 잠식해갔다. 어둠은 어디에서 오는 것일까. 여긴 이렇게나 환한데.

숯불 위에 석쇠가 놓였다. 숯 하나가 탁 소리를 내며 쪼개졌다. 붉게 달궈진 석쇠 위에 붉은 살점이 올라왔다.

치지지직

경쾌하게 타는 소리가 냄새와 함께 퍼졌다. 피비린내와 고래 기름 향과 인간의 살코기 타는 냄새가 하나로 합쳐지며 설명할 수 없는 묘한 비릿함을 만들어냈다. 군의관은 묵묵히 고기를 잘랐고 소좌는 무심히 숯불에 구웠다. 마치 도살장의 인부들이 도축된 고기를 굽는 것만 같은 모습이었다. 인간 고기 냄새가 열어놓은 비상 통로를 타고 밤의 산비탈을 따라 어둠 속으로 흩어졌다. 사령관은 웃었고, 장교들은 다시 농담을 주고받았다. 터질 듯한 긴장감에 압도되었던 분위기는 어느새 부드러워져 있었다. 그렇게 조그만 접시에 10분 전까지만 해도 인간의 피가 흘렀던 살점이 잘 구워져 사령관 앞에 놓였다. 사령관은 해맑은 표정으로 입맛을 다셨다.

"늘 궁금했단 말이야. 무슨 맛일지."

그는 잔에 있는 술을 비우고 젓가락으로 고기를 집어들었다. 그리고 한 점 입에 넣어 우물우물 씹기 시작했다. 테이블에 침묵이 흘렀다. 장교들의 시선이 사령관의 얼굴에 꽂혔다. 사령관은 천천히 씹어 맛을 음미하더니 꿀꺽 삼켰다. 해맑은 미소가 환하게 퍼졌다.

"맛있다. 더 줘!"

사령관은 마치 처음 고기를 먹어보는 아이처럼 외쳤다. 그의 눈빛이 테이블 위를 한번 훑고 지나가자 장교들은 서둘러 자신의 앞에 놓인 인육을 집어들었다. 사령관은 웃음을 참는 듯한 표정으로 그들이 먹는 모습을 일일이 확인했다. 그리고 그 시선의 끝에 정섭이 있었다. 사령관은 낯선 생명체를 보는 듯한 표정으로 고개를 갸웃했다. 그리고 뒤이어 미소를 지었다.

"조센징. 자네도 내가 무사로 만들어주지. 사람 살맛을 알면 무사는 귀신이 된다던데 조센징도 그게 가능할지 모르겠군. 어쨌든 조센징도 대일본제국의 신민 아닌가. 내 오늘 자네에게 귀한 선물을 내리시."

그는 자신 앞에 놓인 작은 접시를 들고 곧장 정섭을 향해 다가갔다. 장교들은 인육을 씹고 있었다. 어떤 사람은 무덤덤한 표정으로 먹었고, 어떤 사람들은 마지못해 눈을 질끈 감고 입을 오물거렸다. 그들을 지나 사령관은 정섭 앞에 섰다. 그리고 젓가락으로 고기를 집어 그의 입 바로 앞에다 내밀었다.

"자, 아주 맛있다고. 고래 고기 따위 하곤 비교가 안 되지."

정섭의 입술이 떨렸다. 어리고 아직 눈치가 없는 정섭이었지만 거부한다면 석쇠 위에 자신이 눕게 될지도 모른다는 것쯤은 알고 있었다. 떨리는 정섭의 입술이 천천히 열렸다. 사령관은 잘 구워진 허벅다리 살을 입안으로 쑥 넣었다. 그러고는 기대에 찬 표정으로 정섭의 질끈 감은 눈을 바라보았다. 정섭은 입안에 들어 있는 것을 천천히 씹었다. 아주 천천히. 그러나 사령관이 볼 수 있게 꽉꽉 씹었다. 씹을 때마다 입안으로 육즙이 번졌다. 사령관은 형형한 눈빛으로 만족스러운 미소를 지었다. 그러고는 고개를 돌려 장교들을 바라보았다.

"봤나? 조센징도 무사가 될 수 있어. 내선합일이 대단한 게 아니지. 이런 게 내선합일이야."

그는 자리로 돌아가 다시 고기를 더 가져오라고 명령했다. 그리고 잔을 비운 후 무언가 떠올랐다는 표정으로 장교들에게 말했다.

"내 부하들 중에 조센징보다 겁쟁이는 없겠지. 아! 아니야. 이런 건 확실히 해두는 게 좋겠어."

그는 가장 가까이 앉아 있는 중위를 바라보며 말했다.

"간 중위. 이 시간부로 미군 포로들에 대한 사형을 명한다. 그리고 부대 전체가 미군 포로들의 인육을 먹는다. 간 중위, 자네가 직접 고기의 배식을 담당하게. 군의관은 위생병들과 함께 해부에 참관하고. 남은 시신과 장기들은 자네들이 처리해. 이걸로 의무병 실습까지 겸하면 일석 삼조겠지."

그는 자신의 혜안에 감탄한다는 표정으로 이렇게 말했다. 정섭은 마치 기계처럼 고기를 씹었다. 아무것도 남기지 않겠다는 듯, 입안에 있는 살점을 씹고 또 씹었다.

"오늘은 정말 기분 좋은 날이야. 내 밑에 있는 조센징까지 무사라는 걸 증명했으니까. 필승의 예감이 들어."

사령관은 잔을 들었다. 건배와 함께 테이블에는 다시 웃음이 감돌았다. 실없는 농담과 사령관의 칼에 대한 칭찬, 야마토 정신, 제국의 밝은 미래에 대한 스스로도 믿지 않는 희망찬 이야기가 오갔다. 먼저 빠져나가는 일직 사령을 따라 정섭은 등을 돌려 도망치듯 회의실을 빠져나왔다.

정섭은 고래의 뱃속과도 같은 요새의 지하 통로를 비틀거리며 걸었다. 손에는 죽은 방어가 담긴 양동이가 들려 있었고, 죽은 방어에선 비린내가 났다. 조선과 만주, 대만에서 끌려온 근로 보국대들이 목숨을 걸고 팠을 어둡고 긴 통로는 끝나지 않을 것 같았다. 정섭은 창고로 이어진 복도와 사병들 숙소로 가는 통로가 만나는 교차로를 지나, 포대와 이어진 경사로의 모퉁이를 돌았다. 어지러웠다. 그리고 추웠다. 추위가 관절 구석구석을 파고들어 얼음결정으로 변해버리는 것 같았다. 눈보라 속을 걷는 것만 같았다. 위는 찢어질 듯 경련했고, 오금은 덜덜거렸다. 막 같은 어둠이 걸어도 걸어도 계속 눈앞을 가렸다. 척추를 따라 찌르는 듯한 통증이 머리까지 이어졌다. 정섭은 자리에 멈춰 섰다. 양동이를 내려다보았다. 죽은 물고기가 아가미를 벌름거리고 있었다. 그리고 둥근 입을 벌려 말했다.

'넌 사람을 먹는구나.'

위가 또 한 번 뒤틀렸다. 입을 벌렸다. 안에 있던 것들이 고스란히 쏟아졌다. 인육과 함께 위액이 죽은 방어 위로 쏟아졌다. 역한 산 냄새와 비린내, 그리고 인육의 향이 뒤섞였다. 정섭은 토하고 토하고 또 토했다. 안에 있는 마지막 한 방울까지 쥐어짜낼 듯이 구역질했다. 양동이에 그것들이 뒤섞이며 검고 매끄러운 선명한 검은색으로 변했다. 그것은 잔잔히 일렁이다가 그리고 파도처럼 밀려와 정섭을 집어삼켰다.

피격

아침부터 배 안이 술렁거렸다. 상등병조가 명령서를 받아왔던 것이다. 특설 감시선 유키마루의 선원 전원이 기타이오지마에서 정찰 임무를 수행하라는 명령이었다. 열외는 없었다. 물론 이전에도 정찰 명령서를 받아오곤 했었다. 그러나 이번에는 장소가 문제였다. 지치지마에서 남서쪽으로 200킬로미터 떨어진 기타이오지마는 미군이 공격 중인 이오지마에서 80킬로미터 북쪽에 있는 섬이었다.

"거기 가는 건 자살 행위입니다."

일등항해사는 항의했다.

"가지 않으면 명령 불복종으로 즉결 처형입니다."

상등병조의 말에 다들 선장을 바라보았지만 명령서가 내려온 이상 어쩔 수 없었다. 파견 2주째가 지난 상등병조는 어느새 배의 선장처럼 굴었다. 군속으로 일하는 유키마루의 선장이 소좌 대우였으므로 계급이 높았지만, 그는 그런 것 따위에 개의치 않았다. 일본군의 전통에 따라 비전투병과의 계급보다 전투병과의 지휘권이 우선한다는 논리였다. 항상 상부에 보고하겠다는 말을 입에 달고 사는 그는 배에서 기피대상 영순위였다. 상급이든 하급선원이든 가리지 않고 그는 선원들과 마주치면 긴 훈시를 했다. 그의 이야기는 늘 같았다. 이 배의 선원들은 준비가 되어 있지 않다는 것이었다. 황군의 일원으로서 마음가짐이 되지 않았다는 소리는 해군 장성들이 출정 때마다 떠들어대는 문구들의 열화된 반복일 뿐이었다. 하지만 그는 그 정신론을 진심으로 믿고 있었고, 주방장 같은 몇몇 사람들은 그의 말에 열렬히 동조했다. 물론 대부분은 그의 존재 자체를 싫어했다. 의기양양한 표정으로 상등병조가 선교를 떠나자 선장은 일등항해사에게 말했다.

"언제까지 가서 정찰하라는 명령은 없었으니 자정에 도착하게끔 항로를 조정하게."

어차피 자살 행위와 다를 바 없는 명령이었지만 그래도 살 수 있는 일말의 가능성을 찾아야 했다.

항해는 특별할 것이 없었다. 모처럼 해부장과 선생, 정섭이 배에 복귀한 게 특이하다면 특이할 만한 일이었다. 조업 명령도 없었고, 고래도 발견하지 못했으므로 그저 짜놓은 항로를 따라 이동하는 항해였다. 일이 없으면 쓸데없는 생각을 한다는 갑판장의 지론에 따라 하급선원들에게는 크고 작은 작업들이 내려왔다. 선원들은 갑판 청소를 시작으로 배의 구석구석을 광이 날 정도로 깨끗했다. 그리고 선체에 칠이 벗겨지고 부식된 곳에 방수 페인트를 덧칠했다. 난간은 반짝반짝 윤이 났고, 갑판 역시 소금기 하나 남아 있지 않을 정도로 닦았다. 미군이 있을지 모르는 기타이오지마로 간다는 것만 빼면 조용하고 평범한 하루였다. 해는 구름 사이에서 하루 종일 오락가락했다. 저녁이 되자 황혼이 유난히 아름다웠다. 배는 항로를 서쪽으로 바꿨고, 그래서 유키마루는 뱃머리를 붉게 물들인 채 앞으로 나갔다.

해가 지자 등화관제 명령이 내려왔다. 다들 잠수함이라면 필리핀에서 이가 박일 정도로 시달렸으므로 명령이 내려오기 전에 불을 끄고 선창에 검은 천을 둘러두었다. 창을 가린 선실은 너무 더워서 선원들은 다들 상갑판으로 올라왔다. 기타이오지마에 도착하는 자정까지 혹시 모르는 상황을 대비해 취침 금지였으므로 옹기종기 모여 검은 밤바다를 말없이 바라보았다. 습하고 검은 바닷바람이 묵직하게 불어왔다. 특별히 조용히 하라는 명령이 없었는데도 다들 입을 다물었다. 선원 모두 어디로 가는지 어떤 위험이 도사리고 있는지 너무나 잘 알고 있었던 것이다.

예정대로 유키마루는 자정 무렵 기타이오지마에 도착했다. 그리고 속도를 줄여 섬을 한 바퀴 돌았다. 출력을 1/4로 줄였음에도 웅웅거리는 엔진음은 섬의 비탈에 반향이 되어 고스란히 돌아왔다. 구름 낀 밤하늘 아래 커다란 봉우리가 우뚝 선 기타이오지마의 모습은 웅크린 꼽추의 등처럼 보였다. 검은 숲 속 어딘가에 미군이 숨어 있을지도 몰랐다. 선원들은 자신도 모르게 숨을 죽였다. 기타이오지마는 이오지마에서 80킬로미터나 떨어져 있었지만, 미군이 이오지마를 공격한 지도 벌써 한 달째였고, 미군의 선발대나 정찰대가 자리잡기엔 충분한 시간이었다.

위협은 다른 곳에도 있었다. 아무리 어두운 밤이라 해도 눈이 좋은 포수가 망루에 올라 있는 한 수평선 너머에서 다가오는 배를 보지 못할 리 없었다. 다만 섬의 반대편에는 무엇이 있을지는 알 수 없었다. 해안선을 따라 도는 동안 혹시라도 곶의 뒤쪽에 정박해 있는 미군의 배가 나타나는 것은 아닌가 하는 두려움에 다들 가슴을 졸여야 했다. 적함과 마주치면 희망 따윈 없었다. 큰 전함이라면 아무리 빨리 도망쳐도 사정권 밖으로 나가기 전에 포탄의 밥이 될 터였고, 빠른 소해정이라도 속도 차이로 도망칠 수 없었다. 1, 2, 3차에 걸친 남방개발 대표단의 대부분이 돌아오지 못한 것도 그 때문이었다.

어둠을 잔뜩 머금은 숲에서는 새소리조차 들리지 않았다. 전쟁이 시작되기 전 100명쯤 살았다는 주민들도 모두 소개(疏開)된 후였으므로 접안 시설이 있는 부둣가의 집들도 모두 불이 꺼져 있었다.

"상륙할 필요는 없는 겁니까?"

"네. 명령서에 상륙하라는 내용은 없었습니다."

상등병조는 선장에 물음에 이렇게 답했다. 원래 일개 중대가 이 섬에 주둔할 예정이었지만, 미군이 이오지마를 공격할 것이라는 첩보가 입수된 후, 방위사령관의 명령으로 모두 이오지마로 떠났고, 섬은 버려졌다. 배가 이동하면서 섬 비탈의 그림자에 접안 시설도 모습을 감췄다. 그렇게 유키마루는 천천히 기타이오지마를 한 바퀴 돌았다.

그렇게 임무는 무사히 끝났다. 먹구름이 걷히며 서서히 남쪽 하늘부터 별들이 모습을 드러내기 시작했다. 별빛은 금방이라도 쏟아질 것처럼 환하게 반짝였다. 유키마루는 뱃머리를 북동쪽으로 돌렸다. 이제 돌아갈 시간이었다. 부지런히 달리면 내일 정오 전에는 지치지마로 돌아갈 수 있을 터였다. 긴장한 채로 견시를 하던 선원들도 조를 나눠 근무자만 남기고 선실로 돌아갔다. 다들 자신들의 행운을 감사하는 마음으로 그렇게 잠자리에 들었다.

경보가 울린 것은 일출 직후였다. 대부분의 선원들은 그것이 훈련이라 생각했다. 해군 아래 소속된 이후로 유키마루 선원들도 때때로 비상대기 훈련 같은 것을 받았다. 선박이 공격당할 때를 대비해 선원들은 각자 대기 위치가 있었다. 침수 시 격실문을 닫는다거나, 배수펌프를 돌린다거나, 배의 상황에 따라 선교의 지시를 받아 시행하는 임무가 있었다. 잠에서 깨어난 선원들은 구시렁거리며 각자의 대기 위치로 갔다. 몇몇은 상등병조 욕을 했다. 그가 비상을 건 것이 틀림없다고 생각한 것이다. 선미 쪽에서 희미하게 비행기의 엔진 소리가 들리고 나서야 선원들은 이 상황이 훈련이 아님을 깨달았다. 정찰기는 남쪽에서 곧장 유키마루를 향해 날아왔다. 고도는 제법 높았지만 지난 반년간 공습에 시달렸던 선원들은 실루엣만으로도 비행기의 정체를 알 수 있었다. 검푸른 비행기의 정체는 뇌격기를 개조한 미군의 정찰기였다. 일등항해사는 안도했다. 오가사와라 제도에서 고래를 잡는 동안 몇 번인가 정찰기와 마주친 적이 있었다. 대개의 경우 정찰기들은 비무장인 유키마루를 그냥 지나쳤다. 그들의 목적은 공격이 아닌 정찰이었으니까.

"저거 덮어! 이 새끼들아! 덮으라고!"

그때 갑판장이 손가락으로 무언가를 가리키며 외쳤다. 어제 병사들이 반질반질하게 닦아놓은 92식 기관총이 아침 햇살을 받아 빛나고 있었다. 무광 페인트가 벗겨진 총열의 끝이 유난히 번쩍거렸다. 멍하니 있던 병사들이 뒤늦게 방수기버를 집어들었다. 그때 상등병조의 찌렁찌렁한 목소리가 울려퍼졌다.

"저 새끼가 군인이야! 누구 명령을 들어! 군인이면 적과 싸워야 할 거 아니야!"

상등병조의 불호령에 병사들은 손에 들고 있던 방수커버를 내려놓았다. 탄통을 열어 탄띠를 꺼낸 후 총열 덮개를 들어올리자 총은 햇살을 받아 더욱 찬란하게 빛났다. 정찰기는 유키마루의 머리 위를 곧장 지나갔다. 상등병조의 목에는 핏대가 섰다.

"장전해! 이 새끼들아! 어서!"

병사들은 탄띠를 끼고 총열 덮개를 닫았다. 노리쇠 뭉치를 뒤로 당기자 무거운 장전음이 들렸다. 정찰기는 유키마루를 앞질러 곧장 나갔다가 배의 정체를 확인하기 위해 다시 선회하고 있었다. 기관총을 본 것이 틀림없었다.

"발사!"

상등병조의 외침과 함께 기관총의 총구가 불을 뿜었다. 총구에서 발사된 예광탄의 불빛이 매끄럽게 선회를 하고 있는 정찰기의 꼬리를 쫓았다. 정찰기는 한 마리 물 찬 제비처럼 재빠르게 상공으로 치솟았다. 갑판 사방으로 탄피가 튀고 있었지만 총탄은 정찰기가 이미 지나간 허공을 휘저을 뿐이었다. 거의 점처럼 하늘을 향해 치솟았던 정찰기는 방향을 바꿔 유키마루를 향해 내리꽂듯 곧장 내려왔다. 위이이이잉 하는 급강하하는 정찰기의 엔진 소리가 마치 죽음을 예고하는 사이렌처럼 선원들의 머리 위로 울려퍼졌다. 92식 기관총의 탄피가 갑판에 쏟아지며 총구는 다가오는 정찰기를 향해 불을 뿜었다. 둔탁한 발사음과 쏟아지는 탄피의 금속음이 마치 하나의 화음처럼 갑판 위에서 노래하고 있었다. 그 소리에 화답하듯 유키마루를 향해 내려오는 검은 날개에서도 일제히 불을 뿜기 시작했다. 무거운 기관포의 발사음이 92식 기관총의 발사음과 뒤섞였다. 그러나 합주는 금세 끝났다. 채 한 소절이 끝나기도 전에 92식 기관총은 나무 쪼개지는 소리와 함께 침묵했다. 갑판의 나무가 쪼개지며 정찰기의 기관포가 유키마루의 선체를 훑고 지나갔다. 날개에 그려진 별이 보일 정도로 낮게, 정찰기는 기관포가 들쑤신 갑판 위를 스치듯 지나쳤다. 순간 요란한 소리와 함께 폭발이 일어났다. 선교 후미에서 검은 연기와 함께 작은 불기둥이 치솟았다.

　폭발은 엔진에서 일어난 것이 아니었다. 통신실 뒤쪽에는 보조 발전기가 있었다. 레이테 해전 때 특설 공작선으로 개수하며 새로 단 무전 설비의 전기 공급을 위한 보조 발전기였다. 동력은 휘발유였고, 때문에 늘 서너 드럼의 휘발유를 통신실 뒤쪽의 보조 발전기 옆에 비치하고 있었다. 바로 그것이 폭발한 것이었다. 검은 연기가 피어오르며 불이 났지만, 폭발에 비해 피해는 크지 않았다. 주방 외벽이 무너지고 선교 뒷벽 일부가 날아갔으며, 통신실 전체가 사라졌지만, 연돌이 폭발 파편이 뒤로 튀는 걸 막아주었고 코르크로 된 방화재 탓에 불은 번지지 않았다. 통신실에 있던 통신장과 그의 조수 노릇을 하던 대만인이 즉사했지만, 폭발 자체로 입은 인명피해는 그것이 전부였다.

　보다 치명적인 피해는 기관포가 훑고 지나간 갑판의 하부에 있었다. 배의 후미에서 기관총을 쏘던 두 명의 병사는 말 그대로 뭉개진 살 더미가 되어버렸고, 선미 갑판에 있던 필리핀 출신 호세와 광주에서 왔다는 왕손이 목숨을 잃었다. 기관포탄은 상갑판의 나무를 쪼개고 하갑판까지 들어갔고, 선미에서 기관장의 보조 노릇을 했던 일본인 청년 역시 머리에 중상을 입어 이틀간 시름시름 앓다 죽었다. 배가 입은 피해는 더 심각했다. 두 개의 엔진 모두 작동 불능이 되었고, 청수탱크 하단에 구멍이 뚫려버렸다. 유키마루는 무전도, 전원도, 엔진도, 식수도 잃어버린 멍텅구리 배가 됐다. 엔진과 함께 전력도 나갔으므로 방화펌프도 작동하지 않았다. 선원들은 양동이로 바닷물을 길어 간신히 통신실과 빌진기가 있던 자리의 불을 껐다. 불길을 잡은 후 갑판장은 몇 명의 선원들과 선미에 기관총이 있던 자리를 정리하러 갔다. 쪼개진 갑판 나무에는 검붉은 얼룩이 한때 사람이었던 살덩이와 함께 남아 있었다. 선원들은 그것을 밀대로 밀어버렸다. 이 모든 불행을 자초한 상등병조는 병사들의 군번줄을 챙긴 뒤 선실로 내려가버렸다. 그것이 상등병조가 입버릇처럼 말하던 위대한 대일본제국 해군의 위엄이었다.

표류

엔진 하나는 실린더룸이 깨졌고, 다른 하나는 연료펌프가 박살나버렸다. 기관장은 엔진을 분해해 둘 중에 하나를 살릴 수 있을지 모른다고 했지만, 문제는 기관실개구를 통해 엔진 덮개를 들어낼 동력이 없다는 것이었다. 선원들이 크레인에 매달려 밧줄을 걸고 도르래에 연결해 선미 선창과 연결된 기관실 해치를 열어 엔진 덮개를 끌어올렸다. 도르래를 달고, 사슬을 연결하는 작업에만 꼬박 사흘이 걸렸다. 그렇게 사람들이 달라붙어 엔진을 열고 나서야 본격적인 수리작업을 할 수 있었다.

그러나 엔진보다 더 큰 문제가 있었다. 그것은 구멍이 뚫린 청수탱크였다. 처음에는 청수탱크에 문제가 있다는 것을 아무도 알지 못했다. 구멍이 뚫려도 비중 탓에 가벼운 민물이 무거운 바닷물과 곧장 뒤섞이는 것은 아니니까. 하지만 나흘 뒤 뒤늦게 청수탱크에 구멍이 뚫렸다는 걸 발견했을 때, 탱크 안의 물은 이미 바닷물이 섞여 식수로 쓸 수 없었다.

주방에 몇 드럼의 식수가 있었지만, 그것으로는 선원들이 하루에 한 잔씩만 먹어도 일주일을 버틸 수 없었다.

청수탱크에 생긴 구멍은 갑판장의 기지로 막을 수 있었다. 잠수해 들어가 뚫린 구멍을 코르크로 막고 하단 격벽에 방수 시멘트를 붓는 방식으로 청수탱크 구멍 밑 격판 사이를 통짜로 방수 블록을 만들었던 것이다. 문제는 텅 빈 청수탱크를 채울 방법이 없다는 것이었다.

정섭은 태어나서 처음으로 진정한 의미에서 갈증을 느꼈다. 그가 이전에 경험해본 목마름은 그저 목이 타들어간다고 말하는 정도가 전부였다. 목이 따끔거리고 코가 쓰리고 입술이 갈라지는, 딱 그 정도의 목마름. 하지만 진정한 갈증은 고통이 육체와 영혼을 잠식해들어가는 일련의 과정과도 같았다. 서서히 수분이 증발해가는 동안 기억도, 행복도, 영혼도 천천히 휘발해가는 것만 같았다. 숨을 쉬는 것만으로도 너무나 고통스러워 정섭은 차라리 숨을 멈추고 싶었다.

열대의 바다를 표류하는 동안 강철로 만들어진 유키마루의 선실 안의 기온은 한낮이면 50도까지 치솟았다. 남극에서 조업하기 위해 설계된 유키마루는 더위에 취약할 수밖에 없었다. 태양은 모두를 불태울 듯 맹렬하게 타올랐고 달아오른 태평양의 공기는 말 그대로 찜통 같았다. 달궈진 갑판에서는 아지랑이가 피어올랐고, 습한 공기는 숨을 쉬는 것인지, 숨을 막는 것인지 분간할 수 없을 지경이었다. 그래서 모두 갑판으로 올라와 선교가 만들어내는 한 줌의 그늘 아래 모여 있었다. 몸 안에 수분이란 수분은 모두 증발해버렸으므로 땀조차 나지 않았다. 땀이 흐르지 않았으므로 체온은 올라갔고, 그 때문에 의식은 희미해져갔다. 한낮 내내 정섭은 열병에 걸린 사람처럼 열에 들떠 있었다. 어떤 면에서

의식이 희미한 것이 차라리 나았다. 고통조차 희미해졌으니까. 시간은 무한히 늘어난 것도 같았고, 혹은 그대로 멈춰버리거나 일종의 지옥에 갇혀버린 것 같았다.

몸에 수분이 부족하자 가장 먼저 양 입술의 끝이 터졌다. 그것을 시작으로 피부에는 각질이 일제히 일어났고, 입술과 관절의 피부들은 마르다 못해 갈라졌다. 상처에서 나온 진물도 하얗게 말라붙어 가루로 떨어졌다. 급기야 선원들은 자신의 오줌을 받아 마시기 시작했다. 급한 대로 목을 축일 수 있었지만, 몇 번 반복하자 오줌은 점점 진하고 독한 노란색으로 변해갔다. 표류 2주째가 되자 그마저도 더 이상 나오지 않았다. 그때부터 선원들의 상태는 급격히 나빠지기 시작했다. 소화액이 나오지 않아 음식을 삼켜도 제대로 소화시킬 수 없었고, 수분이 있는 물고기의 생살이나 피를 간신히 넘기는 정도였다.

정섭은 손안에서 파닥거리는 고등어를 노려보았다.

"살고 싶으면 피까지 마셔라."

갑판장은 갈라지다 못해 하얗게 일어난 입술로 말했다. 정섭은 지치지마의 반이 떠올랐다. 울컥, 헛구역질이 나왔다.

"먹어. 살려면 먹어야지."

정섭 옆에 있던 선생은 말라비틀어진 건어물처럼 보였다. 쪼그라들지 않은 것은 그의 검은 뿔테 안경뿐이었다. 정섭은 다시 물고기를 바라보았다. 고등어는 파닥거리며 아가미를 벌름거렸다. 그래. 살기 위해서는 먹어야 한다. 정섭은 고등어의 몸통을 물어뜯었다. 피 맛은 짭짤했다. 그러나 고기는 의외로 비리지 않고 담백했다. 고등어는 더욱 요란하게 몸부림쳤다. 입안에서 생명의 마지막 몸부림이 고스란히 느껴졌다.

짭짤한, 그러나 차가운 물고기의 피가 식도로 흘러들어가, 갈라지고 말라터진 뜨거운 목을 식혀주었다. 정섭은 누가 시키지도 않았는데 물어뜯은 고등어의 몸통을 쭉쭉 빨아댔다. 그리고 닥치는 대로 그 살점을 물어뜯었다. 정섭이 정신을 차렸을 때는 손에 머리와 가시, 그리고 꼬리와 지느러미만이 남았다. 정섭은 남은 것들을 푸른 바다에 던졌다. 넘실거리는 푸른 물은 죽은 고등어를 집어삼켰다. 바다가 눈앞에서 일렁거렸다. 정섭은 눈을 질끈 감았다. 고개를 돌리면 어디든 물이 있었다. 다만 마실 수 없을 뿐이었다. 파도는 출렁일 때마다 미로의 벽처럼 치솟았다 사라졌다. 이곳은 가장 푸른 사막이자, 가장 단순한 미로였다.

얼마 후 첫 사망자가 나왔다. 쉰다섯 살의 필리핀 원주민이 음식을 넘기지 못해 죽었다. 항일게릴라라는 혐의로 끌려왔던 그는 그저 원주민 촌부였다. 단지 원주민에 대한 일본군의 북부지방 소개가 시작되어 끌려왔고 유키마루를 타게 된 것이었다. 산악지역에 살던 그는 날생선을 먹지 못했고, 따라서 누구보다 탈수에 시달렸다. 같이 끌려온 동료들이 살기 위해 자신의 비위나 식습관을 버렸음에도 그는 끝내 그것을 포기하지 못했다.

"우리가 살아남을 수 있을까?"
"엔진을 고치면."
"가능할까?"
"기관장이 고칠 수 있겠지."
"그 인간은 어떻게 기관실에서 안 나오는 거지."
"따로 선장이 그 인간 몫의 물하고 음식을 빼냈잖아."

"물을 감춰둔 게 갑판장뿐일까?"

"아니겠지. 하지만 어쩌겠어."

"개새끼들."

"일주일만 지나면 아마 여기 남은 사람의 반은 저 바다 밑에 있을걸?"

"그런데 왜 시체는 버리는 거야?"

"그럼? 배 밑에 매장이라도 할까?"

"사람은 물이 7할이라잖아."

"우리는 한 5할쯤 될걸."

"그렇다 해도 엄청난 물인 거잖아. 죽은 사람은."

"미친 새끼, 지금 무슨 소릴 하는 거야."

정섭은 고개를 들었다. 갑판에는 온통 누워 있는 선원들뿐이었다. 다들 목소리가 갈라진 탓에 누가 말을 하는 것인지 알 수 없었다. 다만 아직 이야기를 나눌 수 있는 그들이 부러웠다. 아니, 이미 태반이 목소리조차 제대로 나오지 않았으므로 어쩌면 환청이었는지도 몰랐다. 하지만 정섭의 머릿속에서 사람의 몸의 7할이 물로 이뤄졌다는 목소리만은 너무나 또렷하고 선명하게 들렸다. 빡빡한 눈을 깜빡이며 정섭은 생각했다. 살기 위해서 사람의 피를 고등어처럼 먹어서는 안 되는 이유가 있을까? 그렇게 생각하자 죽은 필리핀인을 바다에 버린 것이 못내 아쉬웠다.

"일어나, 개새끼들아! 일어나! 낭장 선수 장고에서 방수포를 꺼내와! 비가 온다! 비가 온단 말이다. 움직여! 움직이라고, 이 개새끼들아. 살고 싶으면 움직이라고!"

갈라진 갑판장의 목소리가 들렸던 것은 바로 그때였다. 정섭은 눈을 떴다. 하늘 가득 먹구름이 보였다. 고개를 먹구름이 짙어지는 쪽으로 향했다. 잔잔한 수평선의 끝에서 비가 다가오고 있었다. 무엇을 해야 할지도 모르는 채 정섭은 방수포를 꺼내기 위해 달리기 시작했다.

기적처럼 폭풍우가 찾아온 것은 표류 시작 20일째였다. 갑판장의 지휘 아래 선원들은 망루가 있는 마스트에 방수포로 거대한 깔때기를 만들었고, 그것으로 비를 모았다. 물을 담을 수 있는 그릇이란 그릇을 모두 꺼내 비를 받았고, 그런 와중에도 입을 벌려 목을 축였다. 입안으로 떨어진 빗방울은 말 그대로 식도로 내려가기도 전에 입안에서 스며들었다. 몸의 세포란 세포는 모두 물을 원하고 있었다. 정섭의 입에서는 자신도 알 수 없는 괴성이 튀어나왔다. 그것은 정섭만이 아니었다. 다른 선원들 역시 하늘을 향해 입을 벌린 채 소리를 질렀다. 몸에 수분이 조금이라도 더 있었다면 눈물이 흘렀을지도 몰랐다. 살아 있다는 것은 이처럼 기쁜 것이구나. 빗방울이 그릇들을 두드리는 소리는 그야말로 생의 찬가였다.

그리고 그날을 기점으로 자주 비가 내리기 시작했다. 비가 내릴 때마다 깔때기로 물을 채웠고, 청수탱크의 수위는 아주 조금씩 높아졌다. 비가 오는 주기가 짧아졌다. 일등항해사는 배가 적도 방향으로 밀려가고 있음을 깨달았다. 비가 자주 온다는 뜻은 열대성 호우가 내리는 적도 부근까지 배가 표류했다는 의미였으니까. 비로 목을 축인 선원들은 다시 살기 위해 몸부림쳤다. 배 하판에 내려가 따개비를 땄고, 그것을 미끼로 낚시를 했으며, 투망을 바다에 던져 끌어올렸다. 물고기가 올라오면 달려들어 몸통을 물어뜯었고, 뼈째로 씹어 먹었다. 마치 태초의 인간이 그랬던 것처럼 생존을 위해 모든 것을 내려놓고 짐승처럼 버텼다. 그렇게 한 달하고 보름 만에 기관장은 기적적으로 엔진 하나를 살렸다. 갑판에

선 선원들이 서로를 얼싸안고 울었으며 주방장은 기념으로 물을 두 컵씩 배분했다.

기뻐하는 선원들 속에서도 일등항해사는 마냥 기뻐할 수 없었다. 배가 얼마나 밀려왔는지 불안했던 그는 지난 며칠간 육분의로 별자리를 측량했었다. 봄의 해류와 태풍에 밀려 유키마루는 태평양 한가운데 있었고, 그 말은 지금 그들이 미군의 앞마당 한복판에 있다는 뜻이었다. 이제 하나뿐인 엔진으로 잠수함과 뇌격기가 출몰하는 바다로 되돌아가야 했다. 일등항해사의 머릿속에서는 레이테 해전에서 봤던 하반신이 없는 시신이 떠올랐다. 그것이 자신의 미래가 되지 말라는 법은 없었다.

항로

엔진이 살아났지만 그것은 새로운 문제의 시작이었다. 표류 끝에 기관장은 오른쪽 엔진을 희생해 왼쪽 엔진을 살렸지만, 속도는 채 5노트도 나오지 않았다. 그 속도로 미군의 잠수함과 비행기가 가득한 북태평양 전선을 가로질러 지치지마로 되돌아간다는 것은 자살이나 다름없었다. 더 큰 문제는 지치지마가 더 이상 일본 영토가 아닐지도 모른다는 것이었다. 유키마루가 표류를 시작할 무렵 이오지마는 한 달째 미군과 전투를 하고 있었다. 사실상 옥쇄를 각오하고 벌이는 전투였고 패배는 시간문제였다. 상등병조는 황군이 불굴의 의지로 싸우고 있으므로 함락되지 않을 것이라 주장했지만, 유키마루 선원들은 불굴의 황군 항공모함들이 미군의 뇌격기에 순식간에 침몰해버리는 광경을 이미 레이테 해전에서 목격한 터였다. 그렇다면 다음 차례는 지치지마였다. 그 사이 50여 일이나 시간이 흘렀다. 빨리 돌아간다 해도 6월 초, 그렇다면 이미 지치지마 역시 전투 중이거나 미군의 손에 있을 가능성이 높았다.

일본인 선원들은 선교에 모여 이 문제를 가지고 하루 종일 논쟁했다. 해류와 태풍을 타고 떠밀려온 유키마루는 지치지마에서 4000킬로미터 넘게 떨어져 있었다. 5노트 미만의 속력으로 돌아가야 한다면 꼬박 20일이 넘게 걸렸다. 지치지마가 함락되었다고 가정하고 본토로 돌아간다면 1000여 킬로미터를 더 항해해야 했고, 해류와 바람을 생각하면 한 달 넘게 걸릴 터였다. 설상가상으로 태평양과 맞닿은 바다는 이미 미군이 봉쇄 중이었다. 미군의 해상 봉쇄를 뚫고 본토로 돌아간다는 건 거의 기적이나 다름없었다.

미군에 투항하는 것은 어떻겠냐는 소리를 꺼낸 것은 이등항해사였다. 우리는 군인이 아니므로 선처받을 수 있다는 게 그의 주장이었다. 선장이나 갑판장은 아예 그의 이야기를 무시했지만, 상등병조는 화를 내며 날뛰었다. 그는 유키마루는 일본 해군 소속이라는 사실을 상기시키며 야마토 정신에 대해 떠들었다.

"옥쇄할 각오도 없이 이 대동아 전쟁에 뛰어든 건가! 우리는 대일본제국의 영광스러운 군인이다! 너 같은 겁쟁이 놈은 이 칼로 목을 따버리겠다!"

상등병조는 허리에 찬 단도를 뽑아들었다. 그를 달래느라 선원들 사이에 한바탕 소란이 벌어졌다. 신장은 말이 없었다. 머릿속으로 다른 생각을 하고 있었던 것이다. 살아 돌아간다 해도 선장에겐 골치 아픈 문제들이 산재해 있었다.

인적 손실이야 군속이었으므로 군에서 책임을 진다 해도 배가 문제였다. 유키마루를 해군에서 고쳐주면 다행이었지만, 노구단 모그마다 갑을병정의 해방함을 찍어내기 바쁜 군에서 엔진 부품을 구할 길 없는 어선을 수리를 해줄 리 없었다. 유키마루의 어획량이 엄청나서 배가 입은 손실을 벌충할 수 있다면 모를까, 결국 누군가는 600톤급 포경선의 운항 불가에 대해 책임져야 했다. 이미 유키마루는 선박위원회 소속이 아니었다. 선박위원회가 보증해주지 않을 테니 보험 적용도 되지 않을 터였다. 그렇다면 그 책임은 해군과 일본수산 사이에서 가장 힘이 없는 선장이 져야 할 가능성이 컸다. 보합과 관련된 계약서엔 어획량을 채우지 못했을 경우 해당 수산회사가 손실금을 갚는다는 조항이 있었다. 배의 수리와 정비 책임은 수산회사가 남방개발 대표단에 위탁해 하도록 되어 있었지만 유키마루는 더 이상 어느 쪽에도 속해 있지 않았다. 남방개발 대표단이 해체되며 선박위원회와의 보상 계약이 허공에 떠버린 것이다. 유키마루를 군속으로 인수한 해군이 결정할 일이었지만 최악의 경우, 수산회사, 해군, 선박위원회가 서로 책임을 떠미는 가운데 선박의 수리비와 어획량 부족에 대한 손실금까지 선장이 갚아야 할지도 몰랐다. 쇼와 13년의 악몽이 머릿속에서 떠올랐다. 그때 그 빚을 아직 갚지 못했는데, 이제 또 빚이 더해질 터였다. 빚이 올가미처럼 자신의 목을 조르고 있는 기분이었다.

"단순 계산으로는 5노트로 항해하면 본토로 돌아갈 경우 25일이 조금 넘게 걸릴 겁니다. 역풍과 해류를 계산하면 오차는 있겠습니다만, 한 달이 넘겠죠. 운에 걸어보기에는 물도 부족하고, 미군을 만나지 않을 가능성은 더욱 희박합니다. 그리고 태풍이 있습니다. 5월이면 북태평양에선 슬슬 태풍이 태어나 북상하기 시작할 겁니다."

일등항해사의 말에 선장의 눈썹이 꿈틀거렸다.

"엔진이 하나라면 10노트는 나와야 정상 아닌가?"

"하나뿐인 엔진도 깨진 실린더가 있어서 출력이 반도 채 못 나옵니다. 5노트가 현실적인 항속 가능한 최선입니다. 저희 배 엔진 상태가 좋을 때도 최고 속력으로 계속 이동하는 건 무리였습니다."

선장이 혀를 찼다. 기관장은 변명하듯 말했다.

"전에도 말했지만 고칠 수 있는 엔진 상태도 아니고 고칠 부품도 없습니다. 간신히 살려낸 것만 해도 기적입니다."

뒤쪽에서 멀뚱히 떨어져 앉아 있던 포수가 묘한 표정으로 눈을 반짝였다.

"다른 엔진이 있다면 고칠 수 있는 거야?"

"그렇죠. 부품만 있다면. 하지만 이건 초창기 디젤 엔진입니다. 구식이라 유럽 본사에 가서도 부품을 구할지 장담할 수 없습니다."

기관장의 말에 포수는 의미심장한 미소를 지었다.

"난 엔진이 있는 곳을 알고 있지."

"당신이 끼어들 자리가 아니니까. 닥치시지."

다른 선원들과 칼을 든 채 뒤엉켜 씩씩거리던 상등병조가 포수에게 말했다. 포수는 전통적으로 포경선에서 가장 중요한 선원이었다. 배당도 상급선원 대우였을 뿐만 아니라 그의 경우는 이 배에서 나이가 가장 많았다. 때문에 상급선원들조차 그를 존중하고 있었다. 그는 이 배에 타고 있는 사람들 중 포경업에 가장 오래 종사했고 고래 잡는 일에 있어서는 살아 있는 역사나 다름없었다. 그러나 상등병조에겐 그저 조선인 같은 하급선원들 중 하나일 뿐이었다. 그는 동원령에 따라 계급이 정해져 있는 선장과 사관들 외의 선원들은 철저히 무시했다.

"노르웨이 배니까 노르웨이에 엔진이 있겠죠. 왜요? 노르웨이에서 구해오자고요."

상등병조와 몸싸움을 하며 한쪽 팔로 머리가 눌리고 있던 이등항해사도 씩씩거리며 한마디 거들었다.

"아니. 노르웨이엔 이미 없어. 이 배의 엔진이 있는 곳을 알려면 포경의 역사를 알아야 해. 이 유키마루는 노르웨이에서 다이쇼 10년에 건조되어서 다이쇼 14년 일본에 팔렸거든. 헐값에."

"워낙 오래전에 만들어진 거라 엔진 회사에 가서도 못 구한다니까요."

기관장 역시 포수의 말에 끼어들었다. 하지만 포수는 백태가 낀 눈을 번득이며 옛날 얘기를 할 수 있게 된 것에 신이나 떠들기 시작했다.

"유키마루가 건조되고 나서 무슨 일이 있었는지 알아? 영국 놈들이 사우스셰틀랜드에 있는 포경기지들이 영토 침범이라 주장하면서 거기 있는 노르웨이 선원들을 쫓아냈어. 그 일을 계기로 모선식 포경이 시작됐지. 큰 배를 공장처럼 만들어 공해에서 고래를 잡아 처리하면 영토 침범이 아니니까. 유키마루가 당시 최신식 포경선이었지만 고철 값만 받고 사올 수 있었던 것도 그 때문이었지. 이 배는 어정쩡해서 모선을 따라다니는 캐쳐 보트처럼 날렵하지도, 모선인 공장선처럼 크지도 않으니까. 유키마루는 지상 기지에 해체장이 없으면 고래를 처리할 수 없으니 졸지에 퇴물이 된 거야. 흐흐, 선장도 이 정도 사정은 알지 않아?"

선장은 말없이 고개를 끄덕였다. 그 역시 고용된 선장이었지만, 일본수산에서 그 내력을 대충이나마 들은 터였다. 포수는 벌어진 앞니 사이로 침을 찍 내뱉었다.

"쇼와 10년에 제국에서 만든 모선식 포경선인 도난마루를 타고 남극에 간 적 있었어. 캬, 얼마나 고래가 많던지, 하루에 열 마리도 넘게 잡았었지. 지금도 눈을 감으면 그때 바다가 떠올라. 수평선을 따라 파도만큼이나 많은 고래들이 물을 뿜어댔지."

"그게 어쨌다는 겁니까."

"그때 캐처 보트를 타고 다니다 밀려오는 유빙과 풍랑에 갇힌 적이 있었어. 날씨가 좋아질 때까지 버려진 노르웨이인 기지에 피신한 적이 있었단 말씀이야. 거기 보트 하우스에서 유키마루랑 똑같은 배를 봤지."

아직 사람들은 포수가 어떤 의도로 이 이야기를 꺼낸 것인지 이해하지 못했다. 포수는 자신을 쳐다보는 사람들의 얼굴을 쭉 훑어보더니 끌끌대며 웃었다.

"흐흐. 자매선이야, 자매선. 옛날 포경회사는 배를 효율적으로 운용하기 위해 1, 2년 간격으로 비슷한 포경선들을 서너 척씩 건조했거든. 나중에 건조된 새 배는 헐값에 일본에 넘겼고, 이미 운용 중이던 옛 배는 기지를 버리며 그곳에 남겨진 거지."

"그럼 엔진도 같겠군요."

기관장은 무슨 뜻인지 알겠다는 듯 이렇게 말했다. 뒤늦게 포수가 무슨 이야기를 하고 있는지 깨달은 상등병조가 잡고 있던 이등항해사를 놓고 말도 안 된다는 듯 외쳤다.

"이 배로 남극까지 간다는 건가?"

포수는 코웃음을 쳤다. 그러고는 수염이 무성하게 난 턱을 쓰다듬으며 말을 이었다.

"노르웨이인 포경기지는 정확히 말하자면 남극이 아니라 남극 앞바다에 있는 사우스셰틀랜드 제도의 디셉션 섬에 있소. 남위 62도. 대략 여기에서 사할린 섬 끝까지 가는 거리에서 사나흘쯤 더 간다고 생각하면 될 거야. 물론 멀지. 하지만 우리 목적지가 지치지마가 아니라 일본 본토를 향해서 가는 거라면 크게 차이가 나는 거리가 아니야. 더구나 우리가 남쪽으로 가면, 북쪽과는 반대로 미군을 만날 일도 잠수함의 공격을 받을 일도 없다고. 이 계절 남반구엔 태풍이 불지도 않고. 그곳에서 유키마루의 엔진을 제대로 고쳐 20노트로 돌아온다면 전선을 돌파하는 데 드는 시간이 네 배 이상 빨라지는 셈이지. 그렇다면 적에게 발각돼 죽을 가능성도 그만큼 줄어드는 셈이고."

상등병조가 소리를 지르며 반대를 하려 했지만 그보다 일등항해사가 먼저 끼어들었다.

"5월입니다. 남극은 지금 겨울이 되어가는 거 아닙니까. 엄청나게 춥고 어두울 텐데요. 더구나 우리가 도착하는 6월이나 7월이면 해조차 금방 질 겁니다. 10월까지는 그 바다에 갇힐 수도 있고요. 더구나 유키마루야 극해에서 조업하게 만들어진 쇄빙선이라 상관없다 해도 우리가 가진 방한 장비가 애초에 극해에서 조업할 수준이 아닙니다."

일등항해사가 조목조목 따지자 포수는 건성으로 고개를 끄덕이며 답했다.

"털옷이나 장갑 따위야 선수부 창고에 가면 사할린에서 쓰던 낡은 게 좀 있고, 섬에 가면 잔뜩 있어. 노르웨이인들이 섬을 떠날 때 그냥 몸만 빠져나왔거든. 심지어 돈이 안 될 것 같으면 배도 버리고 갔는걸. 식량부터 옷가지, 각종 장비까지 고스란히 있지. 심지어 우리가 갔을 때 기름통에 기름도 있었다니까. 낡기야 했지만 우리가 쓰는 데 문제는 없을 거야. 날씨 자체가 거대한 냉동고나 마찬가지니까. 그리고 남극에서 풍랑을 만났을 때 우리가 디셉션 섬으로 피한 이유가 있어. 그곳이 바다에 반쯤 잠긴 활화산이거든. 둥그런 반지 모양의 섬인데 만 안쪽 물이 뜨거워. 화산이 데워주니까. 그래서 한겨울에도 수영할 수 있을 정도야. 일종의 바다 온천인 셈이지."

온천이란 이야기에 사람들의 표정이 변했다. 바다를 오래 떠놀면 그리운 것들이 있다. 여자와 네 다리 달린 짐승의 고기, 흔들리지 않는 잠자리 같은 것들 말이다. 일본인이라면 따뜻한 온천 역시 그런 것들 중 하나였다. 선원들의 표정이 미묘하게 변했다. 그러자 상등병조가 나섰다.

"남극으로 가는 건 용납할 수 없소. 전선을 벗어나는 건 사형감이야!"

상등병조의 외침에 선장은 미간을 찌푸렸다. 갑판장은 선장의 표정을 놓치지 않았다. 갑판장이 선장의 눈을 응시했다. 선장이 고개를 끄덕였다. 그러자 갑판장은 상등병조의 멱살을 잡았다.

"뭔가 착각하고 있는 거 같은데. 이 배는 당신 배가 아니야."

"이 배는 대일본제국 소속 특설 감시선이고, 나는 해군에서 파견된 군인이다."

두 배 이상 차이가 나는 체격에도 상등병조는 전혀 기죽지 않았다. 갑판장은 피식 웃었다.

"그래. 근데 네놈의 병정놀이에 장단을 맞춰줄 상황이 아니라고. 네놈이 갑판에서 그 지랄만 안 했어도 애초에 이 꼴은 당하지 않았다고."

갑판장은 상등병조에게 얼굴을 들이밀며 말했다. 상등병조가 허리춤에 찬 권총을 뽑아든 것은 그때였다. 개전 초기 필리핀 전선에서의 활약으로 천황으로부터 받았다는 권총은 그의 자랑거리였다. 권총의 상부에는 한자로 '하사(下賜)'라는 글자가 각인되어 있었다. 상등병조는 장전손잡이를 뒤로 당겼다.

"개 같은 새끼. 너 같은 놈들 때문에 우리가 전쟁에서 밀리는 거다. 정신 상태가 썩어 먹었어! 너 같은 놈들은 당장……"

하지만 상등병조는 말을 끝까지 마치지 못했다. 어느새 해부장이 소리 없이 상등병조의 목젖에 나이프를 대고 있었던 것이다.

"천하의 제국 해군이 주둥아리로 싸우시는군."

짧은, 그러나 팽팽한 정적이 찾아왔다. 먼저 입을 연 것은 선장이었다.

"다들 뭐하는 짓인가? 지금 선교에서."

그 말에서 상등병조는 다시 기세가 올랐다.

"니들, 니들이 지금 하는 짓은 반역이야! 반역! 내가 돌아가면 상부에 보고해서 다들 총살시켜버리겠어!"

"보고를 할 수 있겠습니까?"

해부장이 상등병조의 귓가에 속삭였다. 입은 웃고 있었지만, 눈빛은 살기를 품고 있었다. 수평사 운동을 하던 와중에 야쿠자와 싸움이 붙은 적이 있었다. 야쿠자의 중간 보스가 에타를 세워놓고 모욕을 한 자리에 수평사 운동원들이 쳐들어가 싸움이 일어났다. 경찰이 찾아왔을 때, 해부장은 드디어 이 깡패 놈들에게 본때를 보여줄 수 있다고 생각했다. 그러나 어이없이 체포된 것은 수평사 운동원들이었다. 부락민은 잠재적인 범죄자란 이유였다. 그때 이후부터 해부장은 제복 입은 것들을 믿지 않았다.

"대일본제국 해군의 상등병조 이노우에 마사다케. 협박 따위에 굴복하지 않는다!"

상등병조는 목에 핏대를 세우고 외쳤다. 선장이 싸늘한 미소를 지었다.

"그만들 하게."

선장의 말에 갑판장이 뒤로 물러섰다. 엉켜 있던 이등항해사와 주방장도 물러났다. 하지만 해부장은 여전히 칼을 목에 대고 있었다.

"그리고 상등병조님도 명심하실 게 있습니다. 이 배의 선장은 접니다. 특설 감시선으로 이 배의 임무나 군사적인 결정권은 어디까지나 상등병조님께 있습니다만, 배의 항로를 정하고 선원들을 관리하고, 항해를 하는 건 제 권한입니다. 정확히 말하자면 동원령에서 정한 소좌 대우로

서의 제 권한입니다. 제가 계급장을 받은 정식 장교는 아닙니다만, 함부로 월권하지 않으셨으면 좋겠습니다."

선장의 말에 상등병조는 갑판장을 겨누고 있던 총을 내렸다.

"알았소."

선장이 고개를 끄덕이자 해부장은 팔을 풀었다. 그리고 두 발짝 뒤로 물러섰다. 상등병조가 돌아서서 그를 노려보았지만 해부장은 실실거리는 웃음을 지을 뿐이었다. 그는 선교 밖으로 나가는 격실문을 향해 뒷걸음질쳤다.

"오늘 일은 반드시 보고하겠소."

그가 빠져나가고 격실문이 닫히자 해부장이 나지막이 말했다.

"그래. 돌아갈 수 있다면."

선장은 마치 아무 일도 일어나지 않았다는 듯, 무심한 표정으로 돌아섰다. 그리고 테이블에 놓인 해도 앞으로 다가갔다.

"저놈이 재수 없는 소릴 하고 있긴 하지만, 남위 62도라 해도 본국과 반대로 가는 건 현실적으로 무리다."

그러자 포수가 사정을 다 안다는 듯 씩 웃었다.

"어려운 일이지만 가야 할 이유가 하나 더 있습니다. 저놈이 들으면 지랄할 것 같아서 말하지 않았지만. 디셉션 섬에는 겨울이면 바다로 떠나지 않은 남극 물개들이 월동을 위해 모여듭니다. 따뜻한 섬이니까요."

선장의 눈빛이 변했나.

"얼마나 많이?"

"물개나 물범, 해표 모두 합친다면 족히 기천은 될 겁니다. 마음먹는다면 가죽으로 이 배의 선창을 가득 채우는 건 일도 아니죠."

선장은 손바닥으로 아래턱을 쓰다듬었다. 유키마루가 돌아가는 길에 성공적인 조업으로 선창을 가득 채운다 해도 할당량을 맞출 수 없었다. 원양어선 조업에서는 냉동선이 따라다니며 어획한 물고기들을 인수받는다. 아니면 현지에 물고기를 부리는 항구가 있기 마련이다. 최대한 바다에서 여러 번 물고기를 잡아 수익을 극대화하기 위해서였다. 그러므로 이제 와 조업을 하고 만선을 해 돌아간다 해도 선장의 예정된 파산을 막을 수 없었다. 돈을 갚지 못하면, 채권자들은 그의 심장이라도 뜯어먹을 터였다. 그러나 선창 가득 가죽을 채워간다면 이야기가 달랐다. 무역상들이 사할린 위쪽에서 이누이트들에게 사들인 가죽은 백화점에서 좋은 값에 팔렸다. 질 좋은 최상급 피혁 한 장은 고등어 백 상자 값과 맞먹었다. 더구나 엔진을 바꾸고 온다면 일본수산에서 그에게 유키마루의 수리비를 일방적으로 부담시킬 리도 없었다. 선장은 재빨리 머릿속에서 셈해보았다. 전쟁 전 미츠코시 백화점에서 할인가로 팔던 가죽들의 가격을 기준으로 따져보아도 기백 장, 혹은 기천 장의 피혁은 그를 빚의 올가미에서 풀어줄 것이 틀림없었다.

"만약 우리가 엔진을 고치러 간다면 얼마나 걸릴까?"

"엔진이 좋지 못해서 생각보단 시간이 오래 걸릴 겁니다. 추운 지역으로 가면 모르긴 해도 출력이 더 떨어질 테니까요."

"그래서?"

"빨라도 6월 중순은 넘어야 도착할 겁니다. 그러면, 넉넉잡아 수리에 한 달은 걸릴 거고……"

"일본으로 돌아오면 남방개발 대표단의 계약 기간은 끝나 있겠군."

선장은 혼잣말하듯 중얼거렸다.

"어차피 남방개발 대표단은 해체됐고, 몇 주 쉴 순 있겠지만 다시 징용될 겁니다. 제 생각에 거기 가서는 안 됩니다. 어떤 위험이 기다릴지 모르는 일 아닙니까. 예정 지역을 이탈한 문제를 놓고 나중에 책임 이야기도 나올 거고 배의 상태도 제대로 된 게 아니고요. 죽이 되든 밥이 되든 본토로 돌아가는 게 가장 좋은 방법 같습니다."

일등항해사는 완강하게 반대했다. 선장은 고개를 끄덕인 후 그에게 다가가 어깨를 두드렸다.

"남극에서 수릴 하고 돌아오면 난 깔끔하게 은퇴할 수 있을 거라네. 자네가 디셉션 섬으로 가는 항로를 짜보게."

선장의 은퇴. 이 말의 의미는 본국으로 돌아간다면 이 배의 선장 자리가 빈다는 뜻이었다. 다시 말해 일등항해사에게도 선장이 될 기회가 찾아온다는 의미이기도 했다. 고용 선장인 그가 이 배를 떠난다면 후임은 회사에서 결정할 터였지만, 전임 선장의 발언이 선택에 결정적인 영향을 미칠 것이었다. 일등항해사는 입을 다물었다.

이렇게 유키마루의 항로는 결정되었다. 선원들은 각자의 위치로 돌아갔고, 이등항해사가 타륜을 잡고 있는 동안 일등항해사는 해도 테이블에 앉아 항로를 짜기 시작했다.

여자

일등항해사가 폴리네시아를 경유하는 항로를 계획한 것은 식수 탓
이었다. 무역풍 지대를 빠져나가면 더는 열대성 호우에 기대어 식수를
채울 수 없었다. 어딘가 정박해 물을 구해야 했지만 태평양에 사람이
살 만한 큰 섬은 모두 연합군의 손 아래에 있었다. 그래서 택한 것이 폴
리네시아 제도였다. 그곳에는 해도에도 나오지 않는 작은 섬들이 수없
이 흩어져 있었고, 프랑스 령은 비교적 감시가 소홀할 것이라는 계산에
서였다. 그렇게 유키마루는 폴리네시아에 도착해, 해도에 나오는 큰 섬
들을 피해, 물이 나올 만한 작은 무인도를 찾았다. 먼 거리에서 섬을 감
시하고 야음을 틈타 보트를 내려 상륙해가며 나흘을 헤맨 끝에 사람이
마실 만한 작은 샘이 있는 무인도를 찾았다. 그리고 예상치 못한 일이
벌어졌다.

"섬에 상륙하기 직전 배를 타고 지나가는 부부로 추정되는 원주민 남녀를 발견했습니다. 선택의 여지가 없었습니다. 여기는 프랑스 령이니 돌아가면 프랑스인들에게 우릴 본 걸 보고할지도 모르고 그렇게 되면 미국인들 귀에 들어가지 않을 리 없지 않습니까."

폴리네시아에서 유키마루가 정박한 섬은 해도에도 나오지 않는 작은 섬이었다. 지름 80미터 남짓의 작은 섬 두 개가 500미터쯤 떨어져 나란히 마주 보고 있는 곳이었다. 두 섬은 같은 환초군에 속해 있었고, 동쪽 수평선 끝으로 보이는 흩어진 열도의 끄트머리에 위치해 있었다. 오른쪽에 있는 섬에서 물을 발견했으므로 왼쪽 섬은 갈 필요가 없었지만, 혹시 사냥할 만한 동물이 있을지 모른다는 이유로 포수와 갑판장이 선원 둘을 데리고 이웃 섬으로 떠났었다. 그리고 저녁식사를 마쳤을 무렵 돌아온 그들의 보트에는 원주민 여자가 실려 있었다.

"남자는 저항이 심해 죽일 수밖에 없었습니다. 여자는…… 인도적인 차원에서 데리고 왔습니다."

선원들이 지켜보는 가운데 갑판장은 이렇게 말하며 미소를 지었다. 좋은 게 좋은 것 아니겠냐는 미소였다. 마침 선교 앞에 나와 있던 선장은 귀찮다는 표정으로 고개를 끄덕인 후 선장실로 내려가버렸다. 대부분의 선원들은 알지 못했지만 선장은 일본인이 아닌 모든 유색인종을 혐오했다. 따라서 원주민 여자는 그에게 일종의 동물이나 다름없었다. 선장은 갑판장이 섬에서 원숭이 한 마리를 잡아왔어도 크게 다른 반응을 보이지 않았을 터였다. 선장에게 암묵적인 동의를 얻은 갑판장은 알 듯 말 듯한 미소를 머금은 채 여자를 자신의 선실로 데려가려 했다.

"어떻게 할 생각입니까?"

그때 일등항해사가 갑판장을 막아섰다. 갑판장은 황당하다는 표정으로 되물었다.

"어떻게 할 생각이라니요?"

"이 여자를 데려가서 뭘 할 거냐고요?"

겁에 질린 원주민 여자는 눈을 동그랗게 뜬 채 떨고 있었다. 갑판장은 묘한 미소를 지었다. 알 만한 사람이 왜 그러느냐는 미소였다.

"그럼 어떻게 할까요? 지금 당장 죽일까요? 아니면 풀어줘서, 우리의 위치를 적에게 알릴까요?"

"어찌 됐건 허가된 인원 외에 배에 더 태울 수 없습니다."

"선장님이 별말이 없었는데도?"

"네. 선장님이 답하지 않았다 해서 괜찮다는 의미가 아니라는 것쯤을 알고 계실 텐데요."

두 사람은 서로의 눈을 노려보았다. 유키마루에서 내내 두 사람 사이에 보이지 않는 알력이 있었다. 어업학교 출신인 일등항해사는 젊었지만, 유키마루에서 서열이 갑판장보다 위였다. 일등항해사가 나름 선을 지켰지만, 그렇다고 해서 갑판장이 그의 명령을 받는 근본적인 구조는 변함이 없었다. 더구나 갑판부와 항해부는 소소한 일로 충돌할 일이 많았고, 깐깐한 일등항해사가 규정을 들고 나와 시비를 따지는 일이 많았기에 충돌할 수밖에 없었다.

"그럼 방법은 하나뿐이네."

갑판장은 구경하고 있던 포수에게 다가가 들고 있던 38식 소총을 빼앗았다. 그리고 일등항해사에게 내밀었다.

"직접 해결하시죠."

일등항해사는 총과 여자의 얼굴을 번갈아 보았다.

"해결하시라고요."

갑판장은 다그쳤다. 죽이라는 뜻이었다. 선원들이 일등항해사의 얼굴을 살피며 마른침을 삼켰다. 원주민 여자는 눈물이 젖은 눈을 깜빡이고 있었다. 일등항해사는 아랫입술을 깨물었다. 갑판장의 선실에 들어가는 순간 그녀에게 무슨 일이 벌어질지는 불을 보듯 뻔했다. 일등항해사는 생각했다. 그것이 죽음보다 나을까. 일등항해사는 갑판장의 눈을 보았다. 자신감 넘치는 갑판장의 표정에 거의 반사적으로 소총을 견착했다. 총구는 여자를 향했다. 겁에 질린 여자의 눈동자가 떨렸다. 일등항해사는 천천히 심호흡하고는 노리쇠를 당겨 총알을 장전했다. 웅성거리던 갑판이 순식간에 고요해졌다. 일등항해사의 손가락이 방아쇠에 걸렸다. 그는 마른침을 삼켰다. 원주민 여자는 자신의 운명을 예감한 듯 눈을 감았다. 귀밑머리를 따라 식은땀이 흘러내렸다. 밤바다의 파도소리가 고요한 갑판 위로 넘어왔다 밀려가기를 반복했다.

그러나 끝내 방아쇠를 당기지는 못했다.

총구가 다시 갑판을 향하자 갑판장의 얼굴에는 승리의 미소가 떠올랐다. 그는 생글거리며 원주민 여자의 손을 잡아챘다. 그리고 그녀를 끌고 선실로 내려갔다. 일등항해사는 고개를 돌렸다. 선원들이 일제히 자신을 쳐다보고 있음을 깨달았다. 그는 포수에게 총을 내밀었다. 포수는 말없이 총을 받아 노리쇠를 한 번 더 당겨 장전된 약실의 탄을 빼냈다. 일등항해사는 돌아섰다. 아무렇지도 않은 척하며 선교로 걸어갔지만 불안감과 패배감이 뒤섞여 일등항해사에게 길고 쓴 뒷맛을 남겼다.

배에서는 미묘한 변화가 일어나기 시작했다. 첫 번째 변화는 선원들 사이가 좋아진 것이었다. 지금까지 유키마루에서는 상급선원과 하급선원, 내지인과 외지인, 그리고 각 나라 민족별로 물과 기름 같은 뚜렷한 경계가 있었다. 하지만 몇몇 사내들을 중심으로 그 경계가 희미해졌다. 그 경계가 희미한 사람들이 갑판장의 선실에 들락거리는 사람들이라는 걸 일등항해사는 이내 눈치챘다. 여자가 배에 탄 이후, 일찍이 없었던 화목한 분위기가 유키마루에 감돌고 있었다. 같은 여자와 잤다는 이유로 동질감을 느낄 정도로 뱃사람들에게는 단순하고 일그러진 수컷의 본능이 있었다. 그들은 모여서 여자 이야기를 했으며, 아직 갑판장의 선실에 가보지 못한 선원들을 사내답지 못하다고 비웃었다. 일등항해사 역시 뭍에 있는 동안은 선원들을 데리고 몇 번인가 유곽에 들락거렸었다. 그러나 갑판장의 선실에 있는 여자는 자발적으로 온 것도 아니며, 직업적인 이유에서 일을 하는 것도 아니었다. 일등항해사는 애써 모른 척했다. 안다면 나서야 했고, 이미 갑판장에게 이 문제를 가지고 한 차례 패배한 터였다. 안타깝긴 했지만 이름도 모르는 여자를 위해 자존심과 신망을 건 싸움을 다시 벌일 순 없었다.

처음엔 밤마다 열린 현창으로 여자의 울음소리가 들렸다. 동정 어린 표정으로 그 소리를 듣던 선원들도 2, 3일이 지나자 짜증을 내기 시작했다. 결국 누군가 갑판장에게 여자를 조용히 시키라고 항의했고, 갑판장은 선실로 내려가 주먹으로 해결했다.

여자가 울지 않게 된 후, 저녁식사를 끝내고 갑판에 나가면 난간에 기대어 있는 여자의 모습을 볼 수 있었다. 아마도 울지 않는 대가로 받은 보상인 모양이었다. 바다를 내려다보는 그녀의 모습은 금방이라도 바닷속으로 사라질 것처럼 위태로워 보였다. 일등항해사는 궁금했다. 무엇이 그녀를 버티게 하는 것일까?

"여자 배를 봐라, 이 병신아. 애를 낳았던 여자잖아."

"그럼 애는?"

"모르겠냐? 뻔하지. 데려오기 전에 쓱싹한 거지."

"직접 들었어?"

"들어야 아냐. 그때 갑판장이랑 같이 갔던 포수랑 다른 사람들도 정확히 그 섬에서 무슨 일이 있었는지 말해주지 않잖아. 척하면 척이지."

일등항해사도 선원들이 수군거리는 걸 들을 수 있었다. 하지만 이 역시 추측일 뿐이었다. 그가 아는 한 여자를 놓고 벌어지고 있는 이상한 일은 아무것도 없었다. 공식적으로 문제 삼을 수 있는 일은 아무것도 없었다. 물론 알고 싶지도 않았다. 따라서 그는 더는 여자 문제에 나서지 않기로 했다. 그래야 문제가 생기면 갑판장이 멋대로 저지른 것이라 둘러댈 수 있었으니까.

일등항해사를 잠에서 깨운 것은 총소리였다. 처음에는 꿈을 꿨다고 생각했다. 멍한 상태에서 눈을 뜬 채 어둠을 응시했다. 그는 이불을 끌어올린 후 다시 눈을 감았다. 그때 복도에서 사람들의 발소리가 울렸다. 그제야 일등항해사는 무슨 일이 벌어졌음을 깨달았다. 뒤늦게 복도에 나왔을 때는 이미 많은 선원들이 갑판장의 선실 앞에 모여 있었다. 일등항해사는 순간적으로 갑판장이 죽었을지도 모른다는 생각을 했다. 하급 선원들에게 그토록 미움을 받는 그에게 어쩌면 언젠가 벌어질 일이었다. 일등항해사는 선원들을 가르며 선실문에 다가가려 서둘렀다. 하지만 문 앞에 도착했을 때, 거짓말처럼 복도 맞은편의 상갑판으로 이어지는 계단에서 서둘러 내려오고 있는 갑판장과 눈이 마주쳤다.

일등항해사는 서둘러 선실 안으로 들어섰다. 피비린내와 화약 냄새가 먼저 그를 반겼다. 갑판장의 침대에는 벌거벗은 상등병조가 관자놀이를 주무르며 앉아 있었고 그 앞에는 벗은 여자가 쓰러져 있었다. 두 눈 사

이에 검붉은 구멍 하나가 뚫려 있었고, 바닥에는 피가 고여 있었다. 상
등병조의 옆에는 천황으로부터 하사받았다는 국화 음각이 새겨진 권총
이 놓여 있었다. 고개를 든 상등병조는 자신을 바라보는 선원들의 시선
을 보며 변명하듯 말했다.

"이, 이, 이년이 내 권총을 훔쳐서 날 쏘려 했다고. 다행히 안전장치가
걸려 있기 망정이지. 아니었다면 난 죽었을 거야."

그때 누군가 일등항해사를 제치고 선실 안으로 들어섰다. 갑판장이었
다. 그는 쓰러진 여자와 상등병조를 번갈아 바라보았다. 상등병조는 갑
판장을 보며 앵무새처럼 같은 말을 반복했지만 이번엔 말을 채 끝마치
지 못했다. 갑자기 주먹이 날아왔던 것이다.

"미친 변태 새끼!"

상등병조가 비틀거렸다. 갑판장은 또다시 달려들려 했다. 그러나 상
등병조는 자세를 바로잡기 무섭게 권총을 갑판장에게 겨눴다.

"씨발, 이년이 먼저 달려들었다고! 아니면, 내가 왜 죽이겠어. 왜 죽이
겠냐고!"

눈앞에 총구가 있었지만 갑판장의 위세는 조금도 꺾이지 않았다.

"한 번도 이런 일이 없었어. 그런데 먼저 달려들었다고?"

"그래!"

"변태 새끼! 이걸 보고도 그런 말이 나와!"

갑판장은 바로 누운 여자의 오른쪽 가슴을 발로 밀었다. 가슴에는 이
빨 자국이 남아 있었다. 상처에서 피가 배어나올 정도로 자국은 깊었
다. 흔적은 그것만이 아니었다. 죽은 여자의 목에도 선명한 손자국이
있었다.

"감히 누구 껄 손대!"

당황한 상등병조의 눈빛이 흔들렸다. 갑판장은 다시 달려들었다. 총을 든 상등병조의 오른손 손목을 왼손으로 붙잡은 채, 오른쪽 주먹을 상등병조의 얼굴에 몇 차례나 꽂아넣었다. 상등병조는 왼손으로 주먹을 막으려 했지만 체격 차이 때문에 아무런 소용없었다. 순식간에 상등병조의 얼굴은 피투성이가 되었다. 그래도 그는 끝까지 권총을 놓지 않았다. 언제 발사될지 모를 총구는 위태롭게 흔들렸다. 겁에 질린 선원들은 문밖에서 우 하고 물러섰다. 갑판장은 주먹을 치켜들었다. 누군가 일등항해사를 제치고 선실로 들어섰다. 그러고는 갑판장의 손목을 잡았다.

"그만!"

갑판장은 고개를 돌렸다. 선장이었다.

"이 새끼가 내 여자를……"

갑판장은 사정을 설명하려 했다. 하지만 선장은 말을 끊었다.

"어서 치우고, 다들 잠자리로 돌아가라."

그것은 갑판장에게 하는 말이 아닌 선원 전체에게 하는 말이었다. 선장은 죽은 여자를 마치 쓰레기라도 되는 것처럼 발끝으로 밀었다.

"이건 애초에 배에 탄 적이 없었고, 난 아무것도 못 봤다. 그리고 오늘이 배에서는 아무 일도 일어나지 않았고."

"그렇지만."

"명령이다."

상등병조는 피와 함께 이빨을 내뱉었다. 다시 갑판장은 주먹을 치켜들었다.

"히바, 히녀히 머저 그래다고."

금방이라도 울 듯한 표정으로 상등병조는 이렇게 말했다. 일등항해사가 나섰다.

"그만하시죠."

그는 고개를 돌려 구경하고 있는 선원들에게 명령했다.

"둘은 이 여자를 갑판으로 치우시고 둘은 물걸레 가져와서 여기 좀 닦으세요."

그리고 아직도 손목을 잡고 있는 갑판장의 손을 풀었다. 놓지 않으려 했지만, 이미 그를 사로잡았던 분노는 한풀 꺾여 있었다. 손가락 하나하나를 떼어 팔을 풀자 갑판장은 애써 다시 잡으려 하지 않았다. 선장은 바로 몸을 돌려 선실 밖으로 나가버렸다.

"모시고 주방장한테 가서 치료해달라고 하세요."

일등항해사는 대만인 선원 하나를 붙여 상등병조를 선실 밖으로 내보냈다. 그리고 분을 삭이지 못하는 갑판장의 어깨를 툭툭 두드리며 위로했다.

"이미 지난 일 아닙니까. 나중에 어떤 식으로든 조치가 있을 겁니다."

갑판장은 신경질을 부렸다.

"놔. 비키라고."

일등항해사는 미간을 긁적이며 낮은 목소리로 말했다.

"제 선실 침대 밑에 나무상자 보시면 바닥에 정종 병 하나 있을 겁니다. 애들이 청소하는 동안 그거라도 좀 드세요."

갑판장은 재수 없다는 듯이 죽은 여자의 몸에 카악 하고 가래침을 뱉었다. 치켜뜬 눈 사이에 총구가 나 있는 여자는 아무런 미동도 없었다. 여자가 배에 탄 지 2주 만에 벌어진 사단이었다. 일등항해사는 이상한 죄책감에 휩싸였다. 처음 갑판장이 여자를 데려왔을 때 자신이 총을 쏘았고, 그 총알이 먼 밤바다를 헤매다 지금 그녀의 미간에 꽂힌 것인지도 모른다는 생각이 들었다.

선생은 여자의 상반신을 들고 있었고, 정섭은 두 다리를 들고 있었다. 두 사람이 통로를 따라 걷는 동안 정섭의 시선은 한곳에 고정되어 있었다.

"내가 그쪽을 들까?"

선생이 물었다. 정섭의 얼굴은 붉어졌다. 시신이라 해도 벗은 이성의 몸을 보는 것은 처음인 모양이었다.

"네."

두 사람은 갑판으로 나가는 문 앞에서 들고 있는 위치를 바꿨다.

"고향에 정인은 있나?"

"아니요."

선생은 얼굴이 붉게 상기된 정섭을 보고 미소를 지었다. 그리고 문득 정섭의 나이에 이미 자신은 결혼했었음을 깨달았다. 얼굴도 보지 못하고 한 결혼이었고 신방을 차린 뒤, 한 달 만에 일본으로 유학을 떠났었다. 그런 자신을 위해 부인은 어린 아들을 키우며 8년이나 독수공방했다. 그 시절에는 그것이 뭘 의미하는지도 모른 채, 일본에서 사귄 애인과 열심히 놀러 다녔었다. 어머니는 아내에게 모든 것이 팔자소관이라고 말했다.

두 사람이 갑판으로 죽은 여인을 옮기는 동안 시신은 눈을 치켜뜬 채 탁한 시선으로 밤하늘을 바라보고 있었다. 선생은 생각했다. 어떤 운명이 그녀를 이곳에까지 끌고 와 이름 없이 죽게 만들었을까? 아니, 실은 이것은 운명이 아니었다. 자신의 부인이 무작정 남편을 8년간 기다린 것이 팔자가 아니었던 것처럼. 이것 역시 어떤 선택의 결과였고, 욕망이 초래한 비극이었다. 그 사실을 비겁한 이들이 운명이란 단어로 회피하고 있을 뿐이었다. 물론 인간에게는 누구나 어쩔 수 없는 순간이 있다.

하지만 그 어쩔 수 없는 순간은 대개 수많은 어쩔 수 있는 순간들의 무심한, 혹은 안이한 선택 끝에 찾아오곤 하는 것이었다. 일등항해사와 갑판장의 싸움에서 어느 편에도 서지 않았던 침묵과 같은, 방식으로 말이다.

"이름이 뭐였을까?"

"이름이 무슨 상관입니까. 이미 죽었는데."

"안타까워서 그렇지. 그래도 한 사람의 아내이고 엄마였을 텐데."

정섭은 믿을 수 없이 냉혹한 표정으로 말했다.

"저는 솔직히 이해가 안 가요. 자신의 가족을 죽인 원수들에게 그런 꼴을 당하며 어째서 계속 참았던 건지."

선생은 말하고 싶었다. 너 역시 조선이란 나라를 없앤 일본인들 밑에서 이런 꼴로 일하고 있지 않느냐고. 하지만 말하지 않았다. 어떤 것들은 모르는 채로 지내는 것이 덜 고통스러우니까. 이미 정섭은 이곳에 끌려오며 또래에 비해 너무 많은 고통을 받았다. 선생은 생각했다. 왜 고통받는 사람들이 오히려 타인의 고통에 무감한 것일까? 고통받는 사람들은 타인의 고통을 보며 생각한다. 겨우, 그걸 가지고!

그것은 선생이 애초에 믿었던 윤리관에 반하는 일이었다. 선한 약자와 악한 강자는 그가 배웠던 문학의 원형이었다. 그러나 유키마루에서 생활하며 선생은 그것조차 어떤 당위일 뿐이라는 사실을 깨달았다. 약자들은 왜 서로를 수렁으로 밀어넣는 것일까? 그것에 대해서라면 갑판장은 아마 이렇게 말하리라. 조선인의 성품이 원래 그렇다고. 하지만, 운명에 순응하며 사는 조선인의 무기력함은 그들이 속해 있는 시대와 정부의 교육의 산물이었다. 자신의 운명에 저항하고 개척한 이들은 범죄자로 낙인찍혀 만주나 중국 대륙에서 군인들에게 쫓기고 있었다. 갑판장은 조선인들에게 나라를 말아먹은 족속이라거나, 게으르고 무력한 종자들이라 불렸지만, 실은 그렇게 행동하지 않으면 일신의 안위를 보장받기 힘들었다. 자신이 단 한 번의 선택으로 배를 탈 수밖에 없었던 것처럼.

일본인들은 말을 잘 듣고 무기력한 한 무리 초식동물 같은 식민지의 조선인을 원했던 것이다. 선생은 그것을 일본으로 유학을 떠나는 길에서 배웠다. 부관연락선을 타기 위해 줄을 서는 곳부터 일본인과 조선인은 갈렸고, 조선인들은 빈부와 상관없이 3등 선실에 짐짝처럼 실렸다. 학업은 더했다. 조선의 보통학교 졸업은 일본에서 아예 학력으로 인정해주지 않았다. 아이러니하게도 선생이 대학에서 배웠던 것은 부조리에 싸우는 인간과 그것의 숭고함에 대한 이야기들뿐이었다. 하지만 이 배에서 실상 자신은 부조리와 싸우는 것이 아니라, 부조리에서 끊임없이 자신의 안위를 지키는 법을 고민하고 있었다. 부조리와 싸워야 한다는 당위는 대학에서 배웠지만, 그렇게 행동할 경우 닥쳐올 일에 대해서는 유키마루가 온몸으로 경험하게 하고 있었던 것이다.

"삶은 네가 생각하는 것보다 훨씬 복잡하단다. 누가 이 여자의 삶을 함부로 말할 수 있겠니."

"저라면 이 꼴로 당하지 않을 겁니다. 무슨 수를 써서라도요."

선생은 말하고 싶었다. 이미 너는 네가 생각하는 것 이상으로 이 여자와 다를 바 없단다. 하지만 그 역시 말하지 않았다. 자신이 느끼는 무기력함과 괴로움을 이 젊고 아름다운 아이에게까지 느끼게 하고 싶지 않았던 것이다.

밤바람을 맞으며 일등항해사는 선생과 정섭이 여자를 바다에 던져

넣는 광경을 바라보았다. 바다는 탐욕스럽게 여자의 몸뚱이를 집어삼켰다. 이로써 그녀의 존재는 지워졌고, 그녀는 존재하지 않았던 존재가 됐다. 유키마루의 선원들의 죄는 공모 속에 사라졌다. 적어도 그 순간에는 그렇게 보였다.

도화선

끝내 이름조차 알 수 없었던 여자가 죽은 이후, 상등병조는 배에서 노골적인 따돌림을 당했다. 하지만 상등병조는 상관하지 않았다. 어차피 그에게 선원과의 관계 따위는 안중에도 없었으니까. 마치 선장과 자신이 같은 급인 양 으스대는 그의 모습을 모두 욕했지만 평판 따윈 상등병조에게는 무의미한 일이었다. 그는 천황의 은총을 받는 대일본제국 소속 해군이었으니까. 다른 선원들은 그에게 논할 가치도 없는 존재였다. 그리고 그것이 문제였다.

그는 끊임없이 자신과 급이 맞는 선장에게 남극행에 대해 불만을 표하고, 설득하려 했다. 전쟁 중인 조국을 두고 남극에 가는 것을 그는 납득할 수 없었다. 그에게는 당시 제국군들이 앓고 있던 일종의 과대망상 같은 것이 있었다. 제국 전체가 자신을 원하며, 자신이 없으면 일본이 전쟁에 질 것이라는 광적인 믿음이 바로 그것이었다. 그런 군인들 덕분에 레이테 해전에서 수많은 젊은이들의 시신이 바다를 가득 덮었고, 지치지마에서는 섬 전체의 군인들이 옥쇄를 준비했다. 천황은 신이었고, 그런 신의 명령을 받아 나간 전쟁에서 정의란 목숨을 바치는 것이었다. 그런 그에게 남극으로 향하는 유키마루는 용서받을 수 없는 대역죄를 저지르고 있는 셈이었다.

선장 역시 설득을 포기했던 것은 아니었다. 배를 고쳐서 돌아가는 것이 대일본제국의 황은에 보답하는 길이라 주장하며, 싸우기 위해서는 살아남아야 한다고 말했다. 그러나 상등병조에게 그것은 겁쟁이들의 논리였다. 그에게 전쟁은 총이나 폭탄으로 하는 것이 아니라 정신으로 하는 것이었다. 따라서 배의 고장 따위는 무사 정신만 있으면 극복할 수 있는 것이었다. 노를 저어서라도 천황을 위해 싸우러 가지 않는 것은 불충이라는 게 상등병조의 생각이었다. 결국 두 사람의 대립은 배가 편서풍이 불기 시작하는 남태평양의 끝단에 도착할 때까지 계속되었다.

남태평양에서 남빙양으로 넘어가는 바다는 세계에서 가장 거친 바다였다. 일단 편서풍이 육지의 저항 없이 고스란히 바다에 몰아치며 파도를 일으켰고, 덕분에 맑은 날에도 파고는 4, 5미터가 예사였다. 뱃사람들 사이에서는 울부짖는 40도, 사나운 50도, 광분하는 60도란 이야기가 있다. 그만큼 극으로 가는 바다는 거칠었다. 그런 남위 40도에서 50도 사이의 바다를 반쪽짜리 고장 난 엔진으로 항해한다는 것은 기관부와 항해부 선원 모두를 긴장시키는 일이었다. 갑판장은 갑판장대로 안전 밧줄을 갑판에 설치했고, 기관장은 선원 둘을 차출해 마지막 점검을 했다. 일등항해사는 바람과 해류를 계산해 사우스셰틀랜드 제도까지 이 험한 바다를 최단거리로 주파하는 항로를 짰고, 선장은 이 모든 일을 점검하고 확인했다. 따라서 끊임없이 달라붙는 상등병조의 존재는 선장에게는 거추장스러운 짐과도 같았다.

그 무렵 상급선원들은 저녁마다 모두 모여서 남빙양으로 들어가는 난바다를 어떻게 통과할지 최종 점검을 하곤 했다. 선장에게는 상등병조를 피할 좋은 구실이 생긴 셈이었다. 전적으로 항해에 관련된 일이었기에 선장은 사관급 이하 선원은 선교에 출입금지를 명했다. 상등병조는 엄밀하게 말해 사관은 아니었다. 따라서 상등병조가 선장에게 항의할 방법이 없어진 셈이었다. 초조해진 상등병조는 선교 주변을 맴돌았다. 하지만 뻔히 창 너머로 보이는 그의 모습을 선장은 애써 무시했고, 그런 둘의 숨바꼭질은 어찌 보면 우스워 보이기까지 했다. 만나지 못하게 되자 높아지는 파도만큼 둘 사이의 긴장감 역시 높아졌다. 참지 못하고 먼저 선을 넘은 것은 상등병조였다.

그날은 늦게까지 회의가 이어졌다. 이등항해사가 선교를 지키는 가운데 나머지 사관급 선원들은 식당에 모여서 늦은 저녁식사를 했다. 다들 식사에 정신 팔린 사이, 상등병조는 그 기회를 놓치지 않았다. 선장이 선교 밖으로 나오기를 기다리고 있던 상등병조는 하얀색 해군 정복을 입고 식당에 나타났다. 허리에 찬 칼집을 덜거덕거리며 들어온 그는 선장이 식사하는 테이블 옆에 멈춰 섰다. 식당에 있는 모든 사람들의 시선이 두 사람에게 향했다.

"황은에 보답하기 위해 칠생보국의 정신으로 지금 당장 본토로 귀환해야 합니다."

상등병조는 비장한 말투로 말했다. 선장은 고개조차 돌리지 않은 채 밥을 먹으며 무감한 목소리로 답했다.

"쓸데없이 죽음을 자초하는 건 황은에 보답하는 게 아닙니다."

그러자 그는 정복 허리에 찬 칼을 뽑아들었다. 그가 찬 칼은 공장에서 찍어낸 40센티미터 남짓의 짧은 직도였지만, 정성스럽게 관리한 탓에 날이 시퍼렇게 서 있었다.

"임무는 산처럼 무겁지만 군인의 목숨은 깃털처럼 가벼운 법."

그는 뽑은 칼을 선장의 식판 옆에 꽂았다. 입으로 들어가던 선장의 젓가락이 멈췄다.

"목숨은 잃으면 그만입니다."

식당 안에 정적이 감돌았다. 선장은 표정 하나 변하지 않고 먹던 밥을 계속 먹었다. 그리고 마치 깜빡 잊었던 것이 기억났다는 듯한 말투로 일등항해사에게 말했다.

"회의했던 거 마저 정리해야 하니까 식사 후 사관급 선원들은 선교로 다시 집합하도록."

선원들 사이에 빠르게 눈빛이 오고 갔다. 갑판장이 상등병조의 멱살을 잡았고, 기관장이 칼을 빼앗았다. 식당 안에서 고성이 오가는 동안 선장은 식판에 남은 식사를 아주 천천히 마쳤다. 너무나 태연하게 밥을 먹어서 섬뜩할 지경이었다.

사관들은 선교 안에서 일렬로 선 채 선장을 기다리고 있었다. 문이 열리고 선장이 들어왔다. 그는 한 줄로 늘어서 선원들을 쓰윽 둘러보고는 평소와 같은 목소리로 말했다.

"준비는 아까 회의한 대로 할 거고, 내일 같은 시간에 회의 내용대로 준비됐는지 점검할 거야. 갑판장은 통로 따라서 안전 로프 설치하는 거, 매듭 제대로 묶었는지 꼭 확인하도록."

"네."

"자네는 이리 와봐."

선장은 일등항해사에게 다가오라고 손짓했다. 일등항해사는 깊은 숨을 들이쉬고는 선장에게 다가갔다. 그러고는 이를 악물었다. 선장은 그의 뺨을 있는 힘껏 때렸다. 일등항해사는 두어 걸음 뒤로 밀려났다. 머리가 젖혀질 정도로 강하게 맞았지만 일등항해사는 재빨리 다시 똑바로 자세를 고쳐잡았다.

"내일 식당에서 밥을 먹을 거다."

선장은 헝클어진 머리를 쓸어올리며 이렇게 말했다.

"네."

일등항해사 뺨에는 선명한 손자국이 남아 있었다.

"무슨 소린지 알지?"

"네."

선장이 돌아섰다.

"그럼 수고들 해."

선장이 선교 밖으로 나서자 일등항해사는 한 손으로 붉게 달아오른 뺨을 감쌌다. 그는 고개를 숙이고 훅 하고 한숨을 내쉬었다. 그리고 바닥에 침을 뱉었다. 침이 붉었다. 입안이 찢어진 모양이었다. 일등항해사는 허리를 펴 자세를 꼿꼿이 세운 후 손가락을 까딱거리며 갑판장을 불렀다. 갑판장이 다가오자 진근한 친구처럼 목에 팔을 돌렸다. 그리고 갑판이 잘 보이는 선교의 앞 유리 쪽으로 갑판장을 데리고 갔다.

"저보다 배도 오래 타시고, 나이도 많으시고, 그래서 제가 평소에 존중해드리는 거 잘 아시죠."

"네."

일등항해사는 어떤 배려라도 하는 양 현창 앞으로 갑판장을 데리고 갔지만, 선교 안이 너무 조용한 탓에 다른 사람들 모두 두 사람의 이야기를 들을 수 있었다. 그리고 그 사실을 두 사람 다 알고 있었다.

"그런데 일을 그따위로 하는 겁니까? 내가 개새끼 대하듯, 하시는 일을 일일이 검사하고 지시할까요?"

"그래도 군인이라……"

"그 개새끼가 장교라도 되는 겁니까? 하사관 나부랭이 아닙니까. 그놈은 저기 있는 이등항해사 밑이에요. 사관도 아니란 말입니다."

"네."

일등항해사는 갑판장의 어깨를 두드렸다.

"하사관급인 새끼 하나 관리 못해서 이게 뭡니까. 제대로 하세요. 제가 저보다 연배도 높으신 갑판장님 밑을 닦아드려야겠습니까?"

일등항해사는 미소를 지었다. 갑판장은 마른침을 꿀꺽 삼킨 후 쥐어짜내는 목소리로 답했다.

"아닙니다."

"아실 만한 분이. 바보처럼 그러십니까."

일등항해사는 마치 어린아이에게 하는 것처럼 갑판장의 옷매무새를 다듬어주었다.

"잘하세요. 그럼 내일까지 부탁드리겠습니다."

이렇게 말한 일등항해사는 아무 일도 없었다는 듯 돌아서서 이등항해사에게 말했다.

"나 잠깐 세수 좀 하고 올 테니까, 그 사이 자리 지켜줘."

일등항해사 역시 선장처럼 선교에서 나갔다. 현창 앞에 서 있다가 돌아서는 갑판장의 얼굴은 마치 술에 취한 사람처럼 붉게 물들어 있었다.

다른 배에서도 항해사와 갑판장 사이에 긴장감은 있었다. 일반 선원으로 경험을 쌓아 오를 수 있는 최고의 자리가 갑판장이었고, 본격적으로 공부를 해 오를 수 있는 사관의 가장 높은 자리는 일등항해사였다. 그 때문에 늘 갑판장들은 항해사들을 바다에 대해 경험도 없는 풋내기 취급을 했고, 항해사들은 갑판장을 무식한 노무장쯤으로 생각했다. 그러나 동시에 서로 무시할 수 없는 각자의 직책과 위신이 있었기에 직접적으로 충돌하는 경우는 많지 않았다. 유키마루에서는 여자의 처우를 놓고 나름의 충돌이 있었지만, 여자가 죽고 일등항해사가 마무리를 잘한 탓에 갈등은 표면으로 드러나지 않았었다. 일등항해사가 뺨을 맞은 사건은 나름 큰일이었지만, 그 책임을 이렇게 노골적으로 다른 사람이 보는 앞에서 갑판장에게 따질 필요는 없었다. 이를테면 이 일은 일등항해사에겐 지난번 폴리네시아 여자 사건의 복수였던 셈이었다. 이누치쿠쇼, 바카, 보케, 쿠소타래까지, 일등항해사는 욕이란 욕을 모두 일상적인 존대에 녹여 정중하게 열다섯 살이나 많은 갑판장을 선원들 앞에서 모욕한 셈이었다. 그리고 그 효과는 즉각 나타났다.

다음 날 새벽, 선미 갑판에서 상등병조가 아침을 준비하기 위해 일어나 있던 주방장에게 발견되었다. 오물을 뒤집어쓴 채, 코뼈와 눈 밑 광대가 주저앉을 정도로 폭행당한 상등병조는 그날 이후 선실 밖으로 나오지 않았다. 무슨 일이 있었는지 물었지만, 절대 답히지 않았다. 그리고 배를 본국으로 돌려야 한다고 주장하거나 선장 앞에 얼쩡거리는 일도 없어졌다. 배에서 이상한 소문이 돌기 시작했다. 상등병조가 조선인에게 당했다는 소문이었다. 일본인들 사이에 불만이 쏟아졌지만 이상할 정도로 이 문제는 빨리 조용해졌다.

이틀 뒤 갑판부에서 정섭과 상구가 기관부로 발령을 받았다. 이유는 거친 파도 때문이었다. 기관실의 하나뿐인 엔진은 파도를 넘나드는 탓에 무리를 하고 있었고, 언제 꺼질지 몰랐다. 때문에 선원들이 상주해야 했고, 정섭과 상구가 차출된 것이었다. 그것을 제외하고는 특별한 일은 없었다. 격랑이 몰아치는 바다에서 유키마루는 하나뿐인 엔진으로 휘청거리며 앞으로 나갔다.

극해

    남극해에 도착한 것은 6월 말이었다. 남위 50도선을 넘자 폭풍은 거 짓말처럼 잦아들었다. 파도가 잠잠해지자 안개가 몰려왔다. 찬 공기에 닿은 바다는 하얗게 수증기가 피어올랐다. 모습만 보면 유키마루는 따뜻한 온수 위를 항해하는 것 같았다. 하지만 실제로는 4°C 이하의 얼음장 같은 바다였다. 공기는 한층 차가워졌고, 부빙들이 출몰했다. 잠시 한눈을 팔면 빙하와 충돌해 배는 차가운 바닷속으로 사라질 수도 있었 다. 안개가 너무 짙어 선교에선 뱃머리를 보기도 어려웠으므로 선원들 은 선수루 갑판에서 교대로 빙하를 감시하는 근무를 섰다. 바다는 안개 만큼이나 잔잔해서 유키마루의 엔진 소리 외에는 아무 소리도 들리지 않았다. 너무 조용한 탓에 선원들 사이에는 이상한 긴장감이 맴돌았다. 다들 낮은 목소리로 수군거리듯 말을 했고, 서로의 눈을 마주치지 않았 다. 한낮에도 사방은 안개에 싸여 한 치 앞도 볼 수가 없었다.

정섭이 앓아누웠다. 밤 근무를 서다가 만덕에게 업혀온 정섭은 열이 40도까지 올랐다. 선생은 정섭을 극진하게 간호했지만, 의사는 고사하고 제대로 된 약조차 없는 유키마루에서 정섭이 깨어날 가능성은 높지 않아 보였다. 정섭은 의식을 잃은 채로 열에 들떠 헛소리를 했고, 조선인 선원들이 해줄 수 있는 일이라고는 머리에 올린 물수건을 갈아주는 것뿐이었다.

조금 더 남쪽으로 내려가자 바람의 방향은 다시 바뀌었고, 안개가 걷히자 서풍만큼이나 매섭고, 얼음장보다 차가운 동풍으로 변했다. 바다는 다시 요동쳤고, 부서진 파도의 포말들은 뱃머리에 달라붙어 얼음덩어리가 됐다. 선실의 공기는 뼛속까지 시리도록 차가워 자고 일어나면 무릎에서는 우드득 소리가 났다. 선원들은 차갑게 굳은 몸을 이끌고 하루 종일 뱃머리에 개미처럼 달라붙어 단단한 얼음들을 깼다. 갑판장의 말로는 얼음 무게로 선수가 무거워지면 배가 전복될 수도 있다고 했다. 하루 종일 얼음을 깨고 강철로 된 선실에 들어오면 복도를 따라 외벽에는 하얗게 성에가 내려앉아 있었다.

그날 해 질 무렵, 남쪽 수평선 끝에서 황혼을 받아 황금색으로 빛나는 흰 빙벽들이 나타났다. 사우스셰틀랜드 제도였다.

유키마루는 하루를 꼬박 더 항해했다. 끊임없이 밀려오는 유빙들을 거슬러 섬과 섬 사이를 나아갔다. 유빙과 유빙 사이에는 동그란 얼음들이 얼어붙어 있었다. 포수는 그것을 '팬케이크 아이스'라 부른다고 말해주었다. 언 바다와 얼기 시작하는 바다 사이의 물길로 유키마루는 조심스럽게 나아갔다. 섬과 섬, 섬과 반도 사이에는 커다란 빙벽들이 있었다. 순백으로 아름답게 절벽처럼 우뚝 선 빙벽들은 끝이 보이지 않았다.

빙산들은 하얗다 못해 푸르렀고 에메랄드빛이 너무 찬란해 다가가면 손가락이 베일 것만 같았다. 공기의 밀도도 변했다. 숨쉴 때마다 차갑고 명징한 공기가 폐를 채웠다. 중간중간 얼음으로 막힌 수로를 유키마루는 노르웨이인들이 해빙을 깨기 위해 만들었던 뱃머리로 가르며 조심스럽게 앞으로 나갔다.

좀 더 남쪽으로 내려가자 날카롭게 얼어붙은 앵커아이스 너머로 검은 섬이 보였다. 3부 능선까지 봉우리가 눈에 덮인 채 연기를 내뿜는 섬은 멀리서도 화산섬이라는 걸 한눈에 알 수 있었다. 유키마루는 천천히 섬의 해안을 따라 돌았다. 섬은 둘레의 길이만 15킬로미터는 족히 될 것 같았다. 화산재로 둘러싸인 섬 어디에도 포경기지는 고사하고 배를 델 만한 곳도 보이지 않았다.

해안가는 날카롭게 튀어나온 앵커아이스들이 빼곡히 차 있었다. 얼음들은 마치 접근하지 말라는 경고처럼 예각으로 솟아 있었다. 눈이 덮인 커다란 봉우리를 끼고 배를 돌리자 두 개의 봉우리 사이에는 높고 좁은 협곡이 나타났다. 유키마루는 뱃머리를 협곡 안쪽으로 돌렸다. 배의 양옆으로 검은 산비탈이 굽어보듯 서 있었다. 눈 덮인 검은 협곡은 마치 유키마루를 굽어 내려보는 것 같았다. 1킬로미터 남짓 되는 협곡을 빠져나오자, 섬 안쪽 내해가 펼쳐졌다. 칼데라 호였다. 내해 곳곳에서 해안가를 따라 수증기가 피어올랐다. 거대한 말발굽처럼 생긴 칼데라 화산인 디셉션 섬은 봉우리들이 병풍처럼 남극의 칼바람을 막았다. 대기에서는 유황 냄새가 났다. 협곡을 벗어나자마자, 오른쪽에는 수증기가 피어오르는 작은 만이 있었다. 유키마루는 바다에서 피어오르는 수증기를 뚫고 만의 안쪽으로 들어갔다. 누가 말하지 않았는데도 뱃머리로 포수가 달려나갔다. 선수루 갑판에서 포수가 쩌렁쩌렁한 목소리로 배가 가야 할 방향을 외쳤다. 포수의 모습이 피어오르는 수증기 너머로 나타났다 사라지기를 반복하는 동안 유황 냄새가 더욱 짙어졌다.

"지옥에라도 와 있는 기분이군."

선장이 말했다.

"최소한 이 지옥에서라면 얼어 죽을 일은 없겠군요."

누군가 수증기 속에서 이렇게 답했다. 그렇게 유키마루는 버려진 노르웨이인 기지에 도착했다.

작은 포구에서 선원들은 반쯤 화산재에 파묻힌 보트 하우스와 건선거에 올려 있는 유키마루의 자매선을 발견했다. 같은 해 만들어진 배라고는 믿을 수 없을 정도로 배는 처참하게 녹슬어 있었다. 포수는 해풍과 유황 때문이라고 말했다. 기관장은 혹시 엔진도 그런 게 아닌가 걱정했다. 녹슨 기관실구를 열자 다행히 멀쩡한 두 개의 엔진이 모습을 드러냈다. 기관장은 유키마루를 자매선 옆 건선거에 끌어올리는 작업을 지휘했고, 일등항해사와 갑판장은 각각 선원들을 나눠 노르웨이인 포경기지에서 쓸 만한 물건이 있는지 찾았다.

해안가는 넓고 완만한 화산재로 이뤄진 비탈로 만을 따라 내해 안쪽으로 넓게 펼쳐져 있었다. 북쪽 봉우리 능선의 사면이 해안선 가운데로 내려와 만을 둘로 나누고 있었다. 오른쪽엔 보트 하우스와 버려진 배가 있었고, 왼쪽엔 예전 포경선원들이 살던 숙소와 저장창고, 연료탱크와 고래 기름 탱크 등이 있었다. 창고를 열어보니 낡긴 했어도 아직 쓸 만한 방한 장비나 타르가 칠해진 나무처럼 상태가 괜찮아 보이는 물건들이 제법 있었다. 능선이 내려오는 해안의 가운데에는 버려진 상점이 있었는데, 선원들은 그곳에서 반쯤 파묻힌 위스키 상자들과 적지 않은 양의 통조림을 발견했다. 통조림은 1921년이라고 찍혀 있었지만, 따보니 먹을 만했다. 가장 위쪽에는 묘지가 있었고, 그 옆에는 아마도 식수를 저장했을 듯한 작은 소가 있었다. 비탈이 무너져 반쯤 묻힌 소의 물은 썩어 있었다. 숙소가 있는 해안가의 왼쪽으로는 호수가 있었는데, 모락모락 피어나는 수증기의 정체는 바로 이 호수의 물 탓이었다. 화산에 의해 녹은 눈이 고인 이 호수는 화산에 의해 가열되어 거의 80도 가까이 뜨거워진 상태로 바닷가로 흘러들어가고 있었다. 뜨거운 호숫물과 차가운 바닷물이 만나는 지점에서 엄청난 양의 수증기가 피어올랐다. 버려진 선원들의 숙소에는 통나무로 만든 문짝이 떨어지고, 창이 깨어져 있었지만 어떻게든 고치면 쓸 수 있을 것 같았다. 또 숙소 옆에는 주방이 있었고 축사와 붙어 있는 주방의 한쪽 벽은 바람에 무너져 있었다.

앓아누운 정섭을 제외한 선원들 모두 통나무로 만든 숙소로 이주했다. 강철로 된 유키마루는 열여덟 시간에 가까운 이곳의 밤을 지새우기엔 너무 추웠다. 유일하게 상등병조만이 선장의 이주명령을 거부했다. 그는 얼굴을 두건으로 감싼 채 버려진 병원 건물로 숨어들었다. 자신의 몫으로 약간의 식량과 위스키 한 상자를 챙겨 그곳으로 갔다. 폭행사건 이후, 그는 선원들 사이에서 마치 유령과 같은 존재였다. 좀처럼 선실 밖으로 나서지 않았고, 나와도 얼굴을 보여주지 않았다. 그는 자신이 죽였던 폴리네시아 여자처럼 더는 유키마루에 존재하지 않는 사람이었다.

선장은 열이 끓어오르는 정섭의 병이 감염질환일지 모른다는 이유로 빈 배의 선실에 격리시켰고, 선생은 항의했다. 하급선원의 처우에 문제가 있을 때마다 앞장서야 했던 선생은 이번에도 선장과 긴 대화를 나눴고, 선장을 설득했다. 결국 낮 동안만 조선인 한 명을 선실에 남겨 정섭을 간호하기로 했다.

일등항해사는 갑판장과 기관장과 함께 조선인을 지휘해 배의 엔진 교체 작업을 담당했고, 필리핀인과 대만인들은 숙소를 정비했으며 나머지는 해부장과 포수의 지휘 아래 사냥조로 편성되었다. 그들은 노르웨이인 창고에서 발견한 코끼리해표의 가죽 천막과 방한 장비를 챙겨 해안선을 따라 사냥을 떠났다. 약간의 차질은 있었지만, 대체로 모든 것이 선장의 계획대로 돌아가고 있었다.

물론 예상치 못한 일도 있었다. 노르웨이인 무덤과 붙어 있는 교회 건물에는 영국 국기가 걸려 있었고, 기름 탱크와 착유시설은 아마도 의도적인 것으로 보이는 폭발로 손상을 입은 상태였다. 일등항해사는 이 사실을 선장에게 보고했다. 세계가 전쟁 중이었지만, 영국은 이 와중에 남쪽 끝에 있는 자신의 영토를 감시하고 있었던 것이다. 선장은 계절이 계절인 만큼 영국인들이 나타날 가능성은 없다고 판단했다. 7월은 사우스 셰틀랜드 제도가 가장 혹독한 겨울의 정점으로 접어드는 시기였고, 실제로 밤이면 영하 20도 이하로 기온이 곤두박질치며 맑은 날보다 눈보라가 치는 날이 더 많았다.

눈보라도 예상치 못한 일이었다. 눈보라가 치는 날이면 숙소에 고작 500미터 남짓 떨어진 보트 하우스에도 갈 수 없었고, 교체 작업은 하루를 공치는 셈이었다. 이런 날들이 하루 이틀 쌓이자 엔진을 교체하는 작업은 예정보다 지연되기 시작했다.

짧은 낮과 긴 밤, 끊임없이 펼쳐지는 단조로운 풍경들, 그리고 뼛속까지 스며드는 추위. 날이 갈수록 선원들은 바다에서 느끼는 막막함과는 또 다른 답답함을 느꼈다. 통나무로 된 숙소는 좁디좁은 유키마루의 선실보다 좁았고, 선원들은 동물원에 갇힌 짐승처럼 한 공간에 몰려 있었다. 그나마 낮에도 몰아치는 눈보라로 한 치 앞도 볼 수 없는 날이 많았고 그러면 말만 한 사내들이 며칠씩 좁은 숙소에서 옴짝달싹하지 못했다. 오두막의 벽이 자신들을 덮쳐온다는 느낌 탓에 한밤에 깨어나는 사내들이 늘어났다. 그런 밤, 눈보라가 치는 창밖을 보면 어둠 속에서 무언가 움직이는 것을 볼 수 있었다.

바짝 당겨진 현처럼 신경이 곤두선 선원의 머리 위로 눈보라는 끊임없이 몰아쳤다. 밤은 영원히 끝나지 않을 것 같았다.

암흑

　정섭이 눈을 떴을 때 아무도 없었다. 일어나기 위해 현창 쪽 벽을 짚다가 소스라치게 놀랐다. 현창 쪽 외벽이 믿을 수 없이 차가웠다. 재빨리 손을 뗐지만 쩍 하는 소리가 났다. 손바닥을 재빨리 감싸쥐었으나 화끈거렸다. 숨 쉴 때마다 뿜어져 나오는 입김이 어둠 속에서도 보였다. 성에가 두텁게 내려앉은 유리창은 얼음덩어리처럼 변해 있었다. 사방이 어두웠다. 아아, 남극이구나. 정섭은 고개를 빼 선실을 둘러보았다. 몸을 움직이기 위해서는 몇 겹이나 덮여 있던 이불을 치워야 했다. 선실 안에는 아무도 없는 탓에 고요했다. 3층으로 다닥다닥 붙어 있는 침상들은 모두 비어 있었고, 사람의 흔적도 남아 있지 않았다. 마치 선실 전체가 거대한 납골묘처럼 보였다. 정섭은 그대로 누워 생각했다. 깨어나면 모든 게 괜찮아질 거라는 선생의 목소리가 기억났다. 그리고 열에 들떠 선잠이 들었다가 깨어나길 반복했던 순간이 어렴풋이 떠올랐다. 하지만 어떻게 이곳에 누워 있게 된 것인지 전혀 기억나지 않았다. 상체를 일으켰다. 압도적인 냉기가 온몸을 감싸왔다. 추위 때문인지 몸 구석구석이 다 아파서 정확히 어디가 문제인지 알 수 없었다. 몸속 틈이란 틈은 모두 냉기가 파고들었다. 이빨이 덜덜 떨렸다. 정섭은 덮고 있던 포단을 몸에 둘렀다. 그리고 감을 수 있는 천이란 천은 다 끌어다가 온몸을 감쌌다. 마지막으로 침상 밑에 있는 신발을 꿰어 신었다. 신발은 딱딱하게 굳어 발이 잘 들어가지 않았다. 억지로 발을 구겨넣고 나자 발가락 마디마디가 시렸다. 발목은 추위 탓인지, 아니면 오랜만에 걸은 탓인지 힘이 들어가지 않았다. 발목이 욱신거렸다. 아니 발목만이 아니라 하반신 전체가 움직일 때마다 엄청난 통증을 몸의 중심으로 뿜어 올렸다. 엉덩이와 아랫배가 돌처럼 딱딱하게 굳어 넘어질 뻔했지만 정섭은 이를 악물고 버텼다. 그렇게 몇 번 호흡을 가다듬고 나자 고통은 견딜 만했다. 다시 한 발을 떼자 똑같은 고통이 찾아왔고, 같은 방식으로 버텼다. 그렇게 그는 갓 걸음마를 배운 아기처럼 어렵사리 발을 떼며 선실 밖으로 나섰다.

문을 열고 나서자 복도의 공기는 한층 더 차가웠다. 찬 공기가 폐를 채우자 정신이 또렷해졌다. 정섭은 잠시 복도 벽에 기대어 숨을 가다듬었다. 눈앞에는 계단이 기다리고 있었다. 선교로 올라가기 위해선 계단을 올라야 했지만 지금 계단은 높은 산과 다름없었다. 정섭은 눈을 감고 생각했다. 이 고통도 익숙해질 수 있을 거야. 암흑 속에 오래 있으면 눈이 어둠에 익숙해지는 것처럼.

고통을 꾹꾹 눌러 삼키며 정섭은 힘겹게 선교로 통하는 문을 열었다. 선교 안을 들여다봤지만 선교 역시 텅 비어 있었다. 하얗게 성에가 낀 선교의 창문 너머를 보자 무슨 상황인지 이해할 수 있었다. 배는 육지에 올라와 있었다. 배 앞으로는 검은 비탈을 따라 나무로 된 끰목들이 보였다. 선대 옆 보트 하우스는 반쯤 무너져 안쓰러워 보일 지경이었다. 오른쪽에는 유키마루와 비슷한 크기의 비슷한 배가 똑같이 선대 위에 올라와 있었다. 말로만 듣던 자매선인 모양이었다. 그러나 그 너머는 어둠과 눈보라에 가려 보이지 않았다. 모두 어디로 간 걸까? 둔하지만 격렬한 통증 속에서 이 모든 것이 악몽 같았다. 꿈이라면 이렇게 아플 리 없었다. 정섭은 선교 문을 닫고 몸을 돌려 어두운 복도를 향했다. 기관실에서 엔진을 교체할 것이라는 기관장의 이야기가 떠올랐던 것이다. 밭은기침을 하며 정섭은 발을 끌고 다시 어둠 속으로 들어갔다.

빛이 없는 하갑판의 통로는 심연 같았다. 정섭은 하갑판으로 내려가는 계단 옆 물품함에서 손전등을 찾아냈다. 불을 켜자 동그랗게 빛이 생겼다. 하갑판의 통로는 이미 가라앉은 세계 같았다. 배는 이미 침몰했고, 나는 이미 죽은 게 아닐까? 이 모든 일이 사후에 겪는다는 생의 반복이나 망령의 사념 같은 것은 아닐까? 정섭은 상업학교 일어 선생님이 들려주었던 단테의 신곡 이야기가 떠올랐다. 얼음지옥, 얼음 속에 갇힌 이들의 죄명을 기억해보려 했지만, 이제 와 생각나는 건 선생님이 백묵으로 그렸던 얼음 속에 갇힌 망령들의 머리뿐이었다.

정섭은 기관실 문손잡이를 움켜잡았다. 격실문 손잡이는 추위 탓인지 뻑뻑해 돌아가지 않았다. 정섭은 남아 있는 힘을 쥐어짜내 매달리듯 힘겹게 격실문을 열었다. 차가운 공기가 바닷물처럼 문틈으로 쏟아져들어왔다. 그리고 오심이 찾아왔다. 정섭은 넘어오는 구역질을 참으며 간신히 벽에 기댔다. 마치 악취와 같은 불쾌함이 숨을 쉴 때마다 폐를 가득 채웠다. 뭐지? 정섭의 눈에 비친 기관실의 엔진들이 일렁였다. 기관실의 모습이 낯설었다. 엔진의 실린더룸 윗부분이 통째로 사라져 있었고, 기관실구 상부 해치가 열린 채 문 대신 덮어놓은 방수포가 바람에 펄럭이고 있었다. 차갑고 끈적한 기관실 안 공기는 피부에 달라붙어 마치 정섭의 몸을 끌어당기는 것만 같았다. 눈의 무게 때문에 덮어놓았던 방수포의 한쪽 고리가 찢어지며 밤하늘이 드러났다. 눈발이 기관실 안으로 몰아쳤다. 뒷걸음치던 정섭은 들고 있던 손전등을 떨어뜨렸다. 손전등은 바닥의 경사를 따라 또르르 구르더니 몇 번 깜빡인 후 꺼져버렸다. 차가운 어둠이 결정이 되어 그의 눈앞에 펼쳐졌다. 달아나고 싶었다. 하지만 달아날 수 없었다. 어둠 속에서 검은 팔들이 튀어나와 그의 몸을 움켜잡았다. 어둠 속에서 무언가 하나둘 나타나기 시작했다. 그것들의 정체를 알아내기 위해 정섭은 눈을 크게 뜨고 어둠을 응시했다. 눈들이었다. 경멸의 눈, 탐욕에 번들거리는 눈들이었다. 욕망으로 번득거리는 그들의 눈은 마치 맹수의 이빨 같았다. 시선은 송곳니처럼 몸뚱이에 박혔다. 정섭은 참지 못하고 바닥에 구역질했다. 노란 위액이 쏟아졌다. 기억이 돌아왔다. 온몸에 소름이 돋았다. 치욕이 쓴 물처럼 넘어왔다. 그리고 이내 그를 집어삼켰다.

쿵쿵쿵!

문을 두드리는 소리가 들렸다. 그 소리가 처음 들렸을 때 아무도 자리에서 일어나지 않았다. 한 치 앞도 보이지 않는 눈보라가 몰아치는 밤, 밖에서 누군가 문을 두드릴 리 없었으므로 깨어 있는 사람들은 모두 그것이 환청이리라 생각했다.

쿵쿵쿵!

다시 문을 두드리는 소리가 들렸을 때, 몇몇이 침대에서 일어났다. 그리고 서로의 얼굴을 바라보았다. 자신이 듣는 것이 자신에게만 들리는 것이 아니라는 걸 확인받고 싶다는 표정으로. 하지만 아직 아무도 문을 열 용기는 내지 못했다.

쿵쿵쿵!

세 번째 두드리는 소리가 들리고 나서야 문에서 가장 가까운 자리에 있던 만덕이 자리에서 일어났다. 그는 마지못해 문가로 다가가 눈보라에 문이 열리는 걸 막기 위해 질러뒀던 빗장을 들어올렸다. 열린 문으로 황소바람과 함께 눈보라가 몰아쳤다. 숙소 안에 고정되어 있지 않은 모든 것들이 바람에 흩날렸다. 문을 중심으로 휘몰아치듯 눈보라가 쏟아져들어왔다. 문가에는 눈 덩어리처럼 보이는 누군가가 서 있었다. 그 사람이라고 하기도 힘든 눈뭉치의 정체를 가장 먼저 알아본 것은 선생이었다.

"정섭아!"

선생은 침대에서 내려와 곧장 문가로 달려왔다. 그리고 정섭을 숙소 안으로 끌고 오다시피 했다. 문이 완전히 밀리는 걸 막고 있던 만덕이 다시 힘겹게 문을 닫으려 했다. 옆에 있던 상구가 도와주고 나서야 문을 닫고 빗장을 지를 수 있었다. 선생은 정섭이 덮고 있는 눈덩이가 뭉쳐 있는 모포를 젖혔다. 하지만 밀가루보다 고운 눈발은 모포를 뚫고 들어와 정섭의 머리에 하얗게 내려 있었다. 선생은 그런 정섭을 숙소 가운데에 불이 지펴진 벽난로로 데리고 갔다.

"어떻게 온 거야? 이런 눈보라를 뚫고."

선생은 정섭에게 달라붙은 눈을 털며 이렇게 물었다. 보트 하우스에서 숙소는 고작 500미터 남짓이었지만, 바람은 바로 걷기 불가능할 정도였고, 눈발은 맹렬히 휘날리고 있었다. 이런 날은 고작 몇십 미터의

거리에서조차 길을 잃고 동사할 수 있었다. 그런 날씨를 뚫고, 와본 적
도 없는 숙소를 정확히 찾아온 정섭의 눈빛은 이곳이 아닌 먼 어딘가
를 보고 있는 것 같았다. 정섭은 기괴하다고 말할 수밖에 없는 미소를
지었다.

"괜찮아요. 전 괜찮아요."

선생은 정섭의 이마를 짚었다. 열이 있으리라 생각했지만, 영하 20도
의 날씨 탓인지 이마는 오히려 차가웠다. 일렁이는 불빛이 얼굴에 춤추
는 음영을 만드는 동안 녹기 시작한 눈이 귀밑머리를 따라 물이 되어
뚝뚝 떨어졌다. 따뜻한 차를 달라고 할 요량으로 선생은 고개를 돌렸다.
그리고 자신들을 바라보고 있는 선원들의 얼굴을 보았다. 침대에 누운
채 얼굴만 내밀고 있는 선원들의 모습은 일렁거리는 벽난로 불빛을 받
아 마치 어둠 속에 떠 있는 가면들처럼 보였다.

빙점

눈보라가 그치자 조선인들에게는 다시 고통스러운 시간이 닥쳐왔다. 상급선원들은 그동안 지연된 일정을 따라잡기 위해 엔진 교체 작업을 하는 조선인들을 혹독하게 다그쳤다. 하지만, 며칠씩 하지 못한 작업량을 다그친다고 따라잡을 수 없었다. 유키마루의 자매선에서 엔진을 떼어내는 작업에 조선인 전부가 동원되었음에도 일정을 따라잡지 못하자 다시 필리핀인과 대만인이 투입되었다. 하지만 더운 지방에 살던 그들은 작업 하루 만에 태반이 앓아누웠다. 결국 필리핀에서의 악몽이 다시 시작되었다. 갑판장이 손을 들었고, 몽둥이가 춤췄다. 조선인들 얼굴에 쥐어터진 상처 하나쯤 없는 사람이 없었다. 조선인들은 노예나 다름없이 혹독하게 엔진 교체 작업에 매달렸다. 그들의 눈빛이 기이하게 변한 것도 어쩌면 당연한 일이었다.

"파업을 할 시간을 정하는 문제를 놓고 선생을 찾아가서 이야기하는 걸 직접 들었습니다."

크레인에 매달린 엔진이 위태롭게 흔들거렸다. 후미갑판에서는 기관실개구로 엔진을 밀어넣기 위해 조선인들이 애를 쓰고 있었다. 내려가다 모서리에 충돌하는 것을 막기 위해 상갑판의 사면에서 조선인들이 줄을 당겼고, 마찬가지로 엔진이 내려갈 선창 해치와 기관실개구 사이의 선창에서도 로프를 감아 내려가는 엔진 방향을 조절하고 있었다.

"왼쪽, 왼쪽! 아니야. 좀 더 앞으로."

선생의 외침에 따라 기관장은 조심스럽게 엔진을 내리고 있었다. 이미 오른편 엔진은 자리를 잡은 상태였으므로 왼쪽 엔진을 내리는 작업은 더욱 주의해야 했다. 조선인들은 이미 유키마루 쪽에 건너가 있었고, 엔진을 모두 떼어낸 자매선의 갑판에 남아 있었던 것은 윤용과 갑판장, 그리고 일등항해사뿐이었다. 아침나절, 할 말이 있다고 쪽지를 건넨 윤용을 갑판장은 자매선의 뒷정리를 시킨다는 구실로 남겨두었던 것이다.

"지난 며칠간의 작업 때문에 불만이 이만저만이 아닙니다. 몇몇 선원들이 몰려가서 선생에게 파업을 하자고 재촉했습니다. 결국 선생이 투표로 결정하자고 했고, 그래서 오늘 밤 일이 끝나고 숙소로 돌아가는 대로 파업을 하기로 결정한 겁니다."

"언제 그런 모의를 한 겁니까. 숙소에선 그런 낌새를 눈치 못 챘는데."

일등항해사는 믿을 수 없다는 듯 이렇게 되물었다. 그도 그럴 것이 칸막이라곤 하나 없이 이층 침대만 쭉 늘어선 오두막 어디에서도 조선인들이 은밀히 이야기를 나눌 곳은 없었다.

"작업 끝나기 두 시간 전부터 돌아가면서 위치를 바꿉니다. 할 말이 있는 사람은 선생이 작업하는 쪽으로 보내는 겁니다. 그렇게 회의를 한 후, 파업 결정투표는 어제 불침번 근무자가 밤에 근무를 서면서 쪽지를 걷었습니다. 쪽지는 난로에 모두 태워버렸고요."

운용은 이렇게 말한 후 반사적으로 조선인들이 있는 유키마루 쪽을 힐끔 살폈다. 다들 내리는 엔진에 정신이 팔려 이쪽 상황을 모르고 있었다. 일등항해사는 자신도 모르게 주먹을 불끈 쥐었다.

"수고했어. 이 일은 나중에 보답하겠네."

갑판장은 좀처럼 보기 힘든 자애로운 미소를 윤용에게 보여주었다.

"자네는 얼른 건너가서 저기 합류하게. 다른 사람들이 눈치채기 전에."

갑판장의 말에 윤용은 다시 한 번 기관실개구로 엔진이 내려가는 모습을 힐끔 살피고 사다리를 걸어놓은 좌현 쪽을 향해 여우처럼 잽싸게 달려갔다. 윤용의 모습이 시야에서 사라지자 갑판장은 입을 열었다.

"제가 뭐라고 했습니까? 조선인 놈들은 정신을 못 차리게 더 잡아 족쳐야 한다니까요. 딴생각을 할 여지를 주니까 저러는 겁니다."

파업이 일어나려 하는 이유는 갑판장이 가혹하게 조선인들을 몰아붙인 탓이었지만 일등항해사는 이 문제를 가지고 그와 논쟁할 생각이 없었다. 지금은 원인을 따질 때가 아니라, 파업을 막을 때였다.

"저 새끼들이 숙소로 돌아가기 전에 잡아야 합니다. 안 그러면⋯⋯"

안 그러면 상황은 걷잡을 수 없을 터였다. 유키마루에 있던 소총 두 자루 모두 사냥조가 가지고 떠났고, 남아 있는 일본인은 전부 다섯 명이었다. 추위에 약한 탓에 숙소에 남아 잡일을 하는 필리핀인들이나 대만인들이 파업에 반대한다 해도 조선인들에게 머릿수에서 밀렸다. 파업이 파업 이상의 상황으로 번진다면 그걸 막을 수단이 아무것도 없었다. 그렇다고 해서 이곳에 남은 사람으로 파업하는 조선인을 막을 방법도 마땅치 않았다. 기관장, 일등항해사, 갑판장, 세 사람이 현장에서 조선인들을 통제하는 일본인의 전부였다. 잠시 두 사람은 말이 없었다. 일등항해사의 미간에 깊은 주름이 잡혔다.

"엔진을 내리고 기관실개구를 덮은 다음 선미 선창에 조선인들을 몰아넣으면 어떨까요?"

갑자기 말을 꺼낸 것은 일등항해사였다. 그의 말에 갑판장은 씨익 미소를 지은 후, 하얗게 입김을 내뿜었다.

"좋은 생각입니다. 조선 놈들은 지들 관에 못질하는지도 모르고 관 뚜껑을 닫겠네."

갑판장은 상상만 해도 기분 좋은지 낄낄거렸다.

해가 질 무렵 엔진이 모두 자리를 잡고 나자 눈이 들이치는 걸 막기 위해 선창의 하판이자 기관실의 상판 역할을 하는 기관실개구 덮개를 내려 닫은 후, 연결부를 모두 기관실 쪽에서 너트로 단단히 조였다. 갑판장은 덮개가 들뜨지 않도록 조선인들에게 모두 선창에 모여 덮개 위에 앉아 있으라고 명령했다. 조선인들은 아무것도 모른 채 덮개 위에 모여 모처럼의 휴식을 즐겼고, 그동안 기관장과 일등항해사, 갑판장은 너트를 완벽히 잠갔다. 그리고 조선인들이 들어갔던 선미 선창의 격실문의 레버에 쇠파이프를 질러뒀다. 조선인들은 갑판장이 선창의 상부 해치에 모습을 드러낼 때까지 자신들이 갇혀 있다는 사실을 눈치채지 못했다. 상갑판으로 올라간 갑판장은 선미 선창의 상부 해치에서 자신의 모습을 드러냈다. 얼굴을 찌푸린 조선인들은 일제히 손 그늘을 만들고 갑판장을 올려다보았다.

"조센징 새끼들. 니들이 파업을 하겠다고?"

어두운 선창에서 고개를 든 조선인들의 표정은 마치 고야의 그림 속

사내들 같았다. 그들의 얼굴에는 당혹감과 두려움이 감돌았지만, 석연치 않은 구석이 있었다. 어떤 이들의 표정에서 일종의 안도감 같은 것이 보였던 것이다.

"우리 배에는 일하지 않는 놈들에게 줄 밥은 없다. 그러니 그 안에 처박혀서 니들 마음대로 파업을 하든, 항의를 하든 해라. 이 개새끼들아!"

갑판장의 말에 비로소 조선인들은 우르르 문으로 몰렸다. 그러나 문이 열릴 리 없었다. 선생이 소리쳤다.

"노동자는 파업할 권리가 있습니다. 당신이 뭔데 우리 권리를 막는 겁니까."

"먹물이라고 아는 척하는 모양인데, 게을러터진 조선 놈들이 일하기 싫어서 머리 굴리는 걸 내가 모를 줄 알아!"

"일하기 싫다는 게 아닙니다. 최소한 법대로 인간다운 대접을 해달라는 겁니다. 우리가 무슨 노옙니까. 우리도 계약서를 쓰고 온 선원입니다."

"그렇지. 선원이지. 배운 놈이라 그런지 혀 하난 잘 놀리네. 그런데 그건 아나? 법이라는 게 자네 생각 같지 않단 말이지."

갑판장은 허리춤에 손을 얹은 채 의기양양한 표정으로 선생을 내려다보았다. 그러고는 선원수첩을 꺼내 수첩을 넘기며 무언가를 찾았다. 그는 헛기침을 몇 번 하더니 큰 소리로 읽어내려갔다.

"조선 선원령 29조. 근로관계에 대한 쟁의행위는 선박이 항해 중에 있을 때나 외국에 있을 때, 그 행위로 인해 인명이나 선박에 해가 미칠 경우 행해서는 안 된다."

갑판장은 손에 든 선원수첩을 덮었다.

"법대로 하자고? 해외에선 네놈들에게 파업할 권리가 없다. 더구나 지금은 전시야! 네놈의 헛소리는 선박에 대한 위해이자 제국에 대한 반역이야! 사형감이라고"

"그럼 이렇게 말도 안 되는 감금을 하는 건 합법입니까?"

갑판장의 인상이 일그러졌다. 그는 잠시 주위를 두리번거리다가 해치의 갑판 위에서 엄지손가락 마디만 한 녹슨 너트를 발견했다. 그는 그것을 선생의 이마에 던졌다. 딱! 하는 요란한 소리와 함께 선생의 뿔테 안경이 부러지며 관자놀이에서 피가 흘렀다.

"미친 새끼, 조센징 주제에 어디서 잘난 척이야. 잘난 척은."

갑판장은 다른 조선인들을 휙 둘러본 후 말을 이었다.

"일하기 싫으면 어디 그 안에서 한번 굶어봐라. 그래야 네놈들도 감사라는 단어를 이해하게 될 거다. 우리가 너희처럼 더러운 조센징들에게 밥을 먹여주는 게 얼마나 고마운 일인지 골통에 똑똑히 새겨지겠지."

갑판장은 환하게 웃은 후, 해치를 닫았다. 해치가 닫히는 동안 그림자가 선창 위로 서서히 드리워져 조선인들의 얼굴이 천천히 어둠 속에 잠겼다. 이윽고 쾅 하는 육중한 울림과 함께 그들은 암흑 속에 남겨졌다.

조선인들을 속여 선창에 가뒀을 때에는 다음 날 아침 풀어줄 생각이었다. 하루쯤 추운 곳에서 고생하고 나면 다들 기세가 한풀 꺾이리라 생각했던 것이다. 그런데 그날 밤부터 눈보라가 몰아치기 시작해서 꼬박 하루 밤낮 동안 아무도 유키마루에 갈 수 없었다. 결국 조선인들은 이틀간 먹은 것 없이 선창 안에서 혹한과 기! 사부를 벌여야 했다.

일등항해사가 선창을 열었을 때 그들은 한 무리의 순한 양 떼처럼 서로 등을 맞댄 채 동그랗게 모여 있었다. 웅크려 있던 그들은 문이 열리자 일제히 일등항해사를 바라보았다. 일등항해사는 소름이 끼쳤다. 그들의 눈빛은 눈보라를 뚫고 찾아왔던 정섭의 그것과 똑같았던 것이다.

第四條 갑의 책임

갑은 유기마루가 항해한 동안 파업으로 입은 금전적 손실에 대한 정산을 할 의무가 있다.

第五條 분쟁의 조정

계약 내용과 이행에 대해 갑과 을 사이에 법적분쟁이 발생할 경우 전적으로 갑의 결정에 따른다. 이를 어길 시 을은 그로 인해 생기는 제반 비용 전반을 갑에게 배상해야 한다.

쇼와 二十年 八月 二十日

채권자 (갑)

주소 후쿠오카현 토바타시 갑자 二-六-二七 넛스이토바타빌딩

(주) 일본 해양 어업 통제 주식회사

유기마루 선장 이노우에 타로

채무자 (을)

주소 경기도 경성부 서대문구 의주통 一정목 一二七-二번지

출생 메이지 三十三年 四月 十二日 정명구

불법 파업에 대한 배상계약서

채권자 (주)일본 해양 어업 통제 주식회사 (이하 갑이라 한다.)와 채무자 정명구는 (이하 을이라 한다.) 다음과 같은 배상 계약을 체결한다.

第一條 계약의 목적

이 계약은 남극에서 시도했던 을의 불법 파업에 대한 갑이 받을 배상에 관하여 그 법적 책임과 한계를 명시하기 위한 것이다.

第二條 채권의 내용

一。 갑은 시모노세끼 도착 이후 3개월 내에 정산을 마쳐야 하며 정산을 통해 나타난 파업으로 인한 금전적 손실에 대하여 을에게 3개월 내에 변제할 것을 요구할 수 있다.

二。 변제 기한을 넘어선 지연이자는 지연손해금을 포함한 원금의 월 3할로 한다.

三。 모든 이자는 공히 복리이자로 한다.

第三條 을의 책임

을은 갑에게 끼친 손실금을 성실히 납부해야 하며, 을의 배상이 이에 부합하지 못할 경우, 갑은 을의 직계존비속에게 그 법적 책임을 승계할 수 있다. 만약 그 직계존비속 역시 손실금 납부하지 못할 경우, 갑은 을의 직계존비속에게 민, 형사상 책임을 물을 수 있다.

2부

반란

선생은 흠뻑 젖은 채 복도로 들어섰다. 그리고 돌아서서 힘겹게 격실문을 닫았다. 그는 피투성이가 된 등으로 비틀거리며 복도를 따라 걸었다. 너울을 넘을 때마다 배는 사정없이 좌우로 흔들거렸고, 그때마다 선생은 비틀거렸다. 하지만 선생은 멈추지 않았다. 그는 물을 뚝뚝 떨어뜨리며 복도를 가로질러 선실문 앞에 섰다. 문 너머에서는 요란한 사내들의 목소리가 들렸다. 무언가 논쟁을 하는 듯, 사내들의 목소리는 시끄러웠다. 선생은 천천히 심호흡했다. 그리고 손잡이를 잡아 문을 열었다. 열린 문틈으로 묵직한 악취가 선생을 반겨주었다. 문이 열리는 소리에 침상에 누워 있던 조선인 선원들이 일제히 고개를 들었다. 선실 안은 순식간에 조용해졌다. 빼곡히 찬 3열의 침대에서 까무잡잡하고 지저분한 얼굴들이 일제히 선생을 바라보았다.

"협상은 결렬되었습니다."

선생은 천천히 자신을 바라보는 얼굴을 훑어보았다. 지치고, 피곤한 얼굴들이 있었다. 하지만 눈빛만은 또렷하다 못해, 광적일 정도로 밝게 빛났다. 선생은 아랫입술을 살짝 깨물었다. 이제는 돌이킬 수 없었다.

"첫 조부터 일어나세요."

그러자 출구 쪽 침대에 누워 있는 사내들부터 자리에서 일어났다. 입구 앞에 서 있던 선생은 옆으로 비켜섰다. 그러고는 자신의 옆에 있는 침대에서 고래 해체칼을 집어들어 윤용에게 넘겼다. 윤용은 결연한 표정으로 선실 밖으로 나섰다. 뒤이어 일어난 만덕은 작살을 받았다. 그는 때가 낀 나무자루를 꽉 움켜쥔 채 선생에게 고개를 끄덕여 보였다. 그렇게 차례로 사내들은 선생에게 다양한 날붙이들을 받았다. 다섯 명의 사내가 선실 밖으로 나가자 선생은 말했다.

"계획대로 진행될 겁니다. 다음 조는 우리가 돌아올 때까지 준비하고 계십시오."

말을 마친 선생은 돌아섰다. 돌아선 선생의 등판에는 온통 피가 배어 있었다.

선실 밖으로 나온 여섯 명의 사내는 아무 말 없이 서로의 눈을 보았다. 소리 지르지 않으면 알아들을 수 없을 만큼 바람과 파도소리가 거셌다. 말은 필요 없었다. 눈빛을 주고받은 그들은 고개를 끄덕이고 예정대로 움직이기 시작했다. 여섯 명의 사내는 모두 맨발로 소리 없이 통로를 따라 이동했다. 하갑판에서 상갑판으로 이어지는 계단 앞 백열등의 수명이 다해 깜빡이고 있었다. 껌뻑거리는 누런 불빛이 혈색이 창백한 사내들의 얼굴을 훑고 지나갔다. 가장 앞에 선 선생이 상갑판으로 이어진 격실문을 열자 차가운 바람이 밀려왔다. 뒤따라 흰 포말들이 싸라기눈처럼 쏟아졌다. 선생은 그 물결을 고스란히 뒤집어썼다. 축 젖어 늘어진 머리를 젖혀 넘긴 그는 입을 굳게 다물고 앞으로 나갔다. 사내들 역시 말없이 그를 따랐다. 그렇게 선교 옆 통로 문으로 나온 그들은 흔들리는 갑판의 통로를 따라 배의 후미로 이동했다. 이런 날씨에 갑판 위를 돌아다닌다는 건 미친 짓이나 다름없었다. 7, 8미터가 훌쩍 넘는 파도는 모두를 집어삼킬 만큼 거셌다. 사내들은 난간을 움켜쥐고 조심스럽게 통로를 따라 이동했다. 그들이 멈춰 선 곳은 선교 상부로 올라가는 계단과 이어진 격실문 앞이었다. 선생이 격실문의 창 너머로 복도를 살폈다. 상급선원들의 선실로 내려가는 계단이 있는 문 앞 통로에는 아무도 없었다. 그러자 선생은 손잡이를 돌려 격실문을 열었다. 이미 바닷물에 폭삭 젖은 여섯 사내는 빨려들어가듯 문 안으로 들어갔다. 젖은 맨발들이 계단을 내려갈 때마다 강철로 된 발판에선 탁, 탁 하는 낮은 울림이 들렸다. 계단을 내려간 사내들은 식당 앞 복도에서 멈춰 섰다. 복도는 어두웠고, 좁은 실내에는 사내들이 뿜어내는 비린내가 진동했다. 젖은 사내들의 몸에서 바닷물이 뚝뚝 떨어져 바닥 여기저기에 자국을 남겼다. 선생이 선원들을 돌아본 후 고개를 끄덕였다. 그러자 선원들은 빨려가듯 어둠 속으로 몸을 숨겼다. 선생은 무릎을 꿇어 계단의 비탈이 만들어내는 어둠 속에 자신의 모습을 감췄다. 그리고 갑식에게 말했다.

"자네만 믿네."

갑식은 대답 대신 고개를 끄덕였다. 그러고는 식당에서 상급선원 선실이 있는 복도로 이어지는 격실문을 열었다. 문 너머는 다른 세계였다. 방수제가 칠해진 복도에는 불이 들어오지 않는 전구도, 코를 찌르는 악취도 없었다. 갑식은 심호흡했다. 그는 쭉 늘어선 문들 중 하나에 멈춰 섰다. 고개를 숙여 깊이 심호흡을 한 후 마른침을 삼켰다. 그리고 문을 두드렸다. 태연한 척하려 했지만 입꼬리가 굳어 있었다. 문 너머에서는 아무런 소리도 들리지 않았다. 갑식은 다시 문을 두드렸다. 그러자 인기 척이 들렸다. 나지막이 중얼거리는 욕설이 희미하게 들렸다. 잠시 부스 럭거리는 소리가 들리더니 선실문이 한 뼘만큼 열렸다.

"뭐야."

갑판장이 자다 깬 표정으로 빠끔히 얼굴을 내밀었다. 덥수룩한 수염 이 자라난 갑판장은 떡진 머리를 쓸어넘겼다. 말을 하지 않아도 얼굴 전 체의 주름에서 짜증을 읽을 수 있었다.

"갑판장님. 저기, 주방장님이랑, 해부장님이 부식창고에서 화투 한판 하시자고 하는데요."

갑식은 특유의 친근감 있는 유들유들한 말투로 말했다.

"그 새끼들은 질리지도 않나. 빚부터 갚을 생각하지."

갑판장의 목소리에는 졸음이 묻어 있었다.

"안 하신다고 전할까요?"

갑판장은 길게 하품을 했다. 결정을 못한 것인지 잠시 말이 없었다. 갑식이 눈을 가늘게 떴다. 갑판장은 이마를 긁적였다.

"가야지."

"그럼 당장 오시랍니다."

"바로?"

"위스키 한 병을 벌써 깠습니다."

"이 새끼들, 누가 지들 맘대로……"

갑판장의 표정이 변했다. 그는 복대를 맨 바지를 추켜올리더니 코를 쿵 하고 풀고는 문을 열었다.

"앞장서."

"네."

갑식이 앞장서서 상급선원 선실 복도를 가로질렀다.

"너도 끼는 거야?"

"헤헤, 제가 어떻게 감히, 조센징 주제에."

이런 말을 주고받는 사이 두 사람은 식당으로 이어지는 격실문 앞에 섰다. 갑식은 힘겹게 레버를 돌려 격실문을 열었다. 식당 쪽 복도는 계단 위에 달린 백열등이 빛의 전부였으므로 사방에 어둠이 고여 있었다. 갑판장이 고개를 삐죽 내밀었다.

"식당엔 불 꺼진 거 같은데?"

"부식창고에 있다니까요. 요새 일등항해사가 눈에 불을 켜고 싸돌아다니지 않습니까."

"하긴, 그 새끼는 나서기 좋아해서."

갑판장이 몸을 반쯤 식당 쪽 복도 안으로 내밀었다. 순간 갑식이 돌아서며 그의 양팔 옷소매를 잡아당겼다. 마침 격실문의 높은 문턱을 넘고 있었던 탓에 중심을 잃고 앞으로 쓰러질 듯 끌려왔다. 거의 동시에 문 옆에 숨어 있던 정섭이 튀어나와 한쪽 팔로 그의 목을 감았다. 갑판장은 놀랐지만 겁에 질렸다기보다는 당혹스럽고 화난 표정이었다.

"이게 뭐하는……"

짜증이 섞인 목소리는 채 끝까지 나오지 못했다. 그 순간 계단 밑의 어둠 속에서 번쩍이는 칼날이 일제히 튀어나왔던 것이다. 서늘한 빛의 날들이 갑판장의 몸뚱이 속으로 빨려가듯 들어갔다. 갑판장은 눈을 치켜떴다. 그의 입에서 신음소리가 나오려 했지만 정섭이 다른 손으로 그의 입을 틀어막았다. 칼자루에서 둔탁한 소리가 났다. 갑판장의 몸뚱이가 꿈틀거렸다. 죽어가는 생명체가 내는 마지막 생기가 정섭의 품 안에서 선명하게 꿈틀댔다. 정섭은 지치지마에서 했던 낚시를 떠올렸다. 낚 싯줄을 따라 전해졌던 그 손맛이 지금 품 안에서 느껴지고 있었다. 박혔 던 칼날이 뽑히자 몸뚱이는 다시 튀어 올랐다. 벽을 따라 피가 튀며 비 릿하고 역한 악취가 통로에 가득 찼다. 사내들의 체취와 흥분한 땀 냄 새, 피비린내, 죽어가는 갑판장의 공포가 뒤섞여 농밀한 어둠을 역하게 만들었다. 정섭의 입가에 미소가 떠올랐다. 붉은 칼날이 다시 몸속으로 빨려들어갔다. 갑판장은 또 한 번 생 혹은 죽음의 맥동을 했다. 정섭은 그의 귀에 나지막이 속삭였다.

"괜찮아요. 다 끝나가니까."

그것이 시작이었다. 조선인들은 그 밤, 일본인 선원들을 하나하나, 배 의 외진 곳으로 불러냈다. 해부장은 등과 배에 칼이 꽂힌 채 끝까지 저 항했다. 배에 꽂혔던 칼자루를 뽑아 조선인들에게 휘두르던 그의 모습 은 마치 수라와 같았다. 하지만 정섭이 갈고리로 목을 찌르자 더는 버 티지 못했다. 그는 바닥에 흥건하게 피를 뿌린 채 원망을 가득 담은 눈 을 치켜뜨고 절명했다. 주방장은 자신의 상황을 이해하지도 못한 채 즉 사했으며, 기관장은 선장이 부른다고 깨웠을 때, 알 수 없는 미소를 지 었다. 어쩌면 그는 이미 모든 걸 다 알고 있었는지도 몰랐다. 조선인들 의 몸에서 풍기는 피비린내는 이미 씻는다고 지워질 수 있는 것이 아니 었으니까. 그는 구슬픈 오래전 유행가를 흥얼거리며 담담하게 끌려나왔 고, 눈을 감은 채 죽음을 받아들였다. 그렇게 하나씩 하나씩, 선실이 비 어가는 동안 밤바다는 거칠게 요동치며 살인의 증거를 검은 수면 아래 로 차례차례 집어삼켰다.

처형

　며칠 만에 날씨가 맑았다. 푸르스름하게 빛나던 하늘이 밝아지고, 동쪽 하늘에서 가는 실처럼 붉은빛이 퍼져가는 동안 선장은 밧줄에 묶인 채 조선인들에게 끌려나왔다. 선장을 끌고 나온 조선인들은 피를 뒤집어쓰고 있었다. 마치 작업하다 묻은 기름때나 진흙이라도 되는 양, 조선인들은 피 칠갑을 하고도 태연했다. 잠을 자지 못한 탓에 하품하는 사람들도 있었고, 농담을 주고받는 사람들도 있었다. 일등항해사는 그 무심함에 소름이 돋았다. 아니, 어떤 면에서 다소 들뜬 분위기였다. 선원들이 갑판 위에서 농담을 주고받거나 잡담을 나누는 경우는 거의 없었다. 들키면 갑판장의 몽둥이세례가 이어지기 때문이었다. 그러나 지금 그들은 마치 동네 마실 나온 사람들처럼 시답지 않은 잡담을 하며 웃고 있었다. 뒤집어쓴 피만 아니라면 풍어제를 치르는 어촌마을 사람들처럼 보이기도 했다.

선장은 자신이 처한 사실이 믿어지지 않는 듯 눈동자를 두리번거리며 사방을 살폈지만, 기세만은 여전했다. 밧줄에 묶여 있었고, 얼굴 여기저기가 맞고 터져서, 멍들어 있었지만, 눈에 띄는 모든 조선인들을 향해 고래고래 소리 질렀다. 그는 할 수 있는 모든 욕을 목청껏 내뱉었지만 조선인들은 대답 대신 선장의 얼굴에 생선 대가리나 무 꼭지 같은 쓰레기를 던졌다. 쓰레기가 얼굴에 맞을 때마다 선장은 지치지 않고 화를 냈고, 그때마다 여기저기서 조소가 터져나왔다.

선장의 목에는 올가미가 씌워졌다. 밧줄은 마스트에 있는 도르래에 연결되었다. 조선인 선원들은 선장을 선수 갑판으로 끌고 가 선교 방향으로 몸을 돌려 무릎을 꿇려 앉히려 했다. 선장이 무릎을 꿇지 않으려 버티자 끌고 온 선원들은 선장의 오금을 걷어찼다. 비명과 함께 무의미한 저항은 순식간에 끝나버렸다. 뒤이어 아홉 명의 대만인들과 필리핀인들이 끌려나왔다. 선생의 지시대로 좌현 선실에 감금되어 있던 선원들이었다. 고래 해체용 칼을 든 조선인들과 소총을 든 조선인들이 호위하듯 그들의 뒤를 따랐다. 당황한 그들은 한 무리 양 떼처럼 순순히 선교 앞으로 몰려나왔다. 만덕은 한 손에 소총을 들고 그들에게 2열로 서라고 지시했다. 몇이 자리를 제대로 잡지 못하자 만덕은 그들의 허리춤을 잡아 제 자리에 세웠다.

갑판장에게 구한 무기고 열쇠로 다음 계획을 진행하기 전에 선원들은 일단 선실로 돌아왔다. 살인을 하지 않으려는 상구의 태도 때문에 선원들 사이에서는 가벼운 논쟁이 일어났다. 선생은 조선인들이 서로 믿어야 한다고 설득했다. 그때 조용히 이층 침대에 걸터앉아 있던 막내 정섭이 이렇게 물었다.

"그럼 조선인들이 아닌 사람들은, 믿을 수 있는 겁니까?"

선생으로서는 가장 피하고 싶은 질문이었다.

"무슨 말을 하는 건지 모르겠다."

정섭은 고개를 갸웃거리며 싸늘한 미소를 지었다.

"이 배에 타고 있는 게 조선인만은 아니잖아요. 그들이 나중에 배신할 수도 있습니다."

반란에 참여하는 것은 조선인 선원들뿐이었다. 좌현 쪽 선실에 타고 있는 대만인들과 필리핀인들은 배상계약서를 쓰지도, 협박을 받지도 않았다. 따라서 그들이 목숨을 걸고 반란에 참여할 리 없었다. 그럼에도 가능하면 선생은 그들을 끌어들이고 싶지 않았다. 선생은 자신도 모르게 깊은 한숨을 쉬었다.

"그 새끼들도 처리해야지."

만덕이 이렇게 말하자 선원들은 하나둘 동조를 했다.

"그래. 바다는 넓으니까 그 떼놈들 자리도 있을 거야."

"그놈들이 남극에서 한 짓을 생각하면……"

선생은 미간을 찌푸렸다. 그들을 죽이는 편이 정섭의 말처럼 후환이 없을 터였다. 하지만 동시에 이 일은 정당성을 잃었다. 지금 하는 일은 정당해야 했다. 그렇지 않다면 자신들이 하는 짓은 일본인들이 했던 짓과 다를 바 없는, 아니 그보다 고약한 일이 될 터였다.

"아니요. 그들도 우리와 같은 하급선원입니다. 우리는 학살을 하는 게 아닙니다. 생존을 위해 부당함에 항거하는 거죠. 혁명을 일으키는, 투쟁을 하는 겁니다."

"생존을 위해 필요하다는 거 아닙니까. 같은 민족도 아닌데 그놈들을 어떻게 믿습니까. 일이 틀어지면 우린 모두 사형입니다. 그 쥐새끼들이 배신하거나 밀고하지 말라는 법이 어디 있습니까."

만덕의 외침에 다들 한마디씩 거들었다. 선실은 삽시간에 시끄러워졌다. 그들도 죽여야 한다는 쪽과 반대하는 쪽에서 말다툼이 벌어졌다.

"조용히 하세요! 적들이 듣습니다."

선생의 외침에 선실은 조용해졌다. 그러나 여전히 불만스러운 눈빛들이 선생을 향하고 있었다. 아직 해야 할 일은 많았고, 시간은 없었다. 지금 당장 이들 모두를 납득시킬 만한 결정을 내려야 했다.

"침상 끝 두 분."

선생이 선실의 끝 침대에서 고개를 내밀고 있는 두 사람을 가리켰다.

"갑판장에게 얻은 무기고 열쇠로 총을 꺼내서 무장한 채로 두 분은 일단 좌현 선실을 입구를 봉쇄하세요. 아주 조용히 해야 합니다. 기관장과 주방장, 해부장을 처리한 후 그들 손으로 나머지 일본인들을 죽이게 만드는 겁니다. 그들까지 모두 이 일에 동참시키는 겁니다."

"거부하면요?"

윤용이 물었다.

"절대 거절할 수 없을 겁니다. 그렇게 만들 거니까요."

마지막으로 이등항해사가 묶여 나왔다. 끝까지 저항을 한 것인지 얼굴은 엉망이었다. 두 눈두덩이 너무 부어올라 눈은 살점에 묻혀 사라져 버린 것처럼 보였다. 이등항해사를 끌고 나온 사람은 정섭이었다. 눈부신 아침 햇살에 이등항해사가 머뭇거리자 정섭은 그의 엉덩이를 걷어찼다. 이등항해사가 넘어지자 여기저기서 웃음이 터져나왔다. 정섭은 그를 마스트에 묶었다. 선장과 이등항해사가 서로 마주 보는 형국이 되었다. 유난히 광대가 튀어나온 갑식이 그 앞에 늘어선 앞줄의 대만인과 필리핀인들에게 주방에서 가져온 식칼과 과도칼을 나눠주기 시작했다. 앞선 이들은 어리둥절한 표정으로 칼을 받았다. 총을 든 조선인들이 뱃머리 쪽에 서서 그들을 겨눴고 목 뒤에서는 고래 해체칼과 갈고리로 무장한 조선인들이 서 있었다. 대만인과 필리핀인들은 조선인들의 총칼에 포위된 꼴이었다. 갑식이 칼을 나눠주고 들어가자 정섭은 예의 천진한 미소를 지으며 무언가를 몸짓으로 그들에게 설명했다.

선교에 잡혀 있던 일등항해사는 고개를 돌려 선생에게 물었다.

"뭐하는 거야?"

선교에는 선생과 용수라는 청년이 있었다. 콧잔등에 주근깨가 있는 용수는 일등항해사의 뒤에서 그에게 갈고리를 겨누고 있었다. 창백한 얼굴의 선생은 안색만큼이나 희미한 목소리로 답했다.

"그들도 불의를 벌하는 이 심판에 참여시키는 겁니다."

"심판? 이건 선상 반란이야. 범죄고 살인일 뿐이야. 당신들이 한 짓은 용서받을 수 없어!"

"아니요. 이건 생존을 위한 몸부림일 뿐입니다. 어젯밤 제가 그렇게 간절히 부탁한 걸 잊으셨습니까?"

선생은 창백한 안색으로 되물었다. 일등항해사는 추궁하는 듯한 그의 눈빛을 피해 고개를 돌렸다.

너울을 넘는 낮에 배가 위아래로 심하게 요동치고 있었다. 일등항해사는 선실 불을 켰다. 시각은 자정을 앞두고 있었다. 둥근 현창 너머로 거친 밤바다가 어둠 속에서 요동치고 있었다. 두 시간쯤 눈을 붙이고 일어난 일등항해사는 서둘러 선교로 향했다. 선장과 근무교대를 해야 했다.

선생이 들어온 것은 선장과 인수인계를 막 끝마쳤을 때였다. 배의 쇄

표를 확인하고, 방위와 속도를 일지에 기록하고 났을 때, 통로 쪽 격실문이 열렸다. 문 앞에는 선생이 서 있었다. 선생을 먼저 발견한 것은 막 나갈 준비를 하던 선장이었다.

"뭐야?"

"말씀드릴 게 있어서 왔습니다."

선생의 얼굴은 핏기가 없었고 입술은 말라 터져 있었다. 그는 선교 안으로 들어와 선장 앞에 섰다. 선장은 콧방귀를 뀌었다.

"나는 들을 말 없네."

"일본에 돌아가면 소송 걸겠다는 결정은 철회하실 수 없는 겁니까?"

선생은 선장의 발밑에 엎드려 머리를 조아렸다. 얼핏 엎드린 그의 등으로 핏물이 배어나온 등판이 보였다.

"잘못을 했으면 책임을 져야지. 안 그래? 더구나 배상계약서는 니들이 쓴 거야."

"제발 저희를 불쌍히 여겨주셔서 다시 한 번 생각해보시면 안 되겠습니까? 저만 해도 고향에 두고 온 처자식이 있습니다. 밥 벌어 먹고살겠다고 애써 배를 탔는데, 그렇게 되면 저희는 길거리에 나앉습니다. 가족 모두 굶어죽습니다."

선장은 쓰고 있던 모자를 바닥에 내동댕이쳤다.

"가족? 가족을 소중하게 생각하는 놈들이 그런 식으로 행동을 해? 이 벌레 같은 새끼들. 니들 가족만 소중해? 상등병조 가족은? 죽은 포수 가족은? 쓰레기 같은 너희 조센징 놈들은 제국의 법이 얼마나 엄정하고 훌륭한지 한번 경험해봐야 네놈들의 모자란 골통에도 책임감이라는 게 생길 테지. 최소한 길거리에 나앉아봐야 네놈 새끼들이 제국의 법이라는 걸 배울 거란 말이다!"

선장은 새빨간 얼굴로 불을 뿜듯 말을 쏟아냈다. 그의 입에 거품이 맺히고 침이 사방을 튀는 동안 선생은 얼굴을 들지 못했다.

"제발, 제발 용서해주십시오."

선장은 복도 쪽 통로를 막고 있는 선생을 걷어찼다. 선생은 높고 날카로운 비명을 질렀다. 등에서는 더욱 붉은 피가 배어나왔다. 그럼에도 그는 다시 선장의 발밑으로 기어가 조아린 고개를 들지 않았다. 일등항해사는 알고 싶었다. 어떤 절박함이 저 사내를 저렇게 애원하게 하는 걸까? 그러나 선장은 그런 그를 무시한 채 복도로 이어진 문을 열었다. 선장이 나가고 문이 닫힌 후에도 선생은 자리에서 일어나지 못했다.

일등항해사는 잠시 고민했다. 계약서와 엄포에도 불구하고 선장이 실제로 소송을 걸거나 배상을 요구할 가능성은 없었다. 어차피 총을 겨누고 받은 계약서 따위가 법적 효력을 지닐 리 없었다. 그뿐만 아니라 남극에서 일어난 일련의 사건들은 굳이 따지자면 실패로 끝난 조선인들의 파업 때문이 아니었다. 선원법에 의거 몇 사람이 처벌을 받을 수도 있었지만, 계약서의 내용대로 모든 손실을 그들에게 빚으로 떠넘길 수는 없었다. 이 모든 일은 그저 선장의 화풀이였다. 일등항해사인 그에게도 유키마루가 본토로 무사히 돌아갈 경우, 선장이 어떤 책임을 져야 할지 상상이 잘 되지 않았다. 최악의 경우 해군에서 그에게 전시 무단이탈을 뒤집어씌울 수도 있었다. 그러니 미치지 않기 위해서 선장에게는 분노를 부사할 대상이 필요했다. 그리고 운 나쁘게 파업 미수가 그 구실이 되었을 뿐이다. 하지만 이런 사정을 조선인들이 알 리 없었다. 일등항해사는 선생에게 이 모든 것을 설명해줄까 잠시 고민했다. 어차피 소송은 걸어봐야 소용없으며, 임금을 받지 못할 가능성은 있지만 최소한 빚은 지지 않으리라는 설명을.

하지만 남빙양과 태평양이 만나는 편서풍 지대를 빠져나오며 일등항해사는 지난 며칠간 잠을 거의 자지 못했다. 파도가 집채만 한 이 바다는 지구상에서 가장 거친 바다로 유명했다. 열두 시간씩 맞교대 근무이긴 했지만 근무가 끝나도 그가 처리해야 할 일은 산더미처럼 쌓여 있었다. 남극에서 일어난 일의 뒷정리도 그의 몫이었고, 부족한 식량과 물을 어떻게 배분할 것인가 하는 문제도 남아 있었다. 피로 붉게 물든 선생의 등판을 보고 있는 것만으로도 피곤이 몰려왔다.

"돌아가세요. 이 문제는 나중에 이야기합시다."

시체처럼 엎드려 있던 선생이 비틀거리며 일어났다.

"나중이란 없습니다. 지금 답해주셔야 합니다."

일등항해사는 순간 짜증이 치밀어올랐다. 그는 최대한 선원들에게 합리적으로 대하려 노력했다. 특히나 선생은 어쩐지 마음이 쓰였다. 아마도 이런 일을 할 사람이 아니라는 느낌이 주는 안쓰러움 때문이리라. 자신이 아니었다면 선생은 갑판장의 등쌀에 진작 목숨을 잃었을지도 몰랐다. 그런데 그런 주제에 자신에게 말대답하자 일등항해사는 울컥 화가 치밀었다.

"후회? 조센징 주제에 잘해주니까 이제 위아래도 모르겠냐?"

선생은 고개를 들었다. 순간 일등항해사는 무언가 잘못되었음을 깨달았다. 선생의 눈빛 때문이었다. 선생은 분노도 슬픔도 아닌 이상한 눈빛으로 자신을 보고 있었다.

"죄송합니다. 주제넘게 굴어서. 저는 이만 돌아가겠습니다."

선생은 고개를 숙인 채 검은 피딱지가 굳어가는 굽은 등으로 왔던 문으로 돌아나갔다. 일등항해사는 불편한 마음을 애써 누르며 타륜을 잡았다. 손톱 밑에 가시가 박힌 것처럼 석연치 않은 무언가가 마음 한구석에 걸려 좀처럼 사라지지 않았다. 그것이 무엇인지 생각해봐야 했지만 생각조차 하고 싶지 않았다. 너무 피곤했으니까. 그리고 이내 밀려오는 파도에 선생에 대한 생각은 잊어버렸다.

망각의 대가가 지금 눈앞에 있었다. 일등항해사는 비통한 목소리로 외쳤다.

"선장 말은 거짓이야. 돌아간다 해도 당신들에게 법적으로 책임을 물을 수 없어!"

선생은 씁쓸한 미소를 지었다.

"이미 늦었습니다. 잘 보세요. 당신들이 선택한 결과를."

선생은 식은땀을 흘리며 간신히 말을 이었다. 정신을 차릴 수 없을 정도의 고통이 말을 할 때마다 등판 전체로 퍼져나갔다. 채찍질을 당한 상처가 더 벌어진 모양이었다. 하지만 선생은 이를 악문 채 버텼다. 원하든 원치 않든 자신이 벌인 일이었고, 그 끝을 볼 의무가 있었다.

아침 햇살이 쏟아지고 있는 가운데 식칼을 든 대만인과 필리핀인들이 어리둥절한 표정으로 자신의 손에 든 칼을 바라보고 있었다. 정섭은 답답하다는 표정으로 앞으로 나와 다시 무언가를 찌르는 시늉을 해 보였다. 그 정도까지 표현을 하자 말을 모른다 해도 정섭이 무엇을 원하는지는 누구나 알 수 있었다. 필리핀인의 리더 격인 에밀리오 리우렐이라는 중년의 사내가 나섰다. 그는 목소리를 높여 항의했다. 필리핀의 항일 게릴라 무리를 지원한다는 혐의로 제국 해군에 강제 차출되어 배에 탄 라우렐은 실제로는 벌목꾼이었다. 영어를 한다는 이유로 스파이 혐의를 받았지만, 벌목꾼 시절 그의 고용주가 미국인이었을 뿐이었다. 말이 통하는 선생이 없었으므로 라우렐은 고개와 손을 저어 거부의 뜻을 표시했다. 정섭은 다시 한 번 칼로 찌르는 시늉을 했다. 몸짓이 통하지 않자 라우렐은 손에 든 칼을 바닥에 내던졌다. 그가 표할 수 있는 가장 큰 거부의 표현이었다. 챙 하고 갑판에 날이 부딪힌 칼이 정섭의 발치에서 흔들거리자 정섭은 씩 웃었다. 그것은 미소라기보다는 경련처럼 보였다. 그는 오른손을 들었다. 라우렐은 의아한 표정으로 정섭의 손끝을 바라보았다. 하지만 그것은 라우렐에게 보내는 신호가 아니었다.

손이 내려가는 것과 동시에 총성이 울렸다. 겁에 질린 대만과 필리핀인들이 바닥에 엎드리는 동안 라우렐만이 통나무처럼 그대로 앞으로 쓰러졌다. 가슴의 입사구로 뿜어져나온 피가 이등항해사의 얼굴에 튀었다. 이등항해사의 안색이 더욱 하얗게 변했다. 선교에서 그 광경을 바라보던 일등항해사는 고개를 돌려 선생에게 으르렁거리듯 외쳤다.

"이게 생존을 위한 거라고?"

"네. 만약 저들이 이등항해사를 죽이지 못하면 조선인들은 대만인과 필리핀인들도 모두 죽여버릴 겁니다. 이 배는 전쟁 중입니다. 살기 위해서는 적인지 아군인지 자신의 태도를 명확히 밝혀야 합니다."

첨벙.

조선인들은 그의 시신을 바다에 던졌다. 바다에 던지면 아무도 모른다는 갑판장의 엄포는 이제 예언이 되어버린 셈이었다. 바다는 라우렐의 시신을 집어삼켰다. 정섭은 라우렐이 들고 있던 칼을 들어 뒷줄에 서 있던 대만인 손에 쥐여주었다. 그 모습을 보며 일등항해사는 시모노세키에서 봤던 광경이 떠올랐다. 꼭 정섭만 한 소년들이 학도병으로 자원해 배를 타기 위해 포구에서 열을 맞춰 행군하고 있었다. 그들은 어느 전선에서 누굴 죽이고 있을까. 시대는 소년들을 잔인하게 만들었다. 그리고 천진한 소년들은 천진한 만큼 더욱 잔혹할 수 있었다.

칼을 받은 사내는 정섭에게 떠밀려 아직 라우렐의 핏자국이 남아 있는 자리에 세워졌다. 더는 항의하는 사람이 없었다. 그들은 정섭의 명령에 따라 한 보 앞으로 나왔다. 그러자 마스트에 묶여 있는 이등항해사를 필리핀인과 대만인들이 둘러싸는 형국이 되었다. 햇살을 받은 날붙이들이 눈부시게 반짝였다. 이등항해사가 마스트에 묶인 채 울음을 터뜨렸다.

수산 강습소를 갓 졸업하고 견습으로 처음 유키마루를 탔던 이등항해사는 지난 5년간 이 유키마루에서 처음으로 뱃일을 배우고 선원으로 성장했다. 이 배가 포항과 홋카이도, 사할린을 오가며 고래를 잡던, 전쟁으로 차출되기 이전부터 일등항해사와 쭉 함께해왔던 셈이었다. 이등항해사가 처음 총각을 뗄 수 있게 삿포로의 스스키노에 데려간 것도 그였다. 일등항해사와 오래 알고 지냈던 마담은 눈을 질끈 감은 채 낑낑거리는 이등항해사의 모습이 강아지처럼 귀여웠다고 귀띔해주었다.

"저 녀석까지 죽일 필욘 없잖아."

일등항해사는 외쳤다.

"이건 제가 결정할 수 있는 문제가 아닙니다."

선생은 이렇게 답하고는 기침을 했다. 몸을 위아래로 흔드는 격한 기침은 한동안 계속되었다. 그 사이 갑판에서는 차근차근 처형 준비가 끝났다. 이등항해사의 애달픈 울음소리는 바람에 흩어졌다. 정섭은 웃음을 터뜨렸다. 울며 애원하는 이등항해사의 모습이 재밌는 모양이었다.

"조센징 따위에게 애원하지 마! 야마토 혼을 지켜!"

선장은 큰 소리로 외쳤다. 일등항해사는 화가 났다. 야마토 혼 따위로 자신이 저지른 멍청한 짓이 용납될 수 있다고 믿는 것일까? 선장의 허무한 독려가 채 끝나기도 전에 정섭이 팔을 들었다. 아침 햇살을 받은 정섭의 손에는 더께같이 말라붙은 피가 선연했다. 일등항해사는 눈을 감은 채 고개를 돌렸다. 분노와 무력감과 두려움이 뒤엉킨 채 현실에서 고개를 돌린 사이, 아침 햇살을 받은 칼날들이 번뜩 빛났다. 이등항해사의 비명소리가 길게 그리고 짧게 이어졌다. 일등항해사는 귀를 막았다. 하지만 막은 손 틈 사이로 비명이 파고들었다. 일등항해사는 눈물을 흘리지 않기 위해 아랫입술을 깨물었다. 비명은 점점 작아졌지만, 소리가 더 이상 들리지 않게 된 후에도 귓가에는 비명의 잔향이 남아 있었다.

다시 눈을 떴을 때 마스트에 묶인 피투성이의 몸뚱이를 볼 수 있었다. 그것은 붉은 고깃덩어리처럼 보였다. 마치 누군가 이등항해사를 풀어주고 그 자리에 대신 붉은 고깃덩어리를 가져다놓은 것 같았다. 칼을 들고 있던 필리핀인 하나가 바닥에 식칼을 떨어뜨렸다. 그리고 울음을 터뜨렸다. 마누엘이었다. 매일 끼니때마다 기도하는 그는 이 배에서 유일한 기독교 신자였다. 무표정한 얼굴로 갑식이 그들에게서 칼을 걷었다. 정섭과 다른 조선인들은 그 사이 이등항해사의 시신을 바다에 던졌다. 바다는 어머니처럼 넓은 품으로 그의 시신도 받아주었다. 바다에 치솟았던 포말은 순식간에 사라져버렸다. 갑판에 고인 핏자국 역시 몇 번의 걸레질에 속절없이 지워질 터였다. 선장은 지치지도 않고 조선인들에게 저주의 말들을 쏟아놓고 있었다. 정섭은 울고 있는 마누엘의 목덜미를 움켜잡아, 만덕의 지시에 따라 한 줄로 늘어선 필리핀인들과 대만인들의 열의 가장 뒤에 끌어다 놓았다. 피로 붉게 물든 그들의 손에는 다시금 밧줄이 쥐어졌다. 밧줄의 끝에는 선장이 있었다.

"어제라면, 어제 막았다면 멈출 수 있었을까?"

눈시울이 붉게 충혈된 일등항해사는 눈물 고인 눈을 깜빡이며 선생에게 물었다. 선생은 이제 제대로 서 있지도 못했다. 감고 있던 눈을 간신히 뜨며 그는 힘겹게 답했다.

"돌이키기엔 이미 너무 멀리 왔습니다."

일등항해사는 갈비뼈가 부러질 듯 비통한 마음으로, 자신이 멈출 수도 있었던 지옥을 바라보았다. 정섭은 맑고 낭랑한 목소리로 구호를 외쳤다.

"이찌, 니, 이찌, 니,"

필리핀에서 조업을 할 때 그물을 당기며 외쳤던 그 구호에 따라 밧줄이 팽팽해졌다. 당겨진 마닐라 삼 자락에는 붉은 손자국들이 남았다. 뒤로 밀려난 피 묻은 손자국의 길이만큼 선장은 허공에 매달렸다. 선장의 욕설이 끊겼다. 관자놀이에 핏발이 서고 눈은 금방이라도 튀어나올 것 같은 얼굴이었다. 선장의 발은 막 솟아오르는 하늘의 태양을 걷어찼다. 마치 이 모든 것이 태양의 탓이라도 되는 양, 그는 사정없이 허공에 발길질을 해댔다. 욱일기 같은 햇살을 내뿜으며 태양은 떠올랐다. 울컥, 울컥하는 경련을 두 차례 반복한 후 이내 허무한 발길질도 멈췄다. 다시 한 번 움찔한 후, 얼굴이 흙빛이 된 선장은 바람에 따라, 파도에 따라 마스트에 매달린 채 천천히 흔들거렸다. 마스트의 망루 바로 밑에 매달린 채 아침 햇살을 받은 그의 몸뚱이는 해체장으로 끌려가는 고래의 몸뚱이처럼 한없이 늘어져 천친히 시계추처럼 흔들렸다.

파국

선장이 마스트에 매달려 흔들리고 있는 동안 선교에서 선생이 쓰러졌다. 일등항해사는 쓰러진 선생의 등을 확인했다. 피가 배어든 셔츠를 걷어올리자 검게 피떡이 앉은 붕대가 드러났다. 일등항해사의 뒤에서 감시하고 있던 용수가 갑판으로 향하는 문을 열고 소리쳤다.

"선생님이 쓰러졌습니다!"

만덕과 윤용이 달려왔다. 그러나 달려온 그들은 용수 뒤에 서서 일등항해사를 구경만 하고 있었다. 지난 1년간 조선인들은 한 번도 스스로 결정을 내린 적이 없었으므로 갑자기 닥친 이 사태에 대해 어떻게 대응해야 할지 우왕좌왕하고 있었다. 그 백치에 가까운 표정들을 보며 일등항해사는 잠시 고민했다. 이대로라면 선생은 확실히 죽을 터였다. 그에게 선생을 살려야 할 의무는 없었다. 아니, 오히려 일종의 천벌을 받는 셈이었으므로, 기쁜 마음으로 그의 죽음을 지켜볼 수 있었다. 하지만 선생이 없다면 다른 조선인들은 어떻게 행동하게 될까? 그의 생존을 결정한 것은 다름아닌 선생이었다. 배를 몰 사람이 필요하다는 이유로 일본인 중 유일하게 일등항해사만이 선상 반란에서 살아남을 수 있었다. 일등항해사는 용수에게 말했다.

"내 선실에 가면 침대 밑에 상자 하나가 있을 겁니다. 그걸 가져오세요. 빨리."

용수는 어쩔 줄 모르는 표정으로 만덕과 윤용의 눈치를 살폈다. 일본인의 명령을 따라도 되냐는 표정이었다. 윤용이 고개를 끄덕이자 그는 하갑판으로 내려가는 문으로 달려갔다. 일등항해사는 선생의 머리에 손을 얹었다. 이마에는 열이 있었다. 상처로 세균 감염된 것이 틀림없었다.

"어떻게 되는 거요?"

만덕이 걱정스러운 표정으로 물었다. 선교 밖에서는 일렬로 선 대만인과 필리핀인들이 밀대로 갑판에 남은 이등항해사의 피를 닦고 있었다. 일등항해사는 답했다.

"모르겠습니다."

정말 알 수 없었다. 포수가 죽은 이후 모든 것이 걷잡을 수 없을 정도로 파국으로 치닫고 있었던 것이다.

쾅.

문이 닫히자 열린 문틈으로 불어오던 남극의 바람이 멈췄다. 피투성이가 된 장정들은 포수를 받쳐든 채 바람과 함께 숙소로 몰려들어왔다. 포수는 마치 물 밖으로 끌려나온 물고기처럼 아무 목소리도 내지 못한 채 입만 뻐끔거렸다. 밭은 숨을 쉴 때마다 목구멍에서는 꼬르륵 소리가 났다. 갑자기 입가에 머금은 피가 울컥 넘어왔다. 한껏 열린 동공 탓에 눈은 칠흑 같았고 안색은 하얗게 변해서 기지 뒤로 펼쳐진 설원보다 더 창백했다.

"식탁 치워!"

선장이 소리쳤다. 식사 준비를 하던 접시들이 그대로 바닥으로 쏟아졌다. 포수를 부축해왔던 해부장과 이등항해사는 그대로 포수를 식탁 위에 눕게 했다. 가슴을 싸맨 천은 벌써 검은색으로 변해 있었다. 천을 떼자 다시 피가 울컥 솟아올랐다. 다시 가슴을 누르자 이번엔 입으로 피가 넘어왔다.

"봤는데. 내가 먼저 봤는데."

말을 할 때마다 입 밖으로 피가 넘어왔다.

"말하지 마. 괜찮아. 그러니까 아무 말도 하지 말라고."

선장이 말했다. 하나뿐인 포수의 눈동자는 이미 초점이 없었다. 선장은 고개를 들어 해부장을 바라보았다. 해부장은 고개를 저었다.

"틀렸소."

병원이라면, 의사가 있다면 어떤 조치를 할 수 있을지도 몰랐다. 하지만 이곳은 남극이었고 가장 가까운 곳의 병원은 남극해 건너편에 있었다. 입으로 자꾸 피를 토하던 포수는 하나뿐인 눈을 치켜뜬 채 마지막 숨을 헐떡였다. 아무것도 하지 못하는 사이 포수의 목젖에서는 다시금 꼬르륵 소리가 났다. 그 소리는 침몰하는 선박이 사라진 자리에서 마지막 기포가 올라오는 소리처럼 들렸다. 그리고 끝이었다. 선장은 포수가 누워 있는 식탁을 주먹으로 내리쳤다.

"어떻게 된 거야?"

"가죽을 벗기고 있는데 산등성이 뒤쪽에서 영국 놈들이 나타났습니다. 포수가 발견하고 우리에게 경고했는데 그 순간 총소리가 나며 쓰러졌습니다."

일등항해사는 아랫입술을 깨물었다. 우려했던 일이 현실로 벌어졌다. 이 섬의 진짜 주인인 영국인들이 생각보다 가까이 있었던 모양이었다. 사냥조의 총소리에 위치가 발각된 것이 틀림없었다. 선장은 고개를 돌려 기관장에게 물었다.

"엔진은 어떤 상태야?"

"수리는 얼추 끝났습니다만, 하지만 아직 시험 항해도 해보지 않았는데요."

"상태는 바다에 나가보면 알 수 있겠지. 즉시 여길 떠난다."

선장은 일등항해사를 돌아보았다.

"15분 내로 출항 준비를 끝마친다. 당장 실을 수 있는 것만 실어서 바로 떠나."

출항 준비를 끝마친다는 소리는 다시 돌아올 일은 없다는 뜻이었다. 그것은 선택을 의미했다. 식량을 택할 것인가? 말리고 있는 가죽을 택할 것인가? 하지만 고민할 시간도 사치였다.

"너, 너, 너, 그리고 너는 주방장에게 붙어서 챙길 수 있는 건 다 챙겨."

일등항해사는 낙치는 대로 앞에 서 있는 조선인들을 손으로 찍었다.

"네 명으로는 택도 없습니다."

주방장이 불평했다.

"사람 없기는 마찬가지니까 알아서 필요한 것들을 먼저 고르라고. 니들 넷은 3분 내 각자 짐 챙겨서 이등항해사랑 보트 하우스로 간다. 거기서 와강기 뒤쪽에 있는 경유 드럼통들 배에 실어. 싣는 즉시 유키마루를 선대에서 바다로 내려."

"네."

"니들 다섯은 갑판장이랑 말리고 있는 가죽 걷는다. 입고 있는 옷 빼고 개인 짐은 포기해. 니들 넷은 뒤쪽 수레에 밀가루랑 말린 고기를 싣고, 너희 둘은 선장님께 키 받아서 주방 창고에서 위스키를 꺼내 수레에 싣는 걸 도와라. 다 실으면 같이 끌어서 배로 오고."

"상등병조는 어떻게 합니까?"

누군가 물었다. 일등항해사는 그동안 자신이 그 사내를 잊고 있었음을 깨달았다. 남극에 도착한 직후, 상등병조는 단 한 번도 숙소에 오지 않았다. 그는 100미터쯤 떨어진, 화산재에 파묻힌 병원으로 가 버린 후 모습을 보이지 않았다. 식량은 있는 걸까? 아니, 살아 있긴 한 걸까?

"거긴 내가 간다. 기관장에게는 둘을 붙여줄 테니 알아서 쓰세요. 이등항해사는 개인 짐 챙기는 대로 저 대신 선교에서 출항 준비하고요. 나머지는 여기서 챙길 수 있는 건 다 걷어서 배로 간다. 가져가야 하는 건지 아닌지 모르겠으면 선장님께 물어봐. 잘 들어! 다들 이곳에서 5분 내에 떠난다! 알았어. 5분 내에 숙소를 비운다!"

"포수 시신은요?"

"버려! 먹을 수 있는 것도 아니잖아. 유족한테 줄 머리카락이나 한 줌만 챙겨."

일등항해사는 오두막 밖으로 튀어나왔다. 차가운 공기가 덮치듯 밀려왔다. 자신도 모르게 욕지거리가 튀어나왔다. 이제 사냥당하는 쪽은 이쪽이었다. 살기 위해서는 달아나는 수밖에 없었다.

병원까지 달려올라가자 숨이 턱까지 찼다. 일등항해사는 시간을 확인했다. 벌써 3분이 흘렀다. 병원에서 보트 하우스까지 달려가는 데 3분쯤 걸리니 이제 9분 남은 셈이었다. 그는 병원 안으로 들어섰다. 금방이라도 무너질 듯한 위태로운 나무 지붕은 화산재와 눈에 반쯤 묻혀 있었다. 일등항해사는 들고 온 자루를 벌려 약장 안에 있는 약들을 그대로 쓸어담았다. 붕대는 약장 옆 선반에 있었다. 마찬가지로 닥치는 대로 집어넣었다. 무게가 제법 묵직해진 것을 확인한 일등항해사는 자루를 어깨에 둘러멘 채 복도를 따라 입원실 쪽으로 달려갔다.

문을 열어젖혔을 때 악취가 코를 찔렀다. 가장 먼저 일등항해사를 맞이한 것은 빈 병들이었다. 텅 빈 위스키 병이 발길에 차였다. 위스키 병들 가운데 크고 둥근 갈색 빈 병이 하나 있었다. 알코올 병이었다. 그는 이곳에서 소독용 알코올을 찾아냈고, 그것도 마셨던 것이다. 굴러다니는 병들의 중심에 상등병조가 있었다. 그는 눈이 퀭하게 들어간 누렇게 뜬 얼굴로 포구에서 흔히 볼 수 있는 전형적인 알코올 중독자의 꼴을 하고 있었다. 폭행사건 이후 처음 보는 상등병조의 얼굴이었다. 왜 그가 얼굴을 싸매고 다니는지 알 수 있을 것 같았다. 코는 중간이 부서져 휜 채 내려앉았고 광대가 부러져 얼굴 오른편의 반쪽은 울고 있는 것처럼 보였다.

"누구야."

"일등항해삽니다."

상등병조는 문 앞에 있는 일등항해사를 곧바로 보지 못하고 잠시 두리번거렸다. 미간을 찌푸린 채 간신히 일등항해사를 찾아냈다. 일등항해사는 아랫입술을 깨물었다. 사할린에서 고래를 잡을 내 저런 경우를 본 적이 있었다. 러시아인 선원들이 약국에서 메틸알코올 사다 마시고 실려간 적이 있었다. 메틸알코올을 많이 먹으면 십중팔구는 의식을 잃어 죽었고 살아남아도 시력을 잃었다.

"흉측하냐?"

상등병조는 이렇게 물었다. 일등항해사는 변명하듯 답했다.

"아, 아닙니다."

"흥, 거짓말은 잘 못하는군."

"당장 떠나야 합니다."

"왜 날 부르러 온 거지. 차라리 날 두고 가는 편이 나을 텐데."

"제가 왜 그래야 합니까?"

"내내 곰곰이 생각해봤어. 누가 날 이 꼴로 만든 걸까? 내가 바보라고 생각하나?"

"바보가 아니라면 알고 있었겠군요. 당신이 정말 유능한 하사관이었다면 언제 침몰할 줄 모르는 배에 파견을 보내지 않았으리라는 걸."

"군인은 언제 죽을지 모른다. 내가 하사받은 권총을 보면······"

"잘은 모르지만 군대에서 해군 하사관에게까지 권총을 하사하진 않을 겁니다. 아마 죽은 장교에게 물려받은 거겠지요. 아니면 훔쳤거나."

"아니! 아니야! 분명히 내가 전공을 세워서! 내 용기에 감복해서 천황께서 직접 하사하신 물건이야!"

상등병조의 목소리가 갑자기 작아졌다.

"지금은 잃어버렸지만."

일등항해사는 미간을 찌푸렸다. 그는 이미 현실과 바람을 구분하지 못하고 있었다. 상등병조의 무언가가 망가져버린 것 같았다. 아니, 어쩌면 유키마루에 타기 전부터, 필리핀 전선 어딘가에서 망가졌는지도 모르는 일이었다. 그렇기에 군은 상등병조를 버렸고, 상등병조는 자신을 버린 위대한 황군의 영광에 목을 맸으리라. 하지만 이제 와 그런 것은 더는 중요하지 않았다.

"이럴 시간이 없습니다. 적이 나타났습니다. 포수가 당했습니다."

그 말에 상등병조의 눈빛이 변했다. 그는 자리에서 번쩍 일어났다.

"어디서?"

"북쪽 사면 넘어 섬 바깥쪽 바닷가에서요. 북서쪽 능선을 타고 나타났다고 했으니 놈들은 여기서 정북 방향 칼데라 호 안쪽의 해안선을 따라 어딘가에 자릴 잡고 있을 겁니다."

영국인들의 기지가 어디 있는지 정확히 알 수는 없었다. 다만 섬의 크기와 사냥조가 기습당한 시간을 따져보면 물범을 사냥한 곳에서 도보로 세 시간 안쪽의 거리임에 틀림없었다. 아마도 사냥조가 물개를 잡는다고 한바탕 총질을 한 다음 날 뒤늦게 그 자리에 가죽을 가지러 돌아왔을 때 피운 불에서 난 연기를 보고 찾아온 것일 터였다. 언제 불어올지 모를 남극의 눈보라를 감안할 때, 그들이 기지에서 멀리 나왔을 리도 없고, 우연히 발견해 공격했을 리도 없었다. 계획된 기습이었다. 선장 역시 그렇게 판단했기에 출항을 서둘렀던 것이다. 만약 그들에게 배가 있고, 포수를 공격한 이들이 돌아와 배를 타고 쫓아온다면 적들의 배는 30분 안에 이 포경기지 앞에 나타날 터였다.

상등병조는 비틀거리며 자리에서 일어나 주위를 둘러보다 자신이 앉아 있던 침대 뒤쪽에 놓인 목발을 집어들었다. 일등항해사는 왜 그가 목발을 챙기는지 알 수 없었지만 그런 걸 일일이 따질 겨를이 없었다.

"어서요. 곧 배가 출항할 겁니다."

일등항해사는 자루를 짊어지고 앞장서서 달렸다. 상등병조는 목발을 소중한 보물이라도 되는 양, 품에 안은 채 뒤따라왔다. 이제 남은 시간은 5분 남짓이었다.

병원을 박차고 나와 보트 하우스 쪽으로 내려오던 일등항해사는 문득 이상한 기분이 들었다. 고개를 돌리자 반대쪽으로 달리는 상등병조를 볼 수 있었다. 그는 북쪽에 있는 산을 향해 달려올라가고 있었다.

"그쪽이 아닙니다!"

일등항해사는 큰 소리로 상등병조를 불렀다. 하지만 그는 뒤도 돌아보지 않았다.

"천황 폐하 만세!"

'반자이'라고 외치는 그의 목소리는 능선을 따라 쩌렁쩌렁 울려퍼졌다. 목발을 소총처럼 '앞에 총' 자세로 든 채 그는 산 너머에 있을 적을 향해 돌격하고 있었다. 거의 멀어버린 눈으로.

광기 속에서 그는 무엇을 증명하고 싶었던 걸까? 따라가면 잡을 수 있었지만 잡으러 갈 시간이 없었다. 선장은 출항시간에서 1초도 지체하지 않고 정확히 15분 뒤 떠날 것이다. 그가 유키마루에 탔건 타지 못했건 말이다. 일등항해사는 몸을 돌려 멀리 보이는 보트 하우스를 향해 달리기 시작했다.

선대에서는 막 유키마루가 바다로 입수하고 있었다. 수증기가 오르는 바다에서 흰 물기둥이 사방으로 튀어올랐다. 그 증기 너머 수평선의 끝에서는 검은 영국의 소해선이 보였다. 일등항해사는 달렸다. 협곡 입구가 막히기 전에 디셉션 섬을 빠져나가야 했다.

　　　　　　　　　　　　　　　　　　　　　`

과산화수소를 뿌린 후 분홍색 거품이 일어나기 시작하자 일등항해사는 선생의 등에서 피떡 진 붕대를 풀어헤쳤다. 붕대 아래로 끔찍한 상처가 모습을 드러냈다. 패어나간 살점과 상처들이 사방으로 벌어져 있었다. 상처의 크기로 봐서는 봉합해야 마땅했지만, 어떻게 처치할지 몰랐던 조선인들은 그냥 붕대로 감아뒀을 뿐이었다. 이미 벌어진 상처는 감염되어 시뻘겋게 부어오른 가장자리마다 노랗게 테가 껴 있었다. 가지고 있는 약이라고 해봐야 모두 노르웨이인 포경기지에서 닥치는 대로 집어온 것들이라 약병의 이름도 제대로 읽을 수 없었다. 일등항해사는 색으로 용도를 알아볼 수 있는 머큐롬을 골랐다. 염증이 일어나기 시작한 상처를 소독만으로 치료할 수 없다는 건, 일등항해사도 잘 알고 있었다. 하지만 그가 할 수 있는 것은 이게 전부였다. 일등항해사는 바늘을 불에 소독한 후, 사방으로 터지고 갈라진 상처를 꿰맸다. 벌어진 상처에서는 연신 검은 피가 흘러나왔다. 일등항해사의 심경은 복잡했다. 죽여버리고 싶은 인간의 생사가 자신의 운명이 달려 있다 생각하니 입안이 썼다. 마지막 상처를 꿰매고 일등항해사는 선생의 상처에 소독약을 들이붓다시피 했다. 자신이 할 수 있는 일을 다 한 일등항해사는 조선인들에게 말했다.

"이 약으로 매일 소독해주고 붕대도 갈아주세요."

잠시 어색한 침묵이 흘렀다. 일등항해사는 이내 침묵의 이유를 깨달았다. 선생은 단순히 한 사람이 아픈 것이 아니었다. 그들은 배를 장악했지만, 아무런 계획이 없었다. 그것에 대해 생각하지 않은 이유는 선생의 말에 따르면 된다는 믿음 때문이었다. 그런데 그 믿음의 대상이 지금 쓰러져 있었다. 일등항해사는 이 모든 것이 불쾌한 코미디 같았다. 선장역시 포수가 무두질을 하리라 믿으며 닥치는 대로 물범과 코끼리해표를 죽이고 가죽을 벗겼던 것이다. 한 치 앞도 보지 못하기는 일본인이나 조선인이나 매한가지였다.

"저 새끼는 어떻게 할까요?"

갑식이 턱 끝으로 일등항해사를 가리켰다. 일등항해사는 선생의 등에서 풀어헤친 피 묻은 붕대 앞에 앉아 있었다. 만덕이 인상을 찌푸린 채이마를 긁었다.

"선창에 처넣어 둡시다."

"거긴 가죽이 있잖아."

"그놈의 썩은 가죽 쓸 데 있나. 다 바다에 처박으면 되지."

그렇게 선장이 애지중지하던, 자신을 부자로 만들어주리라 믿었던 남극의 전리품은 바다로 사라졌다. 일등항해사는 쓴웃음을 지었다. 썩어버릴, 바닷속으로 사라질 것들을 위해 남극까지 가서 그토록 많은 사람이 고생하고 죽었다는 사실을 인정할 수 없었던 것이다.

가죽에 문제가 있다는 사실을 가장 먼저 깨달았던 사람은 일등항해사였다. 특별히 이유가 있었던 것은 아니었다. 배 구석구석을 자주 점검하는 것은 그의 업무 중 일부였고, 따라서 자연스럽게 남극에서 잡은 해표와 물개의 가죽이 있는 선창을 확인했다. 디셉션 섬에서 떠나온 지 열흘 만에 선창문을 열자 고약한 썩은 냄새가 코를 찔렀다. 바닥에는 누런 물이 흘러나와 고여 있었다.

가죽을 썩지 않게 하기 위해서는 무두질을 해야 했다. 그렇지 않으면 가죽 역시 짐승의 몸뚱이에 나온 것임으로 당연히 썩어버린다. 당장 무두질을 할 수 없다면 최소한 제대로 건조를 해 냉동을 한 채로 운반해야 했다. 하지만 포수가 죽은 후 누구도 거기까지 생각하지 못했다. 그들은 어부였지, 사냥꾼이 아니었으니까. 결국 선창에 있는 가죽은 모두 썩어가고 있었다.

물론 단 한 사람은 무두질을 해야 한다는 걸 알고 있었다. 하지만 해부장은 그 사실을 말할 수 없었다. 무두질이 필요하다는 것과 그 방법을 선원들에게 알려준다면 일본인 모두에게 자신이 에타 출신의 부락민이라는 것을 대놓고 밝히는 셈이었으니까. 부락민 출신이라는 것이 밝혀

지면 어떤 일이 벌어지는지 너무나 잘 알고 있었다. 반평생을 감춰온 비밀을 밝히는 것보다는 차라리 성과급을 포기하는 편이 나았다. 그러나 선장에겐 가죽이 썩어버리는 일이 그 정도의 문제가 아니었다. 그곳에서 썩어가고 있는 것은 그의 마지막 희망과 미래 전부였다.

선창 입구에 몰려 있는 선원들을 헤치고 가죽의 모습을 본 선장의 눈빛은 번들거렸고, 숨은 가빠졌다. 이제 포수가 죽고 상등병조가 죽었다. 돌아가면 그에게 돌아올 책임의 무게는 이전과는 비교할 수 없었다. 그나마 돈이 있다면 매수를 해서라도 책임을 피할 수 있었다. 그러나 이제 자신에게 남은 것은 썩은 가죽 한 무더기뿐이었다. 그것은 자신의 파멸만이 아니었다. 그의 가족과 사랑하는 사람 모두가 거리로 나앉을 터였다. 이 전시에 돈이 없다는 뜻은 단순히 가난만을 의미하진 않았다. 그것은 곧 죽음을 의미했다. 갑자기 눈앞이 캄캄해졌다. 선장의 입에서는 방언처럼 욕설이 터져나왔다. 일등항해사는 깨달았다. 선장 안에서 무언가 완전히 무너져내렸음을.

"이틀간의 작업 지연이 엔진 교체 작업을 늦췄고, 결국 출항 일정을 늦췄다. 늦어진 출항 일정이 상등병조의 실종과 배의 위기를 초래했으므로 파업을 선동한 사람을 처벌하겠다."

선장은 선원들을 모아놓고 이렇게 연설했다. 물론 말도 안 되는 소리였다. 늦게 출항한 원인을 굳이 따지자면 선장에서 썩고 있는 그 가죽을 얻기 위해 사냥조가 돌아다닌 탓이었다.

"잊지 말아야 할 것은 너희들이 천황폐하 아래 소속된 황군이라는 것이다. 그런 황군의 일원으로서 파업을 도모했다는 것은 불충한 대역죄라 할 수 있다."

선장의 입에서 천황폐하의 이름을 듣다니, 일등항해사는 이 모든 것이 불쾌한 희극 같았다. 상등병조의 천황 타령을 선장은 얼마나 냉정하게 무시했던가.

"따라서 내가 그런 불온한 생각을 떨쳐버릴 수 있도록 너희들에게 본보기를 보여주겠다."

선장은 선생을 상의를 벗겨 식당 천장에 매달았다. 선장의 손에는 가죽으로 만든 혁대가 들려 있었다. 그가 내린 판결은 채찍질 30대였다. 젊은 시절 러일전쟁에서 수병으로 배를 탔다는 선장은 태업하는 선원에 대한 제국 해군의 전통적인 형벌을 내리겠다고 선언했다. 그는 채찍질이 영국 해군에서부터 수백 년간 내려온 유서 깊은 전통이라 덧붙였다. 천황이 내리는 처벌을 포수를 죽인 영국군의 전통에 따르겠다는 것 자체가 하나의 코미디였다. 선장은 두 개의 가죽혁대를 묶어 채찍을 만들었다.

"맞을 때마다 자네 입으로 횟수를 센다. 알았나?"

"네."

"세지 못한 횟수는 맞지 않은 것으로 셈하고 다시 때린다. 알았나?"

"네."

"그럼 시작하지."

선장은 엄숙하게 말했다. 정작 선원들은 장날 마실 온 동네 아저씨들 같은 표정이었다. 다들 말은 하지 않고 있었지만 이 처벌 자체가 쓸데없는 짓이라는 걸 이미 알고 있었다. 하지만 누구도 나서지 않았다. 옳은 일을 위해 위험을 자초하는 것이 얼마나 멍청한 짓인지 묶여 있는 사람이 이미 보여주고 있었으니까.

휘릭!

혁대가 허공을 갈랐다. 팍, 하고 가죽이 쫙 펴지며 공기를 찢었다. 요란한 소리와 함께 선생의 등에 붉고 선명한 자국이 남았다. 있는 힘껏 채찍을 휘두른 선장의 관자놀이가 퍼덕였다. 선생의 얼굴은 고통으로 일그러졌다. 그는 떨리는 입술로 토해내듯 외쳤다.

"하나."

"좋아."

다시 채찍이 허공을 갈랐다. 있는 힘껏 휘두르는 탓에 때리는 쪽 얼굴이 더 붉게 상기됐다.

"둘."

숫자를 세는 목소리는 일종의 폭발음처럼 들렸다.

셋, 넷, 다섯.

붉은 자국은 점점 부어올라 커진 모공으로 핏방울이 맺히고 있었다.

여섯, 일곱, 여덟, 아홉.

부어오른 피부가 터졌다. 악다문 이 사이로 선생은 쥐어짜내 듯 숫자를 세고 있었다.

열, 열하나, 열둘, 열셋.

선생의 등판으로 피가 흘러내렸고, 선장의 이마에선 땀이 흘러내렸다.

열넷, 열다섯, 열여섯, 열일곱.

이제 등판에 붉은 자국들이 겹치는 곳에서는 일제히 상처가 벌어지기 시작했다. 살섬이 뜯어져나간 것이다. 선생의 목소리는 비명에 가까웠다. 구경하는 선원들 중에서 누군가 하품을 했다.

열여덟, 열아홉, 스물, 스물하나, 스물둘.

혼절한 선생을 깨우기 위해서 갑판장은 양동이에 차가운 바닷물을 담아 선생에게 뿌렸다. 선생은 비명을 지르며 깨어났다. 상처로 늘어산

소금기 탓에 선생의 악문 이 사이로 울음에 가까운 신음소리가 흘러나왔다. 선장은 땀에 젖은 머리를 쓸어넘겼다.

"이제 여덟 대 남았으니까 잘 세라."

스물셋, 스물넷, 스물다섯, 스물여섯.

다시 갑판장은 바닷물을 길어와야 했다. 바닥에 흩어진 핏방울들이 여기저기 꽃처럼 피어났다.

스물일곱, 스물여덟, 스물아홉.

끝내 선생은 서른 번째에 맞은 횟수를 복창하지 못했다. 선장은 채찍을 버린 후 갑판에 침을 뱉고 말했다.

"이 일은 그냥 넘어가지 않을 것이다. 한 가지 약속하지. 돌아가면 너희 조선인 선원들에게 이 파업으로 인한 손실에 대한 소송을 걸겠다. 그래서 너희들에게 마지막 한 푼까지 받아낼 것이다. 임금? 돌아가면 너희들은 받아야 할 돈의 열 배는 토해내야 할 거다. 너희에게 못 받으면 너희 가족에게라도 받아낼 것이다. 니들의 마누라나 자식을 팔아서까지, 맹세코 1 엔까지 다 받아낼 테니 각오해라."

채찍질 내내 무감했던 조선인들은 순식간에 동요하기 시작했다. 비로소 타인의 고통이 자신의 고통이 되는 순간이었다. 선장은 조선인 선원들을 하나하나 식당으로 불렀다. 그리고 그들에게 계약서를 쓰게 했다. 파업으로 인한 조업 실패에 대한 피해를 보상하겠다는 일종의 각서였다. 총을 든 갑판장이 서명하는 선원들 뒤에 서 있었고, 말을 듣지 않는 조선인들에게는 소총의 장전음을 들려주었다. 서명은 일사천리로 진행되었다. 선장은 계약서를 모아놓고 기분 좋은 듯 낄낄거렸다. 그저 화를 풀기 위한, 의미 없는 종잇조각이었다. 그러나 결과적으로 그것이 선장 자신의 목을 매달 올가미가 된 셈이었다.

문이 닫혔다. 사방은 어두웠다. 격실문 너머로 멀어지는 발걸음 소리가 사라지자 정적이 찾아왔다. 선창에는 썩은 가죽 냄새가 배어 있었다. 일등항해사가 갇히기 전, 청소하며 상부 해치를 열어 환기를 시키긴 했지만 구석구석 밴 독하고 역한 냄새를 사라지게 할 수는 없었다. 가죽에서 썩은 물이 창고 바닥에 눌러붙어 바닥을 부식시켰고, 틈새에 남아 악취를 뿜어냈다. 내키지 않았지만 피로가 혐오감을 이겼다. 일등항해사는 그 바닥에 웅크렸다. 그에게 냄새보다 견디기 힘든 것은 오히려 어둠이었다. 어둠 속에 홀로 앉아 있으면 많은 생각이 끊임없이 떠올랐다. 그러면 마음은 어쩔 수 없이 애달파졌다.

마지막 순간에 이 파국을 막을 수 있지 않았을까? 후회가 조수처럼 밀려왔다 빠져나가면 뒤이어, 죽은 이들과 함께했던 추억들이 찾아왔다. 가장 오래 알고 지낸 선원들은 십 년도 넘게 함께 배를 탔다. 물론 함께한 시간에 비해 딱히 가까웠던 것은 아니다. 믿고 일할 수 있는 동료가 친구를 의미하는 것은 아니니까. 돌이켜보면 그 추억이라고 하는 것도 고래 꽁무니를 쫓아다니던 기억과 사창가에서 어깨동무를 하고 흥청거린 것뿐이었다. 그렇다 해도 그것 나름의 정이 있었고, 나름의 즐거움이 있었다. 무엇보다 슬픈 부분은 그 슬픔이라는 것이, 또 못 견디게 괴로울 징도는 아니라는 사실이었다. 그렇게 죽은 이들에 대한 기억이 수면 아래로 천천히 깜빡이다 가라앉고 나면 분노가 남았다. 잔인한 조선 놈들. 그들은 강도였고, 살인자였고, 미친놈들이었다. 그들에게 복수를 해야 해. 똑같이 죽여서 내장을 끄집어내 바다에 던져주마. 선생을 치료했던 자신의 행동에 대해 후회하며, 그의 죽음을 강렬하게 열망했다.

그러나 분노는 기대만큼 오래가지 못했다. 일등항해사도 알고 있었다. 이 모든 비극의 원인을 조선인들에게만 돌릴 수 없다는 것을. 어쨌거나 그는 선장 다음의 지위를 가진 이 배의 책임자였고, 필요에 의해 일본인들과 조선인 사이의 갈등을 방치한 순간도 없지 않았다. 그런 부분까지 떠오르고 나면 어쩔 수 없이 죄책감이 뒤따랐고 그러면 다시금 후회가 찾아왔다.

어둠 속에서 감정은 꼬리를 물고 돌고 돌았다. 돌면 돌수록 처음 달아올랐던 맹렬함은 천천히 무뎌졌다. 조금 더 시간이 있었다면 그런 감정조차 완전히 사라졌을지도 몰랐다. 하지만 남아 있는 선원들이 그렇게 되도록 가만히 두지 않았다.

선창문이 열리고 빛이 쏟아졌다. 그리고 빛과 함께 주먹이 날아왔다. 번쩍, 빛이 그의 턱을 통해 온몸으로 퍼졌다. 일등항해사는 바닥에 엎어졌다. 쓰러진 몸뚱이 위로 발길질이 이어졌다. 고개를 들었지만 역광 탓에 그들이 누군지 볼 수 없었다. 익명의 존재들은 일등항해사에게 한없이 친근했다. 그들은 끊임없이 체중을 실은 채, 육체와 육체가 부딪히며 만드는 고통의 애무를 일등항해사에게 선사했다. 복수의 열망이 담긴 신음소리가 입 밖으로 흘러나오자 일등항해사는 살아 있음을 깨달았고, 뜨거운 피가 흐려진 감정을 명징하게 벼렸다. 항해 내내 일등항해사는 선원들에게 인간적으로 대하려 최대한 노력했다. 물론 누군가는 서운한 감정을 가질 수도 있었다. 그렇지만 적어도 조선인들을 똑같은 인간으로 대하려고 노력했었다. 하지만 이 순간, 일등항해사가 그들을 어떻게 대했느냐는 전혀 중요하지 않았다. 그들이 익명의 얼굴이었던 것처럼 그들에게 일등항해사는 잔악한 일본인의 상징일 뿐이었다. 분노에 분노가 조응하는 동안 온몸은 불에 달궈진 것처럼 후끈거렸다.

조선인들은 일등항해사를 꼬박 하루 동안 방치했다. 일등항해사는 먹지도 마시지도 못한 채 어두운 선창에서 아픈 몸뚱이를 추슬렀다. 무슨 일이 벌어지고 있는 것일까? 가끔 사람들의 목소리가 상갑판에서 들렸지만, 알아들을 수 없었다. 이대로 날 죽게 내버려두는 것은 아닐까? 두려움이 무럭무럭 자라났다. 무언가 문제가 있었다. 그리고 이내 그렇게 생각하는 이유를 깨달았다. 선창이 너무 조용했다. 사람들의 목소리가 들릴 정도로. 이 선창의 바닥에 기관실개구가 있었다. 따라서 원래대로라면 엔진소리 외엔 아무것도 들리지 않을 터였다. 이것이 의미하는 바는 너무나 분명했다. 배가 멈춘 것이다. 끊임없이 해류가 흐르고 파도가 치는 바다에서 멈춘 배가 가만있을 리 없었다. 유키마루는 또 한 번 표류하고 있었다.

정육

문이 열렸다. 빛이 쏟아졌다. 그리고 식판이 보였다. 식판에는 제대로 된 한 끼 식사가 있었다. 허기와 갈증에 시달린 끝에 일등항해사는 자신이 환상을 보고 있다고 생각했다. 식판을 든 손의 주인은 선생이었다. 그는 창백한 안색으로 식은땀을 흘리며 떨리는 손으로 식판을 잡고 있었다. 떨리는 그의 손이 꿈이나 환상치곤 너무나 생생했다. 일등항해사는 생각했다. 설사 꿈이라 해도 무슨 상관이란 말인가. 그는 갈라진 입술을 간신히 벌려 목소리를 쥐어짜냈다.

"물 좀……"

뒤에 서 있던 정섭이 수통을 내밀었다. 일등항해사는 낚아채듯 수통을 받아들었다. 그리고 숨도 쉬지 않고 단번에 수통의 물을 모두 비웠다. 쓰라릴 정도로 마른 식도를 따라 물이 흐르자 일등항해사는 자신도 모르게 눈을 감았다. 수통의 주둥이에서 입을 떼는 순간 저절로 긴 탄식이 나왔다. 그는 눈을 떴다. 그제야 주변의 광경이 들어오기 시작했다. 물도, 식사도, 선생도 모두 환상이 아니었다. 그렇기에 일등항해사는 더더욱 자신의 앞에 펼쳐진 광경이 믿어지지 않았다. 눈 밑에는 짙은 그늘이 드리워 있었고, 더운 날씨가 아니었음에도 끊임없이 손을 떨며 땀을 흘리고 있는 선생이 선창으로 찾아온 것이다.

"괜찮소?"

선생은 대답 대신 고개를 끄덕였다. 일등항해사는 식판을 받아들었다. 마른 목을 축이기 무섭게 입안에는 벌써 침이 고였다. 막 밥을 입안에 떠 넣으려는 순간 무언가 이상하다는 걸 깨달았다. 선생이 살아 있다는 것도 알았다. 그 덕분에 밥을 먹을 수 있다는 것도. 그러나 자신의 식사 때문에 선생이 직접 올 이유는 없었다.

"도대체 무슨 일입니까?"

고통을 참기 위해 눈을 감은 채 문에 기대어 서 있던 선생은 갈라지는 목소리로 답했다.

"일단 드세요. 나중엔 식사를 못할 수도 있으니까."

허기가 호기심을 이겼다. 일등항해사는 허겁지겁 음식을 입안으로 밀어넣었다.

식사 후 정섭의 부축을 받으며 선생이 앞장섰다. 두 사람이 일등항해사를 데리고 간 곳은 배의 선미 하갑판이었다. 선미 가장 끝에는 비상탈출구라는 것이 있었다. 양묘기와 난간 사이에 있는 작은 해치로 배가 침몰할 경우 기관실이나 선미의 아래쪽에 있는 사람들이 탈출하기 위한 통로였다. 말 그대로 탈출을 위한 공간이기에 평소에는 갈 일이 없었다. 따라서 선생의 뒤를 따라 걸으며 일등항해사는 무슨 일이 벌어지는 깃인지 전혀 짐작할 수 없었다.

비상통로의 문을 여는 순간 일등항해사는 무언가 잘못되었다는 것을 깨달았다. 피비린내가 덮치듯 훅 하고 밀려왔던 것이다. 숨 막힐 듯 좁아지는 선미의 늑골 끝에는 비상 사다리가 달려 있었다. 그리고 한 평이 채 못 되는 공간에 비상 탈출구와 이어진 선미 끝 통로가 있었다. 초록색의 방수 페인트가 칠해져 있어야 하는 그 바닥은 붉은색이었다. 온통 피가 고인 탓이었다. 그리고 사다리 앞에 갑식이 있었다. 아니, 좀 더 정확히 표현하자면 사다리에 거꾸로 매달린 채 해체되어 있었다. 뒤집힌 갑식의 얼굴은 평화로워 보였다. 하지만, 배가 벌려 있었고, 내장은 흩어져 펼쳐진 채 있었다. 마치 아이가 호기심에 개구리를 해부라도 한 것처럼 꼼꼼하게 내장이 꺼내어져 있었다. 울컥, 일등항해사는 방금 전에 먹은 식사가 넘어올 뻔했다. 그는 입을 가리고 넘어오는 쓴 물을 억지로 되삼켰다.

"어떻게 된 겁니까?"

"오늘 아침 발견한 모양입니다. 선원들이 배를 이 잡듯이 뒤졌거든요."

"왜요?"

"만덕이 사라진 갑식과 윤용을 찾는다고 사람들을 풀어서 꼼꼼히 뒤졌습니다. 둘 사이에 그럴 일이 조금 있어서요."

"그럼 만덕이 저지른 짓입니까?"

일등항해사는 인상을 찌푸린 채 눈앞에 해체된 갑식을 바라보았다. 바닥은 온통 굳어가는 갑식의 피로 흥건했다.

"아직 모르겠습니다. 누가 그랬는지 알아봐달라고. 일등항해사님을 모시고 온 겁니다."

일등항해사는 믿어지지 않는다는 표정으로 선생을 바라보았다. 그들은 자신의 적이었다. 이게 무슨 말도 되지 않는 부탁인지 이해할 수 없었다.

"왜 제가 알아봐야 하는 겁니까?"

"이 일이 벌어지는 동안 갇혀 계셨으니 유일하게 확실한 알리바이가 있는 셈이니까요."

일등항해사는 비상탈출구의 문을 닫았다. 더는 보고 있을 수 없었다.

"아니요. 그 말이 아니라 이 일을 제가 왜 해야 하는 겁니까?"

선생은 식은땀을 흘리며 힘겹게 억지 미소를 지었다. 그러고는 일등항해사의 찢어진 입술을 보며 이렇게 말했다.

"이 일은 아마 원한 때문일 겁니다. 그 상처처럼 말입니다."

그럴듯한 이야기였다. 원한이 없다면 이토록 잔혹하게 사람을 죽였을 리 없었으니까. 그리고 지금 이 배에서 가장 큰 원한을 사고 있는 사람은 다름아닌 자신이었다.

"잡지 못하면……"

"네. 이걸로 그치지 않을 겁니다. 다음 피해자는 일등항해사님 될지도 모르지요."

선생이 어떤 식으로 이 일을 추측하고 있는지 알 수 있을 것 같았다. 갑식은 윤용과 함께 비교적 일본인들과 가까웠던 선원이었다. 둘 다 선상 반란에 참여했지만, 그것은 선장이 조선인들에게 고향으로 돌아가면 가족까지 망하게 만들 것이라 계약서까지 쓰게 하며 협박했기 때문이었다. 만약 그렇게까지 하지 않았다면 그들은 틀림없이 밀고했을 터였다. 그만큼 두 사람은 조선인들의 미움을 받고 있었다. 그런데 갑식은 이 꼴로 죽었다. 갑식을 이렇게 만든 사람의 동기는 원한 때문일 것이고 그렇다면 윤용과 자신 역시 또 다른 피해자가 될 가능성이 컸다.

"내가 조사한다고 순순히 따를까요? 다른 선원들이."

"당신이나 윤용을 증오한다 해도 다들 협조할 겁니다. 사람이 그랬다고 보기엔 끔찍한 광경이니까요."

선생의 말대로 갑식의 모습은 처참함을 넘어서 두려울 정도의 광경이었다. 시신의 모습에는 어떤 부조리함이 있었다. 하지만 그 부조리함이 무엇인지 정확히 꼭 집어 말할 수 없었다. 그는 다시 문을 빠끔 열고 고개를 내밀어 갑식의 모습을 자세히 살폈다.

"엄청나게 고통스러웠을 텐데 아무도 비명을 못 들었다니. 이해가 안 갑니다."

선생이 힘겨운 목소리로 말했다.

"바닥에 피를 보세요. 먼저 목의 경동맥을 잘랐을 겁니다. 동맥으로 피가 뿜어져나오니까 죽는 데까지 채 1분도 걸리지 않았을 겁니다. 아마 자르는 즉시 의식을 잃었겠죠. 성대까지 한꺼번에 그어버린 탓에 비명도 지르지 못했을 겁니다."

선생은 확실히 통찰력이 있었다. 그가 말해주지 않았다면 자신은 갑식이 어떻게 죽었는지 이해조차 하지 못했을 터였다. 그러나 갑식의 평온하기까지 한 표정은 여전히 그의 목 아래의 상황과 대비되어 더욱 기이했다.

"누군가 죽여본 솜씨군요."

"이 배에서 그걸로 추려낼 수 있는 사람은 없을 겁니다."

선생은 쓴웃음을 지으며 말했다. 그랬다. 이 배에서 손을 피로 더럽히지 않은 사람은 일등항해사가 유일했다. 어쩌면 그래서 선생이 자신에게 이 일을 맡긴 것인지도 모를 일이었다. 정섭은 선생 뒤에 무표정하게 뒤에 서 있었다. 선생은 중얼거렸다.

"닮았네요."

"뭐 말입니까?"

"고래 해체해놓은 모습이요."

일등항해사는 아랫입술을 깨물었다. 선생의 말대로였다. 어떤 증오가 사람을 이 꼴로 만들었을까. 그 생각에 일등항해사는 온몸에 소름이 돋았다.

비밀

갑식의 시신은 필리핀 선원들에 의해 수습되었다. 양동이를 가지고, 비상구 통로로 내려가 말 그대로 해체된 갑식을 주워담았다. 비위가 약한 마누엘이 혼절하는 작은 사고가 있었지만 갑식의 나머지 시신을 정리해 바다로 버리는 데까지 채 두 시간이 걸리지 않았다. 일등항해사는 버려지는 갑식의 시신을 바라보다 문득 사라진 부분이 있음을 깨달았다. 끄집어내놓은 내장이 아닌 허벅지의 근육 일부가 보이지 않았다는 걸 뒤늦게 눈치챘다. 처음 봤을 때 느꼈던 부조리함의 정체는 바로 이것 때문인지도 몰랐다. 뒤늦게 확인하고 싶었지만 멈추라고 할 새도 없이 시신은 푸른 바닷속으로 사라져버렸다.

뒤이어 선원들에 대한 탐문이 시작되었다. 선교로 조선인 선원들을 하나씩 불러들여 면담을 시작했다. 어쨌든 대만인과 필리핀인들은 조선인의 감시를 받고 있었고, 누군가 살인을 했다면 조선인일 가능성이 높았다.

"거기 앉으시지요."

예상대로 그들의 반응은 우호적이지 않았다. 만덕은 노골적으로 적개심을 감추지 않으며 일등항해사를 똑바로 노려보았다.

"쪽발이 따위에게 도대체 왜……"

"저도 하고 싶어서 이러고 있는 게 아닙니다."

"도와주게. 범인을 잡아야 하니까."

일등항해사 뒤에는 선생이 앉아 있었다. 그는 창백한 안색으로 식은 땀을 흘리며 어렵게 버티고 있었다. 무엇이 그를 저렇게까지 하게 만드는지 일등항해사는 이해할 수 없었다. 선생의 말에 만덕은 마지못해 의자에 앉았다.

"무얼 알고 싶은 겁니까?"

"갑식과 윤용은 무슨 일로 찾아보라고 명령한 겁니까?"

"그 자식들 때문에 어제 아침부터 한바탕 소란이 있었소."

만덕은 으르렁거리는 듯한 목소리로 일등항해사를 바라보며 이야기를 시작했다.

희미한 파도소리에 눈을 떴다. 창밖이 환했다. 만덕은 깜짝 놀랐다. 아무도 자신을 깨우지 않던 것이다. 그는 동틀 녘에 근무하기로 되어 있었다. 하지만 현창에는 이미 해가 떠 사방이 밝았다. 조선인 선원들은 자신들 역시 일본인들과 같은 꼴을 당할지 모른다고 두려워했다. 이미 대만인이나 필리핀인 모두 일본인들을 죽여본 경험이 있었으므로 조선인들을 죽이지 못할 이유가 없었다. 그래서 근무자를 정했다. 그 근무 계획에 따르면 만덕은 여섯 시에 일어나도록 되어 있었다. 만덕은 의자에 기대어두었던 소총을 걸쳐 멨다. 그리고 자물쇠를 열어 일등항해사의 선실에서 나왔다. 고개를 돌리니 복도 끝 문 너머로 식당 앞에 모여 있는 사람들을 볼 수 있었다. 만덕은 모인 사람들을 제치고 식당 안으로 들어섰다. 그리고 사람들이 모여 있는 이유가 아무도 아침을 준비하지 않았기 때문이라는 사실을 깨달았다.

"누구야! 누가 아침 당번인데 아직 주방에 오지도 않은 거야?"

만덕은 소리를 질렀다. 식사는 조선인들이 만들도록 되어 있었다. 누가 식사에 장난을 칠지 모른다는 의심 때문이었다. 만덕이 소리 지르자 복도 쪽에서 누군가의 목소리가 들렸다.

"우리!"

만덕은 고개를 돌렸다. 근수아범과 용수가 하급선원 선실로 이어지는 계단 쪽에서 삐쭉 얼굴을 드러냈다.

"뭡니까? 이게. 해가 중천에 떴어요!"

만덕은 사람들을 헤집고 들어서는 그들에게 버럭 소리를 질렀다.

"근무자가 안 깨워줬어. 둘 다. 깨워줘야 밥을 하지. 우리 깨우기로 되어 있는 게 자네 아닌가?"

만덕은 그제야 자신이 여섯 시 반에 밥할 두 사람을 깨우기로 되어 있었다는 사실을 떠올렸다. 머쓱해진 그는 일부러 큰 소리로 짜증을 냈다.

"저도 전 근무자가 안 깨워준 겁니다. 누가 근무 선 거야? 진짜 걸리기만 하면……"

"윤용 아저씨요."

용수의 말에 만덕은 몸을 돌려 통로 쪽으로 향했다. 그러고는 들으라는 듯 큰 소리로 외쳤다.

"아, 진짜. 그 새끼는 뭐하는 거야?"

"새벽 나절에 선실에서 나올 때 보니까 갑식이랑 무슨 상자 가지고 기관실 쪽으로 가던데."

열의 가장 뒤쪽에 서 있던 상구가 말했다. 만덕은 씩씩거리며 식당을 나섰다. 반대편 통로로 넘어가려다가 문득, 자신이 왔던 복도 쪽의 선실 문이 모두 열려 있는 것을 깨달았다. 상급선원실의 다른 선실은 비어 있었다. 선실의 주인들은 모두 바다 밑에 있었으니까. 그 안에 있는 물건들과 그 방을 누가 쓸 것인지 결정하는 일은 선생이 깨어난 이후 결정하기로 미뤄뒀었다. 총을 가진 자신만이 무기를 지키기 위해 자물쇠가 있는 일등항해사 선실을 이용한 것이었다. 그런데 누가 문을 열어둔 것인지 이해할 수 없었다. 만덕은 맞은편에 있는 이등항해사 선실로 들어섰다. 들어서자마자 무슨 일이 있었는지 알 수 있을 것 같았다. 책상 서랍은 모두 빠져 바닥에 널브러져 있었고, 캐비닛의 자물쇠는 박살나 있었다. 누군가 죽은 일본 선원들의 소지품을 턴 것이었다. 누가 그랬는지는 불을 보듯 뻔했다. 갑식이었다. 그깟 도둑질 때문에 아침을 굶어야 하다니. 허기는 잊고 싶은 기억을 상기시켰다. 만덕의 가슴속에서 무언가 뜨거운 것이 치받았다.

어느 날 만덕의 너와집으로 칼을 찬 순사들이 찾아왔다. 그들은 산이 나라의 것이며 그들이 나라의 땅을 도둑질하고 있다고 말했다. 아버지가 아무리 이 밭을 자신들이 얼마나 열심히 개간한 것인지 설명해도 소용없었다. 그들은 알 수 없는 말을 했다. 그들이 산농 지도구에 소속되었으며 정부 땅을 함부로 쓴 대가로 도로를 만드는 노역 참여해야 한다고 했다. 만덕은 안경을 쓰고 와이셔츠 차림의 알아들을 수 없는 소리를 하는 사내의 멱살을 잡았다. 그러자 뒤에 있던 순사가 칼을 뽑았다. 그렇게 무의미한 저항은 끝났다. 어머니와 동생들을 두고 아버지와 만덕은 300리 떨어진 고원의 능선으로 끌려왔다. 그리고 삽, 곡괭이, 밧줄, 톱 같은 몇 개의 도구만을 가지고 임간도로를 만드는 일에 동원되었다. 일은 고되고, 배는 고팠지만, 아버지는 그를 달랬다. 나라 땅을 썼으니 빚을 갚아야 한다고.

일이 고되고 먹는 것이 부실한 탓에 아버지는 잘 버티지 못했다. 어금니 두 개가 빠져버리고 나자 딱딱한 음식을 씹어 삼키지 못해 아버지는 더욱 여위었다. 겨울이 되자 상황은 더 나빠졌다. 변변한 신발도 없기에 누더기를 발에 싸매고 나무를 베야 했다. 언 땅에 박힌 나무 밑동을 파내는 동안, 양손은 동상으로 부르텄다. 해가 바뀌자 폭삭 늙은 아버지는 이빨이 몇 개 남지 않았다. 쪼그라든 등 굽은 노인 같은 아버지의 모습이 안쓰러웠던 만덕은 사람들이 피하는 곡괭이 조에 자신이 들어가는 대신 아버지를 쉬운 일로 빼달라고 십장에게 부탁했다. 십장은 아버지를 폭파반으로 옮겨주었다. 확실히 폭파반이 힘은 덜 들었다. 바위에 구멍을 뚫는 일이 좀 고되긴 했지만, 전에 있던 벌목조에 비하면 공으로 일하는 거나 마찬가지였다. 그러나 재를 잇는 산꼭대기의 바위를 폭파할 때 사고가 났다. 소식을 듣고 만덕이 달려갔을 때는 누더기에 싸인 발 하나만 무너진 산비탈 가운데 남아 있었다.

이듬해 가을이 되어서야 만덕은 임간도로 노역에서 풀려날 수 있었다. 비렁뱅이 꼴을 하고 걸어서 집으로 왔다. 너와집의 안방문은 떨어져 나갔고, 비가 들이친 방안의 벽은 일제히 울어서 갈라진 채 터졌다. 흉물스럽기 그지없는 집을 두고 만덕은 밖으로 달려나갔다. 감자와 고구

마를 심었던 밭은 잡초만 무성했고, 옥수수를 심었던 비탈은 말라비틀어진 옥수수대만 남아 있었다. 어머니는 죽지 않았다면 농사를 포기할 리 없었다. 만덕은 미친 듯이 산을 오르내리며 가족을 찾았다. 그러나 그를 기다리는 것은 잡초가 무성한, 그의 가족이 평생을 바친 빈 땅들뿐이었다.

허기진 배를 움켜쥐고 읍내에 내려가서야 가족들의 소식을 들을 수 있었다. 선농이민의 대상이 되어 그의 가족이 속해 있었던 산농 지도구의 500여 호 전체가 길림성으로 강제 이주했다는 것이었다. 길림성이라 했지만 정확히 길림성 어디로 갔는지는 아무도 몰랐다. 쫓아가려 해도 돈이 없었다. 그렇게 허탈한 상태로 길가에 주저앉아 있을 때 읍내 곡물 창고 옆에 붙어 있는 일본수산의 선원 모집 벽보를 봤다.

만덕은 집으로 돌아갔다. 그리고 너와에 불을 붙였다. 허기진 불길은 20여 년간 그들이 살았던 집을 집어삼켰다. 어머니의 등에 업혀 보았던 불이 생각났다. 불길은 그때보다 붉었고, 뜨거웠다. 너와집은 순식간에 무너져내렸다. 그날 만덕은 산과 작별했다. 다시는 산과 나무를 보지 않을 생각이었다. 그래서 배를 탄 것이다.

그런데 산은 여전했다. 파도는 작은 봉우리처럼, 바람에 울부짖는 버드나무처럼 보였다. 그리고 배는 그 산비탈을 오르내리며 미끄러져 그의 속을 뒤집었다. 그리고 그 울렁거림이 다시 그의 허기에 불을 붙였다. 그것이 허기인지 아니면 상실감으로 인한 허함인지는 그도 알지 못했다.

"그곳에서 윤용이나 갑식을 만난 겁니까?"

만덕은 생각만으로 기분 나쁘다는 듯 콧방귀를 뀌었다.

"그랬다면 짜증이나 나지 않았겠지! 고 쥐새끼 같은 놈은 그때 이미 찾아도 보이지 않드만."

주로 갑판에서 일했던 만덕은 하갑판의 복도에서 길을 잃었다. 그에게 기관실이 있는 층은 복도와 격벽, 문과 문으로 이뤄진 강철의 미로나 다름없었다. 윤용을 찾지 못한 만덕은 다시 식당으로 올라왔다. 그리고 주체할 수 없는 분노를 추스르기 위해 막 식사하기 위해 올라온 필리핀과 대만인을 일렬로 줄 세웠다.

"어디 있는지 찾아보라고! 못 알아들어? 이 멍청한 새끼들아. 갑식? 요기 얼굴 광대가 요렇게 튀어나온 놈. 윤용! 몰라? 쥐새끼 같은 놈? 그렇게 멀뚱멀뚱 쳐다보지 말고 찾아보라고 새끼들아!"

유키마루는 말이 통하지 않는 다른 민족이 타고 있었지만, 일상적인 회화는 아무런 문제가 없었다. 청소부터 그물을 당기는 일까지 이미 지난 1년간 함께 해왔으므로 일상적인 지시들은 몇 가지 일본어 단어들을 조합하면 의사소통할 수 있었다. 하지만 갑식과 윤용을 찾으라는 지시는 일본어 단어 몇 개로 설명할 수 있는 일이 아니었다. 이럴 때는 한자를 많이 알고 영어를 할 수 있는 선생을 부르면 됐지만, 지금 그는 선장실에서 사경을 넘나들고 있었다. 만덕은 갑식과 윤용이 누군지 설명하는 것부터 실패했다. 결국 만덕은 폭발하고 말았다. 그들을 일렬로 세워 놓고 얼굴에 주먹을 날렸다. 그런데 뒤에서 구경하고 있던 정섭이 불쑥 말했다.

"윤용 아저씨는 선실에서 혼자 술 마시고 있던데요."

만덕은 당황했다. 그는 정섭을 바라보면 외쳤다.

"너는 어린 새끼가 말야, 내가 뻔히 둘 찾는 거 알면서 그걸 이제 이야기해?"

정섭은 무표정한 얼굴로 답했다.

"아니, 말을 꺼내기도 전에 흥분해서 모아놓고 소리 지른 게 누군데."

"니미! 대가리에 피도 안 마른 새끼가 어른이 말하는데."

정섭은 말이 통하지 않는다는 듯 식당 밖으로 나가버렸다. 만덕은 고개를 돌려 일렬로 세워놓은 사람들을 돌아보았다. 필리핀인들과 대만인들이 정섭의 말을 알아듣지 못했지만, 눈치로 일이 어떻게 돌아가는지 이미 짐작하고 있는 듯했다. 중간중간 억울하다는 표정과 불온한 눈빛이 보였다. 만덕은 또다시 울컥했다.

"지금 그 새끼들을 찾는 게 문제가 아니라 네놈들 정신상태가 더 문제야!"

만덕은 새빨개진 얼굴로 맞았던 사람들까지 일렬로 다시 세워 뺨을 때렸다. 폭력은 효과가 빨랐다. 만덕이 갑판장에게서 맞아가며 배운 것이 바로 그것이었으니까. 그들의 시선은 일제히 바닥으로 향했다.

"꺼져! 가! 가서 다들 니들 할 일 해!"

대만인들과 필리핀인들이 흩어졌다. 만덕이 눈을 부라리고 있었으므로 그를 똑바로 보는 사람은 없었다. 그러나 문 너머로 건너가면 무슨 이야기들을 나눌지 뻔했다. 만덕 안에서 타오르는 불길은 윤용에게 향했다. 그 자식 때문에 자신이 근무를 제대로 서지 않는다는 소리를 들었고 아침을 먹지 못했다. 공복을 기억해내자 분노는 더욱 활활 타올랐다. 만덕은 씩씩거리며 식당을 나섰다.

식사를 기다리고 있던 다른 조선인들이 그의 뒤를 따랐다. 재밌는 구경거리가 생겼다는 걸 직감했기 때문이었다. 배에서 오래 생활하다 보면 사람들은 조금씩 이상해지기 마련이다. 다툼이나 분쟁같이 뻔히 일어날 사건을 막아야 할 것이라기보다는 지루한 일상을 잊게 해주는 구경거리로 생각하곤 하는 것이다. 선상 반란 이후, 때마침 일상이 시들해진 이들에게 만덕의 분노는 좋은 구경거리였다. 어쨌든 윤용이란 놈은 예전에 일본인 끄나풀이었고, 그가 만덕에게 당하는 건 재밌는 볼거리임이 틀림없었으니까.

"그래서요?"

"선실에서 마주쳤지만, 그 쥐새끼 같은 놈이 또 도망쳤어. 그래서 다시 떼놈들이랑 필리핀 새끼들을 모아서 찾아보라고 시켰지."

"그리고 발견한 거군요. 갑식을."

"그래."

"윤용은 찾았습니까?"

"그 새끼는 저녁밥 먹을 때 되니까 나타났더라고. 그 새끼가 갑식을 죽인 게 틀림없어. 그러니까 도망친 거지."

만덕은 단정적인 어조로 이렇게 말했다.

"그렇다면 갑식을 처음 발견한 건 누구였습니까?"

그때 일등항해사의 뒤에서 쿵 하는 소리가 들렸다. 선생이 쓰러진 것이었다.

만덕은 선생을 업고 선장실로 달렸다. 그렇게 만덕에 대한 탐문은 흐지부지 끝나버렸다. 다른 조선인들에 대한 탐문은 계속되었다. 다음 차례로 들어온 것은 윤용이었다. 밧줄에 묶인 윤용은 수척한 얼굴로 선교로 끌려왔다. 선생은 그렇게 생각하지 않았지만 조선인들은 그를 범인으로 단정하고 있는 모양이었다. 양손이 묶여 있었고, 일등항해사와 이야기를 하는 동안에도 조선인들이 감시하고 있었던 것이다. 일등항해사는 몇 가지 질문을 던졌다. 처음, 윤용은 아무 말도 하지 않았다. 일등항해사는 뒤에 있는 조선인들에게 다가가 조용히 부탁했다.

"제가 한번 잘 구슬려 말하도록 해볼 테니 밖에서 기다려주시지 않겠습니까?"

조선인들은 못마땅한 표정이었지만, 일등항해사의 부탁을 거절하지 않았다. 조사를 위해 최대한 편의를 봐주라고 선생이 말해둔 덕이었다.

"저 새끼를 풀어줄 생각은 아니겠지?"

"이 배에서 도망칠 곳이 어디 있다고 그러십니까?"

조선인들이 선교 밖으로 나갔다. 문이 닫히자 일등항해사는 다시금 윤용 앞에 앉았다. 그리고 낮은 목소리로 말했다.

"아무 말도 하지 않으면 당신 짓이라고 의심받을 겁니다."

윤용은 작은 목소리로 웅얼거리듯 말했다.

"어차피 당신이 뭐라고 하든 안 믿을 겁니다. 놈들은 날 범인이라고 생각하니까."

"어렵게 생각하지 마세요. 사실대로 말하면 되지 않습니까?"

"어떻게! 사실대로 말하려면 남극에서 있었던 일을 말해야 하는데!"

윤용의 말에 일등항해사는 말문이 막혔다. 파업이 일어날 것이라고 밀고한 것은 다름아닌 윤용이었고, 그는 그것 때문에 사실을 말할 수 없었던 것이다.

"그 일이랑 관련이 있는 겁니까?"

"그럼? 내가 괜히 갑식이 도둑질하는 걸 도와줬겠어? 그 자식이 그 일로, 날 협박하니까……"

윤용의 이마 가득 주름이 잡혔다. 일등항해사는 자신도 모르게 신 한

숨을 쉬었다.

"남극에서 실패한 게 형님 탓이라는 걸 사람들이 알게 되면 가만히
있을까요?"

지난밤, 근무를 서는 자신을 찾아온 갑식은 대뜸 운을 이렇게 띄웠다.
윤용은 등에 소름이 돋았다. 아무도 모른다고 생각했었다. 파업이 일어
날지도 모른다고 갑판장에게 귀띔해준 보람도 없이 윤용 역시 다른 조
선인과 함께 선창에 갇혔다. 그리고 그 얼음지옥 같은 선창 바닥에서 악
몽 같은 시간을 보내야 했었다. 그때 윤용은 밀고자가 누구인지 눈치채
지 못하게 갑판장이 나름 배려해준 것이라 믿었었다. 덕분에 그 비밀을
알고 있었던 것은 단 세 사람뿐이었고, 그래서 조금쯤 방심하고 있었다.
그런데 갑식이 갑자기 그 이야기를 꺼낸 것이다.

"자네 무슨 소린가. 무슨 말도 안 되는……"

"어허. 귀신을 속이시지. 저는 못 속입니다."

"허, 참. 무슨……"

"에이, 제가 그걸 안다고 형님께 해코지하겠습니까? 알 만한 사람끼
리 그러지 맙시다."

"진짜 큰일 낼 사람이네. 어허. 누가 들으면 오해한다니까."

"형님이 그렇다니 그렇다고 칩시다."

"치다니. 아닌 건 아니지."

"근데 형님도 저녁에 보셨잖아요. 일등항해사 쥐어터지는 거. 어휴,
그 양반도 그렇게 맞는데, 형님 정도면 멍석말이 당하지 않겠습니까?"

윤용은 마른침을 꿀꺽 삼켰다. 벽돌공장에서 사장 아들에게 불려간
날이 떠올랐다. 쫓겨나는 그의 등 뒤에 침을 뱉으며 그의 밑에서 일하던

직원이 말했다. 멍석말이 안 하는 걸 고맙게 생각해. 다시금 달아나야 했던 기억이 어제 일처럼 생생하게 떠올랐다.

1년 전만 해도 윤용은 승승장구하고 있었다. 보조에서 시작한 그가 공장에서 드디어 반장까지 달았다. 그는 윗분들의 눈에 들기 위해 할 수 있는 모든 것을 다했다. 사람들은 그런 그를 자존심도 없는 인간 취급했지만, 그것이야말로 패배자들의 변명일 뿐이었다. 그에게도 자존심은 있었다. 다만 그것이 성공하는 것보다 중요하지 않다고 판단했을 뿐이었다. 그렇게 다른 일꾼을 제치고 진급하는 동안 사람들은 뒤에서 그가 야비하니, 약삭빠르니, 이기적이니 떠들어댔다. 윤용은 원대한 목표가 있었다. 공장에서 최초로 조선인 공장장이 될 생각이었으니까. 그에게 자존심은 어떤 행동을 하느냐가 아니라 어떤 인간이 되느냐로 결정되는 것이었다.

그런데 지난봄, 갑자기 모든 것이 바뀌었다. 일본인 사장이 풍을 맞아 쓰러졌다. 그리고 사흘을 앓다가 그대로 세상을 떠났다. 본토에 사는 아들이 현해탄을 건너왔다. 대학을 졸업했다는 죽은 사장의 아들은 아버지의 경영철학을 존중하여 합리적인 경영을 하겠다고 선언했다. 윤용은 선물을 사들고 아들의 사장 취임을 축하해주었다. 해마다 윤용은 사장에게 섭섭지 않은 인사를 했고, 그 대가로 사장은 윤용이 자신 밑의 일용직의 급료를 2할씩 떼는 것을 눈감아주었다. 명목은 있다. 노무 관리비. 그리고 윤용은 자신이 관리하는 직원들이 아무런 불평을 하지 못할 정도로 노무 관리를 잘했다. 방법은 단순했다. 공장 밖으로 나가면 언제든 일용직 자리라도 얻으려는 사람들로 넘쳤으므로 그는 불만이 있는 사람을 즉각 잘랐다. 벽돌공장의 기술자들을 제외하고 잡무를 보는 일용직들은 모두 그가 관리했으므로 떨어지는 돈은 꽤 쏠쏠했었다. 그에게는 불가침의 존재였던 일본인 기술자들에게 한 달에 한 번씩 술도 샀고, 윗분들에게 철마다 인사드리는 것도 잊지 않았다. 하지만 방심하고 있었다. 아버지의 경영철학을 물려받을 것이라는 아들의 말에 윤용은 너무나 안일하게 생각하고 있었던 것이다.

새 사장이 출근한 지 일주일 만에 누군가 투서를 넣었고, 그는 졸지에 일당을 갈취하는 악덕 반장이 되었다. 윤용은 새파랗게 어린 신임 사장 앞에 무릎을 꿇었다. 그리고 봉투를 내밀며 돌아가신 선친과 이야기가 된 일이라 운을 띄웠다. 그것이 결정적인 실수였다. 웃는 얼굴에 돌아온 것은 뺨을 때리는 손바닥이었다. 그는 졸지에 고인을 모독한 악독한 조센징이 되었다.

무엇을 어떻게 해야 했을까? 그때부터 배를 탄 지금까지 매일, 그는 그 일을 생각하고 또 생각해보았다. 자신이 보조로 일하던 10여 년 전부터 계속되어온 관행이라 했다면 괜찮았을까? 자신 역시 10년을 넘게 그렇게 떼먹어왔다고, 말했으면 되는 일이었을까? 가족을 들먹이며 동정을 받아야 했을까? 자신이 얼마나 유능한 반장이며 선친과 각별한 사이였는지 설명해야 했을까? 도무지 알 수 없었다. 그에게 쌈짓돈을 받았던 사람들은 모두 등을 돌렸다. 동네 사람의 1/3은 벽돌공장에서 일했다. 반장이라는 직함이 떨어지기 무섭게 그가 누렸던 모든 것은 이자까지 붙어서 돌아왔다. 윤용은 달아나야 했고, 그래서 이곳 유키마루까지 굴러오게 된 것이었다.

"이 사람이, 아니라니까."

"그래요. 누가 형님이 그랬답니까? 근데 저는 입을 이렇게 닫고 있어도 일등항해사는 가만히 있을까요? 매일 밤 그렇게 쥐어터지다가는 형님 이름도 불쑥 튀어나올 겁니다."

윤용은 머릿속이 더욱 복잡해졌다. 생각해보니 유키마루의 엔진을 수리할 때, 일등항해사도 있었다. 그 역시 파업 모의를 알린 사람이 자신이라는 걸 알고 있었다. 뒤늦게 선생이 항해해야 하므로 일등항해사는 살리자고 했을 때 반대하지 않았던 자신의 어리석음이 한스러웠다. 윤용의 표정을 보며 갑식은 싱글거렸다.

"사람이 이렇게 뒤숭숭할 때는 믿고 의지할 게 있어야 합니다. 안 그렇습니까? 형님."

갑식은 엄지와 검지로 동그라미를 만들었다.

"이럴 땐 이게 최고죠."

"하, 이제 일본인들이 죽어서 급료도 못 받게 됐는데 이 고물 배에서 돈 나올 구석이 어딨나?"

"참, 답답하신 양반이네. 우리야 개털이지만 배에는 임자 없는 물건들이 있지 않습니까?

갑식은 누런 이빨을 번득이며 씨익 웃었다.

"까놓고 말해서 형님이나 나나 이번 일로 손해가 막심하지 않습니까."

그랬다. 윤용은 끈 떨어진 연 신세였고, 갑식은 장부가 소용없게 되었다. 배를 타기 전에 도박사였다는 그는 배 안에서 벌어지는 모든 도박을 좌지우시했다. 그에게 이 배에서 빚이 없는 일본인은 선장과 일동항해사가 유일했다. 하지만 장부에 적힌 이름들은 이제 태평양 바다에 있었다.

"그래서 도둑질이라도 하겠다는 건가?"

"허, 도둑질이라니요. 저는 빚을 받으러 가는 겁니다. 사람이 없어도 빚은 받아야죠. 죽어도 빚은 갚아야 하는 거 모르십니까?"

"그래서?"

"선실문을 따려면 선교의 열쇠함 키가 필요한 데다가 물건들을 챙기려면 손이 필요하다 이 말입니다. 형님도 제게 빚이 있지 않습니까."

"허, 일본인도 죽고, 일본수산에서 급료도 못 받게 된 마당에 빚진 돈을 갚으라는 건가?"

"아, 왜 이렇게 민감하게 그러실까. 그런 뜻 아니지 않습니까. 이 동생 좀 도와달라는 거죠."

"어떻게 하라는 건가?"

"괜히 다른 사람들이 보면 훔쳐간다 어쩐다 말이 많을 테니 모두 자고 있을 때 깔끔하게 장부 정리를 해볼까 합니다. 뭐, 나중에 몇 놈이 싫은 소릴 하면 장부를 보여주면 되지요."

윤용의 관자놀이에 핏발이 섰다. 마음에 들지 않았지만 따라 나설 수밖에 없었다.

상급선원의 선실을 먼지 하나까지 탈탈 털어 돈이 될 만한 물건을 찾는 동안, 갑식의 뒤통수를 보며 윤용은 살의를 느꼈다. 이 자식이 자신의 약점을 잡은 이상, 도와달라는 부탁은 이것이 끝이 아닐 터였다. 그는 돈이 된다면 영혼까지 벗겨먹을 위인이었다. 하지만 딱히 부탁을 거절할 방법도 없었다.

일본인들의 선실을 뒤지는 일은 갑식의 기대보다 수확이 형편없었다. 유키마루은 포경선이었고, 상급선원이네 하고 목에 힘을 주고 다니는 일본인들도 사실은 본토에서 못 배우고 돈 없는 축에 드는 위인들이었다. 돈이 있다면 1년씩 전쟁터를 떠도는 배를 탈 리도 없었다. 싸구려 시계부터 도금된 목걸이까지 잡다한 물건을 챙기던 갑식은 길게 한숨을 쉬더니 윤용에게 이렇게 말했다.

"이왕 이렇게 된 거, 거 부식창고도 한번 들릅시다. 상자 많던데 몇 개 빼돌려도 표 안 날 겁니다."

남극에서 챙긴 위스키를 말하는 것이었다. 서양 말이 쓰여진 위스키가 얼마나 비싼 것인지 알 수 없었지만, 버려진 포경기지에서 유키마루 선원들은 꽤 많은 위스키 상자를 발견했고, 남극을 떠나면서도 그것만은 잊지 않고 챙겼다. 조선으로 돌아갈 수 있을지 알 수 없었지만, 언젠가는 유키마루도 항구에 정박할 터였다. 세계 어디를 가든 뭍에 도착해 위스키를 판다면 쏠쏠한 용돈 벌이는 될 터였다.

"그래서 죽인 겁니까?"

"그랬다면, 당신부터 죽였겠지. 남극에서 무슨 일이 있었는지 정확히 아는 건 당신뿐이고, 일본인을 죽였다면 환영할 사람들이 저 밖에 널려 있는데. 그리고 만덕이 왔을 때 내가 왜 도망쳤겠냐고. 난 그 자식이 갑식에게 이야기를 듣고 날 죽이러 오는 줄 알았다고."

기관실에서 두 사람은 헤어졌다. 갑식은 자신이 물건들을 어디에 감추는지 보여주고 싶어하지 않았다.

"수고하셨습니다. 역시 형님밖에 없다니까요."

갑식은 상자에서 위스키 한 병을 꺼내 윤용에게 내밀었다. 하고 싶은 말은 많았지만, 윤용은 위스키 병을 들고 돌아오는 수밖에 없었다.

문을 열자 선실은 텅 비어 있었다. 다들 식당에 모여 있던 탓이었다. 윤용은 자신의 침상에 걸터앉은 채 위스키를 꿀꺽 삼켰다. 뜨거운 불덩

어리 같은 알코올이 식도를 타고 넘어가며 차가운 몸을 덥혀주었다. 갑식의 말처럼 남극에서의 일에 대해 뒤를 캐고 있는 조선인이 있을까? 그도 알고 싶었다. 하지만 누군가에게 물을 수 없었다. 모르는 사람에게는 그 사실을 묻는 일 자체가 도둑이 제 발 저린 꼴이었으니까. 자신도 일본인처럼 죽는 것은 아닐까. 불안은 알코올로도 소용없었다. 갑식의 말대로 사람들은 다음 희생자를 찾고 있었다. 어찌 됐건 지난 1년간의 항해가 무로 돌아갔고, 그 현실을 원망할 사람이 필요했다. 인과 따위는 중요하지 않았다. 그저 대상이 필요할 뿐이었다. 선생이 같은 이유로 선장에게 채찍을 맞았던 것처럼.

풍랑을 피하기 위해서는 방파제가 필요했다. 그의 방파제가 될 것이라 믿었던 선생은 지금 의식이 없었다. 갑식은 돈이 있으면 된다고 말했지만 그건 지나치게 낙관적인 생각이었다. 이 배에 탄 사람의 절반은 억지로 끌려왔고, 돈은 살아남는 것보다 중요하지 않았다. 선상 반란을 일으키며 사람들은 스스로 생각하는 것보다 더 많은 것을 잃었다. 이 배는 이제 돌아갈 곳도, 머물 곳도 없었다. 돈은 이제 휴지 조각이었으며, 가족과 고향은 영영 보지 못할 꿈이었다. 선원 대부분은 아직 그런 현실을 인식하지 못하고 있었다. 그러나 늦건 빠르건 그걸 깨닫게 되는 순간이 찾아오리라. 그 순간이 되면 그들에겐 누군가 희생양이 필요하리라.

윤용은 자신의 삶에 어떤 비애를 느꼈다. 조선인 선원들은 그를 욕을 했지만, 한 번 일하고 떠나버릴 그들과 달리 자신은 목표가 있었다. 일본으로 돌아가든 어찌 되든 그는 이 배에 남아 조선인 최초로 갑판장이 되리라 생각하고 있었다. 끌려와 피치 못해 일을 하는 그들과 달리 내 손으로 운명을 개척하리라 생각했다. 그렇기에 그는 갑판장 입장에서 생각했고, 갑판장 입장에서 행동했을 뿐이었다. 민족의 배신이니 뭐니 욕하는 사람들의 모습은 그가 보기엔 한심한 무능력자들의 자기만족일 뿐이었다. 그러나 이번에도 예측하지 못한 일이 벌어졌다. 다름아닌 일본인의 천하가 끝난 것이었다. 그리고 아이러니하게 그 종지부를 찍는 데 윤용이 힘을 보탰다. 만약 선장이 각서를 쓰라고 강요하지 않았다면 그는 끝까지 일본인들의 편에 섰을 터였다. 그것은 단지 돈의 문제가 아니었다. 계약서를 내민 선장의 표정을 보는 순간, 윤용은 그의 얼굴에서 새 사장의 모습을 보았다. 자신이 파업할 것이라는 사실을 미리 알려주지 않았느냐고 항변해보았지만 소용이 없었다. 그리고 깨달았던 것이다. 자신은 조선인이었고, 조선인은 이 배에서 결코 갑판장이 될 수 없다는 사실을. 일본인들은 그를 좋아했지만, 그것은 일종의 애완견에 대한 사랑과 비슷한 것이었다. 그가 선상 반란에 적극 참여했던 것은 그 배신감 때문이었다. 그는 누구보다 열심히 일본인들을 죽였다. 하지만 그것만으로는 아무것도 보장해줄 수 없었다.

윤용의 머릿속은 이미 갑식의 협박으로 가득 차 다음 번 근무자나 아침 식사 같은 것은 까맣게 잊고 있었다. 그렇게 그는 자신의 침대에 누워 병째로 위스키를 비우기 시작했다. 뜨거운 위스키가 식도를 타고 흐를 때마다 맥박은 빨라졌고, 그 맥박에 따라 편두통이 찾아왔다. 갑식이 했던 말은 불안이 되어 그의 안에서 풍선처럼 부풀어서, 독주로도 떨쳐낼 수 없었다.

선실문이 열린 것은 바로 그때였다. 얼굴이 붉게 상기된 만덕이 금방이라도 잡아먹을 듯한 기세로 들이닥쳤다. 그는 타오르는 눈빛으로 윤용에게 곧장 다가왔다. 윤용은 덜컥 겁에 질렸다.

"너 뭐하는 새끼야! 뭐하는 새끼냐고. 이 쥐새끼 같은 놈아!"

만덕은 다짜고짜 앉아 있는 윤용의 멱살을 잡아 일으켰다. 허수아비처럼 멱살이 잡혀 끌려올라간 윤용은 반사적으로 들고 있던 위스키 병으로 만덕의 머리를 후려쳤다. 겁에 질린 윤용은 만덕이 남극에서의 일을 추궁하러 왔다고 착각했던 것이다. 요란한 소리와 함께 만덕이 주저앉듯 쓰러졌다. 깨어진 위스키 병이 사방에 흩어졌다. 위스키를 뒤집어쓴 채 깨진 이마에서 피를 흘리는 만덕의 모습을 보고 가장 놀란 것은 다름아닌 윤용이었다. 그는 달아났다. 막 선실 통로에 몰려들어 무슨 일이 벌어진 것인지 의아해하는 구경꾼들을 제치고 달아나기 시작했다. 작은 배 안이었지만 숨을 곳을 찾아야 했다. 저들이 자신이 한 짓을 알아챈 것이 틀림없었다. 목숨이 걸린 일이었지만 윤용은 절대 죽을 생각이 없었다. 선실을 벗어나 복도를 달아나기 시작할 때 등 뒤에서 만덕의 괴성이 들렸다. 그것은 마치 짐승의 울부짖음 같았다.

"어디에 숨어 있었던 겁니까? 갑식의 시체를 발견하고도 당신을 한참 찾았다는데."

600톤급의 배는 크다면 크고 작다면 작았다. 아래로 내려갈수록 구조가 미로같이 변했지만, 그렇다고 한 사람이 오랫동안 숨어 있을 만큼 넓은 공간은 결코 아니었다.

"망루에 숨어 있었어. 죽은 선장의 머리 위에. 냄새가 나서 그렇지 아무도 찾아오지 않더라고."

일등항해사는 그가 느끼는 두려움의 무게를 실감할 수 있었다.

"날 빼줄 수 있는 거야?"

"모르겠습니다. 한 가지 약속은 하죠. 남극 일에 대해 내가 이야기하는 일은 없을 겁니다."

"제발, 살인범 좀 잡아달라고. 이대로 갇혀 있긴 억울하다니까."

일등항해사는 씁쓸한 미소를 지었다.

"살인범이 밖에 있다면 지금 가장 안전한 곳은 아마 당신이 갇혀 있는 선창일 겁니다."

그렇게 다시금 윤용은 끌려갔다. 끌려가는 윤용의 모습을 보며 일등항해사는 머릿속이 복잡해졌다. 이제 그는 자신 대신에 선창에 갇힐 터였다. 선창에 있는 동안 풀려나는 것은 바라지도 않았다. 그저 물과 식사가 그가 원하는 전부였다. 그러나 이제 그 이상을 얻은 셈이었다. 살인자들의 속에서 살인자들을 찾는 대가로.

하지만 범인을 잡는다고 해서 자신이 이 배에서 살아남는다는 보장은 없었다. 냉정하게 생각하면 자신이 처한 상황은 일종의 유보일 뿐이었다. 범인을 잡는다 해도 조선인들은 결코 자신이 육지를 밟는 것을 허락하지 않으리라. 끝은 이미 정해져 있었다. 사소한 원한이나 증오의 문제가 아니었다. 자신의 존재 자체가 조선인들이 저지른 죄의 증거였다. 인간은 죄를 지으면 그 죄를 감추기 위해 또 다른 죄를 짓는 일을 서슴지 않았다. 선상이 폴리네시아 여자에게 저질렀던 짓이 바로 그것이었으니까. 그리고 조선인 선원들은 그때 배운 것을 잊지 않고 있을 터였다.

"그렇다면 폴리네시아에서 잡은 여자를 가지고 갑판장이 매춘을 했다는 겁니까?"

일등항해사는 메모지를 내려놓고, 근수아범의 눈을 응시했다. 근수아범은 고개를 끄덕였다. 일등항해사는 아랫입술을 깨물었다. 알고 있었지만 애써 무시하고 있었던 사실이었다. 다만 새삼 늙은 조선인이 그 사실을 거론하자 일등항해사는 수치심을 느꼈다. 그는 변명하듯 말했다.

"진작 알았다면 선장님이……"

"선장도 알고 있었소."

근수아범의 말에 일등항해사는 말문이 막혔다. 배에서 벌어지는 일은 모두 알고 있다고 생각했었다. 그러나 그것은 착각이었다.

"상납을 받았소. 내가 전해준 적이 있지. 처음엔 지들끼리 하다가 조선인들은 윤용이를 통해서 사람을 받았으니까."

일등항해사는 배신감을 느꼈다. 적어도 선장은 일등항해사인 자신과 배에서 벌어지는 일 모두를 공유하고 있다고 믿었었다. 그가 여자 문제로 선장을 찾아갔을 때 왜 선장이 남극으로 가는 항로나 신경 쓰라 했는지 알 수 있을 것 같았다.

"그런데 갑식과 윤용이 그 일로 무슨 채무관계가 있다는 겁니까?"

"아, 갑판장이 갑식이한테 도박 빚이 많으니까 그 화대를 달아둔 돈으로 셈을 친 거지요."

일등항해사는 머리가 복잡해졌다. 그러니까 조선인의 화대는 배에서 내리면 받게 될 급료로 달아뒀었으며, 그것은 윤용이 관리했다는 이야기였다. 하긴, 거의 무일푼으로 배를 탄 조선인들은 일본인들과 달리 화대로 쓸 돈이 없었다. 그런데, 갑판장은 갑식에게 진 도박 빚을 조선인들의 화대로 갚기로 했었으므로, 결국 갑식이 윤용에게 받을 돈이 있다는 뜻이었다.

근수아범은 아랫입술을 혀로 핥으며 혼잣말을 중얼거렸다.

"고년 까무잡잡한 게 아주 살이 야들야들했는데."

일등항해사는 선원수첩을 닫았다.

"그러니까 정리하자면, 어제 둘이 근무 중 사라진 걸 목격한 게 마지막이었고, 윤용이 채무관계 때문에 갑식을 죽였을 거라는 이야기죠."

"네. 뻔하죠."

하지만 그 받을 돈이라는 것은 임금이 지불될 때 가능한 이야기였다. 이제 선상 반란으로 이들이 고국으로 돌아가 남은 급료를 받을 가능성은 없었다. 아마도 유키마루는 실종 처리가 될 테고 이들은 시간이 지나면 실종자나 전사자로 죽은 사람 취급을 받을 것이었다. 선상 반란이 일어난 순간 이미 채무 관계는 아무런 의미가 없었다. 윤용이 증언했던 내용도 바로 그것이었다.

"그럼 다음 분 들어오라고 해주시겠습니까?"

"네."

근수아범은 그에게 꾸벅 인사를 하고 나갔다. 그의 뒷모습을 보며 일등항해사는 자조적인 미소를 지었다. 조사를 하고 받는다는 관계가 다시 자신을 지휘하는 입장에 서게 하는 것 같아 알량한 만족감이 들었다. 그러나 알량한 만족감이나 느낄 상황이 아니었다. 지금까지 대충 알고 있던 갑판장과 선장의 관계가 비로소 명확해졌다. 남극에 가기 직전, 자신은 배에서 일어나는 일을 모두 파악하고 있다 생각했었다. 하지만 일개 조선인 하급선원도 모두 알고 있던 배의 속사정을 그만 모르고 있었다. 죽은 여자를 버리라고, 자신은 모르는 일이라고 말한 선장의 태도도 비로소 이해할 수 있었다. 그러나 일등항해사의 마음 깊은 곳에서는 이런 의구심이 생겼다. 나는 정말 그 사실을 몰랐던 걸까? 무시했던 것은 아닐까? 하긴 이제 그것이 무슨 의미가 있단 말인가. 자신이 살아남는 데에는 아무런 상관이 없는 정보였다. 돈과 욕망, 그리고 살인. 어찌 되든 자신과는 상관없는 이야기일 뿐이었다. 그때 그의 머릿속에서는 어

떤 생각이 하나 떠올랐다. 그리고 희미하게나마 어떤 길이 보였다. 어쩌
면 살 수 있을지 모른다는 생각에 일등항해사는 자기도 모르게 미소를
지었다.

금고

이른 아침부터 조선인들은 선교에 모였다. 일등항해사가 선생에게 부탁한 것이었다. 선생은 그것이 갑식을 죽인 사람을 밝히는 자리로 생각했겠지만, 일등항해사에게 그 일은 부수적인 문제일 뿐이었다. 속속 사람들이 모여 선교가 발 디딜 곳 없이 북적거리자 일등항해사는 선교에 모인 조선인들에게 꺼진 엔진 이야기를 꺼냈다.

"엔진이 꺼진 유키마루는 지금 표류하고 있습니다. 이미 우리 위치를 잃어버렸죠. 이대로 계속 표류하면 태평양 안쪽이나 남극해로 해류에 밀려갈 테고 그렇게 되면 다시 조난을 당할 겁니다. 그전에 남아메리카 대륙 쪽으로 배를 돌려야 합니다. 육지에 들러 위치를 확인하고 다시 항해 기록을 작성해 항로를 짜야 합니다."

이미 겪어보았으므로 표류를 하게 되면 무슨 일이 벌어질지 다들 잘 알고 있었다. 선교 안은 순식간에 웅성거리기 시작했다.

"거짓말!"

그때 만덕이 외쳤다.

"쪽발이. 도망치려고 수작부리는 거지. 우리 위치를 모른다고. 그럴 리 있나? 지난번 우리가 표류할 때 네놈은 무슨 육분의를 가지고 우리 위치를 찾아냈었잖아."

순식간에 조선인들의 시선이 일등항해사를 향했다. 일등항해사는 손가락으로 무언가를 가리켰다.

"저게 뭔지 아십니까?"

만덕은 피식 웃었다.

"내가 화전민이라고 시계도 모를 줄 아나?"

"네. 시계죠. 시진의라고 부르는. 영어로는 크로노 트리겁니다. 저기, 저기, 저기. 세 개나 있지요. 왜 시계가 세 개나 있는지 생각해보신 적 있습니까?"

일등항해사의 말대로 선교에는 같은 모양의 시계가 세 개나 있었다. 만덕은 물론, 조선인 누구도 그의 물음에 답하지 못했다.

"배의 위치는 별이나 태양의 각도로 계산하는 겁니다. 그리고 그걸 계산하기 위해서는 정확한 시간을 알아야 합니다. 그래서 정확한 시계를 세 개나 달아놓은 겁니다. 제가 근무교대를 하는 걸 보신 분을 아실 겁니다. 항해 일지를 적을 때마다, 시계에 태엽을 감는 걸. 그런데 지난 며칠간 시계에 밥을 준 사람이 있습니까?"

일등항해사의 물음에 조선인들은 서로를 바라보았다. 침묵이 의미하는 바는 분명했다.

"네. 아무도 없겠죠. 그랬다면 시계가 이렇게 모두 죽지 않았을 테니까요. 그러니까 좌표를 확인하기 위해서는 육지에 도착해서 그곳을 해도와 비교해야 하는 겁니다."

일등항해사는 만덕을 향해 돌아서서 의기양양한 표정으로 이렇게 말했다.

"거짓말. 내가 네놈 속셈을 모를 줄 알아. 육지가 보이면 도망칠 생각이지?"

"제가 도망칠 수도 있겠지요. 그럼 배의 위치도 모르는 상황에서 어떻게 할 생각입니까? 무작정 배를 몰고 태평양 가운데로 나갈 생각입니까?"

일등항해사는 일부러 다른 선원들을 둘러보며 이렇게 물었다.

"아니면 이대로 영원히 바다 위에서 떠돌 생각입니까?"

조선인들은 서로의 얼굴을 바라보았다. 고국으로 돌아가면 이제 그들은 살인범이었다. 그것도 본토인을 죽인 조선인. 총살을 당하지 않으면 다행이었다. 더구나 갑식은 알 수 없는 이유로 죽었다. 불안하지 않다면 오히려 이상한 일이었다. 선원들의 시선은 일제히 선생을 향했다. 선상 반란을 이끌어준 그가 이 문제에 대한 해답도 가지고 있으리라는 기대에서였다. 의자에 무너질 듯 위태롭게 앉아 있던 창백한 안색의 선생은 마른침을 삼킨 후 입을 열었다.

"여러분의 투표로 정할 생각이었습니다. 길은 두 가지입니다. 하나는 연합국에 항복하는 것이고, 다른 하나는 조선으로 돌아가는 겁니다."

용수가 물었다.

"연합국에 항복하면 양놈들이 우릴 죽일 것 아닙니까."

대동아 전쟁이 시작된 이후 내내, 제국에선 미국인들에게 항복할 경우 여자는 강간을 당하고, 남자는 고문을 당한 후, 죽을 것이라 떠들어댔다. 그러니 어차피 죽을 목숨, 옥쇄할 각오로 싸우라는 것이었다. 용수나 정섭 같은 학생들이 다니는 학교들은 더했다. 조회 때마다 교장들은 대일본제국이 신의 보호를 받는 나라고, 일생보국의 정신만이 영생할 수 있는 신토에 들어가는 길이라 떠들어댔다. 일본인들은 죽었지만 유키마루에 남은 사람들은 여전히 그 말을 믿고 있었다.

"죽지 않을 겁니다. 우린 조선인이고 우릴 지배하는 일본인에게 반대해서 도망쳤다고 설명하면 될 테니까요. 그들에겐 적을 죽인 사람들이니 상관없을 겁니다. 더구나 전쟁에도 규칙이라는 게 있어서 함부로 포로를 죽일 수 없습니다. 최악의 경우라 해도 전쟁이 끝날 때까지 포로수용소에 갇혀 있겠죠."

"항복을 하려면 영어를 할 줄 아는 선생님이 필요하다는 소리군요."

용수가 빈정거리는 투로 툭 내뱉었다. 뒤는 말하지 않았지만 모두 알고 있었다. 선생의 안색을 보면 연합국에 항복하기 전에 살아 있을 가능성은 없어 보였다.

"조선으로 가는 건 어떻게 하면 됩니까?"

가족에 대한 애착이 깊은 상구가 물었다.

"동해나 남해로 몰고 가서 배를 자침시키는 겁니다. 우리는 구명정을 타고 상륙하는 거죠. 혹시라도 순사들이나 군인들에 걸리면 말하는 겁니다. 잠수함 공격을 받았다고."

"일본 놈들이 믿을까요?"

"미리 입을 맞춰둬야겠죠. 들통이라도 나는 날에는 모두 죽은 목숨이니까."

그 순간 만덕이 끼어들었다.

"대만이나 필리핀 놈들은요? 그 새끼들이 불면 다 끝장 아닙니까?"

"연합국 영토에 구명정에 실어서 버리고 가면 됩니다. 그들이 일본이나 조선에서 우리가 한 일을 말할 수 없도록 말이죠."

"그 새끼들이 없으면 우리만 또 쎄빠지게 일해야 하지 않습니까? 아
니, 우리만 가지고 배를 몰 수 있기나 한 겁니까?"

용수 옆에 서 있던 까까머리의 충환이 한마디 거들었다. 그의 말대로
필리핀인과 대만인이 빠지면 인원은 반이 되었고, 그것은 다시 말해 두
배 더 힘들게 일해야 한다는 의미였다.

"우리 편하자고 조선까지 데리고 가서 또 살인을 할 순 없는 거 아닙
니까?"

"그러니까 지금 선택하라는 게 목숨 걸고 본토로 돌아가 거지가 되거
나 아니면 적국에 투항해 포로 처지가 되든가 하라는 겁니까? 이 고생
을 했는데?"

가만히 듣고만 있던 만덕은 울분을 토했다. 그러자 근수아범이 선생
을 두둔했다.

"아이고, 우리가 돈 벌자고 일어섰나? 안 그랬으면 우리 부모랑 자식
새끼들이 평생 빚쟁이들에게 쫓겨다니며 거지꼴로 살 테니 그랬지. 안
그런가?"

선원들은 서로 눈치를 봤다. 선장을 죽이고 가장 먼저 그들이 했던 것
은 자신들이 쓴 계약서를 불태운 것이었다. 그때만 해도 근수아범 말대
로였지만, 이제 와 돈이 생긴다면 마다할 이유는 없었다. 선생은 만덕에
게 물었다.

"그럼 다른 좋은 방법이 있습니까?"

"필리핀, 대만 놈들을 싸그리 죽여버리고 마카오나 블라디보스토크
같은 일본 놈 손이 닿지 않는 곳에 가서 배를 파는 겁니다. 그 돈을 나눠
가지고 나서 고국에 돌아갈 사람은 돌아가고, 그러면 돌아가지 않는 사

람들도 한몫 잡는 거 아닙니까!"

선생은 밭은기침을 했다.

"돌아갈 사람이 쉽게 국경을 넘을 수 있으리라 생각하는 겁니까? 아니, 그전에 그 돈을 벌기 위해 우리 손에 피를 묻히자는 겁니까?"

"아니면요? 까놓고 말해서 그럼 왜 그 일을 벌였다고 생각하는 겁니까? 차별받아서? 괴로워서? 정의 때문에? 그것도 눈곱만큼은 있겠죠. 솔직해집시다. 전부터 제가 엎어버리자고 했을 때 왜 다들 가만히 있었던 겁니까? 뻔히 우리 중에 쪽발이들한테 볼꼴 못 볼꼴 다 당하는 사람이 있다는 걸 알면서도 왜 다들 모른 척했던 겁니까?"

만덕이 이렇게 말하자 다들 그의 시선을 피했다.

"그때는 참았다가 선장이 우릴 고소한다니까, 소송 걸어서, 있는 돈 없는 돈 다 털어버릴 거라고 하니까 들고 일어난 거 아닙니까? 불의는 참아도 불이익은 못 참으면서 지금 손에 묻은 피 타령을 하는 겁니까? 솔직해지십쇼. 이제 와서 무슨 체면치레를 하는 겁니까!"

만덕은 선원들을 향해 쏟아냈다. 일등항해사는 궁금했다. 그가 말하는 볼꼴 못 볼꼴은 무엇이었을까. 무엇이기에 다들 만덕의 시선을 피하는 것일까? 그러나 일등항해사에겐 호기심보다 생존이 중요했다. 살아남기 위해서는 지금 끼어들어야 했다.

"좋습니다. 당신들이 어쨌든 세 가지 중 어느 쪽을 택하든 간에 항해를 하려면 좌표를 알아야 합니다. 태평양을 무작정 건널 수는 없으니까. 그리고 물과 식량도 채워야죠."

만덕의 시선이 일등항해사를 향했다. 눈빛은 증오로 불타고 있었다.

"네놈의 시커먼 속을 모를 줄 알아? 네놈 명줄이 내 손아귀에서 빠져나갈 수 있을 것 같나? 이 독사 같은 새끼."

일등항해사는 일부러 그의 시선을 피하지 않았다. 이런 기싸움이라면 갑판장과 질리도록 해왔다.

"이 배를 태평양 반대편까지 몰고 갈 자신이 있다면 그 명줄, 끊어보시죠."

그 팽팽한 긴장을 선생이 깼다.

"근데 식량과 물을 무슨 수로 채운다는 겁니까?"

일등항해사의 입꼬리가 미세하게 올라갔다. 지금까지 그가 했던 모든 이야기는 이 한마디를 자연스럽게 하기 위한 것이었다.

"선장실에 금고가 있습니다. 원래 1년 넘게 항해를 하는 배들에는 물품비를 넣어놓지요. 항구에서 필요한 물건을 살 수 있도록."

일등항해사는 선원들의 눈빛이 변하는 것을 느낄 수 있었다. 만덕의 눈빛도 순간 떨렸다. 충환의 목소리는 자신도 모르게 커졌다.

"얼마나 들었습니까?"

"정확히는 모릅니다. 금고 비밀번호를 알긴 하지만 돈은 선장님이 관리하는 거니까요."

일등항해사는 잠시 뜸을 들이며 선원들을 쭉 둘러봤다. 욕망에 번뜩이는 눈동자들이 자신을 향하고 있었다.

"하지만 보통 최소 2천 엔씩은 넣어놓는 걸로 알고 있습니다."

침묵이 무겁게 내려앉았다. 다들 머릿속으로 그 돈으로 무엇을 할 수 있나 계산하고 있을 터었다. 정적을 깬 것은 선생의 기침소리였다. 장백한 안색의 선생은 금방이라도 숨이 넘어갈 것처럼 기침을 했다. 곁에 있던 정섭이 서둘러 다가가 그를 부축했다.

"미안하지만 저는 내려가서 좀 쉬어야 할 것 같습니다."

단어 하나를 내뱉을 때마다 거친 숨소리 탓에 하는 말을 알아듣기 힘들었다. 선생은 거의 쓰러지다시피 한 채로 정섭의 부축을 받으며 선교 밖으로 나갔다. 그런 선생의 뒷모습을 보는 선원들의 눈빛이 전과는 달랐다. 지금 선생이 가는 선장실에 금고가 있다는 걸 모두 알고 있었으니까. 선생이 내려간 직후, 거수로 투표가 진행되었다. 다들 동쪽으로 남아메리카 대륙이 보일 때까지 항해하는 것에 찬성했다. 만덕은 여전히 못마땅한 표정이었지만 무언가 골똘히 생각하며 투표에서 손조차 들지 않았다. 그렇게 배는 다시 고향의 반대편으로 나가기 시작했다.

함정

일등항해사가 선생을 찾아간 것은 샤워하고 식사를 마친 후였다. 그는 오전 내내 멈춰버린 엔진을 다시 가동시키느라 기관실에서 진땀을 뺐다. 그리고 선교를 정리한 후 타륜을 조선인 근무자에게 맡기고서야 늦은 점심을 먹을 수 있었다. 이제 선생의 상태를 확인할 시간이었다. 어차피 어제 했던 조선인들에 대한 탐문 결과도 보고해야 했다.

사관선실이 있는 복도를 지나는 동안 일등항해사는 유난히 많은 조선인들과 마주쳤다. 무언가 용무가 있는 척, 다들 우연을 가장했지만 실은 금고가 있는 선장실을 감시하고 있었다. 그가 의도했던 그대로의 반응이었다. 조선인들은 서로를 믿지 못하고 있었다. 이제 그들 사이에 균열이 생길 것이고 그러면 자신에게도 기회가 찾아올 터였다. 하지만 불안했다. 무언가 중요한 것을 놓치고 있는 것이 확실했다. 다만 그것이 무엇인지 알 수 없었다. 알 수 없는 것은 그것만이 아니었다. 왜 조선인들이 만덕의 시선을 피하는지, 그리고 그들이 주고받았던 알아듣지 못할 이야기는 무엇인지 알아야 했다. 그래야만 자신의 계획에 모든 불안 요소를 제거할 수 있었다.

일등항해사가 문을 열었을 때, 선생은 상의를 탈의한 채 침대에 엎드려 있었다. 정섭이 막 선생의 붕대를 갈던 참이었다. 등에는 선장이 마지막으로 선생에게 남긴 흔적이 처참하게 남아 있었다. 그것은 어찌 보면 일종의 낙인 같기도 했다. 일본인들을 죽여라 지시했던 그는 괴물이 되었지만, 그를 괴물로 만든 것은 선장이었다. 그리고 선장은 그 대가로 지금 마스트에 매달려 있었다.

대충 꿰매놓은 상처 곳곳은 여전히 붉게 부어올라 있었고, 검은 피딱지들과 함께 곳곳에서 누런 고름이 피에 섞여 흘러나오고 있었다. 정섭은 제법 능숙한 손길로 그것들을 거즈로 닦아냈다. 일등항해사는 그 모습에 말할 수 없는 불쾌감을 느꼈다. 시체 같은 안색의 선생과 젊고 생기가 넘치는 정섭의 모습에서 기괴한 대비를 느꼈던 것이다. 왜 정섭이 저토록 선생에게 헌신적인지 일등항해사는 이해할 수 없었다. 정섭이 다른 선원들에게 보여주는 태도는 무감함 그 자체였고, 다른 선원들 역시 정섭을 의도적으로 피하고 있었다. 무엇이 이 둘을 하나로 묶었는지, 그리고 다른 선원들과 벽을 쌓게 했는지 일등항해사는 알고 싶었다. 모르긴 해도 조선인들이 말하고 싶어하지 않는 무언가에 두 사람이 관련 있음이 틀림없었다.

정섭은 고름을 닦아낸 후 소독을 시작했다. 솜에 머큐롬을 적셔 등 전체에 넓게 바르기 시작했다. 선생은 엎드린 채 두 팔 사이에 고개를 묻었다. 통증을 참기 위해 긴장한 어깨 근육이 파르르 떨렸다. 소독하는 동안에도 일등항해사가 대충 꿰매둔 자리에서는 누런 고름이 끊임없이 흘러나왔다. 빨간 약에 섞인 고름은 불길한 얼룩들을 만들었다. 정섭은 선생의 등에 붕대를 감아주었다. 흰 붕대를 감을 때마다 붕대 사이로 소독약과 고름이 배어들어 붉은색이 도는 황갈색으로 변했다. 선생의 입에서는 낮은 신음소리가 흘러나왔다. 붕대를 감고 나서야 선생은 자세를 고쳐 침대에 걸터앉았다. 얼굴에는 온통 식은땀이 흐르고 있었다. 정섭이 컵에 물을 담아 선생에게 내밀었다. 선생은 숨조차 쉬지 않고 단숨에 잔을 비웠다. 마지막으로 부러진 뿔테 안경을 썼다. 그리고 나서야 선생은 일등항해사에게 입을 열었다 .

"무슨 일입니까?"

선생의 콧잔등에는 여전히 땀이 맺혀 있었다.

"조선인들에 대한 탐문도 끝났고 해서 묻고 싶은 게 있습니다."

"뭡니까?"

"지난번 갑식의 시신 앞에서 하신 말 기억합니까?"

"뭐 말입니까?"

"다음엔 저나 윤용이 목표가 될지도 모른다고요."

"정확히는 아니지만 그런 류의 말을 했던 것도 같네요."

"그렇게 판단하신 근거가 무엇인지 알고 싶습니다."

선생은 잠시 심호흡을 하고 이마에 고인 땀을 수건으로 닦았다. 그리고 수건을 내려놓으며 힐끗, 곁눈질로 정섭의 표정을 살폈다.

"대단한 근거가 있어서 그런 건 아닙니다. 갑식처럼 윤용도 갑판장과 가까웠고, 그것 때문에 조선인들 사이에서 원성이 자자했으니까요. 누군가 원한 때문에 죽였다면 윤용이 다음 차례일 거라 생각한 겁니다."

"범인이 조선인이라는 소리군요."

"어차피 필리핀인들과 대만인들은 밤이면 선실에 갇히니까요."

"밤에 살인이 일어났을 거라고 생각하신 근거는 뭡니까?"

"경동맥을 잘랐으니 범인도 온통 피투성이가 되지 않았을까요? 그런 범인을 목격한 사람이 없었으니 아마도 밤에 그랬겠죠."

일등항해사는 고개를 끄덕였다. 그는 갑식이 열 시에서 정오 사이에 죽었다는 것을 알지 못하고 있었다. 엔진을 다시 켜면서 기관보로 근무했던 정섭을 불렀다. 그는 선생을 돌봐야 한다며 기관실로 오지 않았고 때문에 대신 상구가 왔다. 그에게 만덕의 지시로 엔진을 끈 시간을 확인했다. 상구가 기관실에 내려가 엔진을 끈 것은 정오 무렵이었다. 살인자가 갑식의 시신을 해체하는 동안 아무도 그 소리를 들을 수 없었던 것은 아마도 엔진소리 때문이었을 것이다. 특히나 선미 선창은 배의 후미와 가까웠고, 자신이 아무 소리도 듣지 못했다는 것은 엔진이 꺼지기 전에 이미 시신을 사다리에 매달았다는 뜻이었다. 따라서 밤에 죽였다고 믿고 있는 선생을 범인으로 의심할 여지는 없었다. 그럼에도 선생의 말은 중요한 정보를 담고 있었다. 그는 자신에게 조사를 맡기기 전에 이미 조선인들을 대상으로 탐문을 한 것이 틀림없었다. 탐문을 하지 않았다면 아무도 범인을 목격하지 않았다는 사실을 알 수 있을 리 없었다. 탐문은 단지 탐문이었을까? 사건에 대한 어떤 입단속이 있었던 것은 아닐까? 일등항해사는 점점 조선인들이 자신에게 함구하고 있는 어떤 비밀이 있다는 확신이 생겼다.

"그럼 피 묻은 옷은?"

"바다에 버렸겠지요. 갑식이 일본인 선원들의 선실을 털었으니, 그가 가지고 있는 짐에서 적당히 맞는 옷을 갈아입으면 됐을 겁니다."

일등항해사는 선생이 생각보다 배에서 일어난 일을 많이 알고 있다는 사실에 새삼 놀랐다.

"무슨 이유에서 제게 이 조사를 맡긴 겁니까?"

"네?"

"조선인들이 제게 말하지 않는 무언가가 있습니다. 배에서 벌어진 갑식과 윤용이 관련된 어떤 사건 말입니다. 제 생각에는 그게 이번 사건의 중요한 열쇠 같다는 생각이 듭니다. 그런데도 다들 질문을 하면 그 이야기만 피하고 있지요. 그걸 모르는 제게 조사를 맡긴 건 이유가 있을 거 아닙니까."

선생의 시선이 힐끗 정섭을 향했다. 선생이 정섭의 눈치를 본 것이 두 번째였다. 일등항해사는 궁금했다. 그가 정섭 앞에서 말하지 못하는 것은 무엇일까? 정작 정섭은 마치 이런 일 따위에는 관심이 없다는 듯, 무심하게 약상자를 정리하고 있었다.

"글쎄요. 제가 누구에게 무얼 비밀로 하라고 명령을 내린 적은 없습니다. 사람들이 무언가 말하지 않는다면, 그건 당신이 그 사실을 알 필요가 없다고 개인적으로 판단한 것이겠지요."

일등항해사는 점점 선생과 정섭의 관계가 의심스러웠다. 선생은 마른침을 삼키고 말을 이어갔다.

"누구처럼 선장실에 금고가 있다는, 저도 모르던 사실을 터뜨려 사람을 곤란하게 만드는 취미는 없습니다. 비밀이라면 그런 걸 말하는 거겠죠. 알고 싶은 것이 있다면 구체적으로 질문을 해주세요. 어떤 내용을 묻든 답하겠습니다. 범인은 꼭 잡아야 하니까요."

선생은 말을 돌리고 있었다. 금고 이야기를 꺼낸 것으로 일등항해사는 선생이 자신에게 감추는 무언가가 있다고 확신했다.

"살기 위해서 그런 겁니다. 살인범이 그 사실을 알면 금고의 번호를 알고 싶어서라도 절 안 죽일 거 아닙니까.”

선생은 눈이 뚫어져라 일등항해사를 바라보았다. 그 눈빛이 마음에
들지 않았다. 선생이 자신의 계획을 꿰뚫어 보고 있는 것만 같았다.

침묵을 깬 것은 정섭이었다. 그는 약상자를 닫아 책상 위에 올려놓고
는 선생에게 다가왔다. 그러고는 선생의 어깨에 손을 얹은 채 귓가에 무
언가 속삭였다. 어깨 위에 얹어진 엄지손가락이 가볍게 쇄골에 닿았다.
선생은 싱긋 미소를 지었다.

“내 걱정은 하지 마. 무리하진 않을 테니까.”

일등항해사는 두 사람의 모습에서 느끼는 불쾌감의 정체를 깨달았다.
이 두 사람의 유대감은 그의 기준에서 결코 정상이 아니었다. 정섭은 일
등항해사를 보며 가볍게 목례를 했다.

“저는 그럼 이만 나가보겠습니다. 두 분 이야기 나누세요.”

일등항해사는 정섭의 반응에 당황했다. 지금까지 선생의 행동을 미루
어 그가 밝히지 않는 비밀에 정섭이 관련 있으리라 추측하고 있었다. 그
러나 자신과 선생의 이야기에 정섭이 무관심한 것으로 봐서 그 비밀은
별로 알고 싶지 않은 종류의 것이 틀림없어 보였다.

“그래. 고생했다.”

“네.”

정섭은 마치 아이 같은 미소를 지어 보이고는 선실 밖으로 나갔다. 선
생의 시선은 정섭을 좇고 있었다. 문이 이윽고 완전히 닫히자 선장실에
는 정적이 감돌았다.

“두 사람은 무슨 관계인 겁니까?”

“그게 무슨 뜻입니까?”

“각별해 보여서요. 남극에서도 그랬고.”

"조선에 있을 때 선생 짓을 했습니다. 학교 학생 같아서 내버려둘 수 없어서요. 저 나이 아이들은 거울 같습니다. 우리를 비추는. 그래서 지켜주고 싶은 겁니다. 배를 처음 타던, 첫날의 그 모습을."

일등항해사는 시모노세키에서 출항하던 그날을 떠올렸다. 그 햇빛 찬란한 날이 고작 1년 전이었다는 사실이 믿어지지 않았다. 선생 역시 그 순간을 떠올리는지 아무 말이 없었다. 일등항해사는 짧은 침묵 동안 생각을 정리했다. 선생의 비밀을 캐기 위해 일등항해사는 자신만이 알고 있는 비밀 하나를 이야기하기로 했다. 비밀을 흘리는 것이 비밀을 이야기하게 만드는 가장 좋은 미끼였으니까.

"이게 원한으로 인한 살인이라면, 갑식이 죽은 이유는 모르겠지만, 윤용이 원한을 살 만한 이유를 하나 알고 있습니다. 다름아닌 남극에서 있었던 파업 미수 사건 관련한 일이죠."

일등항해사는 잠시 뜸을 들였다. 선생의 반응을 살피기 위해서였다. 그러나 선생의 표정은 의외로 담담했다.

"윤용이 조선인들이 파업할 것이라는 걸 밀고했다는 사실을 알고 있었던 겁니까?"

선생은 깊이 심호흡했다. 그리고 뜻밖에 천천히 고개를 끄덕였다. 일등항해사는 놀랐다. 윤용이 조선인의 파업을 밀고할 때 같이 있었던 사람은 갑판장과 자신뿐이었고, 둘은 이미 이 세상 사람이 아니었다.

"그걸 어떻게 알고 있었던 겁니까?"

선생은 콧잔등에 걸린 뿔테 안경을 밀어올린 후 가래가 끓어오르는 기침을 한 번 했다. 일등항해사는 자신도 모르게 두 눈을 치켜떴다.

"계속 지켜보고 있었으니까요. 남극에서. 파업을 공모할 때 그의 배신도 예상 범위 안이었습니다. 갑판장과 당신 그리고 윤용이 배에 남았을 때 밀고했다는 걸 눈치가 빠른 사람이라면 누구나 알 수 있었죠."

"그렇다면 윤용을 왜 막지 않았던 겁니까?"

"일본인들을 죽여버리자는 소리가 며칠 전, 선장의 각서로 처음 나온 이야기라 생각합니까? 남극에서 조선인들이 하려고 했던 건 그냥 파업 정도가 아니었습니다. 단지 파업이었다면 그렇게 은밀하게 계획할 필요도 없었지요. 정말 파업을 원했다면 그저 작업 도중 누군가 나서서 몇 마디 선동만 했어도 충분했을 겁니다."

일등항해사는 갑판장의 우려를 떠올렸다. 당시 기지에 남아 있던 일본인의 수는 적었고, 무장한 일본인들은 사냥조라는 이름으로 기지를 비웠던 터였다. 만약 정말 일본인들을 없애고 싶었다면 그 순간이 가장 좋은 기회였다.

"그럼……?"

"이 배를 타기 전에 진짜 선생 노릇을 했었습니다. 먹물을 먹은 탓인지 몰라도 항해가 끝날 때까지 누구의 손에도 피를 묻히고 싶지 않았습니다. 그런데 젊은 조선인들을 중심으로 이미 남극에서 일본인들을 죽이고 기지를 탈취하자는 계획이 있었습니다. 그래서 윤용을 막지 않은 겁니다. 파업으로 시작하겠지만 폭동과 살인으로 끝날 걸 알고 있었으니까. 믿지 않으시겠지만, 제가 그날 밤 당신과 선장을 찾아간 것도 그것 때문입니다. 이미 조선인들은 어떻게 할지 결정한 상태였습니다. 더 반대할 수는 없었습니다. 그랬다면 저 역시 일본인과 한통속이라는 이야기를 들었을 테니까요. 어쩌면 배신자로 낙인 찍혀 다른 일본인과 같이 죽었을지도 모르죠. 그래서 그들을 막기 위해 마지막으로 제가 협상하겠다고 한 겁니다."

일등항해사는 뒤통수를 맞은 기분이었다. 지금까지 일본인들을 죽인 그 반란의 주동자가 선생이라고 믿었다. 그런데 선생은 자신이 그 일을 막아왔다고 말하고 있는 것이다. 문득 모든 협상이 좌절되고, 선생에게 자신이 화를 냈을 때 그가 지었던 표정이 떠올랐다. 슬픔이라고도 분노라고도 말할 수 없던 그 표정의 의미를 일등항해사는 이제야 이해할 수 있었다.

"그때 반란을 일으키려 했던 이들도 바보는 아니니 반란 미수가 파업 미수로 이름이 바뀐 채 들통났을 때 밀고자가 있다는 걸 알았을 겁니다. 그리고 아마 어렵지 않게 갑식이나 윤용을 의심했을 테고요."

"당신, 지금 자신이 반란의 주동자가, 조선인들의 대장이 아니라는 겁니까."

"조선인들이 습관적으로 제 지시를 받으려는 건 제가 항해부에 있었던 유일한 조선인이었기 때문입니다. 정말 대장이었다면 투표로 결정하자고 할 필요도 없었을 테죠. 그들이 절 존중해주는 이유는 일본인들도 하지 못하는 영어도 하기 때문입니다. 그게 전부일 뿐이죠."

"책임을 회피하려고 그런 소릴 하는 겁니까."

"책임을 피할 생각은 없습니다. 분명 일본인들을 어떻게 유인해내고, 선장을 처형하고, 하는 계획은 제 머리에서 나왔습니다. 조선인들은 그 지시를 충실히 따랐고, 그래서 반란은 성공했죠. 하지만 제가 원해서 한 일이 아니라는 것도 사실입니다."

선생은 선장을 설득하려던 모든 시도가 실패했던 밤, 선교에서 지어 보였던 그 표정으로 말했다.

"이번 살인이 남극에서의 복수라면 갑식은 왜 죽인 겁니까? 그는 그 일과 아무 상관 없지 않습니까?"

"그 점에 대해서는 저도 정확히 모르겠습니다. 갑식은 갑판장에게 받을 도박 빚이 있었고, 그러니 그것 때문에 배신했다고 의심받은 게 아닐까 싶긴 합니다. 반란이 일어나면 돈을 받을 수 없으니까요."

일등항해사는 자신이 눈앞에 있는 이 사내를 잘못 보고 있었다는 사실을 인정하지 않을 수 없었다. 이 남자는 그가 생각했던 것보다 훨씬 많은 것을 알고 있었다.

"그렇다면 제가 다음 목표일 거라는 이야기는 거짓말이었군요."

"네. 그렇게 말하지 않았다면 당신이 범인을 찾으려 나서지 않았을 테니까요."

"그럼 제가 당신을 도와서 범인을 찾아야 하는 이유는 없는 거로군요."

일등항해사는 잠시 자신이 화를 내야 하는지, 기뻐해야 하는 것인지 혼란스러웠다. 하지만 선생은 묘한 미소를 짓더니 이렇게 말했다.

"금고 이야기를 하기 전까지는 그랬었죠."

"그건 무슨 말입니까?"

"이곳에 와서 우리가 단둘이 이야기를 나누고 있는 걸 지금쯤 배 안의 모든 사람이 알고 있을 겁니다. 그리고 다들 금고에 있는 돈과 관련된 이야기를 하고 있으리라 자기들 맘대로 상상하고 있을 테고요. 아마몇몇은 제가 지휘했던 선상 반란 자체를 돈을 노리고 한 것으로 의심하고 있을 겁니다. 웃기죠. 전 마지막까지 반란을 반대했는데도 말이죠. 아마 당신을 살려준 의도 역시 다른 이유가 있다고 믿을 겁니다. 심지어 떠들기 좋아하는 사람들은 갑식의 죽음조차 당신이나 내가 돈을 차지하기 위한 음모라 이야기할 테죠. 저야 상관없습니다. 언제 죽을지 모르는 몸이니까요. 하지만 당신은 육지가 보이기 전까지 금고와 갑식의 죽음이 무관하다는 걸 입증하지 못하면 계속 감시당할 겁니다. 탈출은 꿈도 꾸지 못할 테죠. 그 와중에 내가 죽기라도 하면 당장 끌려가 금고 번호를 대라고 고문당할 겁니다."

일등항해사는 등골이 오싹했다. 선생은 이미 자신이 육지로 가자고 주장했던 이유를 알고 있었다. 그리고 범인을 찾지 못하면 탈출 시도가 실패하리라 경고까지 하고 있는 것이다.

"그런 것쯤이야 금고를 열어서 조선인들에게 확인시켜주면 그만입니다."

창백한 안색의 선생은 희미하게 미소를 지었다.

"당신이 금고를 열 수 있을까요?"

"그게 무슨 소립니까?"

"당신 말대로 저기, 침대 옆 벽에 뒤에 금고가 있죠. 하지만 그 안에 2000엔이나 되는 돈이 정말 있을까 잠시 생각해봤습니다. 제가 받는 연봉의 열 배나 되는 돈이, 일개 고기잡이배에 말이지요. 그러자 모든 게 명확해지더군요."

선생은 잠시 말을 멈췄다. 뒤이어 가래와 함께 기침이 이어졌다. 그는 가쁜 숨을 가다듬고는 다시금 말을 이었다.

"아마 있을 겁니다. 정확히 말하자면 이천 페소겠지요. 남방개발 금고권으로. 애초에 우리는 남방개발 대표단이었고, 필리핀이 목적지였으니까요. 2000엔. 환전은 절대 해주지 않지만, 은행에 고지된 환율상 엔화와 남방개발권은 1대1이니 2000엔이 있다는 말을 거짓이라 할 순 없겠죠. 하지만 군표나 다름없이 마구 찍어내는 남방개발 금고권이 휴지 조각이나 다름없다는 건 배에 탄 필리핀인들은 모두 알고 있을 겁니다."

선생은 식은땀이 맺힌 얼굴로 일등항해사에게 미소를 지었다.

"아까리 항 부두에서 필리핀 꼬마가 바나나 하나를 100페소에 팔던 기억이 나는군요."

선생은 또다시 웃었다. 일등항해사는 선생의 통찰력에 두렵다 못해 분노가 치밀었다. 누구 때문에 자신이 금고 이야기를 하게 됐는데. 일등항해사는 자신을 조롱하고 있는 선생의 얼굴에 주먹을 날리고 싶었다.

"날 비웃을 상황은 아닐 텐데."

일등항해사의 목소리는 차갑게 가라앉았다.

"네. 당신을 비웃는 게 아닙니다. 아직도 모르겠습니까? 절 비웃는 거라는 걸."

선생은 다시 기침을 했다. 창백한 안색이 더욱 창백해졌다.

"인간이란 동물은 참으로 신기합니다. 자신이 속한 환경을 자신이 원하는 형태로 바꿀 수 있죠. 당신도 나도 말입니다."

선생은 잠시 숨을 가다듬기 위해 말을 멈췄다. 그의 모습은 이제 말하기도 버거워 보였다.

"인간은 자신의 신념이 만들어내는 세계에 살아가는 법입니다. 보십쇼. 당신이, 내가 처한 상황을. 우리가 속해 있는 유키마루라는 이름의 지옥을. 이 모든 게 우리의 신념이 만들어낸 결과죠. 제가 만약 남극에서 밀고하는 윤용을 막았다면 이렇게 되진 않았을 겁니다. 당신도 분명 선택의 순간이 있었을 겁니다. 그것도 한 번이 아니라 여러 차례나 있었겠죠. 그 놓쳐버린 수많은 선택의 순간에 단 한 번만이라도 제대로 된 길을 택했다면 이 꼴은 되지 않았을 겁니다."

"그래서 지금 자신이 처한 상황이 즐겁기라도 하다는 겁니까?"

선생은 대답 대신 고개를 끄덕이며 낮게 웃었다.

"당신을 선창에서 꺼냈을 때, 당신이 살인범을 잡을 수 있으리라 기대하지 않았습니다. 잡게 된다면 좋겠지만 당신이 형사도 아니고 쉽지 않으리라 생각했죠. 그런데도 모두의 반대를 무릅쓰고 당신을 꺼낸 건 최악의 경우 제가 죽기 전에 당신에게 필리핀인들과 대만인들을 데리고 도망쳐달라고 할 생각이었기 때문입니다. 아무도 더는 죽지 않게요. 조선인들의 손에 또다시 피를 묻히지 않게요. 그런데 당신이 금고 이야기를 꺼낸 겁니다."

선생은 다시 낮게 웃었다. 하지만 웃음은 다시 마른기침으로 변했다. 일등항해사는 말문이 막혔다.

"미리 말했다면…… 미리 알았다면……"

일등항해사는 선생의 곁에 늘 정섭이 있었던 탓에 말할 수 없었다는 걸 깨달았다. 선생은 거의 기어들어가는 목소리로 쥐어짜내듯 말했다.

"웃기지 않습니까? 저는 단 한 번도 타인을 위해 뭔가를 해본 적이 없었습니다. 굳이 말하자면 선과 악 사이 중간의 길로 평범하게 살아왔을 뿐이죠. 단 한 번 남을 위해 무언가 좋은 일을 했는데, 그것 때문에 이 배를 타게 됐다면 믿어지십니까. 예전엔 화가 났었는데, 이제 와 생각해보니 참 웃긴 일 아닙니까."

선생은 다시 한 번 웃음을 터뜨렸다. 일등항해사는 그 모습에 화를 낼 수 없었다. 이 사내는 조롱하고 있었다. 이 배에 탄 산 자와 죽은 자 모두를, 그리고 전쟁에 휩싸인 세상을. 무엇보다 자신을 가장 조롱하고 있었다. 그게 웃음조차 기침으로 마감하는, 죽어가는 그가 할 수 있는 전부였다. 일등항해사는 갑자기 선생에게 동정심을 느꼈다.

"말은 그만하시는 게 좋을 것 같습니다."

선생은 창백한 안색으로 힘없이 고개를 끄덕였다. 일등항해사는 선생을 찾아온 자신의 어리석음을 한탄했다. 그의 말처럼 이제 조선인들은 자신을 의심할 터였다. 아마도 일거수일투족을 감시할 테지. 이제 시간이 없었다. 계산대로라면 내일 밤이나 모레 새벽 사이에 남아메리카 대륙이 수평선 너머로 모습을 드러낼 터였다. 그 순간을 놓치면 기회가 없었다. 서둘러야 했다.

"그만 가보겠습니다. 더 알고 싶은 게 있다면 나중에 찾아오죠."

선생은 미소 비슷한 것을 지으려 노력하며 힘겹게 말을 이었다.

"그때까지 제가 살아 있을지 잘 모르겠네요."

선생은 다시 기침을 시작했다. 금방이라도 숨이 넘어갈 것처럼. 자신이 뭘 어쩌지 않아도 선생은 고통받으리라는 생각을 하자 일등항해사는 조금쯤 기분이 좋아졌다. 죽어가는 자와 싸울 시간은 없었다.

선장실 밖으로 나섰다. 역시나 복도 끝에서 용수가 물걸레로 바닥을 닦고 있었다. 청소는 구실일 터였다. 선생의 말처럼 자신은 모든 조선인의 의심을 받고 있었다. 살기 위해서는 그들의 관심을 돌려야 했다. 그러려면 갑식을 죽인 범인이 필요했다.

절단

만약 살인이 복수 때문이라면, 일반적으로 가장 큰 피해자는 범인이다. 일등항해사가 상구를 찾아간 것은 그 때문이었다. 그는 뼈만 남은 얼굴에 유난히 큰 눈으로 일등항해사를 바라보며 말했다.

"어릴 때 고향에 코쟁이 선교사가 있었습니다. 그 선교사는 언제나 말했죠. 예수 믿지 않으면 지옥 간다고. 유황불이 타오르는 지옥에 말이지요."

남극에서 파업 미수 사건으로 인한 가장 큰 피해자는 상구였다. 그가 잃었던 것은 발가락이었다.

"그런데 그 밤 이후 깨달았습니다. 지옥은 아마 차가울 거라고요. 너무 추워지면 말입니다. 마치 팔다리가 불 속에 있는 것처럼 뜨겁게 느껴지더라고요. 그래서 사람들은 착각하는 거죠. 지옥불은 뜨겁다고."

벗겨진 머리에 큰 눈을 번득이며 이렇게 말하는 상구의 모습은 조금

섬뜩하기까지 했다. 일등항해사는 이 상구란 사람을 도무지 종잡을 수 없었다. 대체로 온화한 인상이었지만, 때때로 말할 수 없이 괴이한 면이 있었다. 종종걸음으로 걸어다니는 걸음걸이부터 무언가에 쫓기는 듯 두리번거리는 태도까지 예사로운 모습은 아니었던 것이다. 그러나 그에 대한 선원들의 평은 좋았다. 그는 늘 남이 하지 않은 일들을 도맡아했으며, 부탁이라면 거절하지 못했다. 사람들의 말에 따르면 밑도 끝도 없이 한없이 착한 사람이라는 것이었다. 일등항해사는 그런 사람이 존재할 리 없다고 생각했다. 모든 사람에게 선한 면이 있는 것처럼 자신의 앞에 앉아 있는 이 사내도 어떤 악한 면이 존재할 것이 틀림없었다.

"그래서요?"

"처음엔 춥지 않았습니다. 모여 있는 것만으로도 체온으로 따뜻했죠. 등을 맞댄 채 둥그렇게 선창 가운데 모여 있었거든요. 그런데 새벽이 되자 냉기가 흘러나오기 시작했어요."

그는 엄지와 검지로 3센티미터 남짓 틈을 만들어 보였다.

"해치에 딱 요만 한 틈이 있었는데 그 사이로 얼음물 같은 냉기가 흘러들어오기 시작한 거죠. 정말 얼음물 같았습니다. 냉기가 위에서 흘러내리는 게 느껴질 지경이었으니까."

그 틈이라면 일등항해사도 알고 있었다. 그가 선창에 감금되어 있는 동안에 낮이면 빛이 들어왔던 틈이었다. 그 틈으로 빛 대신 영하 30도의 공기가 들어온다고 생각하자 일등항해사는 자신도 모르게 등골이 오싹했다.

"선생의 지시에 따라 우리는 모여서 서로의 체온으로 버티기로 했죠. 첫날 저녁은 두런두런 이야기하는 사람들도 있었지만, 이튿날이 되자 아무도 말하지 않았습니다. 갈증 때문에 말을 할 수 없더라고요. 뼈가 시릴 정도로 추운데 목까지 타는 겁니다. 믿어지세요? 그 추위에 갈증이라니. 다행히 해치의 틈으로 고운 눈발이 쏟아졌습니다. 아니, 틈이란 틈으로 정말 고운 밀가루 같은 눈발이 쏟아졌습니다. 그걸 피해서 다들 창고 바깥쪽으로 둥그렇게 물러섰죠. 그리고 쌓인 눈으로 모두 목을 축였죠."

일등항해사는 그 이틀간 무슨 일이 벌어진 것인지 궁금했다. 선창에서 나오는 조선인들의 눈빛이 예사롭지 않았으니까. 그뿐만 아니라 상구의 발가락을 자르던 순간, 그 모습을 지켜보던 조선인들의 표정 역시 잊을 수 없었다.

"잡아! 꽉 잡으라고!"

주방장이 소리쳤다. 상구는 달아나기 위해 몸부림쳤다. 상체를 누르고 있는 선생이 상구에게 달래듯 말했다.

"안돼요. 선생님. 살려주세요. 선생님! 제발 살려주세요."

"진정해. 진정하라고. 지금 안 자르면 나중에 다리를 잘라야 해."

상구의 얼굴은 온통 눈물범벅이었다. 일등항해사가 위스키 병을 내밀었다. 선생은 그 병을 상구 입에 억지로 물렸다. 꿀꺽, 꿀꺽, 위스키를 서너 모금 삼킨 상구의 눈동자가 풀렸다. 선생은 병을 빼고 입에 재갈을 물렸다. 고통으로 혀를 깨무는 걸 막기 위해서였다. 만덕이 그의 무릎을 굽혀 발바닥이 테이블 위에 닿도록 했다. 테이블 위에 놓인 상구의 발가락은 타들어간 것처럼 새까맣게 변해 있었다. 선생은 상구의 고개를 돌려 눈을 감게 했다. 입에 문 재갈 사이로 울음소리가 흘러나왔다. 코에서는 맑은 콧물이 거친 숨을 쉴 때마다 줄줄 흘렀다. 주방장은 식칼을 들었다. 그리고 까맣게 타들어간 발가락들을 마치 생선 지느러미 다듬

듯 툭 하고 내리쳤다. 상구의 비명소리가 재갈을 타고 흘러나왔다. 마치 감전된 것처럼 그의 몸뚱이가 경련하며 요동쳤다.

"꽉 잡아, 칼 빗나가면 큰일 나니까."

몸부림치는 그의 몸뚱이를 선생과 만덕, 그리고 정섭이 눌렀다. 다시금 주방장은 발가락 하나를 잘랐다. 상구의 몸뚱이가 활어처럼 뛰어올랐고, 잘린 발가락이 툭 하고 식당 바닥에 떨어졌다. 그 뒤로는 조선인들이 서 있었다. 지난 3일간 선창에 갇혀 추위에 시달렸던 그들의 눈빛은 퀭했다. 배식을 받기 위해 줄 서 있는 그들의 앞에 발가락이 잘리는 상구가 있었지만, 다들 마치 식재료를 다듬는 주방장을 보는 듯한 표정으로 그 모습을 바라보았다.

"독한 새끼들."

갑판장은 한 발자국 뒤에서 그들을 보며 이렇게 말했다. 다시금 상구의 비명이 들렸다. 일등항해사는 자신도 모르게 고개를 돌렸다. 그러나 건너편 식탁에서는 무표정한 얼굴로 한 조선인이 밥을 먹고 있었다. 바로 1미터 앞에서 잘려나가는 상구의 발가락을 보면서.

"밤이 영원히 끝나지 않을 수도 있구나. 그런 생각을 했어요. 추위가 서서히 몸으로 스며들어와 내 자신으로 변하는 것 같구나. 그런 생각이 들었습니다. 그쯤 되자 내 자신이 어쩌면 추위일지도 모른다는 생각했습니다. 감각을 쓸데없이 예민해져서 추위가 몇 배나 더 살을 에는 것처럼 느껴졌죠. 사람의 체온에 기대어 잠들어보려 했지만 그건 마치 폭풍우 치는 바다에 작은 종이배를 띄워놓은 것이나 다름없었죠."

상구의 목소리는 떨리며 점점 빨라졌다. 일등항해사는 자신도 모르게 마른침을 삼켰다.

"눈을 감고 있었죠. 어둠이 무서웠거든요. 하지만 잠들지 않았다고 자신 있게 말할 수 있습니다. 가만히 있어도 턱이 덜덜거리는데 나중엔 영혼까지 덜덜거리는 것 같았거든요. 손가락, 발가락, 코, 수염 그리고 콧속의 콧털까지 몸 밖으로 나온 모든 것들이 마치 바늘처럼 변해 날카로운 냉기가 타고 들어왔고 그것들은 콕콕 몸을 찌르는 것 같았어요. 그러더니 갑자기 몸이 뜨거워지기 시작했어요. 특히 발가락이, 발가락이 불에 지지는 것처럼 타올랐죠. 저는 다행이라 생각했어요. 턱도 더는 떨리지 않았고, 뼈마디를 파고드는 냉기도 없었고, 발가락은 더 이상 얼음바늘 같지 않았으니까요. 그러면서 이상할 정도로 춥지 않았죠. 정말 신기하지 않나요?"

상구는 이렇게 되물었다. 일등항해사는 아무 말도 할 수 없었다. 어쩌면 타버렸다는 그의 표현이 옳을지도 몰랐다. 일등항해사는 아직도 눈을 감으면 잘려나간 상구의 검은 발가락을 떠올릴 수 있었다. 갑자기 상구의 목소리가 한 톤 낮아졌다.

"그러다 감각이 없어졌어요. 마치 뚝 하고 안에서 무언가 끊어진 것처럼 타오르던 열기가 서서히 사라지더군요. 그게 끝이었습니다. 그다음은 일등항해사님도 잘 아시지요."

상구의 목소리는 어느새 원래의 톤으로 돌아와 있었다. 일등항해사는 대답 대신 고개를 끄덕였다. 마치 냉기 같은 침묵이 두 사람 사이에 내려앉았다.

"어째서죠. 그 이틀간 동상에 걸린 사람이 있긴 했지만, 발가락을 자를 정도로 심한 사람은 당신뿐이었습니다."

"저만 방한화가 없었거든요."

"왜요? 작업 첫날, 기지에서 발견한 방한화를 모두 나눠준 것으로 아는데."

"아, 그때 저도 받았습니다. 하지만, 저희 작업 중간에 아파서 유키마루에 버려졌던 정섭이가 깨어났지요. 기억하십니까?"

일등항해사는 고개를 끄덕였다. 그 밤 눈보라와 함께 어둠 속에서 나타났던 정섭의 모습은 그 누구도 잊을 수 없을 터였다.

"그 아이가 몸이 좋아져서 숙소로 왔을 때 신발을 바꿔줬습니다. 발 크기가 같았으니까요. 지금은 같지 않지만."

상구는 이렇게 말하며 자신의 발을 내려다보았다.

"그렇다면 요청을 했어야죠. 방한화가 더 필요하다고."

"했습니다. 그런데 물품 담당이 없다고 하더라고요."

그것은 사실이 아니었다. 노르웨이인 기지에서 생활은 힘들긴 했지만, 적어도 물질적으로 부족하진 않았다. 지붕이 반쯤 내려앉은 창고 안에는 그들이 버리고 간 물건들로 가득했으니까.

"물품 담당이 누구였습니까?"

"갑식이요."

일등항해사는 갑자기 말문이 막혔다. 예상치 못한 지점에서 윤용과 갑식의 교차점을 발견한 것이다. 그가 상구를 찾아온 이유는 간단했다. 윤용이 파업을 밀고했다는 사실을 조선인들이 알고 있다고 가정할 때 가장 큰 원한을 품었을 사람은 다름아닌 상구였던 것이다. 그런데 상구의 입에서 갑식의 이름을 듣게 될 줄은 상상조차 하지 못했던 것이다. 일등항해사는 문득 자신이 너무 오래 아무 말도 하지 않았다는 것을 깨달았다. 당황한 그는 서둘러 질문을 던졌다.

"그, 그럼 계속 방한화 없이 일한 겁니까?"

"네. 뭐, 발가락을 자르고 받았지만, 그땐 제대로 신을 수도 없었죠."

일등항해사도 기억하고 있었다. 몸을 간신히 회복해 뼈밖에 없던 정섭과 처음에는 제대로 서 있지도 못하던 상구. 두 사람만이 조선인들 중에 유일하게 숙소에 남아서 시간을 보냈다. 그들이 할 수 있는 일이라고는 사냥조가 돌아오면 잔심부름하는 것이 고작이었다.

"많이 힘드셨겠네요?"

"뭘요. 정섭이 같은 애도 있는데요."

"네?"

"아니. 그 어린놈은 죽다 살아났잖아요. 저야 이제 다시 걸을 수도 있으니."

상구는 머리를 긁적이며 말을 이어갔다.

"이제 와 불편한 건 딱 하나뿐입니다. 가끔 잘려나간 발가락이 미친 듯 가려울 때가 있습니다. 근데 도저히 긁을 수가 없어요. 이게 참 신기하단 말입니다. 사람 미치게 하죠."

상구는 웃으며 말했다. 그 미소가 어쩐지 무섭다고 일등항해사는 생각했다.

"더 묻고 싶으신 거 있습니까?"

"네?"

"저녁 당번이라서요."

"아. 네. 끝났습니다. 고생하셨습니다."

"별말씀을요. 일등항해사님이 더 고생하셨죠."

상구는 사람 좋은 표정으로 자리에서 일어났다. 그러고는 선실 밖으로 나갔다. 문이 닫히고 나자 머릿속이 복잡했다. 확실히 원한에 의한 살인이라면 상구가 모든 조건에 부합했다. 그러나 발가락이 없어서 종종걸음으로 다니는 그가 갑식을 죽일 수 있었을까? 갑식의 사인은 흉기로 인한 것이었다. 완력이 없다 해도 살인을 하는 것이 불가능하지만은 않았다. 하지만 그 걸음걸이로 갑식을 사다리에 매달았다는 게 믿어지지 않았다.

일등항해사는 자리에 앉아 잠시 생각에 잠겼다. 중요한 것은 증거였다. 상대가 진짜 범인이 아니어도 상관없었다. 그렇게 보일 증거만 있으면 됐다. 그의 계획을 실현할 동안 조선인들의 관심을 묶어둘 미끼가 필요했으니까. 상구가 그들에게 복수할 이유가 있었고, 증거가 있다면 조선인들은 그것으로 범인을 잡았다 생각하리라. 그것이 설사 거짓이라 하더라도.

일등항해사는 선실문을 잠갔다. 항해를 시작한 오늘부터 다시 밤 근무를 서야 했다. 이제 서서히 해가 지고 있었고, 자정부터는 선교에서 배를 몰아야 했다. 복잡한 심경으로 침대에 누웠다. 머릿속 계획을 마지막으로 점검하고 눈을 감았다. 불안 탓인지 좀처럼 잠들 수 없었다. 그러나 그렇기에 더욱 자야 했다.

경야

기억나지 않는 악몽을 꿨다. 잠에서 깨어났을 때 몸은 온통 식은땀에
젖어 있었다. 갈증이 심했기에 식당에 들렀다. 깨끗한 컵이 없었기에 주
방으로 들어갔다. 개수대에 쌓여 있는 컵 중 하나를 꺼내 일등항해사는
깨끗이 씻었다. 그렇게 물을 마시다 문득, 상구에게 누명을 씌울 증거를
만들기 위해 칼이 필요하다는 생각이 떠올랐다. 하지만 식당에 달린 시
계는 자정을 가리키고 있었고, 근무를 서기 위해 선교에 가면서 식칼을
들고 갈 순 없는 노릇이었다. 일등항해사는 근무 중 몰래 나와 식칼을
빼돌리기 위해 칼의 위치만을 확인해두기로 했다. 식칼은 커다란 나무
도마 옆에 크기별로 가지런히 정리되어 있었다. 주방장의 관리를 받지
않은 탓에 깨끗하지 않았지만, 여전히 날들은 예리했다. 선상 반란에서
사람을 죽이기 위해 사용됐다는 생각을 하자, 그 선 날들이 어쩐지 예
사롭지 않게 보였다. 일등항해사는 정육용 식칼을 가져다 상구의 침대

에 감춰두기로 결정했다. 가장 크고 두꺼운 날의 식칼은 사람을 해체하기에 충분해 보였다.

교대에 늦은 일등항해사는 선교 안으로 서둘러 들어섰다. 선교 안에서 코 고는 소리가 요란했다. 한쪽 팔을 타륜에 기댄 채 충환이 잠들어 있었던 것이다. 타륜을 잡고 잠들다니. 일등항해사는 입 밖으로 튀어나오려는 욕을 꿀꺽 삼켰다. 대신 먼저 나침반을 확인했다. 뱃머리는 북동쪽을 향해 있었다. 딱 기울어진 몸의 각도만큼 타륜이 돌아가 있었던 것이다. 얼마나 이 상태로 항해한 것일까. 일등항해사는 충환을 깨웠다. 고개를 든 그는 볼에 벌겋게 눌린 자국을 하고서 짧은 머리를 긁적거렸다.

"벌써 교대 시간이 된 겁니까."

"배에서 졸면 어떻게 합니까? 뭐라도 나타나면 어떻게 하려고."

충환은 길게 하품했다.

"아, 아무것도 안 보이고. 뭐, 밖은 시커멓고. 이런 넓은 바다에서 뭐가 나타나겠습니까?"

일등항해사는 그의 뒤통수를 후려갈기고 싶었지만 꾹 참았다. 이제 자신은 이 배의 일등항해사도 아니었고, 일본인이라는 걸 벼슬처럼 내세울 수 있는 상황도 아니었다.

"얼마나 잔 겁니까?"

"아, 잠깐 졸았다니까요."

볼에 찍힌 자국으로 미루어 그의 말은 틀림없이 거짓이었다. 하지만 이제 와 따져봐야 쓸데없는 의혹만 사게 될 터였다. 혹시 주의사항이나 전달사항이 있냐고 묻자 충환은 흘린 침을 쓱 닦고는 모르겠다고 답했다. 할 말은 많았지만, 항해사가 아닌 선원에게 이런 말을 해봐야 아무런 소용도 없었다. 일등항해사는 충환에게 수고했다고 말을 하곤, 타륜을 잡았다.

충환이 선교를 떠나고 나자 일등항해사는 다시 뱃머리를 정동으로 맞췄다. 배의 항로야말로 그의 계획에서 가장 중요한 것이었다. 충환이 얼마나 오랫동안 배를 북동쪽으로 몰았을까? 그의 무의식적인 실수가 일등항해사의 운명을 좌우할 수 있었다.

일등항해사는 내일 새벽 배가 칠레 근해에 도착하도록 항로를 계산해뒀었다. 크로노 트리거가 없으므로 유키마루의 현 위치를 알 수 없다는 말은 거짓이었다. 나침반과 육분의, 그리고 별을 가지고 좌표를 계산하는 아주 복잡한 방법이 있긴 했다. 위치를 알 수 없다는 거짓말은 배를 육지로 향하게 하기 위한 속임수였다. 다시 엔진을 켜고 이동하기 시작한 유키마루의 방위와 항속은 그 섬세한 계산의 결과물이었다. 그가 근무를 서는 동안 배가 칠레 해안에 도착해 아무도 모르게 구명정을 타고 탈출하는 것이 그의 계획의 핵심이었다. 그런데 그 모든 계산이 타륜을 쥔 채 잠든 조선인 하나 때문에 어긋난 것이다. 일등항해사는 선교밖으로 고개를 내밀었다. 구름 낀 하늘에는 별 하나 보이지 않았다. 육분의로 다시 대략적인 위치를 계산할 수도 없었다. 태양의 고도를 재는 방법도 있었지만, 조선인들이 감시하는 대낮에 육분의를 들고 돌아다닐 수도 없는 노릇이었다. 복석시인 남아메리카 대륙은 대충 동쪽만 향하다면 언제든지 도착할 수 있었다. 문제는 정확히 언제 도착하냐 하는 것이었다. 감시가 소홀한 모두 잠든 시간에 도착해야 탈출할 수 있었으니까. 일등항해사는 미간을 찌푸린 채 선수 갑판을 응시했다. 자신을 감시하는 조선인이 있으리라는 선생의 말이 떠올랐다. 그의 말대로 범인을 찾아야 했다. 설사 가짜라 해도. 물론 거짓말은 들통 날 터였다. 그렇다 해도 단 하루만 그들의 눈을 돌릴 수 있다면 도망치기엔 충분한 시간이 었다.

타륜에 끈을 묶어 움직이지 않게 고정해두고 일등항해사는 순찰에 나섰다. 어차피 그 시간에 자신이 배를 점검한다는 것은 선원들이라면 모두 알고 있었다. 물론 그 동안 선교를 지켜줄 이등항해사가 이제는 없 었다. 그러므로 원래 규정대로라면 선교를 떠나서는 안 됐다. 그러나 주 방에서 칼을 가져와야 했다. 그뿐만 아니라 내일 타고 도망갈 구명정 역 시 확인해둬야 했다.

선교 밖으로 나서자 차가운 바닷바람이 뺨을 스쳤다. 구름 사이로 잠 시 남십자성이 보였으나 이내 밀려온 구름에 다시 사라졌다. 일등항해 사는 통로를 따라 식당에서 상급선원 선실까지 이어지는 계단 앞으로 갔다. 그곳에 좌우로 두 개씩 네 개의 구명정이 매달려 있었다. 구명정 은 8인승이었으므로 일등항해사가 혼자 노를 저어 움직이긴 힘들었다. 활대를 세워 작은 돛대를 만들 생각이었다. 구명정은 방수포에 싸여 있 었으므로 그 방수포를 이용해 밤바람을 받아 육지 쪽으로 나갈 수 있었 다. 편서풍이 부는 해역이긴 했지만, 밤이라면 근해에서는 육지 쪽으로 바람이 불 터였다. 일등항해사는 잠시 구명정 옆에서 멈춰 섰다. 방수포 를 열어 구명정 안을 확인하고 싶지만, 누군가 자신을 감시한다면 너무 눈에 띄는 행동이었다.

무언가 이상한 소리가 들린 것은 바로 그때였다. 일등항해사는 소리 가 들리는 방향으로 고개를 돌렸다. 자신을 감시하는 사람이 틀림없다 고 생각하며 손전등 불빛을 비췄지만, 어둠이 내려앉은 선교 상부 통로에는 인기척이라곤 없었다.

"누구야?"

다시 덜거덕거리는 소리가 들렸다. 일등항해사는 방향이 틀렸음을 깨달았다. 소리는 계단 아래, 식당에서 들려왔다. 그는 발소리를 죽인 채 조심스럽게 식당을 향해 내려갔다.

문을 열자 불이 켜진 주방이 눈에 들어왔다. 아침을 만들기엔 너무 이른 시간이었다. 아마도 부식창고를 털러 온 사람일 터였다. 이제 누가 음식을 훔쳐 먹든 그가 상관할 바가 아니었다. 다만 칼을 가지러 가야 하는데 사람이 있다는 것이 걱정이었다. 그러나 일등항해사의 발길은 자신도 모르게 식당을 가로질러 주방을 향했다. 냄새 때문이었다. 불에 구워지는 고기의 향이 일등항해사의 식욕을 자극했고, 정신을 차렸을 때는 주방 안에 들어서고 있었다. 주방 안에 있던 사람은 정섭이었다. 그는 즐거운 표정으로 프라이팬 위에 무언가를 얹어놓고 조리하고 있었다. 일등항해사는 새삼 정섭을 처음 봤던 순간이 떠올랐다.

시모노세키에서 남방개발 대표단이 떠나던 날, 날염한 선원복을 입은 채 도열한 선원들 사이에서 정섭의 모습은 단연 두드러졌다. 바닷바람이 부두를 따라 불어오던 갑판 위에 서 있는 그의 얼굴은 빛나는 것처럼 보였고, 서글서글한 이목구비는 시원한 바다를 연상시켰다.

"죄 많은 얼굴이네."

근수아범은 정섭을 보고 이렇게 말했다. 일등항해사는 그가 왜 그런 소리를 하는지 이해할 수 있었다. 적지 않은 또래 소녀들의 마음을 사로잡았을 정섭의 얼굴에는 어떤 거부할 수 없는 매력과 천진함이 있었다. 하지만 선상 반란이 일어났던 그 아침, 정섭의 얼굴 어디에서도 과거의 모습은 찾아볼 수 없었다. 아니 그전부터 그의 얼굴은 점점 무표정하게 변해갔다. 그리고 미소에는 천진함 대신 잔혹함이 담겼다. 정섭의 표정만으로도 유키마루의 생활이 사람을 어떻게 만드는지 일등항해사는 알 수 있을 것 같았다.

그런데 주방에서 지금 정섭이 예전 같은 미소를 짓고 있었다. 손에 몇 명의 피를 묻혔는지 알 수 없는 그가 여전히 그런 표정을 지을 수 있다는 사실에 일등항해사는 마음이 복잡했다. 천진함은 악과 무관한 것일까, 아니면 악조차 아름다움 아래로 감출 수 있는 것일까. 일등항해사는 잠시 서서 정섭의 모습을 멍하니 바라보았다. 어찌 보면 정섭의 표정은 이제는 돌아올 수 없는 좋은 시절의 편린 같았다. 정말 좋은 시절이 있기나 했던 것인지조차 의심스러웠지만 말이다.

정섭과 눈이 마주쳤다. 인기척에 놀란 정섭의 표정에 다시 날이 섰다. 멋쩍어진 일등항해사는 헛기침했다. 일등항해사의 모습을 확인하고도 정섭의 얼굴에서 예의 맹수 같은 경계의 눈빛이 사라지지 않았다.

"그냥 순찰 도는 중입니다. 신경 쓰지 마세요."

정섭은 무표정한 얼굴로 다시 시선을 프라이팬으로 돌렸다. 고기에서 흘러나온 육즙이 기름과 섞여 요란하게 지글거렸다. 일등항해사의 시선도 자연스럽게 팬 위에 멈췄다. 팬 위에는 핏물이 배어올라오는 잘 익은 고기가 있었다. 큼직한 붉은 살덩이는 자글거리는 지방 특유의 누린내가 섞여 있어 그것이 뭍의 짐승임을 알 수 있었다. 일등항해사는 자신도 모르게 심호흡했다. 고기의 냄새가 허파를 가득 채웠다. 입안에 침이 고였다.

"이건 어디서 찾은 겁니까?"

대답 대신에 정섭은 턱으로 냉장고를 가리켰다. 죽은 주방장이 몰래 먹기 위해 감춰둔 고기를 정섭이 찾아낸 모양이었다. 일등항해사는 서둘러 옷장보다 큰 냉동실 문을 열었지만, 안에 있는 것이라고는 꽁꽁 언 생선 몇 토막이 고작이었다.

"남은 건 없습니까?"

"네."

일등항해사의 입에서는 자신도 모르는 탄식이 나왔다. 그는 변명하듯 중얼거렸다.

"아, 마지막으로 고기를 먹은 게 언제였는지 기억도 안 나네요. 지치 지마였던가?"

그러자 정섭은 잘 익은 고기를 뒤집으며 무심하게 답했다.

"남극, 코끼리해표."

파업이 미수로 끝나고 이틀 만에 숙소로 돌아왔을 때 역한 피비린내가 조선인들을 기다리고 있었다. 사냥조가 돌아왔던 것이다. 사냥조는 잡을 수 있는 것은 뭐든 닥치는 대로 잡아왔다. 남극물범, 코끼리해표, 웨델 물개, 총으로 쏴서 가죽을 벗길 수 있는 것은 뭐든 죽였다. 가죽 무게만으로도 짐이 너무 많았기에 고기들은 한 마리 빼고 모두 버렸다고 했다. 그러나 그 단 한 마리만으로도 서른 명이 넘는 선원들이 먹기에 충분했다.

"한 200마리 됐지. 이놈들이 어찌나 느려 터졌는지 우리가 총을 쏘면서 바다 반대편으로 모는데 도망을 못 치더라고. 고놈들, 바다로 향하는데 바닷가에 앵커아이스가 잔뜩 얼었으니 도망칠 수가 있나. 하하."

신이 난 해부장은 들뜬 목소리로 떠들어댔다. 그는 죽이고 가죽을 벗기는 일이라면 뭐든 기쁜 모양이었다.

"다 가져오지도 못했어. 어서 내려놓고 더 가지러 가야지. 일손이 부족하다니까. 이번엔 더 많이 가야 해. 아직도 가죽도 못 벗기고 죽어 있는 놈이 사방 천지에 널려 있다고."

들뜬 그는 입안으로 잘 익은 고기를 게걸스럽게 밀어넣으며 흥분을 감추지 못했다. 노린내가 지독하게 나는 코끼리해표의 고기는 결코 별미라 할 수는 없었다. 그러나 지치지마에서 먹었던 고래 고기 이후, 모처럼 먹어보는 포유류의 고기였다. 비린내가 아닌 노린내가 나는 고기라면 뭐든 감지덕지할 판이었다. 고기로 흥청거리는 숙소에서는 사냥조의 성공적인 사냥을 축하하며 모처럼 술병도 돌았다. 그러나 식사 내내 떠드는 사람들은 일본인들뿐이었다. 대만인과 필리핀인들에게는 기후 자체가 고문이었고, 조선인들은 이틀간 얼음 속 같은 선창에서 거의 자지 못했던 것이다. 그리하여 내지인을 제외한 나머지는 숙소에 빼곡하게 놓인 각자의 이층침대로 가 곯아떨어졌다. 지금까지 사냥조가 사냥을 나갔지만 벗겨온 가죽은 열댓 장 남짓이 고작이었다. 그러나 이번에 벗겨온 가죽은 백 장이 넘었고, 해부장의 말이 거짓이 아니라면 아직 죽여놓고 벗기지 못한 가죽이 백여 장이나 있을 터였다. 그것은 돈이었다. 일본인 선원들이 웃고 떠드는 이유가 있었다. 누린내가 나는 고기의 맛은 육지의 맛이었고, 돈의 맛이었으며, 음부의 맛이었다.

"우와, 예쁘다!"

그것은 만개한 꽃밭처럼 보였다. 정섭은 소리를 질렀다. 비탈을 따라 붉은 꽃들이 설원 위에 만개했고 여기저기 피어난 붉은 꽃물은 바다를 향해 번지고 있었다. 앵커아이스 위로 뒤얽힌 유빙들은 청록색으로 빛났다. 건너편 육지에서 밀려온 빙벽들이 수평선 멀리 얼어붙은 바다 끝에 흰 절벽처럼 서 있었다. 정섭은 꽃들을 보기 위해 비탈을 따라 내달렸다. 몇 번을 눈이 쌓인 비탈에서 미끄러졌지만 멈추지 않았다. 가까이 다가서자 비로소 꽃은 그 본모습을 드러냈다. 그것은 가죽이 벗겨진 물범들이었다. 물범들은 그렇게 얼음꽃처럼 붉은 살덩이가 되어 여기저기 널려 있었다. 얼어붙은 피떡들은 흰 눈 위에 꽃처럼 붉게 번져 있었다.

"이 멍청아! 해구신을 챙겼어야 할 거 아니야."

"그거 먹는다고 여기서 힘쓸 일이나 있나."

"왜, 없어. 찾으면 다 있지. 그리고 말려서 중국 놈들 가게에 팔면 얼마나 비싼 값에 팔 수 있는 줄 알아. 다음부턴 수컷부터 노리라고, 수컷부터."

해부장과 포수는 낄낄거리며 비탈을 내려오고 있었다. 정섭은 바닷가에 서서 주위를 둘러보았다. 온통 물범의 시체들이었다. 그는 심호흡했다. 차가운 공기가 폐를 가득 채웠다. 피비린내는 느껴지지 않았다. 피조차 이미 얼어붙어 있었던 것이다. 이곳은 냉기가 지배하는 세상이었다. 오후 세시였지만, 해는 벌써 서쪽으로 넘어가고 있었다. 보랏빛과 붉은빛이 층층이 쌓인 하늘 아래 살육의 흔적들은 아름답고 평온하게 누워 있었다. 갑판장의 명령으로 정섭은 사냥조에 합류했다. 백 장도 넘게 남은 가죽을 지고 갈 사람이 더 필요하다는 것이었다. 숙소에서 간신히 몸을 회복한 그는 채 낫기도 전에 끌려왔고, 그래서 붉은 살덩이가 되어 얼어붙어 있는 죽은 물범 사이에 있었다. 열이 채 내리지 않은 정섭의 정신은 아직 온전하지 않았다.

해가 지자 사냥조는 캠프를 차렸다. 무너진 건물을 헐어 짊어지고 온

장작으로 불을 피우고 얼어붙은 남극물범 고기를 잘라 식사를 했다. 모닥불을 둘러싸고 위스키 병이 오갔다. 술에 취한 사내들은 거침없이 좋은 시절 이야기를 떠들어댔다. 남방으로 참치를 잡으러 갔던 이야기, 죽여도 죽여도 끝이 안 보이던 남빙양의 고래 떼 이야기, 브라질에서, 필리핀에서 자신에게 가랑이를 벌려주었던 작부 이야기로 화제는 불꽃처럼 피어났다. 지갑은 얼마나 풍요로웠으며, 항구들은 얼마나 선원들을 사랑했는가, 그리고 계집들은 얼마나 사랑스러웠나, 만개한 과거는 불 위에서 타고 있는 물범 고기처럼 독한 누린내를 풍겼다. 모닥불에서 퍼져나간 빛들은 여기저기 죽어 있는 물범들의 시체에 그림자를 만들었다. 그림자와 그림자가 겹쳐지며 죽은 짐승의 몸뚱이 아래엔 어둠이 고여 있었다. 어둠은 불꽃이 춤출 때마다 일렁거렸다. 정섭은 고개를 돌려 모닥불을 바라보았다. 불티가 차가운 남극의 하늘로 날아가고 있었다.

남은 고기가 없다는 사실에 일등항해사가 낙담했을 때, 정섭은 기꺼이 자신의 몫을 나눠주었다. 평소 무심한 정섭의 성격으로는 정말이지 의외의 행동이었다. 하지만 모처럼의 육식이었으므로, 일등항해사는 내심 기뻤다.

고기 한 점을 입에 넣는 순간, 일등항해사는 죽은 주방장에게 욕을 했다. 이렇게나 최고급 고기를 감춰두고 있었다니. 예상했던 코끼리해표나 고래 고기는 결코 아니었다. 그 두 고기만큼 강한 누린내도 없었고, 특유의 역한 기름 맛도 없었다. 지방이 생각보다 적어서 오히려 담백한 닭고기나 돼지고기의 목살 맛에 가까웠는데, 소나 돼지, 혹은 뭍의 짐승을 먹어본 지가 워낙 오래되었으므로 정체를 알 수 없었다. 다만 고기 조각을 목구멍으로 넘기고 나니 혀끝에 감도는 육즙의 맛에 절로 한숨이 나왔다. 먹는 것이 아까울 만큼 맛있었다.

"그 밤, 저는 봤습니다. 텐트 안에서 자고 있을 때, 어둠이 내 안으로 흘러들어오는 걸. 죽은 물범들 사이에 고여 있던 어둠이 그 밤, 기관실에서 그랬던 것처럼 눈을 떴죠. 그리고 그날 그들의 운명이 결정된 겁니다. 죽어버린 코끼리해표처럼, 차갑게 얼어붙은 물범들처럼 우리도 모두 결국 죽어버릴 거라는 걸 그때 깨달았습니다."

정섭의 못 알아들을 말을 들으며 일등항해사는 마지막 고기 조각을 입안에 넣었다. 고기를 먹을 수만 있다면 무슨 이야기라도 다 들어줄 수 있었다.

"맛있네요."

"그래서 사냥을 하는 겁니다."

입맛을 다시는 일등항해사에게 정섭은 한 번 더 알 수 없는 소리를 했다. 지난번 탐문에서 정섭은 거의 아무것도 말하지 않았었다. 정섭의 경계심이 누그러진 틈을 타 일등항해사는 궁금했던 질문들을 던졌다.

"그런데 왜 선생님 간호를 그렇게 열심히 하는 겁니까?"

정섭은 물음 자체가 신기하다는 표정으로 일등항해사를 바라보았다. 어찌 보면 이상한 질문이었다. 아픈 사람을 간호하는 것은 당연한 일이니까. 그러나 유키마루에선 언제부터인가 당연한 일들이 당연히 벌어지지 않고 있었다. 그리고 둘의 관계는 일등항해사의 눈에 불쾌할 정도로 예사롭지 않아 보였다.

"제가 아플 때 간호해줬으니까요."

정섭의 답은 너무나 간단해서 허탈할 지경이었다. 일등항해사는 남극에 도착했을 때 아픈 정섭을 버려두려던 선장과 논쟁했던 선생의 모습이 떠올랐다. 그때 선생이 나서지 않았다면 정섭은 죽었을 것이다. 돌이켜보면 선장의 태도도 과한 데가 있었다. 그 얼음장 같은 선실에 정섭 혼자 남겨두라는 것은 죽으라는 이야기나 다름없었다. 숙소에 같이 있는 것이 감염 위험 때문에 불가능하다면 무너진 축사 근처 빈방에 자리를 하나쯤 마련해줘도 좋았을 터였다. 하지만 선장은 어떻게든 정섭을 배에 남기려 했다. 선장이 이유 없이 그런 고집을 부릴 사람이 아니기에 더욱 이상한 일이었다.

"고작 그게 전부입니까?"

"고작이라니요? 고작 그 일 때문에 지금 내가 있는 건데요."

정섭은 말을 멈춘 채 먼 곳을 응시했다. 그의 시선 끝에는 현창 밖으로 보이는 바다가 있었다. 바다는 어둠과 뒤섞여 온통 칠흑 같았다. 그리고 그 순간 마치 남극의 추위를 느끼기라도 하는 것처럼 정섭은 몸을 부르르 떨었다.

"어디 아픈 겁니까?"

정섭은 고개를 돌리고는 기괴한 미소를 띤 채 답했다.

"사람을 전율하게 하는 게 무엇인지 아십니까?"

"네?"

"왜, 지치지마에서 했던 낚시가 즐거웠는지, 고래를 잡으며 포수가 기뻐했는지 알게 됐습니다."

이야기하던 정섭은 자신의 손을 내려다보았다. 그리고 그것이 움직이는지 확인해보겠다는 듯이 손가락을 굽혔다 펴보곤 미소를 지었다.

"그건 말이죠. 힘이죠. 손안에 상대방의 목숨을 좌지우지할 수 있는 즐거움입니다. 그건 거의…… 사정하는 것과 비슷한 느낌이랄까요?"

정섭은 이렇게 중얼거린 후 주먹을 불끈 쥐었다. 그리고는 다시 차가운 목소리로 말했다.

"그날 깨달았습니다. 더 이상 두려워할 필요가 없다는 걸. 두려움은 잡아먹히는 쪽의 몫입니다. 두려움을 극복하려면 반대로 사냥꾼이 되면 되는 거죠."

정섭은 번득이는 눈빛으로 이렇게 말했다. 남극이, 그 밤이 이 아이를 어떻게 만든 것일까. 일등항해사는 두려웠다. 제정신인 사람이 조선인들 중엔 아무도 남아 있지 않은 것 같았다.

"아, 생각난 김에 하나 더 물읍시다. 마지막으로 죽은 갑식에 대해 알고 있는 건 없습니까? 배에서 있었던 일이나, 남극에서 있었던 일과 관련해서."

정섭은 특유의 천진한 표정으로 잠시 생각에 잠겼다. 그러고는 담담한 표정으로 답했다.

"없습니다."

일등항해사는 선장실에서 보여줬던 선생의 시선을 떠올렸다. 선생이 그런 수상한 태도를 보였던 것은 단지 윤용이 밀고자라는 사실을 감추기 위해서였던 모양이었다. 하긴 다른 비밀이 있었다면 둘을 남겨두고 선장실 밖으로 나갔을 리 없었다.

"그렇군요. 어쨌든 고기 잘 먹었습니다. 이만 선교로 가보겠습니다."

"네. 항해 잘하세요. 그것 때문에 살아 있는 거니까요."

정섭은 미소를 지었다. 일등항해사의 처지를 단적으로 설명해주는, 천진할 정도로 잔혹한 조언이었다. 일등항해사는 주방에서 빠져나오려다 멈췄다. 칼을 챙겨야 한다는 사실을 기억해냈던 것이다. 그는 칼이 꽂혀 있던 곳을 힐끔 훔쳐보았다. 정육용 식칼이 보이지 않았다. 정섭이 사용한 걸까? 정섭은 팬을 닦고 있었다. 어쨌든 정섭이 있는 한 칼을 챙길 수 없었다. 이제 곧 아침 식사를 준비하러 근무자가 주방에 올 시간이었고, 그전에 선교로 돌아가 다시 정오까지 근무를 서야 했다. 칼을 챙기려면 점심 식사가 끝나고 그 사이를 노려야 할 것 같았다. 하지만 사람이 많은 한낮의 주방에서 칼을 챙길 수 있을까? 개수대 앞에 서 있던 정섭이 무슨 일인가 싶어 일등항해사를 바라보았다. 제풀에 놀란 그는 서둘러 식당을 나섰다.

업보

뱃머리를 따라 아침 햇살이 쏟아졌다. 너무나 눈이 부셔서 일등항해사는 앞을 똑바로 볼 수 없었다. 갑판에서는 아침 일찍 선원들이 모여 있었다. 이렇게 모이기는 선장의 목을 매달고 처음이었다. 이들이 모인 이유는 오늘 중요한 작업이 예정되어 있었기 때문이었다.

지난 며칠간 주방은 방치되어 있다시피 했고, 조선인이라면 누구나 식당을 들락거리며 원하는 음식을 먹었다. 그동안 일본인을 제외한 선원들의 급식량은 형편없었다. 그런데 자유롭게 먹을 수 있게 되자 며칠 사이 부식창고와 냉장고가 비어버렸다. 남극에서 구했던 콩이 든 통조림과 약간의 밀가루, 그리고 비스킷이 남아 있었지만, 그걸로 주린 배를 채울 수는 없었다. 선원들은 급한 대로 물고기를 잡아 부족한 식량을 채우기로 했다. 크레인은 제대로 다룰 줄 아는 사람이 없었으므로 트롤망은 쓸 수 없었다. 결국 인력으로 끌어올리는 거대한 투망을 쓰기로 했다. 조난당했던 시기, 급하게 몇 번 사용한 이후로 창고에 처박아뒀고, 덕분에 쓰기 전에 그물을 손질해야 했다. 선수루 창고에 꺼낸 투망의 크기는 배의 선수갑판을 모두 덮을 정도로 컸다.

지난 며칠간 조선인들은 최소한의 일을 제외하고 작업에 참여하지 않았었다. 상갑판을 청소하는 일은 대만인의 몫이었고, 다른 하갑판과 화장실은 필리핀인들이 청소하고 있었다. 그 외에도 귀찮고 번거로운 작업들은 많았다. 이를테면 살해당한 시신을 수습하는 일 같은 것들 말이다. 그때마다 대만인들과 필리핀인들이 끌려나와 일을 해야 했다. 배에서 가장 많은 수를 차지하던 조선인들이 갑자기 손을 놓자 일은 그만큼 늘었다. 일손 부족으로 배는 빠르게 엉망으로 변해가고 있었다. 조선인들이 하는 일이라고는 안전을 이유로 그들에게 맡길 수 없는 식사를 준비하는 것과 근무란 이름으로 필리핀인들과 대만인들을 교대로 감시하는 것뿐이었다. 그러나 투망을 갑판에 펼치기 위해서는 가능한 많은 사람이 필요했다. 모처럼 작업에 참여하는 조선인들은 갑판에 올라오기 무섭게 불만을 늘어놓았다. 그렇게 작업은 시작되었다.

하지만 투망을 펼치는 것부터가 커다란 숙제였다. 지난번 조난 때 사용한 이후 창고에 처박아둔 투망은 온통 얽히고 꼬여서 제대로 펼칠 수가 없었다. 통제하는 사람이 없었기에 한 시간이나 지나도록 그물을 펼치는 일은 조금도 진척이 없었다. 모처럼 작업에 참여하는 조선인들의 무기력함이 진행을 더욱 어렵게 했다.

결국 만덕이 나섰다. 조선에서 임간도로를 뚫는 일에 동원됐던 그가 그나마 남아 있는 사람들 중 유일하게 사람을 부려본 경험이 있었다. 만덕은 작업의 상황을 한눈에 조망하기 위해 망루로 올라갔다. 그곳에서 만덕은 사람들을 향해 걸쭉한 고함과 욕설을 쏟아냈고 투망은 조금씩 펼쳐지기 시작했다.

그것은 기이한 광경이었다. 망루에 올라간 만덕의 발밑에는 목이 매달린 채 해풍에 까맣게 말라가는 선장의 시신이 매달려 있었다. 선장의 시신의 목을 매단 위쪽은 까맣게 변했지만 배에는 가스가 차 몸통이 독이 오른 복어처럼 끔찍하게 부풀어 있었다. 해풍 탓에 겉은 말라가고 있었지만, 반대로 내장을 중심으로 안에서는 썩어가며 가스가 차오른 것이다. 언젠가 썩은 물을 쏟아내며 선장이 터져버릴 것을 알고 있었지만, 누구도 손대지 않았다. 아무도 내리라고 지시하지 않았다는 이유에서였다. 선장의 시신은 고약한 악취를 풍기며 망루 밑에서 일종의 깃발처럼 불길하게 펄럭였다.

투망이 펼쳐진 후 양쪽 끝에 나란히 선 선원들은 끊어진 부분을 찾아 꿰매기 위해 각자 위치에 자리 잡았다. 그러나 선원들이 달라붙자 다시 망은 엉켜버렸다. 어구를 손질해본 경험이 부족한 탓이었다. 특히나 말이 통하지 않는 필리핀인들은 더했다. 선생이 있었다면 그들에게 지시를 내릴 수 있었을 테지만 말이 통하지 않았으므로 서로의 일을 방해하는 꼴이었다.

엉키고 다시 풀기를 반복하는 동안 만덕은 참지 못하고 그물 한가운데에서 우왕좌왕하는 마누엘의 뺨을 후려갈겼다. 체중을 실어서 때린 탓에 맞은 마누엘의 몸이 붕 떠오른 후, 갑판 바닥에 그대로 처박혔다. 떨어진 그는 요란하게 기침했다. 만덕이 다시 걷어차는 시늉을 하자 마누엘은 기다시피 그물 밖으로 나갔다. 그러나 그물 밖으로 나간 마누엘은 떨어질 때 충격 탓인지 숨조차 제대로 쉬지 못했다. 누군가 도와줄 법도 했지만, 만덕의 눈치를 보느라 아무도 마누엘에게 다가가지 않았다. 어느새 하늘은 먹구름이 몰려와 어두워졌고, 바람은 금방이라도 폭풍이 불어올 듯 거세졌다. 그리고 정섭이 갑판 위로 달려올라왔다.

"선생님의 상태가 심상치 않습니다."

필리핀과 대만 선원들을 감시하는 사람들을 남기고 조선인들은 선장실을 향해갔다. 일등항해사 역시 타륜을 넘기고 선장실로 달려갔다. 선생이 아직 죽어서는 안 됐다. 그가 죽으면 만덕이 리더가 될 터였다. 그렇게 되면 자신의 생명을 보장받을 수 없었다.

일등항해사는 선생의 겨드랑이에서 체온계를 뽑았다. 수은주는 40.5도를 가리키고 있었다. 이마부터 시작해 온몸이 땀을 흘리고 있었고, 안색은 더욱 창백해져 있었다. 눈가는 테를 두른 것처럼 붉게 상기되어 있었고, 반쯤 벌어진 입술은 바짝 말라 있었다. 다른 선원이 몇 번이나 선생을 부르고 흔들었지만, 선생은 간신히 눈을 뜰 뿐이었다. 일등항해사는 마른침을 삼켰다. 선생의 눈빛은 남극에서 보았던 포수의 그것과 같았다. 바로 죽어가는 자의 눈빛이었다.

일등항해사가 살아남기 위해서는 선생을 조금이라도 이승에 붙들어두어야 했다. 그는 정섭을 도와 붕대를 갈았다. 그가 꿰맸던 상처들은 이미 검게 변해가고 있었다. 검은 피가 섞인 고름을 짜내고 소독을 했지만, 극적인 호전을 기대하긴 힘들어 보였다. 구경하던 조선인 몇은 그 끔찍한 광경에 고개를 절레절레 흔들며 나가버렸다. 일등항해사의 손을 갑자기 선생이 덥석 잡았다.

"나는…… 마지막까지…… 반대했었어!"

선생은 눈을 치켜뜬 채 이렇게 말했다.

"네. 괜찮으니까. 한숨 주무세요."

뒤에서 지켜보고 있던 정섭이 일등항해사의 팔을 잡은 선생의 손을 풀어 이불 밑으로 다시 밀어넣었다. 그리고 돌아서서 남아 있는 조선인들을 향해 말했다.

"이만 나가보세요. 제가 지켜보고 있을 테니."

그 사이 다시 눈을 뜬 선생은 일등항해사를 보며 무언가를 중얼거렸다. 너무나 작은 소리 탓에 알아들을 수 없었던 일등항해사는 선생의 입가에 귀를 바짝 가져갔다.

"달…… 아…… 나……"

"당신도 나가세요."

정섭이 일등항해사의 어깨를 잡으며 말했다. 일등항해사는 이 상황을 이해할 수 없었다. 선생은 무슨 말을 하고 있는 것일까? 죽기 직전에. 일등항해사는 마지못해 선실 밖으로 나섰다. 선생은 말라터진 입술로 계속 무언가를 중얼거리고 있었다. 아마도 열 때문에 무언가 환각을 보고 있는 것 같았다. 마치 사막 같았던, 끝없는 갈증에 시달렸던, 표류하던 순간이 떠올랐다. 어쩌면 그는 그 순간으로 돌아가고 있는지도 몰랐다. 그리고 선실의 문이 닫혔다. 자신처럼 선장실에서 쫓겨나다시피 한 조선인들이 복도에 서 있었다.

달아나.

순간, 어떤 생각 하나가 일등항해사의 머릿속에 번쩍하고 빛났다. 선생의 말대로 남방개발 금고권은 휴지 조각에 지나지 않았다, 하지만 그 사실을 아는 선생은 의식을 잃은 채 죽어가고 있었다. 물론 필리핀인들도 남방개발 금고권이 쓸모없다는 걸 알고 있었다. 그러나 그들과 제대로 이야기를 나눌 수 있는 것도 의식이 없는 선생뿐이었다. 그렇다면 조선인들은 아무도 남방개발 금고권의 가치를 알지 못할 터였다. 일등항해사의 머릿속에서는 어떤 계획 하나가 구체적으로 머릿속에 떠오르기 시작했다. 치밀하거나 훌륭할 필요는 없었다. 어차피 내일이면 이 배에서 벗어날 테니까.

일등항해사는 선장실에서 나와서 갑판으로 올라가려던 만덕을 복도 맞은편에 있는 자신의 선실로 데리고 갔다. 마지못해 따라온 그는 노골적인 불쾌감을 감추지 않았다.

"뭐야? 무슨 말을 하고 싶은 거야?"

일등항해사는 만덕이 자신을 경멸하고 있다는 걸 알고 있었다. 자신을 린치했던 무리를 그가 통솔하고 있다는 것 역시 진작부터 눈치를 채고 있었다. 만약 만덕을 설득할 수 있다면 도망칠 때까지 시간을 벌 수 있었다.

"금고의 비밀번호를 알고 싶지 않습니까?"

일등항해사는 하루 전 만덕이 했던 말을 똑똑히 기억하고 있었다. 그는 배를 팔기 위해, 고작 돈을 위해 마카오나, 블라디보스토크로 가서 필리핀과 대만인을 죽이자고 했었다. 그런 만덕에게 금고의 돈은 구미가 당기는 미끼가 될 터였다.

"무슨 개수작이야? 내가 너처럼 구역질 나는 쪽바리의 거짓말을 믿을 거라 생각해?"

일등항해사 입장에선 그가 왜 그토록 일본인들을 미워하는지 이해할 수 없었다.

"믿어달라는 이야기가 아닙니다. 선장실에 가서 금고를 열어 보여드릴 수도 있습니다. 두 눈으로 똑똑히 확인하시면 될 거 아닙니까."

만덕의 눈동자가 흔들렸다.

"다만 그 돈으로 제 목숨을 보장받고 싶을 뿐입니다."

그러자 갑자기 만덕이 웃음을 터뜨렸다.

"왜 널 살려둬야 하지? 네 말이 사실이라면 널 고문해서 금고 비밀번호를 알아내면 그만인걸."

"고문을 해서 알아낼 수도 있을 겁니다. 하지만 그렇다면 그 돈을 다른 사람과 나눠야 하겠지요. 이 좁은 배에서 아무도 모르게 절 고문할 순 없을 테니까요."

만덕은 아무 답이 없었다. 일등항해사는 그 침묵을 긍정으로 받아들였다.

"2000엔이면 조선으로 돌아가 떵떵거리며 살 수 있습니다."

대답 대신 다시 침묵이 돌아왔다. 답은 이미 정해졌을 터였다. 다만 그것을 자기합리화할 시간이 필요하겠지.

"그 조건이 뭐지?"

"사흘 뒤, 육지에 도착할 때 제가 달아나게 도와주시면 됩니다."

일등항해사는 시간을 자신이 도망칠 시간에서 이틀을 뺐다. 그래야 혹시 일이 틀어졌을 경우에도 달아날 기회를 더 얻을 수 있으리라는 계산에서였다.

"고작 2000엔에 목숨을 걸라고? 널 도운 걸 다른 사람이 알면 내가 죽을 수도 있는데."

"그래야 사람들이 제가 돈을 가지고 도망갔다고 믿을 테니까요. 금고를 열어두고 제가 구명정과 함께 사라신나면 다들 절 범인으로 생각할 겁니다."

만덕이 고개를 저었다.

"아니. 디들 감시의 죽음이 금고의 돈 때문이라 믿고 있어. 넌 갇혀 있었으니 적어도 살인을 한 사람은 따로 있었을 거야. 그런데 네가 돈과 함께 사라진다면 그 범인이 널 죽이고 시신을 바다에 던진 후 돈을 차지했으리라 믿겠지. 그런 상황에서 내가 돈이라도 갖고 있는 게 들통나면 다들 날 범인으로 몰 거야. 더구나 블라디보스토크든 조선이든 돌아가려면 네가 필요하겠지. 당장이라도 널 죽여버리고 싶지만 그 점에 관한 선생의 판단이 옳을 거야."

일등항해사는 자신도 모르게 아랫입술을 깨물었다. 예상치 못한 반응이었던 것이다. 상구가 범인이라고 거짓말을 해야 할까? 하지만 조작한 증거마저 없는 상황에서 아직 그런 위험을 무릅쓸 순 없었다.

"전 배에 더 남아 있을 수 없습니다. 그 정체를 알 수 없는 살인범이 절 노리는 걸지도 모른단 말입니다."

당황한 일등항해사는 살인자의 핑계를 대며 대충 둘러댔다.

"그건 이 배에 탄 사람, 다 마찬가지야. 더구나 죽은 건 조선인이라고."

"그거야 범인이 조선인일 테니까요. 나나 필리핀, 대만인들은 배에서 함부로 돌아다니지도 못하지 않습니까. 희생자가 원한 때문이라면 다음은 일본인 제가 가장 자연스럽겠지요. 더구나 당신은 갑식이 죽어서 속으로는 좋아하고 있는 거 아닙니까."

"닥쳐! 네놈이 우릴 이간질시키려는 걸 내가 모를 줄 알아! 금고 이야기도 그렇고 네놈 눈엔 조선인들이 돈에 눈먼 바보들처럼 보이나? 어쩌면 네놈이 필리핀이나 대만 놈들과 작당하고 우리 조선인들을 죽이려고 노리고 있는 건지도 모르지."

만덕의 눈빛이 타올랐다. 만덕은 지나치게 분노하고 있었다. 강한 부정이야말로 그가 금고 안의 돈에 끌린다는 의미이리라.

"진정하시죠. 저는 살고 싶은 겁니다. 그냥 살고 싶다고요. 배를 항구에 정박시킬 게 아니라면 제가 굳이 남아야 할 이유는 없습니다. 나침반도 있고, 엔진은 정섭이 다룰 줄 알고, 타륜은 충섭이 잡아보지 않았습니까."

"그래서?"

"지금 당장 선장실에 가서 금고를 열겠습니다. 그 돈을 그냥 가져가시죠. 금고문을 닫아두면 돈이 사라진 건 아무도 모를 겁니다. 제가 달아나버리면 그 일은 영영 비밀이 되는 겁니다. 저 역시 살인범에게 죽거나 그냥 달아난 게 되겠죠."

만덕은 아랫입술을 깨물었다. 그러더니 무언가 좋은 생각이 떠오른 듯 표정이 밝게 변했다. 만덕의 입꼬리가 올라갔다.

"아니. 네놈이 항해에 꼭 필요 없다면 선장 곁에 매달아주겠다. 거꾸로. 네놈은 차라리 목을 매달아달라고 내게 애원할 거다. 그깟 돈쯤은 다른 조선인들과 나누면 그만이지. 어차피 있다가도 사라지는 게 돈인걸."

만덕의 말에 일등항해사는 한 방 맞은 기분이었다. 그가 탐욕스럽다는 것은 이미 알고 있었다. 그랬기에 돈을 준다고 하면 틀림없이 자신의 도주를 도우리라 믿었다. 하지만 그는 그 이상으로 자신을 증오하고 있었다. 이해할 수 없었다. 항해 내내 그에게 어떤 잘못이 될 만한 일을 저지른 기억이 없었던 것이다. 일등항해사는 입안이 바짝 말랐다.

"왜, 절 그토록 증오하는 겁니까?"

만덕은 고개를 저었다.

"하. 왜 증오하냐고? 왜? 왜?"

만덕의 얼굴은 빨갛게 상기된 얼굴로 너털웃음을 웃었다. 황당해서 믿어지지 않는다는 표정이었다. 그리고 갑자기 웃음을 그치고는 일등항해사의 멱살을 잡았다.

"쪽바리 새끼들은 그딴 짓을 저지르고도 뻔뻔하게 그런 소리를 하는

군. 피해자인 척 위장하면서."

만덕의 완력에 일등항해사는 순식간에 벽까지 밀렸다. 졸린 목보다 부딪힌 등이 더 아팠다. 그가 남극에서 반란을 일으키자고 주장한 쪽이라는 건 지난번 회의에서 마지막 했던 말로 알고 있었다. 남극에서 했던 엔진을 교체하는 작업이 가혹할 정도로 힘들었지만, 아무리 생각해도 내지인들을 모두 죽이자고 할 정도로 분노할 일은 아니었다. 그의 분노에는 과한 면이 있었다. 어쩌면 고향에서 일본인에게 호되게 당했을지도 모른다. 가끔 조선에 가서 행패를 부리는 낭인들이 있다는 이야기는 들었으니까. 하지만 그런 류의 인간은 어디에도 있었다. 그런 인간들에게 당했던 분노를 자신에게 투사한다는 것은 말이 되지 않는다고 일등항해사는 생각했다.

"제가 단지 일본인이라는 이유로 그토록 증오하는 겁니까?"

만덕의 입에서 탄식과 조소를 합친 것 같은 '하' 하는 소리가 튀어나왔다. 그는 황당하다는 표정으로 되물었다.

"단지 일본인? 네놈들이 배에서 우리에게 한 짓은 생각 안 나는 모양이지. 우릴 개, 돼지만도 못하게 다뤄놓고, 일본인?"

"글쎄요. 당신들 입장에서 부족한 면이 있을지 모르겠지만, 적어도 저는 내지인과 외지인을 차별한 적도 없고 불합리한 명령이나 지시를 내린 적도 없습니다."

만덕은 황당하다는 표정으로 조소했다.

"당신이 직접 하지 않았다면 당신 책임이 아니라는 거군. 편하네. 이 쥐새끼 같은 놈. 상등병조 폭행 사건도 분명 당신이 직접 지시한 것은 아닐 테니 네 책임이 아니라고 하겠지."

일등항해사는 말문이 막혔다. 분명 갑판장에게 직접 어떤 지시를 내린 적이 없었다. 상등병조의 일과 관련해 자신이 선장에게 직접적인 지시를 받은 적이 없었던 것처럼. 폭행당했던 상등병조 입장에서는 틀림없이 부당한 일이었으리라. 그렇다 해도 상등병조가 아닌 만덕에게 그 사건에 대한 책임을 추궁당할 이유는 없었다.

"당신은 그 사건과 상관없지 않습니까."

일등항해사가 채 마지막 단어를 내뱉기도 전에 멱살을 잡은 만덕의 팔에 힘이 들어갔다.

"상관없어? 상관없다고? 이 개 같은 새끼!"

핏발이 선 만덕의 눈빛이 분노로 번득였다.

갑판장이 기관실 앞 복도에 선생과 만덕, 정섭을 부른 것은 식당에서 상등병조가 선장의 식탁에 칼을 꽂은 그날 밤이었다. 백열전구가 깜빡이는 어두침침한 복도에서 갑판장은 낮은 목소리로 명령했다.

"어떤 방법을 써도 좋다. 상등병조가 내일 선실 밖으로 나오지 못하게 만들어."

잠시 세 사람은 아무 말도 하지 못했다. 선실 밖으로 나오지 못하게 만들라는 말의 의미는 분명했다.

"그렇지만 군인 아닙니까. 나중에 무슨 일이 생기면……"

"그래. 군인이지. 자존심이 목숨보다 중요한. 바꿔 말하자면 그 자식은 어디에서도 자신이 소선인에게 덩했다는 소리를 자기 입으로 하지 못한다. 그러니 너희들에게 맡기는 거다. 나중에 무슨 일이 생길 리 없어. 그건 내가 보증하지."

하지만 그가 아무것도 보장하지 않으리라는 것은 그 자리에 있는 모두가 알고 있었다.

파도가 높았다. 바다는 어둠 속에서 넘실거렸다. 파도가 몰아칠 때마다 바닷물은 난간을 타고 넘어 갑판까지 밀고 들어왔다. 만덕은 중심을 잡기 위해 더욱 자세를 낮췄다. 바닥이 미끄러워 제자리에 서 있기조차 힘들었다. 그럼에도 선교와 이어진 통로를 뚫어지게 바라보고 있었다.

상등병조를 기습하는 작전은 기본적으로 아주 단순했다. 선생이 상등병조에게 선장이 찾는다고 거짓말을 해, 선미 갑판으로 유인하는 것이었다. 그러면 모퉁이에 숨어 있던 만덕이 옆에서 덮치기로 했다. 이런 작전을 세운 이유는 상등병조가 늘 권총을 가지고 다니기 때문이었다. 좁은 선실에서 그를 기습했다가는 권총에 당할 수도 있었다. 상등병조라면 조선인에게 방아쇠를 당기는 일을 주저하지 않을 터였다.

그때 통로 쪽에서 발소리가 들렸다. 만덕은 상등병조를 덮치기 위해 몸을 움츠렸다. 하지만 먼저 눈치챈 쪽은 상등병조였다. 그는 반사적으로 움직이는 만덕을 향해 시선을 돌렸다. 그리고 만덕과 곧장 눈이 마주쳤다. 팔을 뻗으면 닿을 거리에서 두 사람은 서로를 바라보고 있었다. 만덕은 놀라 그대로 굳어버렸고, 상등병조 무슨 일이 일어나고 있는 건지 이해하지 못했다.

이 조선인이 왜 이러고 있는 건가? 눈빛에 담긴 의혹이 답을 찾고 그것이 다시 분노로 바뀌는 데는 제법 긴 시간이 필요했다. 하지만 먼저 움직인 것은 선생이었다. 상등병조가 만덕에게 신경 쓰고 있는 사이 그를 갑판으로 불러왔던 선생은 뒤로 돌아 상등병조의 머리에 자루를 뒤집어씌웠던 것이다.

"뭐해!"

선생의 외침에 마치 최면에서 깬 것처럼 만덕과 상등병조가 동시에 정신을 차렸다. 두 사람의 손이 향한 곳은 상등병조의 허리에 있던 권총이었다. 빼앗으려 하는 팔과 쏘려 하는 팔이 얽혔고 두 사람의 몸도 뒤엉켰다. 파도가 치자 갑판이 흔들렸고, 두 사람은 마치 춤을 추는 것처럼 뒤엉킨 채 갑판의 흔들림에 따라 비틀거렸다. 만덕은 상등병조를 들어올릴 정도로 힘이 좋았지만, 요령이 없었다. 얼핏 만덕에게 상등병조가 사정없이 휘둘리는 것처럼 보였지만, 실제로 얽힌 팔은 그렇지 못했다. 비틀거리면서도 상등병조는 권총집을 잡은 만덕의 손목을 꺾고는 두 팔을 번갈아 바꿔가며 권총손잡이를 먼저 움켜잡았다. 결국 뒤엉킨 두 사람이 몇 차례 비틀거리기를 반복한 후 상등병조는 권총을 뽑아들 수 있었다. 만덕은 끈질기게 달라붙어 힘으로 권총을 빼앗으려 했다. 두 사람의 팔이 다시 얽혔고, 총구는 비틀거리는 두 사람의 몸짓에 따라 이리저리 흔들렸다. 뒤에서 어쩔 줄 모르던 선생이 나무 몽둥이로 상등병조의 머리를 내리쳤다. 하지만 그저 '아!' 하는 소리와 함께 상등병조의 주의를 잠시 돌렸을 뿐이었다. 자루를 쓰고 있는 탓에 정확히 급소를 내리칠 수도 없었고, 두 사람이 엉킨 탓에 전력으로 휘두르지 못한 탓이었다. 실제로 몇 번 더 몽둥이를 휘둘렀지만 흔들리는 배에서 엉킨 두 사람이 엎치락뒤치락하는 탓에 자꾸 엉뚱한 곳에 맞았다. 목숨이 달려 있는 일이 아니라면 그것은 무성영화의 슬랩스틱 코미디처럼 보이기도 했다. 권총의 총구가 몇 번이고 만덕을 향했고, 결국 선생도 권총에 매달릴 수밖에 없었다. 이제 세 사람의 손이 얽혔다. 세 사람은 하나로 뒤엉킨 채 파도에 따라 흔들리는 갑판에서 위태롭게 비틀거렸다. 비틀거리던 세 사람은 하나로 엉켜 갑판에 쓰러졌다. 시야에서 세 사람의 모습이 사라지자 숨어 있던 정섭이 자리에서 일어섰다. 해치코밍 뒤에 있던 정섭의 손에는 양동이가 들려 있었다. 최악의 순간에 대비한 그들의 보험이었다. 손에 들려 있던 권총은 어디로 사라졌는지 보이지 않았고 양

손이 자유로워진 상등병조는 머리에 쓰여 있는 자루를 벗기 위해 애쓰고 있었다. 만덕은 그가 자루를 벗는 것을 막기 위해 산발적으로 주먹을 휘둘렀다. 그 옆에서는 선생이 바닥을 기어다니며 권총을 찾기 위해 부지런히 더듬거렸다. 앞이 보이지 않는다 해도 일대일이 되자 만덕은 상등병조의 상대가 되지 않았다. 유도 교관이었던 상등병조는 양발에 만덕의 오른팔을 끼운 후 팔을 꺾었다. 우두둑 소리와 함께 밤바다에 비명소리가 울려 퍼졌다. 선생은 총을 포기하고 만덕을 구하기 위해 상등병조의 허벅지를 물어뜯었다. 비명을 지르며 상등병조는 잡은 팔을 풀어주었지만, 대신 그 팔로 선생의 얼굴에 주먹질을 했다. 선생은 얼굴을 감싸쥔 채 데구루루 굴렀다. 하지만 도와줄 사람이 없었다. 만덕은 역시 괴로운 듯 자신의 팔꿈치를 움켜쥔 채 일어나지 못했다. 그 틈에 상등병조는 쓰고 있던 자루를 벗었다. 그러고는 바닥에 엎드려 있는 선생의 배를 걷어찼다.

"미친 조센징 새끼들. 이 버러지 같은 놈들."

해치코밍 뒤쪽에서 정섭이 나온 것은 바로 그때였다. 상등병조는 처음 선생을 때리느라 알아차리지 못했다. 마치 매끈한 짐승처럼 상등병조의 뒤쪽으로 낮은 자세로 다가간 정섭의 존재를 상등병조가 눈치챈 것은 다름아닌 냄새 때문이었다. 고약한 악취가 덮칠 듯 그를 감싸왔던 것이다. 상등병조는 재빨리 돌아섰지만 너무 늦었다. 정섭은 양동이에 들어 있는 것을 상등병조의 머리에 그대로 쏟아부었다. 똥과 오줌이 그의 얼굴에 쏟아졌다. 마지막 순간에 일이 제대로 안 풀리면 그에게 오물을 투척해 도망칠 시간을 번다는 것이 선생의 계획이었다. 최소한 오물을 뒤집어쓰면 수치심에라도 상등병조가 이 일에 대한 책임을 추궁하기보다는 모른 척하리라는 계산에서였다.

상등병조는 눈을 뜨지 못한 채 오물을 뒤집어쓰고 허우적거렸다. 이제 달아날 차례였다. 하지만 악취가 코를 찌르는 상등병조의 모습을 보며 정섭은 죽어가는 방어를 떠올렸다. 그 밤, 정섭을 감싸고 있던 뜨거운 욕지거리 같은 느낌이 그 순간 되살아났다.

퍼덕거리던 방어의 붉은 아가미, 모닥불을 감싼 채 회전하던 그림자들과, 목이 잘린 포로의 모습이 명치끝에 뭉쳐 치받아 올라왔다. 정섭은 똥물을 뒤집어쓴 채 눈도 뜨지 못하는 상등병조의 얼굴을 양동이로 내리찍었다. 쾅! 쾅! 가격할 때마다 양동이는 찌그러지며 요란한 소리를 냈다. 퍽 하는 소리와 함께 손잡이가 부서졌다. 하지만 정섭은 멈출 수 없었다. 이미 찌그러진 양동이의 양 끝을 잡고 다시 내리찍었다. 당황한 상등병조는 뒷걸음질치다 그대로 넘어졌다. 끈적하고 고약한 악취가 사방으로 퍼졌다. 정섭에게 상등병조는 지금까지 자신에게 일어난 모든 나쁜 일들의 근원처럼 보였다. 그래서 찌그러진 양동이에 낀 손톱이 깨지는 것도 모른 채 양동이를 휘둘렀다. 찌그러지는 양동이처럼 상등병조의 얼굴도 점차 찌그러졌다. 흘러내리는 똥오줌 속에서 붉은 아가미 속살처럼 보이던 것이 피라는 걸 깨닫는 데는 제법 시간이 필요했다. 코가 내려앉고 살점이 떨어지고 상처가 벌어진 채 오물과 뒤섞였음에도 정섭은 멈추지 않았다. 이제는 분노가 아니었다. 때릴 때마다 정체를 알 수 없는 해방감과 황홀함이 그를 감쌌다. 정섭의 입가에는 미소가 떠올랐다. 만덕과 선생이 뜯어말리지 않았다면 징섭은 뼈가 드러날 때까지 이미 양동이라 부를 수 없는 그 양철 조각을 휘둘렀을 터였다. 정신을 차렸을 때, 코가 내려앉고 이빨이 부러진 상등병조가 겁에 질린 채 정섭에게 살려달라고 애원하고 있었다. 선교 위쪽에서 격실문이 열리는 소리가 들렸다. 선생과 만덕이 정섭의 팔을 끌었다.

"가자!"

정섭은 연돌 뒤편 난간 계단으로 하갑판까지 끌려내려왔다. 상갑판에 선 아침을 만들기 위해 일어난 주방장의 목소리가 들렸다.

"거기 누구요? 뭐하는 겁니까?"

그 목소리를 뒤로하고 만덕은 문을 닫았다.

"들키지 않았을까요?"

만덕이 물었다.

"괜찮아."

선생님이 답했다. 그때까지도 정섭을 감싸던 열기는 사라지지 않았다. 선생은 떨리는 손으로 그의 손에 들려 있던 한때 양동이였던 물건을 빼앗았다.

"이건 몰래 바다에 던져버려."

정섭의 피 묻은 손은 여전히 떨렸다. 하지만 입가에 머금은 미소는 아직 사라지지 않고 있었다.

"잘했어."

팔꿈치를 움켜쥐고 있던 만덕이 고맙다는 듯 말했다. 정섭은 그제야 다른 사람들이 있었다는 걸 깨달았다. 선생의 눈빛이 싸늘했다. 정섭은 변명하듯 중얼거렸다.

"어쩔 수 없었어요."

"자세한 건 나중에 이야기하자. 일단 선실로 돌아가서 자는 척해."

선생은 쓸쓸한 표정으로 답했다. 어두운 하갑판 통로를 따라 걷는 동안 아무도 말하지 않았다. 통로 중간, 중간에 박혀 있는 등들이 물처럼 흘러갔다. 정섭은 갑자기 어깨를 부르르 떨었다. 두려웠던 것이다. 상등병조가 무서웠던 것도, 내일이면 닥칠지 모를 추궁이 무서웠던 것도 아니었다. 그는 자신이 두려웠다. 나는 도대체 무슨 일을 저지른 걸까. 비로소 정섭은 자신의 꼴을 살폈다. 상등병조의 피가 튄 상의에서는 지린내와 구린내 그리고 희미한 피비린내가 엉망으로 뒤섞여 있었다.

"저는 정말 모르고 있었습니다. 당시 항해 문제 때문에 여러모로 바빴으니까요. 그냥 소문이 있긴 했죠. 하지만 정섭이 그토록 과하게 굴었던 건, 본인 책임 아닙니까?"

일등항해사의 항변에 만덕은 낮게 웃었다. 그것은 웃음이라기보다는 짐승의 으르렁거림처럼 느껴지기도 했다.

"그래? 그래서 정섭이한테 그랬던 거구나? 더러운 쪽발이 새끼들."

"무슨 말입니까?"

"하, 뻔뻔하게 이것까지 모른 척하는 건가."

"당신이 생각하는 것처럼 전 갑판장과 가까운 사이가 아니었습니다."

만덕의 충혈된 작은 눈이 순간, 더 가늘게 변했다. 동시에 만덕의 주먹이 일등항해사의 배에 꽂혔다.

"가증스러운 새끼. 이것도 네가 한 일이 아니라고 그 좋은 머리로 빠져나가려 하겠지. 그런 천인공노할 짓거리들을 하고서."

일등항해사는 숨을 쉴 수 없었다. 정말 정섭이 당했다는 일이 무엇인지 알고 싶었다. 아니. 이미 어떤 일이 벌어졌었는지는 중요하지 않은 것인지도 몰랐다. 이 배에서는 너무 많은 것들이 돌이킬 수 없는 지경에 이르렀으니까.

"일어나!"

만덕은 눈을 떴다. 빛이 얼굴로 곧장 비치고 있었다. 눈이 부신 만덕이 인상을 찌푸리자 빛은 아래쪽으로 내려갔다. 선생이었다. 선생은 좁은 통로에 무릎을 꿇은 채 작은 침대에 구겨지듯 누워 있는 만덕에게 손전등으로 빛을 비추고 있었다. 선실 안은 어두웠다. 아직 밤이었고, 선실 안은 잠든 사내들의 코 고는 소리로 시끄러웠다. 만덕은 눈을 비비고 윗침대에 머리를 부딪치지 않게 주의하며 자리에서 일어났다.

"뭔 일이요?"

선생은 손에 들고 있던 손전등의 불을 껐다. 그러자 선실 안은 장막처럼 짙은 어둠이 내려앉았다.

"쉿. 다른 사람들 깨니까. 따라 나오게."

선생은 낮은 목소리로 말했다. 만덕은 선실 양쪽으로 있는 침대들을 손으로 짚으며 어두운 통로를 따라 나갔다. 선실문을 열자 한층 차가운 공기가 덮치듯 밀려왔다. 편서풍대에 접어든 이후 바다가 거칠어졌고, 내려온 위도만큼 기온도 내려갔다. 만덕은 자신도 모르게 몸을 부르르 떨었다. 백열등 불빛이 비추는 복도는 파도의 움직임에 따라 그림자들이 따라서 흔들렸다.

"무슨 일이에요?"

"자네가 힘 좀 써야겠어."

선생은 앞장서서 복도를 따라 걷기 시작했다. 아직 잠에서 완전히 깨지 않은 만덕은 비틀거리며 선생을 따라갔다. 짜증이 솟구쳤지만 만덕은 더는 따지지 못했다. 어두침침한 복도를 걸어가는 선생의 등에서 팽팽한 긴장감을 느꼈던 것이다.

선생이 멈춘 곳은 기관실 앞이었다. 그는 기관실로 이어진 격실문의 손잡이를 잡은 채 눈을 감고 길게 한숨을 쉬었다. 그리고 감았던 눈을 뜨곤 손잡이를 돌렸다. 두꺼운 격실문이 열리는 순간 요란한 디젤 엔진의 소음이 두 사람을 맞이했다. 선생은 마치 문의 무게가 천근이라도 되는 것처럼 힘겹게 밀고 기관실 안으로 들어섰다. 뒤따라 들어선 만덕은 그 자리에 그대로 멈춰 섰다.

어두운 기관실 바닥에는 한 사내가 쓰러져 있었다. 무릎께에 바지가 걸린 채 누워 있는 사내의 하반신은 온통 피투성이였다. 문턱을 넘는 순간 역한 정액 냄새와 피비린내가 뒤섞여 코를 찔렀다. 명치가 울렁거렸다. 만덕은 오금에 힘이 빠졌다. 휘청 꺾이는 무릎을 간신히 다시 세우고 고개를 돌렸다.

아아.

말로 할 수 없는 거대한 무언가가 목덜미를 찢고 튀어나올 것 같았다. 그리고 그 단단하고 뜨거운 것은 명치에서 시작해, 뒷목을 따라 머리로 타고 올라왔다. 모든 혈관이 불붙은 기름처럼 타올랐다. 만덕은 눈물을 참기 위해 눈을 깜빡였다. 윙하는 귀 울음이 울렸다. 수많은 감정이 마치 하나의 점처럼 압축되었다. 1초인지, 1분인지, 영원인지 모를 그 시간 동안 모든 것이 붉게 타올랐다.

"정신 차리게."

선생의 힘없는 목소리가 들렸다.

"우리가 넋을 놓고 있으면 이 아이는 죽어."

"어떻게 된 겁니까?"

"근무시간이 끝났는데 선실로 돌아오시 않더라고. 그래서 상구를 깨워 물어봤더니 오늘 기관장이 근무 서는 날이라고 해서 혹시 사고가 난 게 아닌가 싶어 찾으러 나왔다네."

만덕은 상의를 벗었다. 그리고 엉망으로 더럽혀져 있는 정섭의 하반신을 덮어주었다.

"그런데 갑판장이 기관실 문을 지키고 있더라고. 나한테 밤에 돌아다니지 말라고 하면서. 그래서 정섭이 오지 않았다고 이야기를 하자 일이 있어서 기관실에서 작업을 하고 있다는 거야. 돌아와서 잠깐 눈을 붙였는데 여전히 자리가 비어 있어서 다시 왔더니……"

선생은 붉게 상기된 눈을 비볐다. 자책하고 있음이 틀림없었다. 이렇게 될 걸 정말 몰랐던 걸까? 상등병조 사건이 너무 조용히 마무리됐을 때, 어쩌면 누군가 그다음으로 희생당하리라는 걸 둘 다 짐작하고 있지는 않았을까? 만덕은 주먹으로 강철로 된 기관실 벽을 쿵 하고 쳤다. 디젤 엔진의 요란한 울음이 어둠과 함께 낮게 박동했다. 선생은 만덕이 벗은 상의로 정섭에게 묻은 피와 정액을 닦아냈다. 그렇게 다시 옷을 입히고, 만덕이 정섭을 업었다. 선생은 만덕에게 말했다.

"이 일은 아무에게도 말하지 말게."

만덕은 울컥 눈물이 났다. 너무나 가벼웠다. 아직 채 스물도 되지 않은 사내놈의 몸뚱이가 너무나 가벼워 아버지가 폭발에 휘말렸을 때 남은 누더기에 싸여 있던 발목 같았다. 그날 그때, 그 모습은 너무나 황망해서 눈물조차 나오지 않았었다. 그때 흘리지 않았던 눈물이 이 순간 쏟아지고 있었다. 선실로 돌아오는 복도는 너무나 멀었다. 끝나지 않을 것만 같은 복도 끝이 눈앞에서 자꾸만 흐려졌다. 그 복도의 모습이 아버지의 발목을 찾으러 가던 임간도로와 겹쳐졌다.

만덕이 이야기를 멈췄을 때 일등항해사는 자신이 했던 말을 떠올렸다. 상등병조 문제를 해결하라고 갑판장에게 말했었다. 그럴 필요까지 없었지만, 여자 일을 앙갚음하기 위해 갑판장을 모욕했다. 그 말이 비탈을 굴러가며 점점 커져, 상등병조를 박살내고, 정섭을 망가뜨리고, 조선인들을 분노하게 하고, 선상 반란이 일어나게 했다. 망각 속으로 사라진 말의 여파에 일등항해사는 어안이 벙벙해질 지경이었다. 비로소 선생이 감추고 싶어한 비밀이 무엇인지 알 수 있었다. 정섭이 어째서 남극에 도착할 때까지 갑자기 아팠으며, 선장이 그를 선실에 남겨두라고 명령한 이유를…… 순간, 일등항해사는 선장 역시 그 사실을 알고 있었음을 깨달았다. 만덕이 주장하는 것처럼 이 일은 우연히 벌어진 것도 우발적으로 일어난 일도 아니었다. 선장 입장에서 이 문제를 해결하는 최선의 방법은 정섭이 죽는 것이었다. 폴리네시아 여자를 존재하지 않았던 사람 취급하면서 바다로 버린 것처럼. 그래서 정섭을 숙소에 들이는 것을 반대했던 것이다. 전염성 질환을 핑계로 정섭을 얼어붙은 배에 홀로 남기면 십중팔구는 동사할 테니까. 자신에게 상등병조의 처분에 관하여 책임지지 않을 지시를 내렸던 것처럼, 상등병조 폭행 사건에 대해 책임지지 않으려는 선장 나름의 마무리였다. 아마도 선생은 이 모든 일을 밝힌다고 협박을 해 선장에게 정섭을 간호할 수 있게 양보를 받았으리라. 선장이 남극 일에 대한 채찍질을 왜 선생에게 했는지도 이해할 수 있었다. 모든 것은 우연히 일어난 것이 아니었다. 그가 알지 못했지만, 작은 사건들이 연쇄작용을 일으키며 커진 것이었다. 파도들이 모이면 순식간에 거대한 선박도 집어삼킬 만한 커다란 너울이 되는 것처럼.

"나, 나는 몰랐습니다. 정말 몰랐어요."

일등항해사는 고개를 들고 만덕에게 변병했다.

"그럴 테지. 그날 기관실에 누가 있었는지는 어차피 정섭 외엔 아무도 모를 테니."

"저는 그날 선교에서 근무를 서고 있었습니다. 자정부터 정오까지, 매번 근무 섰던 걸 알지 않습니까."

"그런 핑계가 통할 거라고 생각하나? 정말 모르고 있었던 거야? 모르고 싶었던 게 아니라? 그래야 네놈들이 계속 정섭이를 가지고 놀 수 있었을 테니까."

일등항해사는 정섭이 사냥조를 따라갔던 이야기를 하며 말했던, 몸 안으로 스며들었다는 어둠이 무엇인지 비로소 알 수 있었다. 당시엔 그것이 남극의 추위나, 하루에 열여덟 시간이나 계속되는 밤에 대한 이야기라 생각했었다. 하지만 그것이 신체의 일부임을 깨닫자 구역질이 나올 것 같았다. 이등항해사를 처형하던 그 아침 정섭이 대만인과 필리핀인들을 닦달하며 그토록 잔인하게 살인을 강요했던 이유도 이제는 납득할 수 있었다. 그에게는 복수의 순간이었을 테니까. 어떤 일본인이 얼마나 깊이 관여했을까? 정섭은 기관실에서 근무하고 있었다. 그리고 그곳은 밤이면 아무도 찾아오지 않는 곳이었다. 디젤 엔진의 소음과 진동이 모든 것을 집어삼켜 감춰주는 배의 시커먼 중심이었다. 성욕으로 불같이 달아오른 사내들에게 그곳은 자물쇠가 잠기지 않은 부식창고나 다를 바 없었을 터였다. 그리하여 정섭은 그토록 태연하게 타인을 죽일 수 있었던 것이다.

만덕은 다시 일등항해사의 먹살을 잡아 일으켜세웠다. 분노로 눈까지 충혈된 그는 이대로 끝낼 생각이 없는 모양이었다.

"네 말대로 조선까지 돌아가는 데 네놈이 필요 없다면 살려둘 이유가 없지."

일등항해사의 몸이 허공에 떴다. 분노한 만덕의 얼굴이 눈앞에 있었다. 시야의 바깥쪽부터 검은 망점들이 생겨나기 시작했다. 그렇게 온 세상이 어둠으로 덮이고 있었다. 점점 어둠이 커져, 상기된 눈으로 자신을 노려보는 만덕마저도 망점 속에 뒤덮였다. 의식은 빠르게 흐려졌다.

"형님, 큰일 났습니다."

갑자기 시야가 확 하고 밝아졌다. 동시에 일등항해사의 폐가 부족한 산소를 끌어모으기 위해 경련했다. 일등항해사는 바닥에 엎드린 채 기침했다.

"뭐야?"

충환은 다급한 목소리로 만덕에게 말했다.

"갑판에 가보셔야 할 것 같습니다."

일등항해사는 눈을 감은 채 바닥에 누워 있었다. 멀어지는 만덕과 충환의 발소리가 들렸다. 일등항해사는 심호흡했다. 벌린 입에서 끊임없이 침이 흘러나왔다. 기침을 멈추기 위해 몸을 돌아누웠다. 세상이 훨씬 또렷해 보였다. 만덕이 정말 자신을 죽일 생각이었을까. 2000엔보다 복수를 택할 정도로 자신을 증오한다면 정섭이 당했던 일이 자신과 무관하다는 걸 아무리 설명해도 받아들이지 않을 것이었다. 아니, 따지고 보면 정섭이 당한 일은 자신과 무관하지 않았다. 일등항해사는 자리에서 일어났다. 이제 이 배 어디도 그에게 안전한 곳은 없었다. 선생의 마지막 충고처럼 달아나야 했다. 살아남기 위해서는.

포식

　일등항해사가 서둘러 갑판에 올라왔을 때, 갑판 위에서는 이미 두 무리의 사내들이 대치하고 있었다. 배는 요동치고 있었다. 파도는 난간을 넘어 갑판 위까지 밀려왔지만, 사내들은 날씨 따윈 신경 쓰지 않았다. 작업하던 투망을 사이에 두고 선수루 쪽에는 필리핀, 대만인들이 있었고, 선교 쪽으로 조선인들이 있었다. 비쩍 마른 두 무리의 사내들은 굶주린 승냥이 떼처럼 금방이라도 싸울 듯이 대치하고 있었고, 상대는 알아들을 수 없는 각자의 언어로 큰소리로 으르렁대고 있었다. 일등항해사는 근수아범에게 다가가 무슨 일이냐고 물었다. 근수아범은 턱으로 반대편에 누워 있는 마누엘을 가리키며 답했다.

　"아까 만덕이한테 맞은 후 쓰러졌었수. 요란하게 맞긴 했는데 엄살인지, 뭔지, 진짜 아프기는 한 거 같긴 한데……"

　누워 있는 마누엘의 입술은 새파랗게 변해 있었다. 고통스러운 표정으로 간신히 숨을 쉬고 있었지만, 안색은 점점 더 창백해져갔다. 목구멍 안쪽에서 울리면 그르렁거리는 숨소리는 금방이라도 넘어갈 것 같았다. 일등항해사는 저렇게 된 사내를 본 적이 있었다. 부두에서 하역 작업을 하던 선원 하나가 내리던 냉동 대구 상자에 부딪혀 저런 증상으로 병원에 갔었다. 당시 수술을 했던 의사는 부러진 갈비뼈가 폐를 찌른 것이라 했다. 그리고 운이 좋다고, 바다 한가운데에서 이런 일을 당했으면 죽을 수도 있다는 이야기를 덧붙였다. 마누엘은 그때 그 사내와 증상이 똑같았다. 기침과 함께 선홍색 피가 흘러나왔다. 필리핀인들이 동요했다. 마누엘을 이렇게 만든 만덕을 가리키며 그들은 소리를 질렀다. 만덕은 당황했다. 그는 일본인에게 배운 대로 행동했을 뿐이었다. 만덕은 갑판장의 좋은 학생이었고, 그가 대만인이나, 필리핀인에게 했던 짓들은 갑판장의 행동과 크게 다를 바 없었다. 그러나 갑판장에게 맞았던 상대가 죽어가는 일은 없었다. 경험해본 적 없는 상황에 처한 만덕은 대치한 조선인들에게 우리가 저 새끼들에게 밀리면 안 된다고, 고장 난 축음기판처럼 같은 소리를 반복할 뿐이었다. 하지만 그의 눈빛은 분명 겁에 질려 있었다.

　구름 사이로 늦은 오후의 햇살이 희미하게 비치다 사라지기를 반복했다. 북쪽에서는 빠르게 먹구름이 몰려왔다. 바다는 더욱 거칠어져 갑판 위에 서 있기도 힘들었지만 누구도 물러서지 않았다. 넘어가는 해만큼 마누엘의 목숨도 천천히 꺼져가고 있었다. 그로서는 어쩌면 다행인지도 몰랐다. 살인을 한 이후로, 마누엘은 천천히 자신을 죽여가고 있었다. 식사는 거의 하지 못했고, 잠도 잘 자지 못했다. 때문에 행동은 굼떠졌고, 정신은 늘 반쯤 나간 것 같았다. 정리하던 투망 가운데 서서 우왕좌왕했던 것도 그 때문이었다. 마누엘은 다시 기침을 했다. 그 소리는 기침이라기보다는 죽어가는 개의 울음소리 같았다. 다른 사람이 할 수 있는 일이라고는 입으로 흘러나온 피를 또 한 번 닦아주는 것뿐이었고, 갑판을 넘어온 파도는 누워 있는 그의 몸을 적셨다.

일몰 직후, 마누엘은 절명했다. 분노한 필리핀인들의 목소리가 갑판을 가득 채웠다. 분노한 사내들이 뿜어내는 열기가 뱃머리를 감쌌다. 그 기세에 조선인들은 마스트 뒤쪽까지 물러났다. 공간에 여유가 생기자 필리핀인들과 대만인들은 선수루 갑판으로 올라가는 계단을 기준으로 투망과 갑판 위에 물건들을 이용해 바리케이드를 만들기 시작했다. 조선인들이 알아듣지 못하는 요구가 통할 때까지 물러서지 않을 모양이었다. 의사소통은 할 수 없었지만, 그들이 만덕을 요구하고 있다는 건 말이 통하지 않아도 알 수 있었다. 다만 조선인들은 그들의 구체적인 요구가 무엇인지 그들이 만덕을 어떻게 하길 원하는지 알지 못하는 상태에서 어떤 타협도 할 수 없었다. 그리고 그들과 의사소통이 가능한 유일한 사람은 지금 선장실에서 죽어가고 있었다.

바리케이드를 만드는 일이 끝나갈 무렵 선수루 갑판 계단 뒤쪽 문에서 라밀이란 이름의 젊은 필리핀인이 한 아름의 날붙이들을 들고 나왔다. 고래 해체할 때 쓰는 갈고리와 작살로 지난번 조선인들의 선상 반란때 썼던 어구들이었다. 선수루 창고문은 이런 흉기로 쓸 수 있는 도구가 있으므로 조선인들이 늘 잠가뒀지만, 작업을 위해 투망을 꺼내며 자물쇠를 채우는 걸 잊은 모양이었다. 대만인과 필리핀인들이 그것들을 나눠가지자 분위기는 역전되었다. 이제 근거리에서 싸우면 조선인들은 승산이 없었다. 총을 가진 조선인들이 선교 상부 난간에서 사격 자세로 대기하는 가운데, 나머지 조선인들은 선교 뒤편까지 물러났다. 그들은 선교에 모여 회의했다. 뒤늦게 조선인들은 주방에서 날붙이들을 가지고 나왔지만, 고래 해체칼을 상대할 수 없었다. 그렇게 두 세력이 마스트를 중심으로 대치하고 있을 때 번개가 내리꽂혔다. 번쩍하는 섬광과 함께 매달려 있던 선장의 부풀어오른 배가 폭발했다. 썩은 물이 갑판 위로 고스란히 쏟아졌다. 대치하던 선원들이 악취에 한 발 뒤로 물러섰다. 선장의 배는 텅 비어 검은 구멍만이 남아 있었다. 그리고 그 모습 그대로 마치 깃발처럼 펄럭였다.

일등항해사에게 깨달음이 찾아온 것은 바로 그 순간이었다. 갑자기 그 끔찍한 선장의 모습에서 모든 것이 명확해졌다. 그리고 동시에 몸이 먼저 반응했다. 일등항해사는 속에 있는 것을 그대로 갑판 위에 쏟아냈다. 구역질하는 동안 영문을 알지 못하는 조선인들은 그를 둘러싼 채 웅성거리고 있었다. 겨우 고개를 들었을 때 조선인들 사이에서 정섭과 눈이 마주쳤다. 일등항해사는 입을 닦고 몸을 돌려 하갑판으로 내려가는 계단으로 향했다.

일등항해사는 거의 뛸 듯 복도를 가로질러 갔다. 막 켜지기 시작한 복도의 백열등 불빛이 상기된 그의 얼굴을 쓸고 지나갔다. 선장실에 도착한 일등항해사는 문을 열고 그 안으로 들어갔다. 그리고 침대에 누워 신음하고 있는 선생의 멱살을 움켜잡았다.

"너는 알고 있었지! 너는 알고 있었지!"

하지만 의식이 없는 선생의 몸은 물먹은 솜처럼 자꾸 아래로 치졌다.

배가 터진 선장을 보는 순간 죽은 갑식의 모습이 도살장에 걸려 있는 돼지와 닮았다는 것을 깨달았다. 피가 빠지고 내장이 제거된 채 갈고리에 걸러 사지를 벌리고 있는 돼지의 모습을 냉장선 실습할 때 본 적이 있었다. 그것은 동시에 선생의 말처럼 해체된 고래와 닮아 있었다. 이 사건은 내장을 꺼낸 엽기적인 살인 아니라 내장을 제거하는 작업 도중에 발견된 것일 뿐이었다. 살인자는 경동맥을 자른 후, 시신을 비상탈출구 사다리에 매달아 피를 뽑고, 내장을 꺼낼 생각이었다. 그런 일을 하는 이유는 내장이 빨리 썩기 때문이다. 고기를 오래 보관하기 위해서는 도축 직후 정육을 해야 한다. 한마디로 범인은 살해 직후 인간 정육을 만들려 했던 것이다. 범인의 잔인해 보였던 행동은 복수의 결과물이 아닌 지극히 합리적인 행동이었을 뿐이었다. 갑식의 시신을 보고 느꼈던 부조리함, 사라진 신체에 대한 미스터리가 갑자기 풀렸다. 그리고 그 깨달음은 자연스럽게 다음 기억으로 이어졌다. 정섭이 프라이팬으로 익히던 붉은 살코기.

일등항해사는 정섭을 바라보던 선생의 눈빛을 떠올렸다. 그는 정섭을 범인으로 막연하게 의심하지 않았을까. 정섭의 간호를 받는 그가 직접 조사할 수 없었으리라. 정섭의 선생에 대한 헌신적인 간호는 일종의 감시 아니었을까? 그래서 선생은 자신을 선창에서 끄집어내 범인을 찾아달라고 부탁한 것이 분명했다. 정작 정섭이 당했던 일은 말해주지도 않은 채. 일등항해사는 그에게 따져 묻고 싶었다. 갑식이 죽었을 때, 윤용 대신에 가장 의심스러운 정섭을 가둬야 했던 건 아니냐고. 하지만 눈앞의 사내는 이미 죽음과 대면해 있거나 지나버린 시간 어딘가로 되돌아가 있는 것만 같았다. 거의 알아들을 수 없는 낮은 톤으로 알 수 없는 소리를 중얼거리고 있었다.

"뭐하는 짓입니까?"

일등항해사는 고개를 돌렸다. 예의 무표정한 얼굴로 오른손에는 시퍼런 정육용 식칼을 든 정섭이 서 있었다. 일등항해사는 반사적으로 선생의 멱살을 놓았다.

"그 칼은 뭐야?"

"싸움이 날지 모른다고, 무장하라고 해서요. 당신도 그들 편입니까?"

정섭은 싸늘한 표정으로 말했다. 일등항해사는 대답 대신 고개를 저었다. 정섭이 말하는 그들은 누구일까? 머릿속을 가득 채웠던 뜨거운 열기는 썰물처럼 빠져나가고, 대신 몸의 중심에서 어떤 떨림이 찾아왔다.

"지금 뭐하는 거냐고요?"

"알 것 없어."

물러나는 일등항해사의 등 뒤를 벽이 막아섰다. 정섭은 한 발 더 안으로 들어왔다. 심장이 미친 듯 요동치기 시작했다. 일등항해사는 자신도 모르게 마른침을 삼켰다. 정섭은 턱 끝으로 일등항해사를 가리키며 물었다.

"어째서 그렇게 손을 떠시는 겁니까?"

일등항해사는 입술이 바짝 말랐다. 그는 갑자기 선생을 타 넘어 맞은 편 벽으로 갔다.

"그래. 금고를 열 생각이었어. 금고를 열어서 돈을 꺼내야지!"

있는 힘껏 큰 목소리로 복도 밖까지 들리도록 말했다. 일등항해사는 정섭에게 눈을 떼지 않은 채, 손을 더듬어 침대와 벽 틈 사이에 있는 칸막이를 들어내고, 비밀 금고 다이얼을 잡았다.

"그 돈은 뭐하시게요."

"자네에게 줄 거야! 그러니 날 보내주게."

일등항해사는 곁눈질로 금고의 다이얼 번호를 확인했다. 그는 다이얼과 정섭의 칼을 번갈아 확인하며 다이얼을 돌렸다. 정섭이 한 발 더 선실 안으로 들어섰다.

"무엇 때문에요?"

"목숨에 대한 대가지. 도망갈 수 있게 나를 보내주면 금고 안의 돈을 주겠네."

일등항해사는 빠른 속도로 다이얼을 돌렸다. 떨리는 손 탓에 번호를 정확하게 맞추기 힘들었다.

"왜 제가 일등항해사님을 죽일 거라 생각합니까?"

정섭의 미간에 세로로 주름이 잡혔다.

"내가 묻고 싶어. 왜 그랬던 거야? 도대체 왜? 복수? 증오?"

정섭은 일등항해사의 물음을 이해할 수 없다는 듯이 고개를 갸웃거렸다.

"약자를 잡아먹는 것은 죄가 아니잖아요."

일등항해사는 그 말을 했던 것이 포수였음을 떠올렸다.

지치지마의 어두운 밤하늘 위로 모닥불의 불티들이 날아올랐다. 불타던 장작이 무너지며 잉걸들이 번쩍였다. 바지춤을 올리며 운동장으로 나오던 정섭을 갑판장이 불러 술자리를 정리하라고 했다. 포수는 불콰하게 달아오른 얼굴로 중얼거렸다.

"캐처 보트를 타고 곶을 돌아 바다로 나가는데 고래 떼와 마주쳤지. 정말 수평선을 따라 셀 수 없이 많은 고래들이 바다에서 헤엄치고 있었어. 상상할 수 있나? 수평선을 따라 수십, 수백 개의 물기둥이 치솟는 광경. 여름이면 혹등고래 떼가 새우를 잡아먹기 위해 남극 바다로 몰려들거든. 그놈들은 배가 분홍색이 되도록 새우를 먹어치워. 무리를 이뤄 사냥하는 거지. 그 한가운데에 우리 선단의 캐처 보트들이 들어간 거야.

고래의 사냥터에서 고래를 사냥한 셈이지. 곳곳에서 작살포를 쏴댔지. 좌현, 우현에 죽은 고래를 매단 채, 또 잡기 위해 작살포를 쐈어. 그래서 캐쳐 보트 한 대당 서너 마리씩은 매단 채 모선으로 돌아갔지. 우리 배는 어땠는지 알아? 내가 백발백중으로 포를 쏴서 다섯 마리나 잡았어. 출력이 딸린 탓에, 고래를 다섯 마리 달고 간신히 모선까지 갈 수 있었지. 캬, 그런데 너무 많이 잡은 거야. 모선의 공장에서 하루 종일 돌려봐야 처리할 수 있는 고래가 열 마리 남짓이었거든. 너무 많이 잡아버린 거지. 결국 작은 놈 세 마리는 그대로 바다에 버릴 수밖에 없었어. 섬을 중심으로 여름 해가 지평선 근처까지 내려왔는데, 너무나 환한 자정인 거야. 남극 여름엔 해가 지지 않으니까. 바다가 온통 붉은색이었어. 황혼 때문이 아니라 우리가 잡은 고래 피로. 엄청났지. 엄청났어. 그런 장관은 내 생애 그때가 처음이자 마지막이었어."

포수는 이렇게 말하고 잔을 비웠다. 그러고는 몸을 부르르 떨었다. 그때 옆에서 조용히 듣고 있던 정섭이 물었다.

"너무 잔인하지 않아요?"

그러자 사방에서 웃음이 터져나왔다. 평생 바다에서 고래를 잡아온 이들에게 정섭의 그 말은 너무나 웃기는 유약한 소리였다

"약육강식이라고 들어봤나? 약자를 잡아먹는 건 죄가 아니야."

선원들의 웃음소리가 들렸다.

"니들 같은 조선 놈들이 우리 지배를 받는 것도 다 자연의 이치지."

모닥불 불빛이 일렁거렸다. 그림자들이 따라 춤을 췄다. 일등항해사는 고개를 돌렸다. 기지 방어사령관이 단상 위에서 선원들을 내려다보고 있었다.

살인의 동기는 중요하지 않았다. 정섭은 그저 혼자 있는 먹잇감을 사냥한 것뿐이었다. 갑식이 아니어도 상관없었다. 그저 때마침 혼자 있는 첫 사냥감을 발견했을 뿐이었다. 아니, 정확히 말하면 첫 사냥감은 아니었으리라. 선상 반란에서 정섭은 아마 일본인의 시신으로 첫 포식을 했을 것이다. 많은 사람이 죽고, 바다로 버려졌으니까. 그리하여 복수로 시작한 식인이 당연한 포식이 되었다. 누군가 잡아먹는 것은 죄가 아니니까.

마침내 딸각 하고 금고의 자물쇠가 열리는 소리가 들렸다. 금고 안에는 징용선 계약과 관련한 몇 장의 서류와 함께 남방개발 금고권이 다발 채 쌓여 있었다. 일등항해사는 금고권 다발을 끄집어냈다.

"봐! 돈이라고. 2000엔! 이 돈이면 조선에 돌아가 한동안 놀고먹든, 장사를 시작하든 자네 마음대로야."

정섭은 씩 웃었다.

"어차피, 우린 돌아가지 못합니다. 우린 저주받았다고. 당신도 알고 있잖아요."

"아니. 돌아갈 수 있어! 돌아갈 수 있다고!"

"자신도 믿지 않을 거짓말을 하지 마세요. 저는 그 밤, 어둠 속에서 깨달았습니다."

남극 사냥터의 텐트에 누웠던 정섭이 잠에서 깨어났던 것은 하반신에 느껴지는 싸늘한 공기 때문이었다. 뒤이어 큼지막한 손이 그의 뒤통수를 잡아 바닥에 짓눌렀다. 죽은 코끼리해표의 노린내가 덮치듯 다가왔다. 목울대로 치욕이 쓴물처럼 넘어왔다. 저항하기 위해 몸을 틀어보려 했지만 돌아온 것은 옆구리에 꽂힌 주먹이었다. 횡격막이 경련했고,

숨이 막혔다. 뒤이어 뜨거운 무언가가 그의 몸을 찢고 들어왔다. 악몽과도 같았던 기관실의 디젤 엔진의 울림이 다시 찾아왔다. 어둠 속에서 수많은 손이 뻗어나와 그를 붙잡고 응시하던 바로 그 밤, 그 울림이었다. 고통과 함께 뜨거운 무언가가 아랫배를 타고 진동하며 그의 내부에서 퍼졌다. 피가 날 정도로 깨문 입술에서는 참을 수 없는 울음이 새어나왔다. 텐트 밖에서 사내들의 웃음소리가 들렸다. 바닥에 짓이겨진 얼굴로 스며들어오는 극의 냉기와 어둠이 뒤섞여 뜨거운 고통과 함께 정섭의 안에서 더욱 짙고 검은 구멍을 만들어냈다. 내부에서는 침묵할 수밖에 없는 비명이 끊임없이 흘러나왔다.

정신을 차렸을 때 바지를 추스르던 해부장이 말했다.

"너도 좋지?"

농밀한 치욕 속에서 정섭은 자신이 사정했음을 깨달았다. 그리고 전율했다. 쓰라린 수치심과 둔한 모욕감이 모공마다 스며들어 자신의 몸을 파먹는 것만 같았다. 입안에선 비릿한 피맛이 느껴졌다. 말할 수 없는 비루함과 구역질 나는 비참함에서 정섭은 무언가를 깨달았다. 고통이 쾌락과 닿아 있는 것이라면 타인에게 고통을 주는 일을 주저할 이유가 있을까.

가죽이 펄럭거리고, 다음 일본인이 들어왔다. 포수일까? 기관장일까? 누구든 이제는 아무런 상관없었다. 바지를 벗는 소리를 들으며 정섭은 어두운 천막 안의 가장 어두운 구석을 응시했다. 그곳조차 너무 밝았다. 정섭은 자신이 가장 어두운 곳에 있음을 깨달았다. 폴리네시아 여자가 가라앉았던 그 심연이 음부를 벌린 채 자신을 감싸고 있었다. 정섭은 미소 지었다. 드디어 깨달았던 것이다. 그들이 타고 왔던 배는 너무 깊이 들어왔으므로 이제는 그 누구도 돌아갈 수 없었다. 이곳은 이미 심연이었다.

정섭의 시선이 옆을 향했다. 선장실의 테이블 위였다. 그 위에는 부러진 다리를 대충 붙인 뿔테 안경과 함께 선생이 외출할 때 쓰던 손수건이 있었다. 선생은 통증으로 쉴 새 없이 쏟아지는 식은땀을 그것으로 닦곤 했었다. 그는 손수건을 집어들어 그것을 오른손에 감았다. 그리고 칼을 거꾸로 쥐었다.

"처음엔 그냥 휘두르다가 날이 미끄러져 제가 다칠 뻔했습니다. 이것도 하니까 늘더군요."

정섭은 예의 밝은 웃음을 지었다. 너무나 순박해서 두렵기까지 한 환한 웃음이었다.

"두려워하지 마세요. 당신도 틀림없이 맛있을 겁니다."

정섭은 한 발 더 안으로 들어왔다. 이제 일등항해사에게 퇴로는 없었다. 정섭의 오른손에 든 칼날이 예리하게 빛났다. 일등항해사는 있는 힘껏 외쳤다.

"2000엔이라고! 2000엔!"

정섭은 고개를 갸웃거렸다.

"소리 질러도 소용없습니다."

그러나 일등항해사가 소리를 질렀던 것은 정섭에게 향한 것이 아니었다. 금고 안의 돈을 감시하기 위해 선장의 복도를 지키고 있을 누군가에게 소리를 지른 것이었다. 예상대로 열린 선장실 문으로 덕구가 들어왔다. 얼굴에 얽은 천연두 자국이 남아 있는 그는 소작민 출신이었다. 소작을 짓다 빚에 빚이 쌓여 결국 야반도주한 그는 돈 때문에 배를 탄 조선인들 중 하나였다. 그가 선장실로 들어서자 깜짝 놀란 정섭은 칼을 들고 뒤로 돌아섰다.

"뭐야?"

덕구는 정섭과 일등항해사를 번갈아 바라보았다. 지금까지 사람들을 죽인 범인이 정섭이었다고 말하는 것이 과연 덕구에게 통할까? 일등항해사는 순간 고민했다. 하지만 조선인들이 자신을 믿어줄 리 없었다. 그는 고개를 들어 선생을 바라보았다. 그가 자신에게 범인을 찾아달라고 했을 때 이런 것까지 예상하고 있던 걸까?

"제가 들어와 보니 갑자기 금고를 열어서……"

정섭은 덕구에게 한 발 다가서며 상황을 설명했다. 일등항해사는 들고 있는 지폐 뭉치를 두 사람 사이에 던졌다. 그리고 돈에 정신이 팔린 덕구와 당황한 정섭을 밀치고 선장실 밖으로 달아났다. 그리고 복도를 가로질러 달리기 시작했다.

무간지옥

바다는 한층 더 거칠어져 있었다. 잇달아 몰려오는 너울들이 뱃머리에 부딪혀 커다란 포말들을 연거푸 만들어냈다. 서 있기도 힘든 갑판에서 필리핀인들과 대만인은 여전히 선수루 갑판을 지키고 있었고, 부서지는 물보라가 그들 머리 위로 쏟아지고 있었다.

"저 개새끼들한테 밀리면 끝장이야! 우리가 일본 놈들한테 당했던 꼴을 다시 당하고 싶지 않으면 아주 이번 기회에 작살을 내버려!"

만덕은 총을 든 채 선교 상부에서 이렇게 외쳤다. 선교 앞에는 칼을 든 조선인들이 늘어서 있었다. 만덕은 총을 장전했다. 금방이라도 두 무리가 충돌할 것만 같은 일촉즉발의 상황이었다. 그 균형을 깬 것은 다름 아닌 빛이었다.

"저기 봐."

누군가가 외쳤다. 뱃머리 앞, 끊임없이 밀려오는 너울과 너울의 사이로 흰빛이 번쩍하고 빛났다. 그것은 너무나 낯선 광경이었다. 시커먼 바다와 칠흑 같은 하늘이 만나는 지점에서 보이는 빛의 일렁거림은 마치 천상의 빛 같았다. 말은 하지 않았지만 모두 직감했다. 등대였다. 육지였다. 일등항해사의 예상과 달리 예정보다 빨리 육지 근처에 도착한 것이었다.

대만인들과 필리핀인들이 자신들이 쌓았던 바리케이드의 옆면을 허물었다. 그들이 목표하는 곳은 분명했다. 선교 뒤쪽에 달려 있는 구명정이었다. 밀려오는 파도를 등에 지고 대만인과 필리핀인들이 선수 갑판으로 쏟아져내려왔다. 총소리가 울렸다. 누군가 쓰러졌다. 하지만 총도 그들을 막지 못했다. 선교 상부에서 총을 재장전하는 사이 필리핀 선원들과 대만 선원들은 마스트 앞까지 내려왔다. 만덕이 외쳤다.

"선교를 지켜! 선교를 지키라고!"

또다시 밀려오는 물보라와 함께 조선인 선원들과 필리핀, 대만 선원들은 하나로 뒤엉켰다. 서로에게 달려드는 그들의 모습은 분노하거나, 정의감에 넘치는 투사의 얼굴은 결코 아니었다. 그들은 모두 겁에 질려 있었다. 공포에 질린 동그란 눈으로 무엇을 위해 싸워야 하는지도 모른 채 상대를 죽이기 위해 갑판 한가운데로 떠밀렸다. 이미 지휘사도, 명령도, 명분도, 이상도, 목표도, 심지어 적도 아군도 없었다. 살기 위해 벌이는 맹목적인 폭력만이 갑판 위에서 춤을 추고 있었다. 이곳은 아귀도였다. 적자생존이란 무간지옥이 유키마루란 이름의 흔들리는 세계에서 펼쳐지고 있었다. 아무도 타륜을 잡지 않았으므로 유키마루는 금방이라도 전복될 듯이 파도에 밀려 힘없이 선회하고 있었다. 그러나 겁에 질린 사내들은 아무도 그런 것 따위엔 신경 쓰지 않았다. 눈앞의 상대, 눈앞의 적, 눈앞의 죽음에 눈이 멀어 아무것도 보지 못했다. 누군가는 내장을 바닥에 쏟아냈고, 누군가는 어깨를 작살에 관통당했다. 고통에 찬 비명 따위는 파도소리에 지워졌다. 그것은 어떤 반복운동처럼 보였다. 파도가 밀려왔다 밀려가는 것처럼 온통 깨어지고 부서진 육신들이 짙은 어둠 속에 잠겨 자신이 당한 폭력을 광기 서린 또 다른 폭력으로 되갚아주고 있었다.

계단 아래서 인기척을 느낀 것은 그때였다. 일등항해사는 고개를 돌렸다. 정섭이 한 손에 칼을 든 채 계단을 따라 올라오고 있었다. 손에 감은 수건은 이미 붉게 변해 있었고, 날을 따라 피가 흘렀다. 일등항해사는 구명구 앞에 있는 안전상자를 열었다. 그 안에 구명조끼가 있었던 것이다. 그는 구명조끼 하나에 몸을 꿰어넣고 선교 통로를 따라 선수갑판 쪽으로 도망쳤다. 그의 앞길을 서로 죽이기 위해 악다구니를 하는 사내들이 막아섰다. 일등항해사는 난간을 타 넘었다. 난간에 매달린 채 선수루로 가서 창고로 이어지는 계단으로 내려간 후, 기관실까지 이어지는 통로를 따라 곧장 선미로 우회할 생각이었다. 그렇게 하면 정섭의 발을 광란의 한가운데 묶어둔 채 구명정을 내릴 수 있을 터였다. 일등항해사는 파도를 뒤집어쓰며 난간에 매달려 전진하기 시작했다. 칼을 든 정섭이 쫓아왔다. 일등항해사는 서둘렀지만 난간은 미끄러웠다. 피 탓이었다. 난간뿐만 아니라 갑판도, 사람들도, 온통 피투성이였다. 몇 번이나 파도가 밀려왔지만 피는 씻겨간 만큼 각자의 몸뚱이에서 흘러나오고 또 흘러나왔다. 정섭은 어느새 선교 앞까지 왔다. 광둥성에서 벌어진 국민당과 일본군과의 전투를 피해 대만으로 피난왔다가 강제 징용된 손광이 작살을 들고 그의 앞에 막아섰다. 정섭은 자신의 가슴을 노리고 들어오는 작살의 날을 손에 든 칼로 쳐내고 그의 품 안으로 파고들었다. 그러고는 손광의 목 경동맥을 그대로 물어뜯었다. 뿜어져나오는 붉은빛

피가 얼굴을 덮어 그는 아귀처럼 보였다. 유키마루의 타륜이 멋대로 돌아가며 뱃머리는 북쪽으로 돌아가고 있었고, 육지를 향하는 거대한 파도가 쉴 새 없이 좌현을 때렸다. 난간을 팔로 감고 있음에도 거센 파도가 일등항해사를 종이인형처럼 흔들었다. 뒤이어 거대한 파도가 배의 좌현을 때렸다. 파도에 버틸 수 없었던 그는 난간을 넘어 다시 갑판으로 올라가려 했다. 하지만 이미 기울어지는 배의 경사는 너무나 급했고 난간 역시 미끄러웠다. 누군가 떨어질 뻔한 일등항해사를 붙잡았다. 입가에 피범벅을 한, 한 마리 야수 같은 정섭이었다. 일등항해사는 고개를 돌렸다. 검은 바다가 혀를 널름거리고 있었다. 일등항해사는 잡고 있던 난간을 놓았다. 하지만 그를 움켜잡았던 정섭은 손을 놓지 않았다. 둘은 그대로 검은 밤바다로 추락했다. 칼과 갈고리로 서로의 몸을 꿰뚫는 사내들이 천천히 멀어지고, 검은 바다가 두 사람을 감쌌다.

두 사람은 바다 깊이, 아주 깊이 들어갔다. 해저에서 지금까지 죽은 이들의 검은 손이 튀어나와 두 사람을 아래로 끌어당기는 것만 같았다. 일등항해사는 처음으로 정섭의 눈을 정면에서 응시했다. 검은 물속에서 본 정섭의 말간 얼굴은 처음 배가 출발하던, 푸른 하늘 아래 그 모습처럼 보였다. 정섭은 그저 겁에 질려 있었던 것은 아닐까. 그저 무엇을 어떻게 해야 할지 몰랐던 것은 아닐까. 그래서 누군가를 먹는 것으로 그 치욕과 공포를 억누르고 있었던 것은 아닐까. 정섭의 입에서 공기방울이 쏟아져나왔다. 마치 무언가 말하고 있는 것 같았다. 하지만 알아들을 수 없었다. 빛조차 한 점 없는 바닷속은 폭풍우 치는 수면과 달리 조용하고 평안했다. 어쩌면 수면 위에서 벌였던 악다구니는 한낱 밀려왔다 사라질 파도 같은 것인지도 몰랐다. 살아남기 위해, 선장이 되기 위해 발버둥치며 저질렀던 일들이 모두 허무하게 느껴졌다. 어느 지점에서 막을 수 있지 않았을까. 다른 선택의 길이 있지 않았을까. 회한은 가슴 깊이 바닷물이 되어 폐를 채웠다. 동시에 일등항해사를 잡고 있던 정섭의 손이 스르르 풀렸다. 그리고 알아들을 수 없는 말을 중얼거리며 정섭은 천천히 가라앉았다. 머리카락을 흩날리는 정섭의 모습은 평화로워 보였다. 그는 자신이 원했던 것처럼 비로소 심연의 일부가 된 것이다.

튕겨 올라가듯 수면으로 치솟아 일등항해사는 숨을 내뱉었다. 기침하며 바닷물을 토해내는 동안 구명조끼가 턱까지 올라왔다. 일등항해사는 헛구역질과 기침을 하며 바닷물을 쏟아냈다. 검은 파도 사이에서 유키마루가 보였다. 일등항해사는 배에 다가가기 위해 헤엄쳐 보았다. 하지만 파도는 유키마루와 그의 사이에 수없이 밀려들어와 둘을 떼어놓았다. 멀어지는 후미 갑판 난간에 기댄 두 명의 사내가 서로의 배에 칼을 꽂고 있었다. 두 사람 다 피투성이였고, 제대로 서 있지도 못할 만큼 엉망이었다. 그러나 싸움을 멈추지 않았다. 그 모습마저도 이내 검은 파도가 밀려와 지워버렸다. 파도는 일등항해사를 끌어다 골과 골로, 마루와 마루 사이로 사정없이 집어던졌다. 구명조끼가 바다로 가라앉는 것은 막아주었지만 바닷물을 마시는 것을 막아주진 못했다. 숨을 쉴 때마다 바닷물이 넘어왔고, 일등항해사는 발버둥쳤지만 몸뚱이는 파도에 끌려올라가 굴러떨어지기를 반복했다. 사방은 암흑이었고, 바다는 칠흑처럼 검었다. 그의 몸 위로 검은 물결이 쌓이고, 쌓이고 또 쌓였다. 피에 젖은 일등항해사의 손은 물에 불어 하얗게 들떴다. 모든 세상이 검은 물결에 휩쓸려 위아래로 요동쳤다.

먼빛

    일등항해사가 칠레 선원들에게 발견된 것은 다음 날 아침이었다. 항구로 돌아오는 구리 운반선의 갑판원이 도선사가 타고 올 배를 기다리다 그를 발견했고, 구조해주었다. 말이 통하지 않았지만, 그들은 모포로 덮어주었고, 따뜻한 차를 가져다주었다. 주방에 가서 요기하고 나자 떨림은 멈췄다. 갑판으로 올라가자 수평선 멀리 희미하게 보였던 육지가 손에 닿을 듯 가까이 와 있었다. 구리 운반선 갑판에서 바라본 육지의 모습은 온통 갈색 절벽이었다. 그리고 그 절벽 너머에는 붉은 비탈과 산이 있었다. 긴 절벽의 끝에 유키마루를 피투성이로 만들었던 등내가 있었다. 사막을 등에 지고 황량한 곳의 갈색 절벽 위에 서 있는 등대는 눈처럼 하얀색이었다. 등대 옆 비탈 아래 작은 만이 있었고, 그곳에 항구가 있었다.

    항구에 도착하자 관리사무소로 갔고, 한 시간여를 기다린 끝에 말이 통하는 사람을 만날 수 있었다. 무역회사 직원이라는 사내는 정말 띄엄 띄엄 일본어를 했다. 전쟁 전, 구리를 수출하기 위해 오사카에 간 적이 있다는 사내의 일본어는 결코 유창하다 할 수 없었다. 하지만 이 작은 항구에서 말이 통하는 다른 사람은 없었다. 분절된 단어와 문장으로 두 사람은 가까스로 의사소통 비슷한 걸 할 수 있었다.

그는 어떻게 된 것인지 물었다. 일등항해사는 잠시 고민했다. 뭐라 답해야 하는 걸까? 어디까지 말해야 할까? 말한다고 알아들을 수 있을까? 일등항해사는 자신이 유키마루라는 배의 선원이라는 것과 미군의 공습으로 배가 표류했다는 것까지 말해주었다. 하지만 그만큼을 이해시키는 데에도 많은 인내와 노력을 필요로 했다. 사내의 어휘실력은 고작 대여섯 살 남짓의 수준이었고, 일등항해사가 하고 싶은 말은 너무 많았다. 그 뒤에 벌어진 일은 도무지 설명할 엄두가 나지 않았다. 일등항해사는 문득 깨달았다. 그것을 설명한다 하더라도 아무 의미가 없으며, 눈앞의 사내는 결코 이해하지 못하리라. 이곳에는 전쟁의 참화가 닿지 않았으므로 인간이 짐승이 되는 순간을 이해할 수 없으리라. 친절한 사내의 얼굴에서 일등항해사는 처음 배를 탔던, 마냥 밝기만 했던 정섭의 얼굴을 떠올렸다.

그는 유키마루에 생존한 다른 선원이 있냐고 물었다. 일등항해사는 모르겠다는 의미로 고개를 저었다. 정말 그랬으니까. 이제 그 배에서 벌어진 일은 더 이상 알 수 없었다. 배는 어둠 속으로 사라졌고 일등항해사는 밤바다에 버려졌다. 조난당했지만, 그것은 차라리 구원에 가까웠다. 배에 탄 사람들이 살아 있을까? 생존자가 있다면 누구일까? 그 승자는 그 배에서 앞으로 어떻게 살아남을까? 일등항해사는 어쩌면 그들이 그렇게 싸우며 영원히 태평양을 떠돌지도 모른다고 생각했다. 그들의 운명은 이제 자신의 몫이 아니었다. 그것은 심연에서 벌어진 일이었다. 인간이라는 심연 속에서 벌어진, 뭍의 인간으로서는 이해할 수 없는 종류의 일이었다.

무역회사 직원은 관리사무소의 다른 직원에게 말해 유키마루의 행방을 확인해보겠다고 했지만, 발견할 수 있을 것 같지 않았다. 그는 지친 일등항해사의 표정을 보며 위로하듯 말했다.

"미안. 작은 항구. 일할 수 없다. 전쟁. 산티아고 대사관 닫았다. 전쟁 끝. 하지만 대사관 안 연다."

일등항해사는 처음에 그가 한 말을 알아듣지 못했다. 곰곰이 곱씹어본 일등항해사는 그에게 뒤에 했던 말을 다시 해줄 것을 부탁했다.

"전쟁 끝. 전쟁 닫혔다. 일본 대사관 아직 닫혔다."

"전쟁이 끝났다고요?"

"네. 전쟁. 열흘 전 끝. 일본 졌다. 쿠르르릉 쾅!"

그는 손으로 커다란 버섯 모양을 만들며 입으로는 폭발음을 냈다. 도대체 무엇을 표현하는지 알 수 없었던 일등항해사는 멍한 표정으로 무역회사 직원의 과장된 몸짓을 바라보았다.

전쟁이 끝났다.

열흘 전에.

바로 조선인들이 선상 반란을 일으키기 전에. 선생은 이미 끝나 있었다.

왜 남극에서 영국의 소해선이 끝까지 그들을 쫓아오지 않았는지 이해할 수 있었다. 이미 신의 보호를 받는다는 일본은 패망 직전이었다.

죽어가는 패잔병들을 목숨 걸고 쫓을 필요가 없었다. 그들은 그저 영토를 침범한 도둑을 쫓아냈을 뿐이었다. 일등항해사는 사무소 직원들이 자신에게 여기까지 오게 된 경위를 자세히 추궁하지 않는 이유도 알 수 있을 것 같았다. 더는 적국의 사람이 아닌, 그저 구조해야 할 조난자에 지나지 않았으니까.

뒤이어 하나의 생각이 떠올랐다. 전쟁이 끝났다는 걸 알았다면 유키마루의 상황은 달라졌을까? 선장은 선생에게 채찍질할 필요가 있었을까? 조선인들은 선상 반란을 일으킬 필요가 있었을까? 아니, 그전에 무엇 때문에 전쟁이 일어난 것이었던가? 무엇 때문에 유키마루는 징발된 것이었나? 대동아공영과 황광일우의 거창한 이야기들은 다 무엇이었나? 아무리 생각해도 무엇 때문에 자신들이 태평양을 떠돌아야 했는지 이해할 수 없었다. 무엇 때문에 유키마루의 선원들은 겁에 질린 눈으로 서로의 몸뚱이에 칼을 꽂아넣어야 했던가?

무역회사 직원은 일등항해사를 자신의 집에 데려갔다. 사막 가운데 바다를 면한 도시는 아주 작았다. 철도회사가 만든 도시는 철도의 종점에 있었고, 반대편 철도가 이어진 사막의 한가운데 구리 광산이 있었다. 도시는 구리를 바다로 수출하기 위해 철도회사가 만든 것이었다. 따라서 작고 보잘것없었으며 사방이 황량했다. 집은 사막과 닿아 있었고, 철도회사에서 똑같은 모양으로 지은 단층 목조주택이었다. 아무것도 자라지 못하는 열 평 남짓한 정원과 사막과 만나는 뒤뜰에는 타르가 칠해진, 지금은 반쯤 떨어져나간 나무 울타리가 있었다. 사막에서 불어오는 바람 탓에 집안은 온통 먼지투성이였다. 일등항해사는 흔들리지 않는 바닥이 너무나 낯설어 멀미할 것 같았다. 사내는 이 사막이 세계에서 가장 건조한 사막이며 수백 년간 비가 오지 않았다고 자랑하듯 말했다. 그러나 일등항해사는 그의 말을 채 반도 알아듣지 못했다. 사막에 대한 설명은 사내의 말대로였다. 아타카마라 불리는 이 땅은 도메이코 산맥과 라코스타 산맥이 만나 거대한 해안 절벽과 고지를 만들었고, 그 앞을 흐르는 남극에서 흘러온 차가운 훔볼트 해류로 기온 역전이 일어나 세계에서 가장 건조한 사막을 만들었다. 사막 가장 깊숙한 곳에는 수백만 년간 한 번도 비가 오지 않은 곳도 있었다. 둘 사이엔 대화가 끊겼다. 사실 이 도시는 수백 년간 비가 오지 않았다는 것 빼고는 화제가 될 만한 것이 아무것도 없었으니까.

무역회사 직원은 그를 남겨두고 회사로 돌아갔다. 저녁에 경찰과 함께 올 것이며, 가능하면 제대로 일본어를 하는 사람을 데려올 것이라는 말을 했지만, 이미 일등항해사는 그의 이야기를 듣지 않고 있었다. 일등항해사의 시선은 사막에 고정되어 있었다. 끝없이 펼쳐진 회백색의 황무지는 어찌 보면 바다처럼 보였다. 수평선 대신 지평선이 있었고, 파도 대신 바람이 있었다. 그는 그 사막을 보며 이렇게 되뇌었다.

"전쟁이 끝났다. 전쟁이 끝났어. 전쟁이."

혼자 남은 그는 갑자기 울음을 터뜨렸다. 지난 며칠간 살아남기 위해 억눌렀던 감정이 일제히 터져나왔다. 그리고 동시에 그가 살아남기 위해 저질렀던 모든 잘못이 되살아났다. 선원들의 얼굴이 떠올랐다. 일등항해사는 그들의 이름을 천천히, 하나하나 불러보았다. 그리고 그들이 바다를 향해 떠났던 시모노세키의 가을을 떠올렸다. 가족들이 있었고, 군악대가 연주하고, 소녀들이 깃발을 흔들던 그 푸른 하늘과 가을 햇살은 너무 멀리 있었다. 손을 뻗었지만 도무지 닿지 않았다. 그것은 먼빛이었다. 너무나 먼빛이었다.

태양은 수평선 아래로 사라지려 하고 있었다. 황혼 무렵 사막은 온통 붉게 타올랐다. 먼지투성이의 오두막 앞 의자에 앉아 있던 그는 자리에서 일어났다. 그리고 절룩거리는 걸음으로 저물어가는 태양을 등진 채 붉게 타오르는 사막으로 들어갔다. 귀에서는 음악이 들리는 것 같았다. 그것은 어쩌면 유키마루가 출항할 때 연주되었던, 바람에 자꾸 이지러지던 행진곡이었는지 몰랐다. 혹은 그저 바람 소리에 지나지 않는지도 몰랐다. 지평선은 아지랑이에 이지러져 마치 파도가 치는 것 같았다. 사막의 등성 너머로 지금이라도 유키마루의 마스트가 모습을 드러내고 전망대 위에서 근무자의 외침이 들릴 것만 같았다.

"고래다."

뒤이어 웅장한 용골과 함께 뱃머리가 모습을 드러내는 것이다. 포수는 선수루 갑판에서 포경포를 잡은 채 서 있다. 유키마루는 넘실거리는 사막을 항해하고 있었다.

광산에서 전보를 받고 달려온 일본인 2세 출신의 퍼시픽 철도회사 직원이 지역 경찰과 함께 관사에 찾아왔을 때, 집은 이미 비어 있었다. 두 사람은 잡석과 먼지, 모래가 뒤섞인 대지를 따라 지평선을 향해 길게 남아 있는 발자국을 발견했다. 결국 몇 명의 사내들이 서둘러 사막으로 난 발자국을 따라 사라진 일본인을 찾기 시작했다. 하지만 이내 밤이 찾아왔다. 하늘에 무수한 별빛이 총총히 빛나는 동안 대지는 어둠에 잠겼다. 손전등을 든 그들이 한 시간쯤 발자국을 쫓아왔을 때 발자국은 마치 증발해버린 것처럼 갑자기 끊겨 있었다. 당황한 사람들이 흩어져 다른 흔적을 찾으려 노력해봤지만 아무것도 발견할 수 없었다. 사라진 발자국은 바람 탓에 지워진 것이라 하기엔 너무나 감쪽같았다. 어쩌면 중간에 지나가는 자동차 같은 것을 타고 사라진 것인지도 몰랐다. 하지만 사방 어디에도 자동차 바퀴 자국 같은 것은 발견할 수 없었다. 대지에는 바람이 만든 물결무늬만이 끊임없이 펼쳐져 있었다. 어둠이 내린 사막은 아무것도 보이지 않았다. 서둘러 출발한 수색대는 그렇게 수색을 포기했다. 몇 개의 손전등만을 가지고 사막에서 이름도 모르는 낯선 이를 위해 목숨을 걸 순 없는 노릇이었다. 수색대는 지평선 멀리 불빛이 보이는 도시로 발길을 돌렸다.

그들이 떠나자 발자국만이 남은 사막 위로 다시금 정적이 찾아왔다. 어둠만이 황량한 대지 위에 숨죽이고 있었다. 이윽고 바람이 불기 시작했다. 수색대가 남긴 발자국도, 일등항해사가 남긴 긴 발자국도 불어온 바람에 서서히 지워졌다. 유키마루가 푸른 바다에 남겼던 긴 항적이 속절없이 뒤척이던 파도에 사라져버렸던 것처럼.

작가의 말

이 이야기의 씨앗은 몇 년 전에 심어졌다. 아직 영화 일을 할 무렵, 안권태 감독님의 사무실에 놀러 갔다가 어떤 해양 사고 사례를 들었다. 한국 선원들이 동남아시아나 조선족 선원들을 어떻게 대하는지에 대한 이야기였다. 그리고 해군으로 복무하셨던 시절 이야기도 해주셨다. 충격적인 이야기라고 생각했지만, 굳이 내가 이야기할 필요성은 느끼지 못했다. 부끄러운 일이지만, 당시에는 어떤 이야기를 만들어 투자받을까, 어떤 이야기를 투자자들이 좋아할까, 오직 그것만 생각하던 시기였다.

그리고 몇 년이 흘렀다. 그 사이 나는 영화 일을 그만뒀으며, 작가로운 좋게 등단했다. 회사 3부작을 쓰느라 정신없었고, 그때 들었던 이야기들은 까맣게 잊고 있었다. 그러다 3년 전 우리나라 원양어선이 뉴질랜드에서 제소당했다는 기사를 읽게 됐다. 동남아인 선원들에 대한 임금체불과 폭행, 성추행 등의 혐의였다. 조금 놀랐다. 옛날이야기라고 생각했는데 아직도 이런 일이 벌어지고 있구나. 충격받긴 했지만 이것에 대한 글을 써야지 결심할 정도는 아니었다. 정작 나를 경악하게 했던 건 거기 달린 베스트 댓글이었다. 정확하게 기억나진 않지만 바다는 위험해서 그런 일이 당연하다는, 바다에 가보지 않은 것들이 인권이니 뭐니 그런 헛소리를 지껄인다는 내용의 댓글이었다. 나는 그런 생각을 하는 사람이 있다는 것에, 그런 댓글이 추천을 받아 베스트로 뽑혔다는 사실에 충격을 받았다.

내가 책상머리에만 앉아 있어 바다를 모르는 것일까? 다른 나라의 선원들에게도 이런 일이 당연한 것일까? 하도 궁금해서 조사를 좀 해봤다. 다른 나라들에서는 19세기나 20세기 초반에 벌어지던 일로, 지금은 당연히 그런 식으로 선원을 대하는 나라가 거의 없단다. 이런 비인간적 구습이 존재했던 이유는 바다가 위험해서가 아니라—도대체 위험하다고 인간을 비인간적으로 대할 이유가 있단 말인가?—대항해 시대 초반엔 선원들의 대부분이 죄수였고, 당시 죄수들을 대하던 구습이 그대로 선원사회에 전통처럼 내려왔던 것이란다.

그런 일이 당연했다면 뉴질랜드에서 한국의 원양어선 선원들의 인권에 대한 백서까지 나왔을까. 그 사건 때문에 뉴질랜드는 한국 원양어선에서 벌어지는 인권 유린 사례에 대해 조사를 했고 백서를 냈으며, 그 결과에 충격을 받아 뉴질랜드의 배타적 경제 수역에서 외국 어선의 조업을 금한다는 발표까지 했다. 누군가는 국제적 망신을 운운하겠지만, 망신 이전에 그런 일이 당연하다 믿는 사람들이 있다는 것이 무엇보다 끔찍했다.

아니, 실은 놀라운 일도 아니다. 슬프게도 여전히 우리 사회에서는 경제적 이익을 위해서는 타인의 인권 따위는 침해해도 상관없다고 믿는, 심지어 다른 사람들의 목숨조차 상관없다고 믿는 사람들을 도처에서 찾아볼 수 있기 때문이다. 심지어 그런 사람이 사회에서 인정받고, 유능하다는 소릴 듣는다. 그리고 아주 높은 확률로 성공한다.

너무나 비극적이게도, 이제 우리는 그런 사람들이 만들어내는 세상이 어떤 결과를 가져오는지 아주 잘 알고 있다.

그렇다고 오해하지 않았으면 좋겠다. 이 작가의 말은 소설을 쓴 동기에 대한 설명이지 이 소설에서 이야기하고 있는 전부를 말하고 있는 것은 아니니까. 다만 일제강점기를 배경으로 이 소설이 얼마나 동시대적인 이야기를 하고 있는지를 상기시키고 싶었을 뿐이다.

안권태 감독님께 감사를 드리고 싶다. 그때 들려주신 이야기가 아니었다면 이 소설을 쓰지 못했을 것이다. 창작과정에서 여러모로 도움을 준 형과 소설을 쓰는 동안 생활고를 잊게 해주신 아르코 창작기금 및 그 관계자 여러분들께도 감사를 드린다.

2014년 여름
임성순

극해

초판 1쇄 발행 2014년 7월 23일
초판 3쇄 발행 2024년 9월 25일

지은이 · 임성순
펴낸이 · 주연선

편집 · 오가진 이진희 백다흠 강건모 이경란 윤이든
디자인 · 김서영 손혜영
마케팅 · 장병수 김한밀 정재은
관리 · 김두만 구진아 유효정

(주)은행나무
04035 서울특별시 마포구 양화로11길 54
전화 · 02)3143-0651~3 | 팩스 · 02)3143-0654
신고번호 · 제 1997—000168호(1997. 12. 12)
www.ehbook.co.kr
ehbook@ehbook.co.kr

ISBN 978-89-5660-787-0 03810